DUMONT

In Klockarvik ist der Herbst eingezogen. Pfarrer Samuel Williams freut sich darauf, seinen bevorstehenden Geburtstag und das Allerheiligenfest mit seiner Freundin, der Polizeikommissarin Maja-Sofia Rantatalo, und seinen Kindern zu verbringen. Doch seine Pläne geraten plötzlich ins Wanken: In der lokalen Brauerei kommt es zu einer verheerenden Explosion und für den Besitzer Daniel Eriksson jede Hilfe zu spät. Alle Indizien sprechen gegen einen Unfall, und die Gemeinde ist in Aufruhr. Während Maja-Sofia und ihr Team noch im Dunkeln tappen, ermittelt der unverbesserliche Pfarrer mal wieder auf eigene Faust – und der Kreis der Verdächtigen ist groß: Interessiert sich die amerikanische Verwandtschaft des Opfers wirklich nur für die Kunst des Bierbrauens und das Backen von Zimtschnecken? Haben die gekränkte Verflossene, der konkurrierende Braumeister und der zwielichtige Wanderer etwas zu verbergen? Und bald fällt Samuel auch noch ein geheimnisvoller Brief in die Hände …

Marianne Cedervall wurde 1949 als Tochter eines Pfarrers im südschwedischen Gotland geboren und arbeitete u. a. als Lehrerin. Nach ›Schwedische Familienbande‹ (2021) und ›Schwedische Schwestern‹ (2022) ist ›Schwedische Bekenntnisse‹ der dritte Fall für den neugierigen Pfarrer Samuel Williams.

Ulrike Brauns wuchs in der Nähe von Köln auf und studierte Germanistik, Skandinavistik und English Literature in Bonn, Stockholm und Melbourne. Seit 2004 ist sie freiberufliche Übersetzerin und Untertitlerin.

Marianne Cedervall

SCHWEDISCHE BEKENNTNISSE

Ein Fall für
Pfarrer Samuel Williams

Kriminalroman

Aus dem Schwedischen
von Ulrike Brauns

DUMONT

Von Marianne Cedervall sind bei DuMont außerdem erschienen:

Schwedische Familienbande
Schwedische Schwestern

Das bei der Produktion dieses Buches entstandene CO_2 wurde durch die Finanzierung von Klimaschutzprojekten kompensiert: climate-id.com/17531-2110-1001/de

September 2025
DuMont Buchverlag, Köln

Die schwedische Originalausgabe erschien 2023 unter dem Titel ›Himmel och Jord må Brinna‹ bei Lind & Co, Stockholm.

Amsterdamer Straße 192, 50735 Köln, info@dumont-buchverlag.de
Übersetzung: Ulrike Brauns
Umschlaggestaltung: Lübbeke Naumann Thoben, Köln
Umschlagabbildung: © JuliaLototskaya / Depositphotos;
© Westend61 / Folio / Lasse Eklöf
Satz: Angelika Kudella, Köln
Gesetzt aus der Franziska Pro
Druck und Verarbeitung: CPI books GmbH, Leck
Gedruckt auf säurefreiem und chlorfrei gebleichtem Papier
Printed in Germany
ISBN 978-3-7558-0548-9

www.dumont-buchverlag.de

Gewidmet meinen treuen Saronslilien,
auch bekannt als der kirchliche Jugendkreis
von West-Aros

Königinnenlilie Gun
Bachlilie Elisabeth
Stricklilie Marie
Waldlilie Ulrika
Schreiblilie Marianne

Himmel und Erde steh'n in Flammen
Berge und Hügel zieh'n von dannen,
doch wer glaubt, der wird erkennen,
die Versprechen werden gewahrt.

DAS SCHWEDISCHE GESANGBUCH,
LIED 254

DIE BETEILIGTEN

KIRCHENLEUTE

SAMUEL WILLIAMS, Pfarrer

ELLINOR JOHANNESSON, Hauptpastorin

CILLAN SVENSSON, Diakonin

SIGVARD NORDQVIST, pensionierter Pfarrer

TYRA LUNDIN, Mädchen für alles

SVEN-ERIK LUNDIN, Tyras Ehemann

GUNNAR »HALBTON« HALVARSSON, Kantor

ANNIKA OLSSON RASK, Haushälterin

TORBJÖRN RASK, Hausmeister

TINDRA KLAR, sogenannte Kirchenmaus

MATTIAS TEDVALL, Tindras Kurskamerad

POLIZEIPERSONAL

MAJA-SOFIA RANTATALO, Kriminalkommissarin

MARTINA JARNING, Kriminalinspektorin

KNIS PETTER LARSSON, Kriminalinspektor

BEATA LÖFBLAD, Polizeiintendantin

TAMARA PETTERSSON, Rechtsmedizinerin

MORGAN ERIKSSON, Staatsanwalt

DORFBEVÖLKERUNG UND WEITERE

KRÅK DANIEL ERIKSSON, Eigentümer von Brauerei und Brauereicafé

SIGNE LIND, Miteigentümerin von Brauerei und Brauereicafé

INGA-GUN HANSSON, verbitterte Ex-Freundin von Kråk Daniel Eriksson

DOROTEA SVENSSON, Frau auf der Durchreise

JOHAN TYSK UND INGEMAR TYSK (GENANNT BRYSK), aufmerksame Dorfbewohner

LEO NORZ, Bierbrauer aus Våmhus

GIDEON EMANUELSSON, Wanderer

BILL ELLIOT UND PEG NELSON, amerikanische Verwandte

MALIN, EMMA, MARIE UND EVA-LENA von der *Frisörvillan* in Orsa, die es auch im wahren Leben gibt

JENNIFER HULTIN, Feuerwehr-Einsatzleitung

DANNE YLITALO, Maja-Sofias Ex-Freund

~ EINS ~

Montag, 2. Oktober

»So, was schwebt Ihnen denn heute vor?«, fragte die Frisörin und fuhr Samuel Williams mit den Fingern durch den viel zu langen Pony.

Samuel betrachtete sich im Spiegel. Das straßenköterblonde Haar – aschblond hatte die Frisörin es genannt – war über den Spätsommer und Herbst unaufhaltsam gewachsen. Außerdem hatte er sich einen Bart stehen lassen wollen, und das Ergebnis war nicht gerade das, was er sich vorgestellt hatte, das musste er sich jetzt eingestehen. In seinem Gesicht herrschte reiner Wildwuchs.

»Ich weiß nicht so recht«, sagte er, »aber irgendwas muss passieren. Ich kann ja nicht wie ein ungepflegter Streuner auf der Kanzel stehen. Was würden Sie vorschlagen, Malin?«

Die Frisörin zog einen Kamm aus der Tasche ihrer Lederschürze und strich ihm damit mehrfach durch Haar und Bart. Dann kämmte sie den Pony aus der Stirn und hielt die Haare an den Seiten zurück.

»Wie wäre es mit einem Skin Fade? Dann hätten wir den modernsten Pfarrer der Gegend.«

Malin lächelte Samuel ermunternd im Spiegel zu.

»Ein Skin-was?«, fragte er. »Das klingt ziemlich furchteinflößend.«

»Ach, Quatsch«, lachte Malin. »Ich suche Ihnen ein Bild heraus.«

Sie tippte auf ihrem Handy herum und zeigte ihm das Foto eines deutlich jüngeren Mannes. Sein Pony war lang, was Samuel gefiel, aber er war hochgestylt, würde also nicht ständig in die Stirn fallen, wie er es gewohnt war. Die Seiten waren raspelkurz rasiert und der Scheitel messerscharf. Es sah wirklich modern aus und gut noch dazu, das konnte Samuel nicht leugnen. Dem Mann auf dem Foto stand die Frisur. Auch sein Bart war sehr gepflegt und hatte markante Konturen.

»Glauben Sie wirklich, dass das was für mich ist?«, fragte er und deutete auf das Display. »Dieser Mann ist doch gerade mal fünfundzwanzig, und ich werde bald fünfundvierzig.«

»Das glaube ich absolut«, sagte Malin. »Das wird Ihnen großartig stehen, und vermutlich sehen Sie damit gleich ein paar Jahre jünger aus. Wollen wir es mal ausprobieren?«

Sie hielt das Handy so, dass er sich die Frisur noch einmal ansehen konnte. Samuel schaute Malin an. Dann noch mal auf das Display. Hm, irgendwie fühlte es sich richtig an. Seine Frisörin würde schon wissen, was sie tat.

»Ja, okay«, sagte er. »Ihre Arbeit ist immer hervorragend, wieso sollte das in diesem Fall anders sein?«

»Schön«, sagte Malin, »dann mal los. Ich fange mit dem Bart an.«

Kurz darauf saß Samuel da, den Kopf in den Nacken gelegt mit einem warmen, feuchten Frotteehandtuch auf dem Gesicht, das nur seine Nase frei ließ. Er war heute der erste Kunde der *Frisörvillan* und noch der einzige.

Samuel entspannte sich und lauschte der beruhigenden Musik, die leise im Hintergrund dudelte, während Malin zu Werke ging.

Der Oktobermorgen hatte gut angefangen. Vor gerade mal einer Woche hatte Samuel das alte Pfarrhaus Klockarviks bezogen, wo er wesentlich mehr Platz hatte als in der Mietwohnung bei Tyra Lundin. Dort hatte er sich zwar auf allen Ebenen wohlgefühlt, und er fand es traurig, nicht länger bei ihr und ihrem Mann Sven-Erik zu wohnen, die beide so nette und großzügige Menschen waren, aber es war einfach zu eng geworden, besonders wenn Samuels drei Kinder zu Besuch kamen. Der kleine Emanuel war jede zweite Woche da, und die beiden Großen verbrachten sämtliche Ferien in Klockarvik. Als klar gewesen war, dass die Hauptpastorin nicht länger im Pfarrhaus bleiben wollte, hatte Samuel nicht lange überlegen müssen und das Haus übernommen.

Das Leben war schon sehr merkwürdig und wartete oft mit Überraschungen auf. Vor ein paar Jahren war er nur widerwillig nach Klockarvik gekommen und hatte absolut nicht länger als die ausgemachten sechs Monate bleiben wollen, am liebsten sogar kürzer. Er hatte vorgehabt, sich auf die nächstbeste offene Stelle in Västerås zu bewerben und so schnell wie möglich wieder nach Hause zu ziehen. Dort wohnte schließlich Marit, und sie hatten gemeinsame Zukunftspläne gehabt. Samuel hätte nie gedacht, dass er sich jemals in Klockarvik wohlfühlen würde. Und dann hatte das Leben eine ganz andere Wendung genommen als geplant. Nicht zuletzt, weil Maja-Sofia Rantatalo seinen Weg gekreuzt hatte. Sie war die zuständige Kriminalkommissarin der Gegend, und zum ersten Mal hatte er sie über einen Leichnam hinweg gesehen. Die Wege des Herrn – oder des »Bosses«, wie er Gott lieber nannte – waren unergründlich. Und dem Boss traute er, denn er war ein guter Gesprächspartner, der beste sogar.

Samuel musste beim Gedanken daran lächeln, dass er heute Morgen mit Maja-Sofias warmem Körper an seiner Seite aufgewacht war. So sah das nicht jeden Morgen aus, weil sie noch nicht richtig zusammengezogen waren. Aber vielleicht war es auch gut, wie es war, schließlich führten sie grundsätzlich unterschiedliche Leben. So vergoldeten ihre gelegentlichen Treffen den Alltag.

»Ich glaube, Ihnen geht es richtig gut«, sagte Malin. »Das sieht man an Ihrem Lächeln.«

Sie hatte ihm das Handtuch vom Gesicht genommen, und Samuel blinzelte in der plötzlichen Helligkeit. Die Zeit unter dem warmen, feuchten Frotteetuch war viel zu schnell verstrichen. Er hätte gern noch weiter an seine neue Liebe und das Schlafzimmer des Pfarrhauses gedacht. Als Malin sich mit Kamm, Rasierpinsel und -messer seinem Bart widmete, schloss er die Augen wieder. Aus dem Nebenraum drangen die Stimmen der anderen beiden Frisörinnen, Marie und Eva-Lena, die sich vor dem Start in den Arbeitstag unterhielten.

»So, dann ist bloß noch das Haupthaar übrig«, sagte seine

großartige Frisörin nach einer Weile. »Jetzt wird es richtig kurz an den Seiten.«

Samuel öffnete die Augen und fuhr sich mit der Hand über den so wunderbar rasierten Bart. Die Konturen waren schnurgerade. Diese Malin verstand ihr Handwerk. Eine wahrlich erfahrene Frisörin, die zur großen Freude der Männer in Klockarvik eine Barbierweiterbildung gemacht hatte. Samuel war aufgefallen, dass es beim ein oder anderen Dorfbewohner dadurch zu einer merklichen und erfreulichen optischen Veränderung gekommen war.

Er saß mit dem Rücken zu dem großen Fenster, das zur Straße führte, aber durch den Spiegel konnte er beobachten, dass in Klockarvik langsam das Leben erwachte. Autos fuhren vorbei, die Nordic Walker kehrten mit ihren Stöcken von der Morgenrunde am See zurück, der Parkplatz der Apotheke füllte sich allmählich, und vor der Missionskirche wurde das Herbstlaub zusammengefegt, das sich im Eingangsbereich gesammelt hatte.

Ein leises Läuten verkündete, dass weitere Kundschaft hereingekommen war, und Malins Kollegin Emma brachte den Neuzugang zu einem freien Stuhl direkt am Fenster. Samuel beobachtete sie im Spiegel. Er kannte die Frau vom Sehen, konnte sie aber nicht zuordnen. Sie war jedenfalls keine regelmäßige Kirchgängerin.

»Einmal färben«, sagte die Frau und deutete auf ihr Haar, das ein bisschen schwunglos aussah.

»Und schneiden sicher auch?«, fragte Emma, während sie die langen, trockenen Strähnen durch ihre Finger gleiten ließ.

Die Frau nickte.

»Ja, etwas. Aber nur die Spitzen, meine langen Haare möchte ich gern behalten.«

»Dann wollen wir mal, Inga-Gun! Gleich sehen Sie wieder aus wie neu. Lassen Sie mich mit der Farbe anfangen.«

Die Oktobersonne strahlte und ließ den Frost auf den Windschutzscheiben, Ästen und Büschen schmelzen. Das würde ein schöner Tag werden. Auf der Straße herrschte beständiges Treiben, und Samuel hatte noch immer einen guten Überblick, allerdings mit einer Einschränkung. Inga-Gun, wie sie also hieß, und ihre Frisörin verdeckten die Hälfte des Fensters. Emma arbeitete sich voran, bepinselte Strähne für Strähne und schlug sie in Alufolie ein. Schon bald glich Inga-Gun einem Marsmenschen mit funkelnden Antennen auf dem Kopf, und Samuel hatte große Mühe, nicht laut loszulachen.

Sicherheitshalber richtete er den Blick nach innen und dachte an den gerade vergangenen Sonntag. Der Gottesdienst zum Michaelistag war gut besucht gewesen, von Kindern und Erwachsenen aus dem Ort, aber auch ein paar neue, unbekannte Gesichter waren aufgetaucht. Ein Mann und eine Frau, die augenscheinlich zusammengehörten, waren ihm aufgefallen und ein etwa sechzigjähriger Mann, der allein gekommen war. Letzterer hatte im Anschluss mit dem früheren Pfarrer Sigvard Nordqvist gesprochen, der würde Samuel sicher noch Bericht erstatten. Sigvard und Samuel waren mittlerweile gute Freunde. Sie gingen ab und zu zusammen spazieren, und manchmal besuchte Samuel seinen Kollegen in seiner Hütte direkt am Klockarvikfluss.

»Malin«, sagte er, während sie sich an sein Kopfhaar wagte, »da waren gestern zwei Amerikaner im Gottesdienst. Ich würde sie auf Mitte dreißig schätzen. Haben Sie eine Ahnung, wer das gewesen sein könnte? Vielleicht Verwandtschaft von jemandem im Ort?«

Malin legt die Schere beiseite und griff kurz zum Fön, um bereits abgeschnittenes Haar wegzupusten.

»Amerikaner?«, fragte sie. »Das könnten die beiden sein, die bei Signe und Daniel zu Besuch sind. Eine Kundin hat erzählt, dass sie Besuch aus Amerika haben, zwei, die von ihnen gern mehr übers Bierbrauen und Backen lernen wollen, soweit ich weiß.«

Inga-Gun fuhr so schnell zu ihnen herum, dass sie Emma anstieß, der daraufhin der Pinsel mit der Farbe aus der Hand fiel.

»Oh, Inga-Gun, Sie müssen schon stillhalten!«, sagte sie und verschwand dann schnell in einem der hinteren Räume, um einen frischen Pinsel zu holen.

»Das Brauereicafé!«, schnaubte Inga-Gun. »Das wird sich doch niemals rentieren, da bin ich ziemlich sicher. Seit Daniel mit dieser Frau da zusammen ist ... Nein, mehr verkneife ich mir.«

»Das ist bestimmt besser«, sagte Emma, die ihre Arbeit wieder aufnahm. »Sonst komme ich mit Ihrer Frisur nicht weiter. Und jetzt sitzen Sie bitte still, damit wir Sie hübsch machen können.«

Samuel und Malin wechselten im Spiegel einen Blick. Malin formte ein Wort mit den Lippen. Was wollte sie bloß sagen? Eifersucht? Ja, das meinte sie wohl. Inga-Gun war aus irgendeinem Grund eifersüchtig, aber das ging ihn natürlich nichts an. Signe und Daniel waren ein dynamisches Paar, das in einem alten Backsteinhaus inmitten des Dorfs ein Café und eine Mikrobrauerei etabliert hatte, ganz in der Nähe vom Fluss. In dem charmanten Gebäude war vor langer Zeit schon einmal eine Brauerei angesiedelt gewesen. Daniel hatte dort noch schöne, alte Etiketten für Bier und Limonaden gefunden, die er gerahmt und ins Café gehängt hatte. Auf einem waren Micky und Minnie Maus abgebildet, die ihren Durst mit einer Waldbeerlimonade stillten. Viele Jahre hatte sich die Brauerei in einer Art Dornröschenschlaf befunden. Daniel hatte sie aufgeweckt und wieder in Betrieb genommen. Seit Signe auf der Bildfläche erschienen war, kümmerte sie sich um das Café, und inzwischen war es ziemlich populär.

»Ich mag das Brauereicafé sehr«, sagte Samuel laut und deutlich. »Die beiden haben ganze Arbeit geleistet, finden Sie nicht auch, Malin?«

»Sehe ich ganz genauso. Ich finde es total gemütlich da und gehe gern mal auf einen Kaffee hin. Außerdem ist es doch großartig, dass jemand in unser kleines Klockarvik investiert. Manchmal finden dort sogar Bierproben statt.«

Im Frisörstuhl beim Fenster wurde geschnaubt, aber mehr nicht. Inga-Gun hatte sich beruhigt.

Malin griff zu einem Handspiegel und zeigte Samuel seinen fertigen neuen Haarschnitt.

»Skin Fade«, sagte dieser und fuhr sich mit den Händen über die kahlen Seiten seines Kopfs. »Wage ich mich so nach draußen?«

ZWEI

Sigvard Nordqvist hatte seine Hütte am Fluss verlassen und sich auf den Weg in den Ort gemacht, selbstverständlich zu Fuß. Die Apostelpferde, will sagen: seine Beine, waren zuverlässige Freunde. Gerade fanden seine Spaziergänge in Begleitung seines Hundes Klops statt, vierbeinige gute Laune ungewissen Ursprungs, deren sich niemand hatte annehmen wollen.

Die Bewegung hielt ihn in Form, er war bereits über fünfundachtzig und dankbar, noch so gut unterwegs zu sein. Ein Besuch beim Ärztezentrum zur Blutabnahme war der Höhepunkt seines heutigen Tages. Dort behielt man sein Herz im Blick, und das war gut so. Denn vor ein paar Jahren hätte er fast das Zeitliche gesegnet, wenn sein Amtsbruder Samuel Williams und die Kriminalkommissarin Rantatalo ihn nicht durch Herzdruckmassage am Leben gehalten hätten, bis der Rettungswagen eingetroffen war. Noch war es nicht seine Zeit gewesen, ein paar Jahre hatte er noch, bis der oberste Chef seinen treuen Hirten zu sich rufen würde.

Sein ganzes Leben lang hatte Sigvard als Pfarrer in Klockarviks Gemeinde gewirkt, und selbst heute sprang er noch hin und wieder ein, wenn ein Gottesdienst auszufallen drohte. Die eine oder andere Trauung oder Beerdigung übernahm er auch noch jedes Jahr. Die Taufen hingegen waren selten geworden, da wandten sich die jungen Eltern lieber an Samuel oder die Hauptpastorin Ellinor. Vermutlich hatten sie Angst, er könnte die Kinder fallen lassen oder versehentlich im Taufbecken versenken.

»Dabei wäre ein solches Bad sicher belebend«, lachte er. »Das wäre mal eine ordentliche Taufe.«

Er marschierte am Bahnhofshotel vorbei und freute sich, dass es wieder auf die Füße gekommen war, nachdem es viele Jahre leer gestanden hatte und fast verfallen war. Der Mann, der es wiederaufgebaut hatte, lag zwar auf dem Friedhof, nachdem er brutal ermordet worden war, aber das Hotel war übernommen worden und erfreute sich konstanter Buchungen. Betten waren gefragt, denn Klockarvik zog das ganze Jahr über Besucher an. Im Winter waren es die Ski- und Langlauftouristen, im Sommer lockten das Mittsommerfest, verschiedene Musikveranstaltungen, außerdem schöne Wanderrouten und einer der besten Campingplätze des Landes.

»Guten Morgen!«, grüßte ihn ein entgegenkommender Mann, als Sigvard den Supermarkt gegenüber vom Hotel erreicht hatte.

Er überlegte einen Moment. Der Mann kam ihm bekannt vor, aber zuordnen konnte Sigvard ihn nicht sofort.

»Wir haben uns gestern in der Kirche getroffen«, erklärte er und streichelte Klops, der an seiner Hose schnüffelte, »und danach noch zusammen im Kirchencafé gesessen. Gideon Emanuelsson ist mein Name.«

Sigvard hob die Ledermütze zum Gruß.

»Ja, selbstverständlich«, sagte er. »Sie wollten sich doch auf große Wanderschaft begeben. Sind Sie noch gar nicht aufgebrochen?«

»Ich brauchte noch eine Nacht zur Erholung«, sagte er, »und wenn ich ordentlich gefrühstückt habe, geht es los. Ich habe ein paar schöne Routen entdeckt, die hier in Klockarvik starten.«

Der Mann reckte seinen Wanderstab in die Luft und deutete gleichzeitig auf seinen Rucksack. Er trug praktische Kleidung und einen schwarzen Schlapphut auf dem Kopf. Ein eigenartiger Mann, den Sigvard auf gut sechzig schätzte. Vermutlich bezog er schon Rente, denn Sigvard hatte nicht das Gefühl, dass der Mann noch arbeitete, und ohne Einkommen war es schwer, ständiges Herumreisen zu finanzieren. Jetzt wollte er auf eigene Faust durch unbekanntes Territorium wandern. Er kannte sich gut mit der Bibel aus, und sie hatten sich gestern sehr angeregt unterhalten.

»Dann haben Sie noch nicht gefrühstückt?«, fragte Sigvard.

»Noch nicht«, antwortete der Mann. »Ich wollte in dieses Brauereicafé.«

»Oh, da schließe ich mich gern an«, sagte Sigvard, »sofern Sie nichts dagegen haben. Das Frühstück dort ist unvergleichlich, und ich habe noch anderthalb Stunden, bis ich zur Blutabnahme muss. Ich lade Sie gern ein.«

Seite an Seite spazierten sie über die Järnvägsgatan. Sigvard freute sich über die Gesellschaft. Gideon wirkte zwar ein bisschen zerzaust, mottenzerfressen und sonderbar mit seinem Wanderstab und Rucksack, aber was machte das schon? Auch Jesus hatte nicht immer wie geleckt ausgesehen, wenn er durch die Gegend gezogen war. Gideon Emanuelsson war belesen und ein Meister der guten Unterhaltung, etwas, das Sigvard in seinem Leben manchmal fehlte. Das war viel wert.

DREI

»Signe, ich zeige unseren Gästen mal die Brauerei, okay? Kommst du gerade allein klar im Café?«

Signe schenkte ihrem Partner ein, wie sie hoffte, ermunterndes Lächeln.

»Sicher, zeig ihnen alles, was du kannst. Sie werden beeindruckt sein.«

Daniel umarmte sie kurz und streichelte ihr über die Wange. Entfernte Verwandte von ihm waren gerade zu Besuch aus Amerika, und es wurde nicht nur über Vorfahren und alte rote Schwedenhäuser gesprochen: Peg Nelson und Bill Elliot waren vorranging hier, um die schwedische Kunst des Brauens und Backens zu erlernen. In den USA wollten sie ein ganz ähnliches Geschäftsmodell aufziehen. Ihre Pläne hatten Daniel richtig aufleben lassen, und er teilte sein Wissen gern mit ihnen. Wie genau sie verwandt waren, hatte Signe noch immer nicht verstanden, entfernt jedenfalls, so viel war ihr klar.

Signe nahm frisch gebackene Kardamomteilchen vom Backblech und stapelte sie auf eine alte Kristallplatte mit Füßen. Sie war für Torten gedacht, aber im Brauereicafé wurde sie für alles Mögliche benutzt. Darauf stellten sie sowohl

Kuchen als auch Teilchen und Brote aus. Während sie fast mechanisch vor sich hinarbeitete, versuchte sie, nicht an das zu denken, was am Vorabend direkt nach Caféschluss passiert war. Daniel war mit ihrem Hund Rick zur Tierärztin gegangen, um nachsehen zu lassen, ob er eine Ohrenentzündung hatte, weil er sich so oft kratzte. Signe war allein im Brauereicafé zurückgeblieben. Plötzlich hatte jemand an die Scheibe geklopft. Als Signe sah, wer es war, hatte sie nicht geöffnet, sondern sich einfach weggedreht. Erwähnt hatte sie es Daniel gegenüber nicht, als er zurückgekommen war.

Sie hatte gerade erst für den Tag geöffnet, und bisher waren nur zwei Gäste da, um ihren Morgenkaffee zu trinken. Der eine Gast war eine Frau, vermutlich auf der Durchreise. Sie hatte eine Baumwolltasche auf dem Schoß, und der Rollkoffer neben ihr deutete darauf hin, dass es schon bald weitergehen würde. Der andere besuchte das Café oft. Es handelte sich um den Bierbrauer Leo Norz aus Våmhus, der gleichzeitig Freund und Konkurrent war.

»Na, so was«, sagte Leo zu Signe. »Dann will Daniel den Amis alles beibringen, was er übers Brauen weiß?«

»Das ist der Hintergedanke, ja«, antwortete Signe.

»Aha«, sagte Leo, »das wird dann wohl nicht lange dauern.«

Signe lachte über den Scherz und griff zur Kaffeekanne, damit sie ihm und der anderen Besucherin nachschenken konnte.

»Das sagst du«, erwiderte sie. »Wir könnten sie auch zu dir schicken, wenn das nicht überflüssig wäre.«

Darüber lachten sie beide. Wer sie nicht kannte, hätte diesen Schlagabtausch als böswillig missverstehen können, dabei respektierten sie einander sehr. Zumindest war das Signes Eindruck, obwohl ihr bewusst war, dass Daniels Bier sich wesentlich besser verkaufte als das der Våmhusbrauerei.

»Gibt es hier auch eine Toilette?«, fragte die fremde Frau.

»Selbstverständlich«, antwortete Signe. »Einfach durch die Tür dort rechts vom Tresen. Im Durchgang zur Brauerei ist die Toilette. Gehen Sie nur nicht zu weit, sonst stehen Sie zwischen großen Stahlbehältern und unzähligen Bierflaschen. Aber das sehen Sie dann schon selbst.«

Die Frau bedankte sich und machte sich auf den Weg zum WC. Die Klingel an der Tür ertönte, und zwei weitere Gäste traten ein. Der eine nahm den Schlapphut vom Kopf und stellte Wanderstab und Rucksack ab. Der andere war ein treuer Gast des Cafés.

»Guten Morgen, die Dame«, sagte Sigvard und hob seine Mütze. »Hättest du was zum Frühstücken für zwei ausgehungerte Männer?«

»Aber natürlich«, sagte Signe. »Setzt euch doch ans Fenster, dann hast du Klops im Blick, wenn er da draußen rumwuselt. Meinst du, er freut sich über ein bisschen Wasser?«

»Oh, ganz sicher, das wäre sehr nett«, sagte Sigvard. »Und mein Gast und ich würden uns über Kaffee und belegte Brote freuen.«

Signe füllte Wasser in eine alte Plastikschale und stellte sie Klops hin. Ihr eigener Hund Rick lag hoffentlich in seinem Körbchen in dem kleinen Büro hinter der Küche.

Signe stellte die belegten Brote und Kaffeetassen für Sigvard und seinen Begleiter auf ein Tablett. Als sie mit dem Tablett an ihren Tisch trat, warf sie dem Mann, der nun seine Jacke ausgezogen hatte, einen verstohlenen Blick zu. Dieser richtete gerade seine schwarzen Hosenträger, bemerkte aber, dass sie ihn ansah.

Signe wandte sich rasch ab und holte die Kaffeekanne. Mit zitternder Hand füllte sie die Tassen. Sigvard legte seine große Hand über Signes.

»Frierst du, meine Liebe?«, fragte er. »Das soll ja nicht sein. Wir kommen hier jetzt allein klar. Wieso gehst du nicht in die Backstube? Dort ist es doch sicher herrlich warm.«

Sie rang sich ein Lächeln ab und brachte dann die Kaffeekanne zurück. Im selben Moment kam Rick wie von der Tarantel gestochen angeflitzt und riss fast die Frau zu Boden, die gerade von der Toilette zurückkehrte.

»Rick, du hast hier nichts verloren!«, rief Signe mit so viel Nachdruck, wie sie konnte.

Sie folgte ihrem ungehorsamen Hund, der zum Fenster gerast war, wo er nun auf den Hinterläufen stand, um Klops auf der anderen Seite der Scheibe zu begrüßen. Er bellte lauthals, was Klops nicht unbeantwortet ließ. Er war genauso außer sich über seine hündische Gesellschaft.

»Rick! Es reicht, komm jetzt mit!«, sagte Signe und packte Ricks Halsband, doch der Hund stemmte sich mit voller Kraft dagegen, als sie versuchte, ihn wegzuziehen.

»Wir können ihn mitnehmen«, meldete sich Bill zu Wort.

Als Signe aufschaute, sah sie, dass er und Peg aus der Brauerei gekommen waren.

»Wir wollten doch sowieso eine Runde mit ihm drehen«, sagte Peg. »Komm! Wir gehen durch die Brauerei, damit es da draußen keinen Hundezoff gibt. Rick, ich hab hier was Gutes für dich!«

Peg hielt ihm ein Leckerli hin, leinte ihn schnell an und brachte den Hund tatsächlich dazu, ihr zu folgen. Die beiden Amerikaner und ein leidlich gehorsamer Hund verschwanden durch den hinteren Teil des alten Gebäudes.

Ein Stuhl schabte über den Fliesenboden, und dann streifte jemand Signes Rücken. Sie fuhr herum, sah Sigvards Begleiter mit dem weißen Hemd und den schwarzen Hosenträgern aber nur noch von hinten.

Vermutlich war nun auch er auf dem Weg zur Toilette. Signe hoffte, dass genug Toilettenpapier und Handtücher vorhanden waren, denn gerade hatte sie keine Zeit, beides nachzufüllen. Das würde sie später prüfen müssen.

»Ich warte mit Klops draußen«, sagte Sigvard laut. »Komm doch auch raus, wenn du fertig bist. Der arme Hund ist ein bisschen ungeduldig geworden.«

Der Mann wedelte mit der Hand und verschwand im Flur.

Signe sah sich im Café um. Der Bierbrauer aus Våmhus war gegangen, aber sein Auto stand noch vor dem Haus. Vermutlich war er in der Brauerei und wechselte ein paar Worte mit Daniel. Die beiden hatten sich immer einiges zu erzählen. Die Frau mit dem Rollkoffer war ebenfalls aufgebrochen, ohne dass Signe es mitbekommen hatte. Sie sah durch das Fenster gerade noch, wie sie sich entfernte, bestimmt musste sie zum Zug oder Bus. Signe wischte die Tische ab.

Alles musste sauber sein, damit die nächsten Gäste sich willkommen fühlten. Sie warf einen Blick in die Auslage und stellte fest, dass sie noch ein paar Teilchen nachlegen musste. Nach dem ersten Ansturm aufs Frühstück war es meist erst einmal ruhig, aber ab halb zehn trudelten für gewöhnlich wieder deutlich mehr Gäste ein, und bis halb elf wurde es dann ziemlich eng. Das Café war schließlich nicht groß, mehr als fünfzehn Leute fanden keinen Platz.

Signe warf einen Blick zur Wanduhr, niemand würde merken, wenn sie sich jetzt kurz wegschlich. Wahrscheinlich reichte die Zeit sogar für eine Zigarette draußen beim Vorratsgebäude. Dorthin zog sie sich oft zurück, um heimlich zu rauchen. Vielleicht eine alberne Angewohnheit, aber es würde sicher einen schlechten Eindruck machen, wenn die Gäste sahen, dass die Bäckerin rauchte, und Daniel war auch nicht gerade angetan von ihrem Laster.

Sigvards Freund hatte das Gebäude durch den Hinterausgang verlassen, Signe sah, dass er hinten ums Haus bog, um sich Klops und seinem Herrchen anzuschließen. Im Schutze des Nebengebäudes atmete sie erleichtert auf, als sie sich entfernten. Der Rollkoffer der Frau war noch immer zu hören, dabei musste sie ja eigentlich schon ein gehöriges Stück weit gekommen sein.

Signe nahm sich vor, Daniel und Leo gleich zu einer Pause zu überreden, denn wenn die beiden aufeinandertrafen, vergaßen sie nur zu gern Zeit und Raum. Sobald sie fertig geraucht hatte, würde sie zumindest dafür sorgen, dass die beiden frischen Kaffee bekamen. Signe drückte den Stummel in einer mit Sand gefüllten Blechdose aus, die sie sich als Aschenbecher bereitgestellt hatte. Dann griff sie zum Handy und fing an, eine SMS an Daniel zu schreiben.

Im selben Moment gab es einen heftigen Knall. Das einzige Fenster im Giebel der Brauerei barst, und Signe stolperte ein paar Schritte zurück gegen die Wand des Vorratsgebäudes.

»Die Brauerei«, flüsterte sie. »Was ist da los?«

Rauch schlug ihr entgegen, er brannte in Hals und Augen, und sie zog sich zu ihrem Schutz weiter zurück. Auf der anderen Straßenseite bildete sich eine Menschentraube. Schnell waren die Sirenen der ausrückenden Rettungsfahrzeuge zu hören. Signe machte ein paar wacklige Schritte auf das alte Brauereigebäude zu.

»Daniel!« Ihr gellender Schrei überschlug sich. »Daniel, bist du draußen?«

VIER

Sigvard wartete auf seinen Frühstückskameraden, und zusammen machten sie sich auf den Weg zum Supermarkt. Gideon brauchte Proviant, und Sigvard konnte genauso gut den Weg nehmen, der hinter dem Geschäft und an der Bushaltestelle vorbeiführte, um zum Ärztezentrum zu kommen. Dort traf man eigentlich immer bekannte Gesichter, mit denen man das eine oder andere Wort wechseln konnte. Im Großen und Ganzen war ihm in Klockarvik und Umgebung kaum jemand nicht vertraut. Ein paar Zugezogene gab es natürlich, ein paar Niederländer und Deutsche, außerdem Flüchtlinge aus Somalia. Aber auch diejenigen, die er nicht kannte, wurden mit einem Hutlupfen gegrüßt. So wurde es ihm einst beigebracht, und damit würde er nicht aufhören, solange er auf dieser Erde wandelte.

Der Morgen war schön und frostig, und besser als mit einem leckeren Kaffee, frisch gebackenem Brot und einem guten Gespräch hätte er gar nicht beginnen können. Der Wanderer Gideon hatte zu fast allen Themen interessante Ansichten, machte aber insgesamt eher einen strengen, wenig flexiblen Eindruck, fand Sigvard. Es fiel ihm schwer, Gideons Glauben an einen stets urteilenden Gott nachzuvollziehen, der nur ermahnte und strafte. Für Sigvard war der oberste Chef ein liebevoller Freund und die Bibel eine Richtschnur. Man konnte sie als Kompass auf dem Meer des Lebens bezeichnen. Ihre unterschiedlichen Sichtweisen führten jedoch dazu, dass das Gespräch nicht langweilig wurde, im Gegenteil.

»Sigvard! Guten Morgen!«, rief eine junge Frauenstimme von der Bushaltestelle herüber.

Suchend schaute er sich um. Woher war das gekommen? Und wer hatte ihn gegrüßt?

»Hier, Sigvard! Neben dem Bus!«

Da entdeckte er sie. Natürlich war es Tindra, dieses entzückende Mädchen, das sich, seit sie von Sigvard höchstselbst getauft worden war, in der Kirche nützlich machte. Eine Zeit lang war die Schule ein Problem für sie gewesen, das war ihm nicht entgangen, doch jetzt hatte sie die Kurve bekommen. In Rättvik beim *Stiftsgården* belegte sie einen Kurs in einer Einrichtung, die mit der Kirche zusammenarbeitete. Sigvard hoffte, dass sie trotzdem eifrig weitertrainierte, Tindra war schließlich eine talentierte Langläuferin und hatte sogar Samuel fit genug bekommen, um eine Etappe bei der alljährlichen Wasastaffel zu übernehmen. Sigvard hob die Hand zum Gruß und ging auf sie zu.

»Du bist auf dem Weg zur Schule, nehme ich an?«, fragte er und konnte nicht umhin, einen Blick auf ihre Hose zu werfen, die Löcher an den Knien hatte. Wie die Jugendlichen heute aussahen! Was für eine sonderbare Mode. Zu seiner Zeit hätte man sich für löchrige Kleidung in Grund und Boden geschämt.

»Ja, genau«, Tindra strahlte ihn an. »Ich fahre zur Schule, und es macht richtig Spaß dort! Es ist der Kurs, den die Kirche am *Stiftsgården* anbietet. Supergut! Ich wusste gar nicht, was man alles lernen kann!«

Sigvard schaute in die funkelnden Augen, sah die roten Wangen und nickte anerkennend. Das Mädchen war die Freude selbst. Niemand hätte ihr angesehen, dass sie es über Monate nicht zur Schule geschafft hatte. In der Zeit hatte sie glücklicherweise den Sport gehabt, der ihr Trost gespendet und viel Bewegung an der frischen Luft verschafft hatte. Außerdem war sie weiter in der Kirche aktiv gewesen und hatte dort ihre Aufgaben ausgezeichnet erledigt. Das Mädchen hatte die Schule verweigert, aber nicht aus Faulheit.

»Und wohin bist du unterwegs, Sigvard?«, fragte Tindra. »Normalerweise bleibst du doch in deiner Hütte am Fluss.«

»Folgeuntersuchung fürs Herz«, gab er etwas widerwillig zu.

Es kam ihm wie ein Eingeständnis von Schwäche vor. Mental fühlte er sich kaum älter als fünfundzwanzig, maximal dreißig. Nur sein Körper sendete ganz andere Signale.

»Aber wir haben uns vorher ein schönes Frühstück im Brauereicafé gegönnt, mein neuer Freund und ich«, fuhr er fort.

Sigvard nickte zu Gideon, der schweigend bei ihnen stand und aufmerksam zugehört hatte. Da hupte der Busfahrer, es war Zeit zur Abfahrt.

»Ich muss los«, sagte Tindra und stieg in den Bus. »Tschüss, wir sehen uns ja bald in …«

Die Türen schlossen sich im selben Moment, in dem ein

dumpfer, dröhnender Knall den Ort zum Beben brachte. Alle Umstehenden schauten in die Richtung, aus der das Geräusch gekommen war. Eine schwarze Rauchwolke stieg hinter den Hausdächern auf. Klops presste sich ans Schienbein seines Herrchens und zitterte fürchterlich.

»Was um alles in der Welt!«, platzte es aus Sigvard heraus. »Gideon, hast du das gehört?«

Der Wanderer nickte.

»Ja, das hat heftig geknallt. Ist da irgendwas explodiert?«

Der Bus, der sich an den Fahrplan zu halten hatte, egal, was hier gerade geschehen war, entfernte sich von der Haltestelle. Tindra schaute mit besorgtem Gesicht aus dem Fenster.

Kurz darauf heulten die Sirenen der Feuerwehr durch Klockarvik.

~ FÜNF ~

»Natürlich wagen Sie sich so raus! Sie sehen superstylish aus, Samuel! Zehn Jahre jünger. Und der Haarschnitt gefällt Ihnen doch, oder?«

Malin betrachtete ihn etwas verunsichert. Samuel zögerte seine Antwort einen Augenblick lang hinaus und schaute sich noch einmal ausgiebig im Spiegel an, bevor er ihr ein Lächeln schenkte.

»Sie haben wie immer ganze Arbeit geleistet, Malin«, sagte er. »Ich finde es richtig cool.«

Ein heftiger Knall, der die Fenster klirren ließ, unterbrach ihre Unterhaltung. Die Passanten draußen auf der Straße hielten schockiert inne. Dann waren Schreie zu hören, und alle deuteten in dieselbe Richtung.

»Lieber Gott, was ist denn da los?«, rief Emma. »Ist etwa ein Flugzeug abgestürzt?«

Inga-Gun, mit frisch foliertem Haar, war aufgestanden. Sie und Emma zogen sich tiefer ins Innere des Frisörsalons zurück, weg von dem großen Fenster. Samuel blieb sitzen und beobachtete das Geschehen im Spiegel. Malin schien wie eingefroren.

»Es riecht nach Rauch, oder?«, fragte sie.

Samuel schnüffelte.

»Nein, Sie haben recht«, sagte er. »Das tut es tatsächlich.«

Die sich nähernden Sirenen bestätigten ihre Befürchtungen. Mit hoher Geschwindigkeit sausten zwei Feuerwehrfahrzeuge vorbei, dicht gefolgt von einem kleineren Einsatzwagen. Die Leute auf der Straße brachten sich schnell auf dem Bürgersteig in Sicherheit. Samuel überlegte, was in der Richtung lag, in die die Fahrzeuge unterwegs waren. Die Kirche und das Gemeindezentrum zum einen, aber auch das Altenheim, wo er hin und wieder Andachten hielt, und natürlich die Schule. Ganz zu schweigen vom Pfarrhaus, in dem er wohnte. Aber der Brand konnte natürlich auch etwas weiter entfernt ausgebrochen sein. Vielleicht stand eins der Häuser am See jenseits der Brücke in Flammen. Aber so sehr wie die Scheiben hier gezittert hatten, konnte der Ort des Geschehens nicht allzu weit entfernt liegen.

Die Tür wurde aufgerissen, und diesmal klang das Klingeln fast wütend. Ingemar Tysk, im Ort eher bekannt als Brysk, der zusammen mit seinem Cousin Johan eigentlich immer über alles im Bilde war, was im Ort vor sich ging, steckte den Kopf herein.

»Das Brauereicafé brennt! Jemand hat das Ding in die Luft gejagt! Tysk und ich fahren hin.«

So wurden sie hier genannt: Tysk und Brysk. Die Tür fiel wieder zu, und Brysk war so schnell verschwunden, wie er gekommen war. Samuel riss sich den Umhang herunter und stand auf. Die beiden neigten zur Übertreibung, aber der Ernst in Brysks Stimme war nicht zu überhören gewesen.

»In die Luft gejagt?« Fragend sah Samuel Malin an. »Die Brauerei?«

»Und die Bäckerei«, ergänzte sie. »Und das Café. Das ist gar nicht mal so weit weg. Hoffentlich ist niemand zu Schaden gekommen. Die arme Signe, der arme Daniel, die haben so hart gearbeitet, um das alles aufzubauen.«

»Aha, dann hat der ach so gute Kråk Daniel Eriksson jetzt die gerechte Strafe für seine Sünden bekommen«, murmelte Inga-Gun.

Niemand reagierte auf ihren Kommentar.

Samuel nahm seinen Mantel von der Garderobe an der Tür. Die Pflicht rief. Als Pfarrer war er selbstverständlich zuständig, wenn sich im Ort eine Katastrophe ereignete.

»Ich muss sofort hin, Malin«, sagte er. »Ist es in Ordnung, wenn ich später wiederkomme, um zu bezahlen?«

»Selbstverständlich!«, sagte sie mit abwehrender Geste. »Beeilen Sie sich, und beten Sie doch bitte, dass nichts allzu Schlimmes passiert ist.«

Und genau das tat Samuel, während er in die Richtung joggte, in die es auch alle anderen zog.

»Boss«, sagte er laut und deutlich, »ich hoffe sehr, dass du die eifrigen Menschen im Brauereicafé geschützt hast.«

In dem allgemeinen Gewimmel vernahm er keine Antwort, aber er war felsenfest davon überzeugt, dass der Boss bei ihm war – wie immer in Momenten der Not.

SECHS

Bill hielt das Handy vor sich und warf einen Blick auf die Karte. Dann fand er den Weg, von dem Signe letztens so geschwärmt hatte. Sie mussten nur an der Kirche vorbei und der von großen Häusern gesäumten Straße folgen, dann würden sie auf einen Pfad stoßen, der durch ein kleines Waldstück bis zum See führte. Dort war das Bootshaus, in dem die Kirchboote lagen, hatte sie erklärt. Man hatte einen ungehinderten Blick über den See und konnte bis nach Våmhus sehen.

»Es ist nicht weit«, sagte Bill und zeigte Peg das Display. »Signe geht oft dorthin, wenn sie mal einen Moment für sich braucht.«

»Na, dann los«, sagte sie und fasste die Leine etwas fester.

Signe hatte die beiden noch vor Öffnung des Cafés gebeten, eine große Runde mit dem Hund zu drehen, was sie nur zu gern versprochen hatten. Signe hatte ihn in der Früh nur schnell in den Garten lassen können, und er brauchte definitiv mehr Bewegung.

Bill und Peg waren beide um zwei aufgestanden, um Signe in der Bäckerei über die Schulter zu schauen. Als Erstes hatten sie geholfen, Teig für Zimtschnecken anzusetzen, und danach eine ganze Weile mit Daniel in der Brauerei verbracht. Es gab so unendlich viel zu lernen, und sie wollten so viel wie möglich erfahren, das ihnen nutzen würde, wenn sie in die USA zurückkehrten. Sie planten nämlich, etwas ganz Ähnliches in ihrer kleinen Stadt in Minnesota aufzubauen, die einst von schwedischen Auswanderern gegründet worden war. Guten Kaffee würden sie anbieten, dazu Zimtschnecken, Mürbegebäck und Prinzessinnentorte und außerdem ein selbst gebrautes Lagerbier. Schwedisch, erfrischend und gut. Es gab bereits einige schwedische Restaurants und Cafés, aber noch keine Kombination aus Zimtschnecken und Mikrobrauerei, und darum ging es ihnen.

Der Hund schnüffelte eifrig und zog an der Leine. Peg hielt ihn zurück.

»Come here!«, sagte sie auffordernd. *»Walk here with us.«*

Bill lachte herzhaft.

»Rick versteht doch kein Englisch«, sagte er. »Das wird witzig, wenn er dich einmal quer durchs Gebüsch zerrt und du wieder rauskriechen musst.«

Pegs Mundwinkel bogen sich nach unten, doch dann gab sie ihrem Mann einen Kuss und lachte.

»Mensch, Bill«, sagte sie, als sie gerade die Straße verließen und den Pfad betraten, an dem ihnen ein schön geschnitztes Schild verriet, wohin der Weg sie führen würde. »Was für ein Glück, dass wir meine Verwandten gefunden haben und herkommen konnten, um das alles zu lernen, oder?«

»Absolut«, antwortete Bill. »Die haben so viel Ahnung, da müssen wir nicht bei null anfangen, wenn wir wieder zu Hause sind. Und es ist so interessant zu sehen, wo deine Vorfahren gelebt haben, bevor sie nach Amerika aufgebrochen sind.«

Beide hingen eine Weile lang ihren eigenen Gedanken nach. Bevor sie nach Klockarvik gekommen waren, hatten sie ein altes Bergdorf vor den Toren des Ortes besucht. Als sie dort auf dem Friedhof gestanden und die beiden moosbewachsenen Grabsteine mit den Peg allzu bekannten Nachnamen betrachtet hatten, waren ihnen die Tränen gekommen. Ihre Eltern hatten sich gezwungen gesehen, all das hier zurückzulassen und ihr Glück in Amerika zu versuchen. Bills Ahnen waren ebenfalls Europäer, sie waren aus Nordengland nach Amerika gekommen.

Peg holte ein Taschentuch aus der Tasche und fing damit eine Träne auf, die sie beim Gedanken an den Friedhofsbesuch vergießen musste. Bill strich ihr sanft übers Gesicht und nahm ihr den Hund ab. Dieser nutze den Radius, den ihm die Leine bot, voll aus. Bill hielt ihn fest, so gut es ging. Sie wagten es nicht, ihn loszumachen. Vermutlich würde er auf einen englischen Rückruf nicht hören, und das war ihnen zu riskant. Da ließen sie ihn lieber angeleint, während sie sich allmählich dem Wasser näherten.

»Oh, schau dir das Haus an!«, sagte Peg mit einer deutenden Geste. »Mit schwedischen Flaggen und allem Drum und Dran.«

»Da steht was auf den Schildern«, sagte Bill. »Hier liegen sicher die Kirchboote.«

Er deutete auf eins der kleineren Schilder.

»Hier gibt es eine Kamera«, sagte er. »Die Gegend wird überwacht. Dann sollten wir uns was anderes überlegen, als da reinzugehen und uns die Boote anzusehen.«

»Da hast du recht«, sagte Peg. »Fenster gibt es auch keine. Wie schade!«

Bill ging hinunter zum Wasser, und Peg wartete auf dem Pfad. Sie schaute auf den See, auf dem der Nebel in allen Abstufungen von Grau langsam zum Ufer kroch. Die Sonne, die am Morgen noch ihre Strahlen auf den Nachtfrost gerichtet hatte, schien aufgegeben zu haben und versteckte sich hinter Regenwolken. Unweit des Ufers ließen sich kleine Inseln erahnen, und langsam breitete sich das Eis aus. Nicht mehr lange, dann würde der See zugefroren sein. Daniel und Signe hatten ihnen erzählt, wie sehr die Dorfbewohner es liebten, darauf Schlittschuh zu fahren. Ein paar Niederländer kamen sogar nur deswegen her, um hier zu trainieren. Es wäre wunderbar, wenn sie den Winter hier verbringen könnten, um dies alles selbst zu erleben, aber ein so langer Aufenthalt war leider nicht eingeplant.

»Komm schon«, rief Peg. »Lass uns weitergehen.«

Genau in dem Augenblick hörten sie einen dumpfen Knall.

»Oh«, machte sie. »Was war das? Wurde da geschossen?«

Bill lachte nur.

»Das war sicher nichts Ernstes. Es klang wie eine kleine Explosion, vielleicht wird ja irgendwo gebaut. Jetzt guck doch nicht so erschrocken.«

Also wanderten sie weiter, Rick schlenderte mittlerweile

hinter ihnen her und blieb schlussendlich mitten auf dem Weg stehen, um zu schnüffeln. Seine Rute bewegte sich langsam, die Nase hatte er emporgereckt. Der muskulöse Hund zitterte am ganzen Leib.

»Schau mal«, sagte Bill, »irgendwas macht ihm Angst.«

Jetzt hielt auch Peg die Nase in die Luft und schnupperte. Sie musste Rick zustimmen, irgendetwas roch. Beißend.

»Rauch«, sagte sie mit felsenfester Überzeugung. »Bill, irgendwo brennt es. Riechst du das nicht?«

Bill gab sich die größte Mühe, roch aber nichts. Dann kratzte er sich am Kopf, versuchte es noch einmal. Der Hund fing an zu winseln und zerrte an der Leine.

»Du hast recht«, sagte er. »Es scheint vom Dorf zu kommen, und das ist sicher kein harmloses, kleines Feuerchen. Komm, gehen wir zurück. Das ist ja auch offenbar das, was der Hund will.«

Nur zwanzig Minuten später standen sie in der großen Menschentraube und hielten sich die Hände vor den Mund, während sie zusahen, wie noch immer schwarzer Rauch aus einem zerborstenen Giebelfenster drang.

»Die Brauerei steht in Flammen«, sagte Bill und deutete darauf. »Aber das Café auf der anderen Seite hat noch kein Feuer gefangen.«

Das stimmte. Der Teil des Gebäudes, in dem das Café lag, war noch nicht betroffen.

Viele Dorfbewohner hatten sich an der Polizeiabsperrung versammelt und verfolgten das Geschehen von dort aus.

Peg und Bill wechselten einen Blick.

»Wir waren doch zur Führung verabredet«, flüsterte Peg. »Ausgerechnet heute.«

»Das regeln wir später«, flüsterte Bill zurück. »Gerade können wir ja doch nichts tun.«

SIEBEN

Kriminalkommissarin Maja-Sofia Rantatalo saß an ihrem Schreibtisch in der Polizeiwache von Mora, eine Tasse frisch gebrühten Kaffees vor sich. Herrlich, dass die alte Kaffeemaschine, die sowieso nur dünne, bittere Brühe zustande brachte, endlich entsorgt worden war und stattdessen eine Stempelkanne Einzug gehalten hatte, die wesentlich besseren Kaffee zauberte. Wäre es nach ihr gegangen, hätte sie gleich eine richtige Kanne für Kochkaffee besorgt, wie man sie in ihren Heimatgefilden in Lappland nutzte. Aber das hätte sie unmöglich durchsetzen können, niemand hatte die Muße, mehrmals am Tag echten Kaffee zu kochen. Der leiseste Hinweis in die Richtung wäre im Keim erstickt worden. Oder aber jedes Kaffeekochen am Arbeitsplatz wäre an ihr hängen geblieben, und dazu hatte auch sie keine Zeit.

Der Morgen war fantastisch gewesen, so wie eigentlich jeder Morgen sein sollte. Maja-Sofia war im Pfarrhaus neben Samuel aufgewacht und hatte es genossen, Samuels warmen Körper direkt neben sich zu spüren. Sie schlief nicht jede Nacht dort, manchmal kam er auch zu ihr, und jede zweite Woche, wenn Samuel sein jüngstes Kind bei sich hatte, blieb Maja-Sofia allein in ihrem gemütlichen Missionshaus. Doch dieser Montagmorgen hatte ganz ihnen gehört, und das hatten sie voll ausgekostet.

Maja-Sofia war aufgestanden, hatte sich Kaffee für die Thermoskanne gekocht und war zum Klockarviksee gegangen, um ein kurzes Bad zu nehmen.

Mit einer Mütze und Handschuhen im Gepäck ging das sehr gut, und manchmal hatte sie Gesellschaft von anderen Dorfbewohnern. Sie schätzten ebenfalls die Freude und das belebende Gefühl, die sich nach dem Eisbaden unweigerlich einstellten. Es gab keinen besseren Weg, in den Tag zu starten. Maja-Sofia hatte sich kontrolliertes Atmen angewöhnt, und mit jedem Atemzug machte sie einen Schritt weiter in den eiskalten See. Kaum war ihr ganzer Körper unter Wasser, blieb sie stehen und spürte nach, was er ihr zurückmeldete, und das war immer ein Erlebnis. Dann langsam und meditativ, Schritt für Schritt wieder aus dem Wasser zu kommen und dabei sonderbarerweise nicht zu frieren, fühlte sich unschlagbar an. Wie schön es wäre, wenn Samuel sie dabei begleiten würde, aber als sie das einmal angesprochen hatte, hatte er sofort abgelehnt. Ein Bad im eiskalten See war unvorstellbar für ihn, das musste sie einfach akzeptieren. Und eigentlich war es sogar gut, diesen Moment nur für sich zu haben. Einen Moment, in dem sie alles vergessen konnte, Berufliches und Privates.

Den Blick auf den Computer gerichtet, nippte Maja-Sofia vorsichtig an dem warmen Kaffee und betrachtete die Aufgabe, die heute vor ihr lag. Ein noch unaufgeklärter Todesfall in Idre, zu dem sie ein paar Zeugen erneut vernehmen musste. Eine Tote war in einem der Häuser in der Nähe der

Wallfahrtskirche gefunden worden, und es hatte drei Wochen gedauert, sie zu identifizieren. Wie sich herausstellte, handelte es sich um eine alleinstehende Siebzigjährige aus Salangen in Norwegen. Wahrscheinlich lag eine natürliche Todesursache vor, aber es fehlten noch ein paar Arbeitsschritte, bis sie den Fall zu den Akten legen konnten. Sie warteten auf den Bericht der Rechtsmedizin, vielleicht waren Hinweise auf einen Suizid gefunden worden. Mord und Totschlag hatten sie schon ausschließen können.

Vorsichtig wurde an die Tür geklopft, und ihr Kollege Knis Petter Larsson tauchte auf.

»Morgen, Rantatalo! Alles in Ordnung?«

Maja-Sofia nickte, bat ihn herein und deutete auf den freien Stuhl.

»Guten Morgen, Kriminalinspektor«, grüßte sie zurück. »Alles bestens. Ich bin mit einem fantastischen Sprung ins Wasser in den Tag gestartet.«

»Du bist echt verrückt«, lachte Larsson. »Obwohl, vielleicht auch nicht. Irgendwas muss ja am Eisbaden dran sein, wenn das so viele machen.«

»Du solltest es mal probieren«, sagte sie. »Ist eine tolle Ablenkung von all dem Elend, das wir Tag für Tag sehen. Man spült alle Probleme weg und kann wieder klarer denken.«

Ein weiteres Klopfen ertönte, und schon gesellte sich Kriminalinspektorin Martina Jarning zu ihnen.

»Planänderung«, sagte sie, wie immer seelenruhig, »was immer für heute angedacht war, muss warten. In Klockarvik brennt es.«

»Bitte?«, Maja-Sofia setzte sich auf. »Da komme ich doch gerade erst her.«

Jarning schaute sie mitfühlend an.

»Deshalb wende ich mich ja gleich an dich.«

»Aber doch nicht das Pfarrhaus?«, fragte Maja-Sofia mit einem Kloß im Hals.

»Nein, soweit ich weiß, ist es die Brauerei. Oder war es das Café?«

»Aber«, sagte Maja-Sofia, »eine Streife ist doch sicher schon unterwegs? Und die Feuerwehr? Da müssen wir vermutlich gar nicht los, sofern kein ...«

Sie wurde vom Klingeln ihres Handys unterbrochen. Maja-Sofia schaute aufs Display. Ein Foto von Samuel lächelte sie freundlich an.

Der musste warten. Sie drückte auf die vorgefertigte Antwort. *Beschäftigt, melde mich später.*

»Ja, die Kollegen sind schon los«, beantwortete Jarning ihre erste Frage.

»Selbstverständlich«, sagte sie.

Das Handy klingelte erneut. Samuel ließ nicht locker. Vielleicht war ihm etwas passiert?

»Ich muss das gerade annehmen«, sagte Maja-Sofia entschuldigend. »Aber ich mach's kurz.« Dann: »Samuel.«

»Das Brauereicafé brennt!«, sagte er ohne Umschweife.

Samuels sonst so ruhige, warme Stimme, klang verändert. Er hatte sogar die Begrüßung ausgelassen.

»Das haben wir auch gerade erfahren«, sagte sie, »aber danke für deinen Anruf. Eine Streife ist unterwegs.«

»Ich auch«, sagte er. »Muss mal sehen, ob ich irgendwo

anpacken kann. Also ob ich jemandem helfen kann, meine ich.«

»Verstehe schon. Vielleicht sehen wir uns. Pass auf dich auf.«

Sie legte auf und das Handy weg.

»Kontaktiert mal die Kollegen«, sagte sie, allerdings war dies überflüssig, denn Jarning deutete schon aufs Funkgerät.

Gespannt lauschte Maja-Sofia dem kurzen Funkspruch und zog ihre Jacke an.

»Schwarzer Rauch, wahrscheinlich Explosion, kommen.«

»Verletzte? Kommen.«

»Unbekannt, aber möglich. Kommen.«

»Okay, wir sind unterwegs, Ende«, sagte Jarning.

ACHT

Samuel rannte die Straße hinunter in die Richtung, in der die Katastrophe wartete. Die Kombination aus Mikrobrauerei, Bäckerei und Café lag mitten im Ort und genau zwischen Frisörsalon und Pfarrhaus. Da war es nicht weiter erstaunlich, dass die Fenster des Salons so gebebt hatten, eigentlich ein Wunder, dass sie nicht zerbrochen waren.

»So, Boss«, murmelte Samuel an Gott gerichtet, »jetzt musst du uns beistehen und die Katastrophe eindämmen, damit niemand in Klockarvik zu Schaden kommt.«

Samuel erreichte die Brauerei. Orangerote Flammen waren zu sehen, schwarzer Rauch quoll aus dem zersprungenen Giebelfenster und stand über der Straße. Samuel zog sich den Schal über Nase und Mund und bog in die Querstraße ein, um sich dem Unglücksort von der anderen Seite zu nähern und den Wind im Rücken zu haben. In den Rauch zu laufen, wäre keine gute Idee.

Sein Einfall zahlte sich aus, denn als er ankam, brannte kein Rauch in seinen Augen oder versperrte ihm die Sicht. Die Flammen züngelten bereits am Ziegeldach. Er dankte dem Boss schnell, dass es sich nicht um ein Holzgebäude handelte, denn sonst wäre längst alles heruntergebrannt.

Die Feuerwehr hatte bereits mit den Löscharbeiten begonnen und mehrere Wasserstrahlen auf den Ziegelbau gerichtet. Je nachdem, was dort gelagert war, bestand jederzeit die Gefahr, dass es weitere Explosionen gab. Was brauchte man eigentlich zum Bierbrauen? Er näherte sich so weit wie möglich und stellte sich in den Schatten des alten Nebengebäudes. Ein kleiner Zettel am Boden, wenig größer als eine Briefmarke, erregte seine Aufmerksamkeit. Offenbar handelte es sich um ein buntes Lesezeichen. Er hob es auf und steckte es gedankenverloren in die Tasche, während er sich weiter umsah. Was konnte er bloß tun?

Sicher wäre es klug, die versammelten Schaulustigen in die Kirche zu bitten, denn dort wären sie sicherer als in unmittelbarer Brandnähe. Sie könnten die Türen schließen und wären geschützt vor dem giftigen Rauch, außerdem könnten sie Kerzen anzünden und sich von dem Schreck erholen.

Als er den Entschluss gerade in die Tat umsetzen wollte, hörte er ein Geräusch, jemand murmelte wieder und wieder die gleichen Worte, wie ein Mantra.

»Nicht so«, schluchzte jemand. »So war das nicht gedacht.«

Eine Frau, aber wo war sie? Samuel wandte sich um und umrundete das Nebengebäude. Auf der Rückseite stand sie gegen die Wand gepresst und zitterte am ganzen Leib. Sie hatte sich fest in eine grellgrüne Strickjacke gewickelt und umklammerte sich selbst. Mit verschrecktem Blick sah sie ihn an.

»So war das nicht gedacht«, wiederholte sie.

Samuel kannte sie, das war Signe, sie betrieb das Café. Er näherte sich ihr langsam, legte ihr einen Arm um die Schultern und führte sie ein Stück weg. Dazu sprach er unzusammenhängend, aber – wie er hoffte – beruhigend auf sie ein, als wäre sie ein Kind. Wieder und wieder sagte sie ihren Satz: »So war das nicht gedacht.«

Samuel sah sich um. Wohin sollte er sie bringen? Hier konnten sie unmöglich bleiben. Und wovon sprach sie eigentlich? Was war nicht so gedacht?

Auf der Straße hatten sich in der Zwischenzeit noch mehr Menschen versammelt, es würde schwer werden, sie alle davon zu überzeugen, in die Kirche mitzukommen. Da sah er, dass Ellinor, Cillan und Torbjörn angerannt kamen, und hörte ihre Rufe, die Kirche sei offen und alle herzlich willkommen, dort Schutz zu suchen. Die meisten folgten ihnen, nur die Neugierigsten blieben.

Samuel schlug nicht den Weg zur Kirche ein. Er führte Signe ein Stück weg hinter die Brauerei, zum Gehweg am Flussufer. Sie folgte ihm ohne Gegenwehr. Als sie nur noch wenige Hundert Meter vom Schutz des Pfarrhauses entfernt waren, kam Samuel ein Gedanke, aber er sprach Signe erst darauf an, als sie angekommen waren.

»Signe«, sagte er auf den Verandastufen, »wo ist Daniel?«

Mit zitternder Hand deutete sie zu der schwarzen Rauchwolke, die weit in den Himmel ragte, wo gerade noch ihr erfolgreiches und vielversprechendes Unternehmen gestanden hatte.

»In der Brauerei? Meinst du das?«

Signe nickte.

»Ich glaube schon.« Sie konnte kaum sprechen.

»Guter Gott!«, platze es aus Samuel heraus.

Im selben Moment sah er die Streifenwagen, die endlich eintrafen. Von Mora war es eine ordentliche Strecke, dafür hatten sie es erstaunlich schnell geschafft. Maja-Sofia und ihre Kollegen stiegen aus. Samuel zückte sein Handy und wählte zum dritten Mal an diesem Morgen ihre Nummer. Normalerweise würde er sie nicht bei der Arbeit stören, aber jetzt ging es im wahrsten Sinne des Wortes um Leben und Tod.

»Ja?«, meldete sie sich leicht gereizt. »Ich habe gerade keine Zeit, Samuel.«

»Daniel ist noch in der Brauerei«, sagte er schnell. »Im Feuer. Ich bin mit Signe im Pfarrhaus.«

NEUN

Maja-Sofia beendete das kurze Telefonat mit Samuel und schloss die Autotür. Dichte, schwarze Rauchschwaden kamen aus der Brauerei, und die Feuerwehr war mit den Löscharbeiten beschäftigt. Die Flammen wurden bereits kleiner.

Die Kollegen, die als Erste vor Ort gewesen waren, hatten den Bereich abgesperrt, um die neugierigen Ortsbewohner auf Abstand zu halten. Am sichersten wäre es natürlich gewesen, sie gleich ganz fortzuschicken, dies war gerade wirklich kein Ort, an dem man sich aufhalten sollte, dachte Maja-Sofia. Die Leute sollten schnellstmöglich nach Hause gehen und die Fenster geschlossen halten. Larsson reichte ihr eine Schutzmaske, und sie sah ihm an, dass er ganz ähnlich dachte wie sie. Er näherte sich den Schaulustigen, die sich an einer Stelle versammelt hatten, an die gerade kein Rauch zog, und breitete die Arme aus.

»Bitte verlassen Sie sofort diesen Bereich!«, befahl er. »Gehen Sie nach Hause, und schließen Sie Fenster und Türen. Es ist nicht gesund, diesen Rauch einzuatmen.«

»Alle sind herzlich in der Kirche willkommen«, rief Ellinor, die genau in diesem Augenblick zurückgekehrt war, um mehr Menschen von diesem finsteren Schauspiel wegzulocken.

Die meisten wirkten wie unter Schock und taten, was ihnen gesagt wurde. Nur ein paar vereinzelte sture Köpfe blieben stehen, die Sorte Mensch, die schon als Kinder den Feuerwehrautos hinterhergeradelt waren. Manches wuchs sich nicht aus.

Noch immer konnte man es durch die geplatzten Fenster brennen sehen, gerade ging jedoch die größte Gefahr vom Rauch aus. Maja-Sofia behielt die Maske auf, während sie die Verwüstung betrachtete. Was für eine Katastrophe für das junge Paar, das sich dort seine Lebensgrundlage aufgebaut hatte. Es war so eine schöne Idee gewesen, eine Brauerei mit einer Bäckerei zu kombinieren, in der zugleich mit Liebe gutes Brot und Gebäck gemacht wurde. Sie und Samuel waren schon öfter dort gewesen und hatten Signe und Daniel für ihre fantastische Arbeit gelobt. Und jetzt war alles, mindestens jedoch die Brauerei, aus einem Grund abgebrannt, der noch zu ermitteln blieb. Ob die Explosion fahrlässig oder absichtlich verursacht worden war, würden sie hoffentlich herausfinden. So oder so fiel dieser Fall in die Kategorie »schwere Brandstiftung«, weil das Feuer in einem dicht besiedelten Gebiet ausgebrochen war. Wäre Klockarviks Feuerwehr nicht so flink und zuverlässig, hätte es viel schlimmer ausgehen können.

Ein kleiner weißer Lieferwagen startete und fuhr los, und Maja-Sofia las den aufgedruckten Namen: *Våmhusbrauerei*. Man konnte sich schon fragen, was der Braumeister hier wollte, während die Konkurrenz abbrannte, also machte sie sich eine mentale Notiz, der Sache nachzugehen, sollte sich die Gelegenheit ergeben oder die Notwendigkeit entstehen.

Einsatzleiterin Jennifer Hultin kam zu ihr. Sie waren sich schon das eine oder andere Mal bei kleineren und größeren Einsätzen begegnet, die meisten mit gutem Ausgang dank professioneller Löscharbeit.

»Hallo«, sagte Maja-Sofia und nahm die Maske ab. »Mir wurde gerade telefonisch von Samuel Williams, dem Pfarrer, mitgeteilt, dass er sich um Signe kümmert. Sie führt das Brauereicafé zusammen mit ihrem Partner Daniel. Sie sagt, dass er sich noch in der Brauerei befindet.«

Hultin nickte.

»Hoffentlich können wir das bald überprüfen«, sagte sie, »aber gerade wäre es zu gefährlich, das Gebäude zu betreten. Die Explosionsgefahr ist hoch. Alles deutet darauf hin, dass eine Gasflasche explodiert ist, und noch wissen wir nicht, ob es weitere gibt. Aber selbstverständlich sind die Kollegen bereit, höhere Risiken einzugehen, wenn es um ein Menschenleben geht.«

»Der Rauch ist ganz schön dicht«, sagte Maja-Sofia.

»Wahrscheinlich Styropor. Wenn das schmilzt, kommt es zu solcher Rauchentwicklung«, erwiderte Hultin. »Styropor ist schnell verbrannt, aber wer weiß, was noch alles in dem Gebäude ist. Da schicken wir ungern jemanden rein.«

Maja-Sofia wählte Samuels Nummer, und der nahm den Anruf sofort entgegen.

»Könntest du Signe fragen, wie viele Gasflaschen in der Brauerei sind?«, fragte sie.

»Moment«, sagte er.

Sie hörte ihn leise sprechen, verstand aber nicht, was er sagte. Nach kurzer Zeit meldete er sich wieder.

»Soweit sie weiß, gab es nur eine. Sie steht vor dem Raum mit den Lagertanks«, sagte er.

»Also genau da, wo es brennt. Danke, ich melde mich später wieder.« An Hultin gewandt sagte sie: »Laut Signe, der Besitzerin, gibt es keine weiteren Gasflaschen.«

Maja-Sofia ließ Hultin wieder an die Arbeit zurückkehren und suchte die beiden, die in der ersten Streife gewesen waren.

»Und?«, fragte sie.

»Schwierige Lage«, sagte der eine, der schon seit vielen Jahren bei der Polizei in Mora arbeitete und so auf einen großen Erfahrungsschatz zurückblickte. »Wie bitter, dass ein so schönes Gebäude zerstört wurde. Die Wände halten dem Brand vermutlich stand, aber die Schnitzereien und die Einrichtung werden kaum zu retten sein.«

»Bleibt die Frage nach dem Warum«, sagte Maja-Sofia. »Wenn das ein Streich gewesen sein soll, ist das einfach grob fahrlässig gegenüber unschuldigen Menschen.«

Die andere Polizistin, etwas jünger, meldete sich zu Wort. »Ich gehe davon aus, dass es sich um ein Unglück handelt«, sagte sie. »Zumindest hoffe ich das, wenn man denn in dieser Situation von Hoffnung sprechen darf. Nachdem das Feuer ausgebrochen war, muss es sich weitergefressen und dann die Explosion verursacht haben. Nach Angaben einiger gesprächiger Einwohner hat man sie im ganzen Dorf gehört.«

»Ob sich dort wohl noch mehr Explosives befindet?«, fragte Maja-Sofia. »Konntet ihr dazu etwas herausfinden?«

»Möglich ist es. Außerdem stehen einige der Lagertanks unter hohem Druck und könnten in der Hitze bersten«, antwortete sie. »Wenn sich in den Tanks kein Bier befindet, werden sie oft mit Kohlendioxid befüllt. Wenn das Ventil eines solchen Tanks defekt ist, kann es entweichen und stellt eine zusätzliche Gefahr dar.«

»Das ist ja interessant«, sagte Maja-Sofia. »Woher weißt du so viel darüber?«

Die Kollegin zuckte mit den Schultern.

»Ich war mal bei einer Führung durch eine andere Brauerei«, erklärte sie. »Ist ein Spezialinteresse von mir. Und ich vermute, von der Ausstattung unterscheiden sie sich nur unwesentlich.«

»Gasflaschen gab es dort auch?«, fragte Maja-Sofia.

»Ja, leider.«

Maja-Sofia erschauderte. Solche Unglücke waren immer schrecklich, aber wenn Daniel tatsächlich den Flammen zum Opfer gefallen war, bedeutete dies eine Tragödie, nicht nur für alle ihm nahestehenden Verwandten, sondern für den ganzen Ort. Manchmal fragte sie sich, warum sie diesen Beruf ergriffen hatte. Doch solche Gedanken hielten sich nie lange, schließlich war sie mit all dem aufgewachsen. Ihr Vater war ebenfalls Polizist, ein anderer Beruf wäre nie infrage gekommen. Gezwungen hatte er sie nicht, sie hatte ihren Weg freiwillig gewählt.

Maja-Sofia betrachtete die Fassade der Brauerei. Es waren keine Flammen mehr zu sehen, doch dunkelgrauer Rauch stieg weiter unaufhörlich gen Himmel. Der Leiter der Atemschutzgruppe kam auf sie zu.

»Ich schicke zwei Männer rein«, sagte er. »Sorgen Sie dafür, dass die Zuschauer sich zurückziehen.«

»Ich habe gerade erfahren, dass es keine weiteren Gasflaschen mehr in der Brauerei gibt«, sagte Maja-Sofia, »aber vorsichtig sollten Sie natürlich trotzdem sein.«

»Danke, darüber hat mich die Chefin schon in Kenntnis gesetzt«, sagte er und salutierte.

Larsson und die anderen beiden sorgten dafür, dass sich die noch anwesenden Schaulustigen zerstreuten. Trotz des Rauchs standen sie noch immer an der Absperrung, drückten sich zum Schutz Schals und Handschuhe vor Mund und Nase und wollten mit eigenen Augen sehen, welches Schicksal Klockarviks Brauerei ereilt hatte.

»Rücken Sie bis zur Friedhofsmauer zurück!«, rief Larsson. »Kommen Sie keinen Meter näher. Eigentlich habe ich ja gesagt, Sie sollen nach Hause gehen und Fenster und Türen schließen. Sie sollten diesen Rauch nicht einatmen.«

Diesmal zeigte die Mahnung Wirkung, alle wichen ohne Widerworte zurück.

Maja-Sofia stand mit Maske in der Nähe des Leiters der Atemschutzgruppe, der via Funkgerät den Kontakt mit seinen Männern hielt, nachdem diese nun das Gebäude betreten hatten. Sie konnte nicht verstehen, was gesagt wurde, aber wenn sich noch jemand in der Brauerei befand, würden sie ihn schon finden und herausbringen. Die Türen des Rettungswagens standen offen, das Personal war bereit.

Nach einer Weile schüttelte der Leiter den Kopf. Die beiden Männer kamen heraus, der eine hielt eine Axt in den Händen, aber von Daniel keine Spur. Sie tauschten sich kurz mit dem Leiter aus, der daraufhin sofort zu Maja-Sofia kam.

»Sie haben einen Mann gefunden«, sagte er. »Aber den herauszuholen, hat keinen Sinn mehr.«

»Er ist also tot?«

»Ja, daran besteht kein Zweifel.«

»Verstanden«, sagte sie. »Es erleichtert unserer Rechtsmedizin die Arbeit, wenn die Leiche bleibt, wo sie ist. Sobald Sie den Unglücksort freigeben, bitte ich jemanden her.«

»Haben Sie eine Ahnung, um wen es sich handeln könnte?«, fragte er. »Sie haben jemanden namens Daniel erwähnt.«

»Möglicherweise der Bierbrauer selbst«, sagte Maja-Sofia, »aber das kann ich Ihnen zu diesem Zeitpunkt nicht mit Sicherheit beantworten, das ist erst einmal eine Annahme.«

Sie hoffte inständig, dass die Kriminaltechnik so schnell wie möglich aus Falun anrücken und die Arbeit aufnehmen konnte. Die Ungewissheit musste unerträglich sein für Signe. Maja-Sofia wählte die Nummer der Polizeiintendantin Beata Löfblad, die sich sofort meldete und versprach, umgehend die Rechtsmedizinerin, Tamara Pettersson, zu verständigen.

»Ich nehme auch Kontakt zu einem Arzt aus dem Ort auf«, sagte Löfblad, »damit jemand vor Ort ist, sobald das Gebäude freigegeben wird.«

»Was schätzt du, Rantatalo?«, fragte Larsson, der vermutlich schon eine Weile neben ihr gestanden hatte, ohne dass er ihr aufgefallen war.

»Ich hoffe, es handelt sich um ein Unglück«, sagte sie, »mit tragischen Folgen. Es muss ja nicht zwangsläufig Brandstiftung gewesen sein.«

»Wird trotzdem als solche kategorisiert«, erwiderte ihr Kollege. »Schlimme Sache.«

»Das kannst du laut sagen, Larsson. Gerade können wir hier allerdings nichts weiter tun«, sagte Maja-Sofia. »Lass uns zum Pfarrhaus fahren und mit Signe sprechen. Sie hat sich vermutlich schon auf das Schlimmste eingestellt.«

»Sofern man sich darauf einstellen kann«, sagte Larsson.

Als sie das Pfarrhaus erreichten, fing Samuel sie ab und sprach leise mit ihnen, bevor er zum Wohnzimmer deutete, wo Signe allein mitten auf dem Sofa saß. Sie wirkte ausgelaugt und blass und hielt eine dampfende Teetasse in den Händen. Normalerweise war sie fröhlich und zugewandt, kontaktfreudig und scherzte mit den Kunden des Cafés. Samuel hatte den Ofen angeworfen und ihr eine Decke um die Schultern gelegt. Er wusste, wie man sich um jemanden kümmerte, der unter Schock stand. Maja-Sofia setzte sich neben Signe, Larsson nahm den Sessel gegenüber.

Signe hob den Kopf und schaute sie an.

»Haben Sie Daniel gefunden?«, fragte sie mit erstaunlich fester Stimme.

»Es wurde ein Toter gefunden«, sagte Maja-Sofia, »aber ob es sich dabei um Daniel handelt, wissen wir noch nicht.«

»Warum nicht?«

Signe schaute sie verwundert an, aber Maja-Sofia blieb keine Zeit zum Antworten, bevor Signe es doch von allein verstand.

»Ach, klar«, sagte sie und ihre Stimme brach. »Man kann nicht erkennen, wer es ist, nicht wahr?«

»Im Moment können wir es nicht«, sagte Maja-Sofia. »Deshalb sind wir vorsichtig mit einer Aussage, aber wenn niemand sonst in der Brauerei war, müssen Sie leider damit rechnen, dass es sich um Daniel handelt.«

Damit war es ausgesprochen. Das Schlimmste. Sie hatte in ihrer Zeit als Polizistin viele solcher Nachrichten überbracht, aber gewöhnen würde sie sich nie daran.

Signe nickte.

»Der Hund«, flüsterte sie dann. »Ich möchte Rick bei mir haben.«

Maja-Sofia schaute zu Samuel.

»Signe, hast du nicht erwähnt, dass der Hund mit euren amerikanischen Verwandten unterwegs gewesen ist?«, fragte er.

Signe schien angestrengt nachzudenken.

»Stimmt«, sagte sie dann, »Bill und Peg haben das Gebäude durch die Brauerei verlassen, kurz bevor ich nach draußen bin. Sie haben Rick zum Spaziergang mitgenommen. Ich habe ihnen noch empfohlen, sich die Kirchboote anzusehen.«

Sofort wurde Maja-Sofia hellhörig. Sie wusste, dass es Larsson ähnlich ging.

»Bill und Peg waren also die Letzten, die die Brauerei vor der Explosion verließen?«

Signe nickte.

»Ja«, sagte sie, »die beiden waren die Letzten. Glaube ich. Und der Bierbrauer aus Våmhus, du lieber Gott, war der auch noch da?«

Signe riss die Hände vor den Mund, doch Maja-Sofia konnte sie gleich mit der Information beruhigen, dass sie gesehen hatte, wie ein Lieferwagen mit dem Firmenlogo davongefahren war.

»Wo sind die Amerikaner denn mit dem Hund langgegangen?«, fragte Larsson.

»Vorn aus dem Café, glaube ich«, sagte Signe. »Oder nein, das stimmt gar nicht. Der Hund vom ehemaligen Pfarrer stand ja davor und kläffte, also sind sie mit unserem Rick durch den Hinterausgang. Von dort gibt es einen Weg, der direkt an Bäckerei, Brauerei und unserem kleinen Büro vorbeiführt.«

»Dann sind sie also an der Gebäudeseite entlanggegangen, wo es gebrannt hat?«, fragte Maja-Sofia. »Habe ich das richtig verstanden?«

Signe nickte und trank einen Schluck Tee.

»Wie können wir denn Kontakt mit ihnen aufnehmen?«, fragte Larsson.

Signe hob die Augenbrauen, als wäre das eine dumme Frage.

»Die wohnen selbstverständlich bei uns auf dem Hof«, sagte sie. »Im Gästehaus, aber zum Essen kommen sie immer zu uns rüber. Wie soll ich sie denn jetzt noch bewirten ...?«

Tränen kullerten über ihre Wangen, die ersten, die Maja-Sofia bei ihr gesehen hatte. Es war sicher gut, dass sie weinte. Larsson bekam Bills Handynummer, hatte sie aber nicht mal in sein Telefon getippt, als draußen schon heiteres Bellen zu hören war.

»Sie sind da«, sagte Signe und stand auf. »Woher wissen sie denn, dass ich hier bin?«

Maja-Sofia hingegen war darüber nicht verwundert, sie war in einem kleinen Dorf in Nordlappland aufgewachsen, wo alle alles übereinander wussten, manchmal sonderbarerweise fast mehr als über sich selbst. In Klockarvik war das nicht anders. So hatten die Amerikaner sicher schnell herausgefunden, wo sie Signe finden konnten. Sie hätte sogar schwören können, dass Tysk oder Brysk derjenige gewesen war, der nur zu gern die nötige Information beigesteuert hatte. Ihr Nutzen für den Ort war nicht zu überschätzen.

Sie gab Larsson ein Zeichen, und dann gingen sie gemeinsam in den Flur.

»Unterhalten wir uns doch mal mit den beiden«, flüsterte sie, bevor sich die Tür öffnete. »Und dann fahren wir zurück nach Mora.«

Er nickte, das wäre auch sein Vorschlag gewesen. Wenn die beiden die Letzten waren, die Daniel lebend gesehen hatten, war es wichtig, zu erfahren, ob ihnen etwas aufgefallen war.

Die Türklinke wurde heruntergedrückt, und sofort sauste Rick zwischen Larsson und Maja-Sofia hindurch ins Haus. Wie der Blitz war Rick bei Signe und stellte sich mit den Vorderbeinen auf ihre Knie. Larsson fischte seine Dienstmarke hervor und zeigte sie dem amerikanischen Paar.

»Polizei«, sagte er. »Dürften wir Ihnen draußen im Wagen ein paar Fragen stellen?«

ZEHN

»Willst du nicht nachschauen, was da passiert ist?«, fragte Gideon, der nach der Explosion mit Sigvard an der Bushaltestelle stehen geblieben war.

Sie hatten die Feuerwehr gehört, außerdem die Menschen gesehen, die losgerannt, -geradelt oder -gefahren waren, um herauszufinden, was im Ort vor sich ging.

»Absolut nicht!«, sagte Sigvard. »Ich renne doch keinem Feuerwehrauto nach wie ein neugieriges Kind, das wäre ja noch schöner. Außerdem wird es langsam mal Zeit, dass ich zum Ärztezentrum komme.«

»Mich interessiert es auch nicht weiter«, sagte Gideon. »Mir steht eine wundervolle Wanderung bevor, ich sollte endlich starten. Auf Wiedersehen, Sigvard. Ich bin überzeugt, dass wir uns noch mal über den Weg laufen werden.«

»Man sieht sich, wie man so sagt.« Sigvard verabschiedete sich mit einem festen Händedruck.

Nachdem Gideon den ehemaligen Pfarrer zurückgelassen hatte, schlug er den Weg zum See ein und folgte dann einem Waldpfad, der ihn bis zur Schnellstraße führte. Dort musste er eine Menge Autos passieren lassen, bis er die Straße sicher überqueren konnte. Der Berufsverkehr war noch in vollem Gang, wahrscheinlich gab es viele Pendler, die nach Mora mussten. Er wanderte weiter, den Hügel hinauf, durch eine Villengegend und bis zum kleinen Freilichtmuseum, denn direkt dahinter setzte der Wanderweg an, den er sich für heute vorgenommen hatte. Da er sehr gut gekennzeichnet war, fand Gideon ihn problemlos. Hier würde es sich hervorragend wandern lassen. Eine kurze Pause gönnte er sich, trank aus seiner Wasserflasche und wuchtete dann den Rucksack inklusive Zelt wieder auf den Rücken, richtete den Schlapphut und ging los. Sein Wanderstock sollte ihm Stütze und Wanderkamerad sein.

Der Brandgeruch war selbst im Wald noch wahrnehmbar, aber lange nicht mehr so deutlich wie unten an der Bushaltestelle direkt nach der Explosion. Der Rauch hatte sich sofort im gesamten Ort ausgebreitet. Gideon hatte kein Interesse daran gehabt, zu bleiben und das Spektakel zu bestaunen. Wie gut es sich getroffen hatte, dass Sigvard ähnlicher Meinung gewesen war. Sie würden sich schon bald wiedersehen, denn Gideon plante, seine Vorräte im Ort wieder aufzufüllen. So hatte er sich diese herbstlichen Pilgertage mit seinem besonderen Auftrag immer vorgestellt: ein paar Tage Einsamkeit, dann ein Tag im Ort und immer so weiter, bis die Kälte in den Boden gekrochen war. Sobald der Schnee kam, war auch sein Auftrag erst einmal erledigt, und er konnte nach Hause zurückkehren.

Gideon zog in ordentlichem Tempo durch die Wildnis. Doch, dies war die Wildnis, auch wenn er noch schwach den Verkehr der E45 und vereinzelte Sirenen der Einsatzfahrzeuge hören konnte. Er wurde schneller. Es war besser, sich noch weiter zu entfernen, damit er allein war im Rascheln des Waldes, allein in der heilsamen Stille.

Der Wald verdichtete sich, und nach etwa einer halben Stunde erreichte er sein Zwischenziel, einen der Höhepunkte seiner heutigen Wanderung. Schweigend und ergriffen betrachtete er die Vertiefung im Boden. *Taufgrube der Baptisten* verriet das Schild. Gideon las auch die weiteren Informationen, die dort geschrieben standen. Anfang des 19. Jahrhunderts, als die Freikirchen in Schweden noch illegal waren, mussten ihre Treffen im Privaten stattfinden. Die Erwachsenentaufen wurden in einer versteckten Taufgrube im Wald durchgeführt. Damals zählte nur die Taufe durch die Staatskirche, und wer gegen das geltende Gesetz verstieß, wurde hart bestraft. Aber die Erweckungsbewegung war unaufhaltsam gewesen, und in Klockarvik und Umgebung wurden viele Kapellen und Missionshäuser gebaut, die Strömung erstarkte. Erst viel später hatte sich die *Svenska Kyrkan* offiziell dafür entschuldigt, wie mit den ersten Anhängern der Freikirchen umgegangen worden war.

Gideon wollte etwas für die Generationen tun, die es vor ihm gegeben hatte. Jene, die sich hier hatten taufen lassen, obwohl sie befürchten mussten, während der Zeremonie von der Polizei oder dem örtlichen Pfarrer erwischt zu werden. Gideon holte ein Lied jener Zeit, das er zuletzt vor Ewigkeiten gehört hatte, aus seinen Erinnerungen hervor. Am Rand der Taufgrube sang er es leise und gefühlvoll. Sonderbarerweise bekam er Besuch von einem noch nicht ausgewachsenen Reh, das sich langsam näherte, ihm gegenüber an der Grube stehen blieb und ihn betrachtete. Kurz darauf hoppelte ein Schneehase hinzu, hielt ruckartig inne und stellte die Ohren auf. Wie wunderbar. Er hatte Gesellschaft von Tieren, wie der heilige Franziskus.

Gideon beendete das Lied und schloss die Augen. Schweigend bedankte er sich für diesen Augenblick. Als er die Augen wieder öffnete, waren die Tiere fort, nur das Rauschen der Bäume leistete ihm weiter Gesellschaft. Gideon setzte den Rucksack wieder auf. Zehn Kilometer wollte er noch wandern, bevor der Tag ein Ende nahm. Sein Etappenziel war eine Scheune, in der er sein Nachtlager aufschlagen und seine Wasservorräte auffüllen konnte. Der Besuch der Wildtiere hatte Gideons Glauben bestärkt, dass er sich auf dem rechten Weg befand.

~ ELF ~

Während Maja-Sofia und Knis Petter Larsson in ihrem Wagen ein erstes Gespräch mit Peg und Bill führten, bot Samuel Signe an, sie und ihren Hund nach Hause zu fahren.

»Aber nur, wenn du meinst, dass du klarkommst«, sagte er.

Sie nickte.

»Ich will wirklich nach Hause«, antwortete Signe. »Zurück zu dem, was Daniel und mir gehört. Vielleicht wird es einsam, aber ich glaube, ich werde mich dort sicherer fühlen.«

Sie stiegen in seinen frisch gewaschenen Wagen. Signe saß auf dem Beifahrersitz, Rick im Fußraum zwischen ihren Beinen.

Verwundert drehte sie sich zur Rückbank.

»Hast du kleine Kinder?«, fragte sie verwundert. »Oder Enkel?«

Der Nachsatz schmerzte etwas. Sah er wirklich aus, als hätte er schon Enkel? Lag das an der neuen Frisur? Malin hatte ihm doch versichert, sie mache ihn zehn Jahre jünger.

»Einen Sohn«, sagte er. »Einen wilden, kleinen Zweijährigen, der jede zweite Woche bei mir verbringt. Emanuel heißt er.«

»Schöner Name«, sagte sie. »Bedeutet etwas mit ›Gott‹, wenn ich das noch richtig in Erinnerung habe.«

Samuel warf ihr einen Blick zu.

»Ich bin beeindruckt!«, sagte er. »Das wissen nicht viele. Wo hast du das gehört?«

Sie zuckte mit den Schultern.

»Hab ich wohl irgendwo aufgeschnappt«, sagte sie.

Signe wohnte in einem alten Haus am Fuße des Bergs. Saisonabhängig fuhren massenweise Autos mit Dachboxen auf dem Weg zu den Pisten vorbei. Ein kurzer Weg führte auf den Hof, der aus einem Wohnhaus, einer alten Scheune und einem mittelgroßen Nebengebäude bestand. Bestimmt war dies mal ein eindrucksvolles Anwesen gewesen, doch nun stand überall Gerümpel herum, und den Gebäuden hätte ein bisschen Fürsorge und Farbe nicht geschadet. Samuel fuhr auf den Hof und fand trotz der Unordnung einen Ort, wo er seinen Wagen abstellen konnte. Er stieg aus und sah sich um. Das gestapelte Brennholz war sicher gut zu gebrauchen, aber die beiden kaputten Autos und die alten, verrosteten Maschinen wären auf dem Schrottplatz besser aufgehoben gewesen. Irgendwie konnte Samuel sich nur schwer vorstellen, dass dies Signes und Daniels Zuhause sein sollte. Das Brauereicafé war so ordentlich, sauber und hübsch gewesen.

Signe entging sein Blick nicht.

»Dafür blieb einfach keine Zeit«, sagte sie entschuldigend. »Brauerei und Café haben uns voll in Beschlag genommen.«

»Habt ihr den Hof geerbt oder gekauft?«, fragte Samuel.

»Daniel hat ihn geerbt«, sagte sie und tastete dabei auf

dem Balken der Veranda nach dem Schlüssel. »Ich weiß nicht, wie es jetzt weitergeht. Vielleicht muss ich ausziehen.«

Samuel fiel nichts Tröstendes ein. Er hätte gern gesagt, dass ja noch nicht feststand, ob es sich bei der Leiche wirklich um Daniel handelte, aber das kam ihm so dumm vor. Wer sollte es sonst sein? Es wäre wenig nützlich, Signe falsche Hoffnungen zu machen. Gerade war es einfach wichtig, Vertrauen aufzubauen, und das ging am besten, indem man unverfängliche Fragen stellte.

»Und du, Signe?«, verlagerte er den Fokus von Daniel zu ihr. »Bist du auch hier im Ort aufgewachsen?«

»Nein«, sagte sie blitzschnell. »Setz dich doch ins Wohnzimmer. Ich bin gleich wieder da, muss nur eben auf die Toilette.«

Schon war Signe verschwunden. Samuel nutzte die Gelegenheit, sich im Zimmer umzusehen. Neben einer Sofagruppe gab es einen großen Fernseher, der aber die einzige Neuanschaffung zu sein schien. Es wirkte, als würden die Möbel schon seit Generationen am gleichen Platz stehen.

Samuel ging auf den schönen, alten Schreibtisch zu, der in der Ecke stand. Darauf lagen unzählige nicht einmal geöffnete Briefumschläge. Er nahm ein paar in die Hand. Sie waren vom Finanzamt, einem Malzbetrieb und von ein paar Inkassounternehmen, außerdem steckte etwas dazwischen, das nach Werbung aussah, und ein Brief von einer Stiftung.

Als er die Toilettenspülung hörte, legte er alles zurück und setzte sich aufs Sofa. Signe war blass, als sie wieder eintrat. Augenscheinlich hatte sie sich Make-up und Tränen vom Gesicht gewaschen.

»Wie geht es dir?«, fragte Samuel. »Hältst du es aus, hier zu sein?«

»Ich glaube schon«, seufzte sie. »Vermutlich ist es so am besten. Außerdem sind ja Bill und Peg da – und Rick natürlich.«

Als Rick seinen Namen hörte, kam er sofort angelaufen und setzte sich zu ihr. Signe streichelte den Hund und sprach leise mit ihm. Sie erwähnte ein Bootshaus.

»Hast du gerade Bootshaus gesagt?«, fragte Samuel.

Signe nickte und sah einen Augenblick lang fast glücklich aus.

»Da gehen Rick und ich oft hin und schauen aufs Wasser«, sagte sie. »Das ist fast meditativ für mich, wenn zu viel zu tun ist.«

»Sind Peg und Bill eigentlich Verwandte?«

»Ja, Daniels Verwandte. Sie wollten alles über die Mikrobrauerei wissen, weil sie ebenfalls eine in den USA eröffnen wollen. In Kombination mit einer Bäckerei sogar. Ich habe ihnen gezeigt, wie man Zimtschnecken macht, aber das müssen sie noch üben.«

Ihre Stimme brach, und Samuel wartete ab, bis ihre Tränen verebbt waren.

»Hast du Familie, die dich unterstützen könnte? Geschwister oder Eltern?«

Signe schüttelte den Kopf.

»Ich komme schon klar«, sagte sie.

»Dann kann ich wirklich niemanden kontaktieren?«

»Nein. Meine Eltern leben nicht mehr. Und sonst gibt es niemanden.«

Wie schlimm das klang. Abgesehen von Rick war Signe allein. War das wirklich möglich? Irgendwelche Verwandten musste es doch geben.

»Außer einer Cousine in Stockholm«, sagte sie dann, »aber wir kennen uns kaum.«

»Lief das Brauereicafé denn gut?«, fragte Samuel. »Finanziell. Dass ihr viele Gäste hattet, ist ja niemandem entgangen, der mal bei euch war, aber hat sich das getragen? Das Café ist ja nicht groß, und ich nehme an, dass in die Brauerei einiges investiert werden musste?«

Signe wickelte eine Locke ihres blonden Haares um den Zeigefinger, wodurch sie plötzlich wie ein kleines Mädchen wirkte.

»Ich gehe davon aus«, sagte sie. »Daniel hat sich um den Papierkram und das Finanzielle gekümmert, und er hat nie gesagt, dass es ein Problem gäbe.«

Und du hast nie einen Blick auf den Schreibtisch geworfen?, dachte Samuel. Es war natürlich möglich, dass Daniel das Unglück selbst herbeigeführt hatte. Vielleicht war die Finanzlage so schlecht, dass er keinen anderen Ausweg gesehen hatte. Er wäre nicht der erste Mensch gewesen, der sich deshalb das Leben genommen hätte, aber mit solch finsteren Gedanken wollte er Signe nicht zusätzlich belasten. Die Situation war so schon schlimm genug.

Auf der Veranda waren Stimmen und Schritte zu hören, und Rick stürzte bellend zur Tür. Signe stand auf, um zu öffnen. Das waren sicher Bill und Peg. Samuel nahm seine Jacke und machte sich bereit zum Aufbruch, schließlich war Signe nun nicht länger allein.

»Du kannst dich jederzeit an mich wenden, wenn du möchtest, Signe«, sagte er. »Für mich gilt absolute Schweigepflicht. Darauf kannst du dich verlassen.«

Sie hob leicht den Kopf und flüsterte Dankesworte, bevor sie die Tür öffnete, die Amerikaner herein- und Samuel hinausließ.

Auf dem Rückweg ging Samuel der Briefstapel nicht aus dem Kopf. Ungeöffnete Briefe von Inkassobüros waren kein gutes Zeichen, im Gegenteil. Hatte Daniel selbst ein Ventil geöffnet und den Brand gelegt? Samuel erinnerte sich zurück. Nach der Eröffnung hatte Daniel Samuel zwischen den blitzenden und blinkenden neuen Lagertanks hindurchgeführt, und Samuel hatte – neben vielen weiteren Fragen – wissen wollen, welche potenziellen Risiken das Bierbrauerleben barg. Daniel hatte schnell und auf den Punkt geantwortet.

»Kohlendioxidvergiftung, Stürze und Schrumpfleber.«

Und explodierende Gasflaschen, dachte Samuel.

ZWÖLF

Freitag, 6. Oktober

Samuel verließ Klockarvik und nahm die Straße, die am Seeufer entlang nach Mora führte. Der Blick war spektakulär und durch das wechselnde Wetter immer wieder neu. Sonnenschein und funkelnder Schnee waren selbstverständlich schön, aber die unterschiedlichen Graunuancen an einem verregneten Herbsttag konnten ebenso überwältigend sein. Heute war der See besonders hübsch, die klare Herbstsonne brachte die Wasseroberfläche zum Funkeln, während am Ufer Blätter sanft wie goldene Flocken zu Boden segelten. Trotz der späten Jahreszeit war das eine oder andere Boot zu sehen. Bis das Eis sich über den ganzen See legte, dauerte es sicher noch bis November oder Dezember. Am Mittsommertag hatten die Bewohner Klockarviks ihre beiden großartigen Kirchboote bestaunen können, die, angetrieben durch mehrere Ruderer, sanft durchs Wasser glitten. Samuel war die schöne Aufgabe zuteilgeworden, eine Mittsommeransprache zu halten. Das war eine große Ehre, und er hatte sich vollends in die Dorfbevölkerung aufgenommen gefühlt.

Doch jetzt wanderten seine Gedanken wieder zu den Geschehnissen des Vormittags, die neue Woche war so brutal eingeläutet worden. Das Unglück, wenn es sich denn um eins handelte, hatte das gesamte Dorf erschüttert. Noch wusste niemand, ob wirklich Daniel bei dem Brand umgekommen war, selbst wenn alles darauf hindeutete. Die Kirche hielt selbstverständlich weiterhin Tür und Tor geöffnet, damit jederzeit kommen konnte, wer kommen wollte, und das würde auch bis Ende der Woche so bleiben. Viele waren erschienen, um Kerzen anzuzünden oder einfach in der Kirche zu sitzen und darüber nachzudenken, wie schnell ein Leben ausgelöscht werden konnte.

Einige baten um Gespräche, sodass Ellinor, Samuel und Cillan alle Hände voll zu tun hatten. Selbst der Hausmeister Torbjörn Rask hatte anrücken müssen, um hier und da tröstende Worte auszusprechen. Zu Krisenzeiten war es gar nicht so falsch, dass es die Kirche gab, selbst wenn viele Menschen zu anderen Zeiten darüber gar nicht so sehr nachdachten.

Samuel hatte morgens gleich bei Signe angerufen, um sich zu versichern, dass alles in Ordnung war, aber sie hatte eher einsilbig geantwortet. Ihre Freunde, vielmehr Daniels Verwandte, waren noch da und versorgten sie mit Essen und Zuwendung.

»Ich kann gern am Nachmittag vorbeischauen«, hatte Samuel angeboten.

»Danke, das ist nicht nötig«, sagte Signe schnell.

Sie war nicht direkt unfreundlich, wahrscheinlich hatte sie nur eine Schutzmauer um sich herum errichtet. Selbstverständlich drängte er sich nicht weiter auf, wenn sie ihn so bestimmt abwies.

In Mora angelangt, parkte Samuel vor dem Kindergarten und ging hinein. Es war immer eine Freude, seinen Sohn abzuholen, und jetzt stand ihnen wieder ein ganzes Wochenende und eine gemeinsame Woche bevor.

Emanuel und ein paar der anderen Kinder grinsten breit, als Samuel kam.

»Papa!«, rief Emanuel und sprang seinem Vater in die ausgebreiteten Arme.

»Mein Junge«, sagte Samuel und strich ihm über das blonde Haar.

Wie die Zeit verging. Emanuel war schon fast zwei, und alles lief nahezu unproblematisch, obwohl das anfangs unmöglich schien. Als Samuels ehemalige Verlobte Marit ihm von der Schwangerschaft erzählt hatte, war kurzzeitig eine Welt für ihn zusammengebrochen. Er hatte sich gerade eingestehen müssen, dass seine Gefühle für Marit verschwunden waren und sich die Gedanken an Maja-Sofia nicht länger unterdrücken ließen. Als sein Entschluss, sich von Marit zu trennen, feststand, hatte sie ihm Emanuels nahende Ankunft verkündet. Nach einer kurzen Zeit des Ringens hatten sie gemeinsam einen Weg aus dem Chaos gefunden. Marit nahm eine Stelle als Diakonin in Mora an, wodurch Samuel seinem Sohn näher war und ebenfalls eine enge Beziehung zu ihm aufbauen konnte. Die Entfernung zu seinen älteren Kindern, Alva und Gabriel, die in Stockholm zur Schule gingen, war hingegen groß.

Emanuel lachte laut auf, als Samuel die Autotür öffnete und ihn in den Kindersitz setzte.

»Auto! Auto!«, jubelte er.

So nannte er alle kleineren Fahrzeuge, die auf den Straßen unterwegs waren, während alle größeren Fahrzeuge souverän als »Bus« bezeichnet wurden, ganz egal, ob es sich in Wahrheit um einen Bus, einen Lkw oder gar einen Traktor handelte.

Samuel fuhr durchs Zentrum zurück. Als er an der Polizeiwache vorbeikam, dachte er liebevoll an Maja-Sofia. Ohne ihren praktischen Blick auf die Welt würde das Leben nicht so rundlaufen, wie es das tat. Jede zweite Woche gehörte ihnen, und sie verbrachten sie zusammen im Pfarrhaus oder bei ihr im alten Missionshaus. Wenn Samuels Sohn da war, blieb sie selten, stattdessen nutzte sie die Zeit für ihre Hobbys, die Arbeit oder einfach zum Entspannen. Sie hatten einen Rhythmus gefunden, mit dem sie gerade rundum glücklich waren. Über eine Heirat und das Zusammenziehen sprachen sie nicht einmal.

Zorngården, das Haus des Malers Anders Zorn, stand im herrlichen Licht der Oktobersonne, und beim nahe gelegenen *Zorncafé* saßen tatsächlich noch immer Leute auf der Terrasse, fest in warme Kleidung und Decken gehüllt. Sein letzter Besuch war bedauerlicherweise schon eine Weile her, vielleicht sollte er Maja-Sofia hier auf ein Süppchen einladen, wenn sie mal mittags Zeit für ihn hatte.

Auf dem Bürgersteig näherte sich eine fröhliche Truppe, die meisten unterstützt durch Rollstuhl oder Rollator. Offenbar hatte das örtliche Pflegepersonal entschieden, einen Spaziergang mit den älteren Herrschaften zu unternehmen. Sie waren sicher unterwegs ins Café, eine hervorragende Idee. Wie schön, dass die Alten nicht nur drinnen sitzen und auf ihre Verwandten, einen Geistlichen oder schlussendlich den Tod warten mussten.

Einer von ihnen kam Samuel bekannt vor. Den ruckartigen und langsamen Gang des Mannes hatte er schon mal gesehen, bloß wo? Dazu noch seine Gesichtszüge mit den hohen Wangenknochen und dem strengen Ausdruck, wieso waren sie ihm so vertraut? Der Mann blieb stehen und schaute Samuel direkt an, folgte dem Wagen mit dem Blick und grinste.

»Auto!«, lachte Emanuel und zeigte zu den Rollatoren. »Auto!«

Da endlich begriff Samuel. Das war Danne Ylitalo, Maja-Sofias Stalker, ein verbitterter, gefährlicher Typ, der entgegen aller Wahrscheinlichkeit den Sturz von der Hängebrücke überlebt hatte. Samuel hatte ihn zuletzt gesehen, als er während Emanuels Taufe in die Kirche gehumpelt kam. Jetzt war er nur noch ein Schatten seiner selbst und konnte Maja-Sofia nicht länger behelligen, zumindest nicht körperlich.

Ein Schrei riss Samuel aus seinen Gedanken, und er legte vor dem Zebrastreifen eine Vollbremsung hin. Eine junge Frau und ein junger Mann waren gerade noch rechtzeitig zurück auf den Bürgersteig gesprungen. Samuel ließ die Scheibe an der Beifahrerseite herunter.

»Sam, bist du heute denn gar nicht anwesend?«, fragte die junge Frau und steckte den Kopf zum Fenster herein.

»Entschuldige bitte, ich war total in Gedanken. Steigt ein, ihr wollt doch sicher nach Hause?«

Sein Herz schlug heftig. Fast hätte er seine gute Freundin Tindra und ihre Begleitung überfahren. Wären die beiden nicht aus dem Weg gesprungen, er hätte sich nie vergeben können. Tindra gehörte zu den besten Menschen, die Samuel kannte, und er wollte ihr absolut nichts Böses.

Tindra setzte sich zu Emanuel auf die Rückbank, die beiden kannten und mochten sich. Auf dem Beifahrersitz nahm Tindras Freund Platz, einer ihrer Mitschüler, wie sich herausstellte.

»Mattias Tedvall«, er streckte die Hand aus.

»Samuel Williams«, sagte Samuel und schüttelte sie. »Wohnen Sie auch in Klockarvik? Ich glaube nicht, dass ich Sie schon mal gesehen habe.«

»Nein, haben Sie nicht. Aber duzen Sie mich doch bitte. Ich bin neu in der Gegend und mache dieselbe Ausbildung wie Tindra beim *Stiftsgården* in Rättvik. Heute hatten wir bloß ausnahmsweise Unterricht in Mora.«

Er drückte sich sehr gewählt aus, fast altmodisch.

»Und jetzt verbringst du das Wochenende mit Tindra in Klockarvik?«, fragte er. »Wie schön, dass ihr euch so gut versteht.«

»Ja, und morgen können wir endlich mal ausschlafen.«

Sein Dialekt war deutlich zu hören, aber Samuel konnte ihn nicht zuordnen. Er kam nicht aus Värmland, nicht aus Göteborg, aber irgendwo da aus der Gegend.

»Kommst du aus Westschweden?«, fragte er.

»Ja, aber ich bin gern hier. Klockarvik gefällt mir.«

Der junge Mann machte einen netten Eindruck, und Samuel konnte nachvollziehen, dass Tindra sich so gut mit ihm verstand.

Tindra überließ Emanuel kurz sich selbst und schob den Kopf zwischen den Sitzen nach vorn.

»Der Brand gestern war ja die reine Hölle«, sagte sie. »Wurde schon jemand verhaftet?«

Samuel schaute sie im Rückspiegel an.

»Ich habe keine Ahnung, Maja-Sofia und ihre Kollegen werden die Sache sicher regeln. Und du hast recht, es war schaurig. Die Kirche bleibt weiter geöffnet, was auch gut angenommen wird. Es kommen immer wieder Menschen, die reden oder eine Kerze anzünden wollen. Kommt doch auch, wenn ihr wollt. Wir könnten eure Unterstützung gebrauchen.«

Tindra lehnte sich wieder zurück. Emanuel hatte aufgehört, jedes vorbeifahrende Fahrzeug zu kommentieren, und war eingeschlafen.

»Ist er da drin verbrannt?«, fragte Tindra. »Also, ist der Tote wirklich Daniel?«

Samuel antwortete, so gut er konnte, dabei wusste er ja selbst nicht viel. Alles deutete darauf hin, aber noch warteten sie ja auf eine offizielle Bestätigung. Mattias war sehr still geworden, aber Samuel entging nicht, dass sein Bein unaufhörlich auf und ab wippte. Verstohlen musterte er seinen Beifahrer. Warum war Mattias nur so nervös?

DREIZEHN

Maja-Sofia schaute aus dem Fenster ihres Büros. Der Freitag war bisher ruhig, weshalb sie getrost den Fall in Idre abschließen konnte. Das war direkt nach den Ermittlungen in Klockarvik die drängendste Aufgabe. Jarning hatte wie immer beste Arbeit mit ihrer Computerrecherche geleistet. Der Leichnam konnte jetzt auf schnellstem Wege in den Heimatort überführt werden. Die Rechtsmedizin hatte bestätigt, dass kein Verbrechen vorlag, sondern die Frau freiwillig beschlossen haben musste zu sterben. Denn obwohl sie ausreichend Proviant und Wasser bei sich gehabt hatte, war sie mangelernährt und dehydriert gewesen. Manchmal haben alte Menschen halt einfach genug, dachte Maja-Sofia, und die tote Norwegerin schien dazuzugehören. Sie hatte so etwas schon häufiger erlebt. Die Menschen stellten dann einfach das Essen und Trinken ein. Es dauerte nicht lange, bis es vorbei war.

»*Case closed*«, murmelte Maja-Sofia. »Weiter mit Klockarvik.«

Nach den Geschehnissen in Klockarvik war das ganze Dorf in Aufruhr. Aber trotz aller Dramatik handelte es sich wahrscheinlich um ein Unglück oder möglicherweise um

Suizid. Einen spektakulären, das schon, aber so etwas passierte manchmal. Oft steckten Depressionen oder hohe Schulden dahinter. Oder beides. Erst mussten sie jedoch den Bericht der Rechtsmedizinerin abwarten, was sicher noch etwas dauern würde. Gleich nach dem Brand hatte Jarning sich die Finanzlage der Brauerei angeschaut, und die sah nicht gut aus. Café und Brauerei wurden getrennt geführt, und die Zahlen für Ersteres waren im schwarzen Bereich, die für Zweitere jedoch streng rot. Man könnte fast insolvenzverdächtig sagen.

Bereits am Montag hatten die Kriminaltechniker angefangen, nach der Brandursache zu suchen. Gestern hatten sie ihre Arbeit abgeschlossen. Der Brandort blieb immer noch gesichert, damit sich niemand Unbefugtes Zutritt verschaffen und dabei zu Schaden kommen konnte. Das Gespräch mit Bill und Peg hatte gezeigt, dass die Amerikaner nicht die Letzten gewesen waren, die Daniel lebend gesehen hatten. Natürlich lieferten sie sich gegenseitig ein Alibi, aber Signe hatte ihr Fortgehen ja ebenfalls bekräftigt. Daniels Verwandte beharrten darauf, dass sie auf dem Weg hinaus eine Frau getroffen hätten, die gerade die Toilette verließ, außerdem hätten sich zu dem Zeitpunkt noch weitere Gäste im Café aufgehalten.

»Aber nur ein paar alte Männer, glaube ich«, hatte Peg gesagt. »Mit einem Hund, der draußen stand und bellte. Deshalb haben wir mit Rick den Hinterausgang genommen.«

Larsson und Jarning versuchten, herauszufinden, wer sich noch in der nun ausgebrannten Brauerei aufgehalten hatte. Die Brauerei befand sich im einen Gebäudeteil und bestand aus zwei Räumen. Café und Bäckerei waren im anderen untergebracht. Dazwischen gab es einen Verbindungsgang, von dem verschiedene Türen abzweigten, die zur Bäckerei und zu einem kleinen Büro gegenüber der Toilette führten. Dieser Teil hatte den Brand nahezu unbeschadet überstanden. Die meisten Schäden waren in der Brauerei entstanden. Dort im Korridor hatten Kartons, Paletten, Styropor und Plastik gebrannt. Die Leiche, die im angrenzenden Raum mit den Lagertanks gelegen hatte, war nach Falun gebracht worden, und Tamara Pettersson, die Rechtsmedizinerin mit russischen Wurzeln, würde ihnen so schnell wie möglich ihren Bericht zukommen lassen.

Maja-Sofias Handy vibrierte und zeigte eine SMS an. Sie kam von ihrer Chefin, Beata Löfblad. *Melde dich so schnell wie möglich in meinem Büro.*

Sie stand auf und ging zum Büro der Polizeiintendantin. Seit Löfblad diese Funktion übernommen hatte, war die Stimmung in der Wache unvergleichlich gut. Sie beherrschte einfach die Kunst, ein heiteres und angenehmen Arbeitsklima zu schaffen, was ein herrliches Gegengewicht zu all dem Elend und der Tragik darstellte, die sonst ihren Arbeitsalltag bestimmten. Mord, Gewalt, Diebstahl und Drogen. Manchmal gab es natürlich auch Schönes, wenn sie zum Beispiel verschwundene Kleinkinder wohlbehalten wiederfanden und sie ihren vor Sorge fast wahnsinnigen Eltern übergeben konnten oder wenn ehrliche Finder etwas Wertvolles vorbeibrachen, das so wieder mit den rechtmäßigen Besitzern vereint werden konnte. Das waren stets willkommene kleine Glücksmomente.

Auf dem kurzen Weg zum Büro der Chefin traf sie mit Martina Jarning und Knis Petter Larsson zusammen.

»Wollen wir alle zum gleichen Raum?«, fragte Maja-Sofia.

Larsson brummelte etwas und hielt sein Handy mit Löfblads SMS hoch.

»Muss superwichtig sein«, sagte Jarning. »Kommt ja nicht oft vor, dass sie uns mit so einer Dringlichkeit zu sich bestellt.«

Im Büro sollten sie auf der Besuchscouch Platz nehmen.

»Schön, dass ihr so schnell kommen konntet«, sagte Löfblad. »Jetzt heißt es mal wieder: Ärmel hochkrempeln.«

Maja-Sofia betrachtete ihre Chefin aufmerksam. Was kam denn jetzt? Ein Mord in einem der umliegenden Dörfer? Worum ging es?

»Tamara Pettersson ist fertig und hat ihren Bericht geschickt«, erklärte Löfblad. »Auch die kriminaltechnische Untersuchung ist abgeschlossen und ausgewertet. Ich habe beide Dokumente vorliegen.«

Sie machte eine Pause und sah sie nacheinander an.

»Und? Handelt es sich um Daniel?« Larsson konnte nicht anders, er musste die Frage stellen.

»Bei der aufgefundenen Leiche handelt es sich um Kråk Daniel Eriksson«, bestätigte Löfblad, »und er lag in dem Bereich, der direkt an den brennenden Korridor anschloss. Und laut Bericht aus der Rechtsmedizin ist er nicht an Verbrennungen oder Brandrauch gestorben.«

»Aha, dann hat es zum Zeitpunkt seines Todes in dem Raum mit den Tanks also gar nicht gebrannt?«, sagte Larsson und kratzte sich am Kopf. »Aber woran ist er dann gestorben?«

»Also wenn ich raten müsste, würde ich sagen, dass das Feuer vom Flur ausging, da, wo die Gasflasche stand«, warf nun Maja-Sofia ein.

»Richtig geraten. Eine brennbare Flüssigkeit und brennbares Material sind, laut Kriminaltechnik, die Brandursache, und da sprechen wir tatsächlich von dem Flur, den eine Tür vom Verbindungsgang zur Brauerei abtrennt, ganz wie du sagst, Rantatalo. Dort wurden verkohlte Reste von Kartons auf Holzpaletten gefunden, außerdem Styropor und Plastik. Das war wohl so eine Art kleines Zwischenlager.«

»Und was ist in dem Raum passiert, in dem Daniel gefunden wurde?«, fragte Jarning.

»Und woran ist er gestorben?«, wiederholte Larsson.

Kurz war es still.

»Ein paar Tanks enthielten kein Bier, sondern Kohlendioxid«, sagte Löfblad. »Jemand hat die Ventile geöffnet, es konnte also ausströmen.«

»Und die Gasflasche im Flur?«, beharrte Maja-Sofia.

»Die Schutzkette war durchtrennt, und auch an der Flasche war das Ventil geöffnet. Normalerweise ertönt dann ein Alarm, aber jemand hat die Drähte entfernt. Das geht kinderleicht.«

»Unfassbar!«, sagte Larsson. »Er ist da drin erstickt. Und so wie das alles klingt, nicht durch Zufall.«

»Und währenddessen hat es vor der Tür gebrannt«, sagte Löfblad. »Ein ordentlicher Brandherd, entfacht durch Leinöl und diese ganzen leicht brennbaren Sachen.«

»Okay«, sagte Maja-Sofia und schlug mit den Handflächen auf den Tisch, »dann fahren wir mal zu Signe und überbringen ihr die Nachricht, dass der Tote tatsächlich Daniel ist.«

Sie stand auf. So etwas brachte man besser so schnell wie möglich hinter sich, sonst wurde es nur immer unangenehmer. In diesem Fall war Signe bereits vorbereitet, aber für gewöhnlich half auch das nicht. Die Hoffnung starb bekanntlich zuletzt.

»Ach, eins noch«, sagte Löfblad. »Beide Türen zu dem Raum, in dem das Opfer gefunden wurde, waren abgeschlossen. Die eine wurde mit der Axt aufgebrochen, der Schlüssel zur anderen lag einfach draußen auf einem Fensterbrett, die Kriminaltechnik hat ihn gesichert. Hier, es gibt ein Foto.«

Sie drehte den Computerbildschirm so, dass alle ihn sehen konnten und rief ein Bild von einem großen Schlüssel auf, der alt und handgeschmiedet aussah.

»Meine Güte, ist das Schloss aus dem Mittelalter?«, fragte Maja-Sofia und setzte sich wieder.

»So ähnlich«, sagte Löfblad. »Ich schätze eher Richtung 19. Jahrhundert.«

»Dann konnte er sich also unmöglich befreien«, stellte Larsson fest.

Löfblad nickte langsam. »Aber er wird auch sehr schnell das Bewusstsein verloren haben.«

»Wie fürchterlich«, sagte Jarning.

»Damit nehmen die Ermittlungen eine entscheidende Wendung«, schloss Maja-Sofia.

Löfblad widersprach nicht.

»Ganz genau, denn jetzt gehen wir von Mord aus«, sagte sie. »Ich habe schon mit dem Staatsanwalt in Falun gesprochen. Er will, dass wir die praktische Arbeit erledigen und ihm Bericht erstatten, aber er leitet das Ermittlungsverfahren.«

»Ist das noch immer Morgan Eriksson?«, fragte Maja-Sofia.

»Genau der«, bestätigte Löfblad. »Die Zusammenarbeit mit ihm war immer problemlos, das wird in diesem Fall nicht anders sein. Er schaut morgen Vormittag mal vorbei.«

»Damit ist das Wochenende schon mal abgehakt«, sagte Knis Petter Larsson.

»Offenbar«, pflichtete Jarning ihm bei.

Trotzdem wirkten weder Larsson noch Jarning besonders verstimmt, und Maja-Sofia kannte den Grund dafür. Die Aussicht, den Fall schnellstmöglich aufzuklären, motivierte ungemein. Alle wollten lieber heute als morgen Antworten auf ihre Fragen finden und den Schuldigen schnappen.

»Von mir kommen keine Klagen«, sagte sie. »Ich hatte sowieso nichts vor.«

Vor ihr lagen Tage voller Vernehmungen, dem Zusammentragen von Informationen, Anschlussfragen und so weiter, aber schlussendlich auch die Lösung des Rätsels, schließlich war sie Teil des weltbesten Teams. Alles andere als Ruhe und Frieden also, aber sie mochte die Herausforderung. Obwohl ein Mord immer tragisch war, hatte sich doch gezeigt, dass Mordermittlungen ihr und ihren beiden Kollegen sehr lagen.

Sie arbeiteten gut zusammen, und bisher hatten sie noch alles ohne Unterstützung von außen aufgeklärt. Denn war ein Mordfall nach dreißig Tagen noch nicht gelöst, wurden Experten geschickt, dann hatten die ortsansässigen Beamten nicht mehr viel zu melden. Maja-Sofia wusste, dass ihr kleiner Trupp auch diesen Fall nicht gern aus der Hand geben würde und ihn selbst zu Ende bringen wollte.

»Und Tamara Petterson ist sich hundertprozentig sicher, dass es sich um Daniel handelt?«, fragte Jarning.

»Leicht war das natürlich nicht«, sagte Löfblad, »aber sein Zahnarzt konnte bei der Identifizierung helfen. Ihr könnt ja ihren Bericht lesen. Signe sollte ihn endgültig identifizieren, aber bislang haben wir ihr das erspart.«

»Wir werden sie fragen, ob sie sich dazu in der Lage sieht«, sagte Maja-Sofia.

»Dann mal an die Arbeit, ich bin mir sicher, ihr schafft das«, sagte Beata Löfblad. »Ihr seid schließlich die Besten in ganz Ovansiljan!«

»Das heißt ja nicht viel«, erwiderte Jarning, »wir sind hier ja auch die Einzigen.«

VIERZEHN

»Dann wollen wir mal«, sagte Maja-Sofia. »Zuerst noch mal zum Tatort, und ich finde, wir sollten alle hinfahren. Jarning, du musst auch ein Gefühl für den Ort bekommen, bevor du mit Zahlen und Fakten im Computer versinkst.«

»Kommst du danach wieder her, Rantatalo, oder nimmst du deinen Wagen?«, fragte Larsson.

»Ich nehme meinen«, antwortete sie. »Wenn es passt, bleibe ich dann gleich zu Hause.«

»Na gut, Jarning«, sagte Larsson. »Dann nehmen wir den Firmenwagen. Du fährst, hoffe ich.«

»Gern«, erwiderte Jarning und stupste den Kollegen leicht an. »Schön, auch mal ein bisschen vor die Tür zu kommen.«

Eine halbe Stunde später liefen sie um die Brauerei und schauten sich um, alle in eigene Gedanken versunken.

Sie waren bei der Feuerwache vorbeigefahren und hatten sich von Jennifer Hultin den Schlüssel geben lassen. Das Zelt der Kriminaltechnik, das Maja-Sofia am Morgen vor dem Gebäude gesehen hatte, war nun abgebaut. Aber der Bereich war noch abgesperrt. Niemand wollte, dass sich Klockarviks Bürger in dem ausgebrannten Teil der Brauerei aufhielten.

Schließlich bestand noch immer die Gefahr, sich zu verletzen, selbst wenn das Gebäude über eine stabile Bausubstanz verfügte.

»Ich gehe mal durchs Café nach drinnen«, sagte sie zu den anderen. »Wir treffen uns dann in der Brauerei. Es gibt ja einen Durchgang.«

Maja-Sofia öffnete die Tür zum Café. Mit einem komischen Gefühl betrat sie das Lokal, das vor wenigen Tagen so überstürzt hatte geräumt werden müssen. Auf ein paar Tischen standen noch leere Kaffeetassen, die Theke war mit Kuchen und Gebäck bestückt, und in den Regalen dahinter lagen Brote, die bereits zu schimmeln anfingen. Sie musste dringend Bescheid geben, damit jemand kam, um das alles zu entsorgen. Niemand konnte wollen, dass die Ratten angelockt wurden. Die Lage war so schon schlimm genug.

Es roch noch immer beißend nach Rauch. Maja-Sofia versuchte, sich vorzustellen, wer an den Tischen gesessen hatte. Wann waren sie gekommen? Wie lange hatten sie sich hier aufgehalten? Sigvard war einer von ihnen gewesen, und draußen hatte Klops ungeduldig auf ihn gewartet und gebellt.

Sie ließ den Blick durch das Café schweifen. Was hätte sie getan, wenn sie selbst Gast gewesen wäre? Zum Frühstück hätte sie sich einen Kaffee und ein leckeres belegtes Brot bestellt. Dazu hätte sie auf dem Handy die Zeitung gelesen und sich noch mal nachschenken lassen. Dann hätte sie vermutlich mal auf die Toilette gemusst. Ach, klar, wo waren denn eigentlich die Toiletten? Maja-Sofia entdeckte an der Wand einen kleinen, aus Holz geschnitzten Pfeil, auf den mit grellgrüner Farbe *WC* gepinselt worden war. Die

Spitze deutete zu einem schmalen Flur. Bevor Maja-Sofia die Tür zur Toilette öffnete, prüfte sie erst einmal, wohin der Flur führte. Er endete an der Tür, hinter der die Brauerei lag. Gegenüber des WCs war ein Zugang zur Bäckerei und einer zu einem kleinen Büro. Dorthin wollte sie als Nächstes, aber erst einmal in den Toilettenraum. Er war groß und für alle zugänglich, auch für jene mit körperlichen Einschränkungen. Der Papierkorb war leer, überhaupt gab es nichts mehr zu finden. Die Kollegen von der Kriminaltechnik hatten ganze Arbeit geleistet.

Also kehrte sie in den Gang zurück und öffnete die Tür zur Brauerei, wo sie Jarning, Larsson und Jennifer Hultin in die Arme lief, die gerade dazugestoßen war.

»Habt ihr euch schon alles angeschaut?«, fragte Maja-Sofia.

Larsson schüttelte den Kopf.

»Bisher eigentlich nur diesen Teil hier, den Flur, in dem das Feuer ausgebrochen ist, und die Stelle, an der das Opfer gefunden wurde. Komm doch eben mit, aber sei vorsichtig!«, sagte Larsson.

Also betrat Maja-Sofia den völlig ausgebrannten Raum mit dem geborstenen Giebelfenster.

»Hier hat das Feuer ordentlich gewütet. Und dort hat Daniel gelegen.« Er nickte zu der zertrümmerten Tür.

Maja-Sofia erkannte die Überreste der explodierten Gasflasche im Raum, außerdem lagen überall versprengte Plastikteile.

»Und die Tür war auch abgeschlossen?«, fragte Maja-Sofia und deutete zu der, die nach draußen führte.

»Ja, ganz wie die, durch die du gekommen bist. Hier gibt es keine Fenster, nur das im Giebel, und das konnte er nicht erreichen. Er saß also richtiggehend in der Falle.«

»Ich könnte mir vorstellen«, sagte Maja-Sofia, »dass, wer immer den Brand gelegt hat, aus dem Café kam.«

Jarning runzelte die Stirn.

»Du meinst, jemand hat es so schnell geschafft, das Alarmsystem zu deaktivieren, die Sicherheitskette zu durchtrennen und dann noch alle Ventile an den Tanks zu öffnen?«, fragte sie. »Das bezweifle ich ein wenig.«

»Und dann soll dieser Jemand einfach unbemerkt abgeschlossen haben?«, fragte Larsson. »Ich glaube ja, da hatte jemand Zeit zum Vorbereiten. Wahrscheinlich hat er schon im Vorfeld die Ventile manipuliert und den Alarm deaktiviert.«

»Stimmt«, sagte Maja-Sofia, »da geb ich euch recht. Es ist möglich, dass jemand das schon ein paar Tage vorher erledigt hat, dann am Tag des Brands erschien, alles in Gang setzte, abschloss und einfach durchs Café verschwand, ohne Aufmerksamkeit zu erregen. Viele kommen ja nur kurz rein, kaufen ein Brot und gehen wieder. Larsson, weißt du noch, auf welchem Fensterblech der Schlüssel gefunden wurde?«

»Auf der Rückseite der Brauerei sind drei Fenster, der Schlüssel lag beim mittleren.«

»Das sehen wir uns auch noch an«, nickte Maja-Sofia. »Was ist denn dein Eindruck, Hultin?«

»Ich würde sagen, der Täter oder die Täterin ist mit der Wahl von Leinöl als Zündstoff ein großes Risiko eingegangen«, antwortete Jennifer Hultin. »Leinöl kann sich zwar selbst entzünden, aber mit ein wenig Pech, wenn man das in diesem Zusammenhang so formulieren darf, hätte das Stunden dauern können. In diesem Fall ging es schnell. Als die Kartons Feuer fingen, muss es gleich große Flammen gegeben haben. Die aufsteigende Hitze erreichte auch die Gasflasche in der Ecke, die sich ebenfalls entzündete und explodierte. Es muss Metallsplitter geregnet haben.«

»Dann war ihm oder ihr bewusst, dass es dauern konnte«, sagte Jarning. »Oder aber es wurde vor dem Verschließen der Tür noch eine glühende Zigarette hineingeworfen.«

»Oder der Herr um Hilfe angerufen«, sagte Maja-Sofia. »Die Menschen wenden sich ja an die überraschendsten Stellen, um um Beistand zu bitten.«

»Deine Männer konnten den Raum erst mal nicht betreten, oder?«, fragte Larsson.

»Doch, doch. Ihr Versuch war erfolgreich. Sie haben sich Zugang verschafft, Kråk Daniel Eriksson entdeckt, festgestellt, dass ihm nicht mehr zu helfen war, und ihn deshalb zurückgelassen.«

Maja-Sofia erschauderte. Das musste fürchterlich gewesen sein für Daniel. Eine Kohlendioxidvergiftung und dann ein Brand, der zu einer Explosion führte, ohne dass er sich in Sicherheit hatte bringen können. Woran hatte er wohl gedacht, bevor die giftigen Gase ihm das Bewusstsein genommen hatten? Das starke Bedürfnis, diesen Fall so schnell wie möglich aufzuklären, überkam sie. Ihr kleiner Trupp musste mit dem Fall allein fertigwerden. Maja-Sofia würde nicht akzeptieren, dass die Sache von anderer Stelle übernommen wurde. Der Feierabend musste warten.

»Wir müssen so schnell wie möglich zu Signe«, sagte sie. »Zum einen müssen wir ihr mitteilen, dass es sich bei dem Opfer tatsächlich um Daniel handelt und dass wir von einem Mord ausgehen. Zum anderen wird sie uns sagen können, wer sich in Café und Brauerei aufhielt, nicht nur am Tatmorgen, sondern auch in den vorangegangenen Tagen.«

»Fahrt ihr«, sagte Jarning, »und gebt mir sofort die Namen durch, damit ich mich an die Arbeit machen und herausfinden kann, was herauszufinden ist.«

FÜNFZEHN

Signe saß in einem antik anmutenden Schaukelstuhl im Wohnzimmer und ließ die Gedanken wandern, während sie sanft auf und ab wippte. Laut Daniel hatte sein Urgroßvater diesen Stuhl angeschafft, und seither wurde er von Generation zu Generation vererbt. Alle hatten es geliebt, darin zu sitzen, auch Daniel.

»Man kann dort großartig nachdenken«, hatte er gesagt. »In diesem Schaukelstuhl hatte ich die Idee, Bierbrauer und Bäcker zu werden.«

Signe konnte das gut nachvollziehen. Während sie so langsam vor und zurück schaukelte, hatte sie das Gefühl, Daniel ganz nah zu sein. Näher als hier würde sie ihm nie wieder sein. Das ausgiebig benutzte Taschentuch schien wie mit ihrer Hand verwachsen, seit das Unfassbare eingetreten war. Das, was nie hätte passieren dürfen.

Sie schloss die Augen und dachte zurück an ihr allererstes Treffen. Signe hatte es von zu Hause fortgetrieben, sie hatte sich nach einem Neuanfang gesehnt. Als sie im Zug nach Stockholm saß, war die Reise bereits lange geplant gewesen. Sie wollte dort eine Kusine besuchen und dann schauen, wohin es sie als Nächstes zog. Neben ihr saß ein netter Mann, und sie kamen ins Gespräch. Er erzählte, dass er gerade aus Kopenhagen zurückfuhr, wo er gelernt hatte, wie man eine Brauerei betrieb. Signe war sofort Feuer und Flamme gewesen, das klang so außergewöhnlich und interessant.

»Ich heiße Daniel«, sagte er, »und komme aus Klockarvik. Komm mich doch mal besuchen, wenn ich meine Brauerei hochgezogen habe.«

»Signe«, sagte sie. »Und das mache ich gern, wenn das Schicksal mich in die Nähe führt.«

Die ganze Fahrt über sprachen sie angeregt, Daniel mehr als sie. Ihr gelang es, die komplizierteren Fragen geschickt zu umschiffen und die Version ihrer Vergangenheit wiederzugeben, auf die sie sich festgelegt hatte. Aufgewachsen auf einem Landgut, Eltern bei einem Unglück verloren, keinerlei Geschwister, einfach frei, zu tun, wonach ihr war.

»Dann hast du gar keine Verwandten mehr?«, fragte er.

»Nur noch eine Kusine in Stockholm«, antwortete sie. »Dorthin bin ich gerade unterwegs, vielleicht finde ich ja einen Job.«

Daniel lächelte sie freundlich an und fragte, ob sie plane, mit zehn Jahre jüngeren Jugendlichen Burger bei *McDonald's* zu verkaufen.

Kurz darauf holte er Kaffee, und als er zurückkam, hatte er nicht nur einen vollen Becher für sie, sondern auch einen Vorschlag.

»Kannst du backen?«, fragte er, was sie entschieden bejahte. Wenn Signe eins konnte, dann backen.

»Komm doch einfach mit zu mir«, sagte er. »Ich kann

dich anstellen. Das Café ist schon fertig, und wenn mir da jemand unter die Arme greift, kann ich mich ganz auf die Brauerei konzentrieren. Na, was sagst du?«

Erst mal war sie aufgestanden und hatte sich kurz die Beine vertreten. Als sie wieder zu ihm stieß, nahm sie seinen Vorschlag an. Statt in Stockholm auszusteigen, war sie mit nach Klockarvik gefahren, und seither waren sie unzertrennlich gewesen. Selbstverständlich hatte das an Wahnsinn gegrenzt, aber sie hatte die Chance einfach ergriffen, und schlussendlich war alles besser gelaufen, als sie es sich hätte erträumen können.

Draußen wurde eine Autotür zugeschlagen, was Signe aus den Gedanken riss. Sie stand auf und trat hinter die Gardine.

Die beiden Polizisten kannte sie seit dem Brand. Schnell spritzte sie sich an der Küchenspüle etwas kaltes Wasser ins Gesicht, trocknete sich ab, holte ein paar Mal tief Luft und öffnete die Tür.

Als die beiden im Wohnzimmer Platz genommen hatten, riss Signe sich zusammen, setzte Kaffee auf und legte selbst gebackenes Gebäck auf einen Teller. Beides brachte sie mit zitternden Händen ins Wohnzimmer, schenkte ihnen allen ein und setzte sich dann auf einen Holzstuhl, den sie an den Tisch gezogen hatte.

»Signe«, sagte Maja-Sofia, »die Identität des Toten steht fest.«

Signe wartete darauf, dass sie weitersprach. Konnte selbst nichts sagen. Aber wollte sie überhaupt hören, was als Nächstes kam?

»Die Rechtsmedizinerin hat es bestätigt, es handelt sich um Daniel«, fuhr Maja-Sofia fort.

Signe atmete scharf ein, und sackte dann in sich zusammen. Tief im Inneren hatte sie es schon gewusst, trotzdem war es wie ein Schlag ins Gesicht. Daniel würde nie wieder leise singend in der Bäckerei stehen. Nie wieder hier zu Hause sitzen und im Schaukelstuhl nachdenken oder in der Sofaecke einschlafen. Nie wieder würde er sie einfach im Vorbeigehen umarmen, wenn sie gerade schwer beschäftigt Backbleche in den Ofen schob. Nie wieder.

»Leider«, fuhr Maja-Sofia fort, »gehen wir außerdem davon aus, dass es kein Unfall war.«

»Moment«, sagte Signe, »was soll es denn sonst gewesen sein? Das war ganz offensichtlich ein Unfall.«

»Die Kriminaltechnik kommt zu einem anderen Ergebnis«, sagte Knis Petter Larsson. »Es tut mir sehr leid, aber es handelt sich um Brandstiftung.«

»Jemand hat das Feuer absichtlich gelegt?«, fragte Signe und starrte die beiden abwechselnd an. Dann wurde sie laut. »Nein, das ist unmöglich! Sie irren sich! Niemand wollte Daniel etwas Böses!«

Sie erwiderten nichts, warteten nur ab, bis sie sich beruhigt hatte.

»Wieso sind Sie so sicher?«, fragte Signe.

»Daniel war im Lagerraum eingeschlossen, als die Gasflasche explodierte«, erklärte Knis Petter Larsson. »Die Tür verfügt nicht über ein Automatikschloss, dass sich auch von innen aufdrücken lässt, wenn die Tür verschlossen ist, oder?«

»Nein, das Schloss ist sehr alt, und man braucht den passenden Schlüssel«, sagte Signe.

Sie stand auf, ging ein paar Mal hin und her, setzte sich dann wieder und leerte ihre Kaffeetasse.

Sofort beklagte sich ihr Magen, eine Magenschleimhautentzündung war im Anmarsch, so viel war klar. Seit sie Daniel kannte, hatte sie damit keine Probleme mehr gehabt.

»Was ist passiert?«, fragte sie und schaute auf.

Ihre Stimme war schwach.

»Ein paar der Tanks waren nicht dicht«, sagte Maja-Sofia Rantatalo. »Er hat Kohlendioxid eingeatmet.«

»Und ist ohnmächtig geworden?«, fragte sie, bevor sie in den Schaukelstuhl wechselte, der ihr gerade die sicherste Zuflucht zu sein schien. »Mein armer Daniel.«

»Wir müssen Ihnen leider ein paar Fragen stellen«, sagte Maja-Sofia.

Signe nickte. Besser, sie brachte das schnell hinter sich.

»Wo waren Sie, bevor sich die Explosion ereignete? Am besten schildern Sie uns so genau wie möglich, woran Sie sich erinnern.«

Signe wusste noch haargenau, wo sie gewesen war. Sie hatte dem ehemaligen Pfarrer und seinem Begleiter Kaffee serviert, frisches Gebäck auf die Tortenplatte aus Kristall gelegt und mit dem Bierbrauer aus Våmhus gescherzt.

»Der alte Pfarrer kann bezeugen, wo ich war«, sagte sie. »Und dann habe ich einer Frau den Weg zur Toilette gezeigt.«

»Einer fremden Frau?«, fragte Knis Petter Larsson. »Sie haben sie noch nie gesehen?«

Signe nickte. »Genau, noch nie.«

»Können Sie sie beschreiben? Groß, klein, dick, dünn? Haarfarbe?«

»Nicht klein, etwas größer als der Durchschnitt, glaube ich.«

Signe verstummte.

»Und welches Alter ungefähr?«

»Schon in Rente, schätze ich, aber nicht wahnsinnig lange, aber ... keine Ahnung.«

»Erinnern Sie sich noch, welche Kleidung sie getragen hat?«

Signe schüttelte den Kopf.

»Elegant oder leger? Vielleicht fällt Ihnen ja doch noch etwas ein?«

»Sie hatte einen schönen Rucksack, das weiß ich noch, weil er mir auch gefallen hätte. Der war aus Leder und sah teuer aus. Und einen Rollkoffer hatte sie, sie war wohl auf der Durchreise.«

»Welche Farbe hatte der Rollkoffer?«

»Weiß ich nicht mehr.«

»Wieso glauben Sie, dass sie auf der Durchreise war?«

»Das ist nur eine Annahme. Wenn sie mit dem Zug gekommen ist, hat sie vielleicht auf den Anschlussbus Richtung Norden gewartet. Oder sie war sogar über Nacht im Ort ... Vielleicht wollte sie Kinder oder Enkel besuchen.«

Die vielen Fragen machten sie müde, sie wünschte sich nichts sehnlicher, als dass die beiden aufbrachen und sie in Ruhe ließen.

»Hatte Daniel Feinde?«, fragte Maja-Sofia, während ihr Kollege sich Notizen machte.

Signe schüttelte den Kopf.

»Kann ich mir nicht vorstellen«, sagte sie. »Daniel hat sich mit allen gut verstanden. Manchmal gab es ein bisschen Gekabbel mit dem Brauer aus Våmhus, aber das war eigentlich nur Spaß. Leo Norz ist neidisch, dass es bei uns so gut läuft. Er kann nicht ganz mithalten, deshalb gab es da ein bisschen Konkurrenzdenken. Aber eigentlich haben wir am selben Strang gezogen.«

»Hatte Daniel Schulden?«, fragte Knis Petter.

»Davon weiß ich nichts, mit dem Geschäftlichen hatte ich nichts zu tun. Aber vorstellen kann ich mir das nicht.«

»Wann haben Sie Leo Norz zuletzt gesehen?«, fragte Maja-Sofia.

»Er war im Café, kurz vor der Explosion, das weiß ich sicher«, erwiderte sie. »Wohin er dann ist, kann ich nicht sagen, vermutlich ist er nach Hause gefahren.«

Es war dumm, zu lügen. War er nicht in die Brauerei gegangen, um mit Daniel zu sprechen?

»Nein, keine Ahnung, wo genau er war«, fügte sie sicherheitshalber noch hinzu.

Signe sah, dass die beiden Polizisten einen Blick wechselten.

Wussten sie etwas?

Knis Petter Larsson machte sich Notizen, während Maja-Sofia Rantatalo weitere Fragen stellte. Sie wollte wissen, ob sie sich noch daran erinnerte, was Daniel an den Tagen vor der Explosion getan hatte. Ob sie sich erinnern konnte, wer sonst noch am Morgen des Brandes im Café gewesen war.

»Nun, der ehemalige Pfarrer, aber das sagte ich ja schon. Und seine Töle stand draußen und kläffte herum. Klops heißt der Hund.«

»War Sigvard allein?«

»Ich kann mich nicht erinnern«, sagte sie.

Maja-Sofia Rantatalo bat um ein Glas Wasser, das Signe nur zu gern holte. Sie brachte kaltes Wasser in einem Krug und Gläser für alle. Es war eine willkommene Unterbrechung von den anstrengenden Fragen.

»An den Tagen davor«, übernahm Larsson, »hatten Sie da auch Fremde als Gäste? Irgendjemand, der Ihnen besonders im Gedächtnis geblieben ist?«

Sie dachte nach, musste dann aber den Kopf schütteln.

»Nein, da fällt mir nichts ein.«

»Am Abend zuvor zum Bespiel?«

»Nein. Ein paar von Daniels Verwandten sind zu Besuch«, sagte sie. »Das sind die einzigen Fremden im Ort, die man wohl ungewöhnlich nennen könnte. Sie kommen aus den USA und sind hier, weil sie sich in ihrer Heimat an unserem Geschäftsmodell versuchen wollen. Die Frau ist Daniels Cousine zweiten Grades oder so. Sie waren am Morgen noch in der Bäckerei und sind dann mit Rick spazieren gegangen. Aber das wissen Sie ja schon.«

»Das Paar war also schon unterwegs, als es knallte?«

»Da bin ich ziemlich sicher, sonst hätte ich den Hund bestimmt bellen hören.«

»Waren sie auch am Vorabend in der Bäckerei?«

»Das kann ich mir kaum vorstellen.«

»Wo sind sie jetzt?«, fragte Larsson und stand auf.

»Im Gästehaus da drüben, nehme ich an«, sagte Signe und deutete zum Fenster. »Ihr Mietwagen steht davor.«

»Ich geh mal klopfen«, sagte er. »Ich muss noch ein paar Dinge verifizieren.«

Maja-Sofia blieb zurück und fuhr mit der Befragung fort. Signe erzählte, wie sie Daniel kennengelernt hatte, dass sie aus einem kleinen Ort in Västergötland kam und dass es mehr eigentlich nicht zu sagen gab.

»Leben dort noch Verwandte von Ihnen?«, fragte Maja-Sofia.

»Meine Eltern sind bereits tot, und Geschwister habe ich keine. Also, nein.«

»Und erinnern Sie sich jetzt an weitere Gäste an dem Morgen?«, versuchte sie es noch einmal. »Sie öffnen ja schon früh.«

Signe fühlte sich richtig erschöpft, ihr war schon ganz schwindelig von den endlos vielen Fragen. Wie sollte sie sich an all das erinnern? Sie war in der Bäckerei gewesen, um ein Blech mit frischen Brötchen zu holen, und dann war sie ins Café zurückgekommen, wo zwei Gäste in ein intensives Gespräch vertieft gewesen waren.

»Ja«, sagte sie nach einer Weile, »da fällt mir noch etwas ein. Der ehemalige Pfarrer unterhielt sich angeregt mit einem fremden Mann. Er muss ein Tourist gewesen sein, er hatte einen Rucksack dabei. Und einen Wanderstab.«

»Ich glaube, ich weiß, wen Sie meinen«, sagte Maja-Sofia. »Der Mann ist mir am Tag zuvor in der Kirche aufgefallen. Ihnen nicht? Sie singen doch im Chor. Vermutlich wissen Sie nicht, wie er heißt oder wo wir ihn finden könnten?«

Signe schüttelte den Kopf.

Als der Kaffee ausgetrunken und alle Fragen gestellt waren, stand Maja-Sofia auf.

»Das war erst einmal alles, aber wir werden uns nicht das letzte Mal gesehen haben, das muss ich Ihnen gleich sagen. Ich hoffe, das verstehen Sie.«

Signe nickte.

»Können wir noch etwas für Sie tun? Brauchen Sie Unterstützung?«, fragte Maja-Sofia. »Ich könnte Samuel bitten, nach Ihnen zu sehen.«

»Nein danke. Das ist nicht nötig. Rick und die Gäste sind ja bei mir. Aber eine Frage habe ich selbst noch: Wann bekomme ich ihn denn zurück? Daniel, meine ich.«

Maja-Sofia blieb in der Tür stehen.

»Wegen der Beerdigung, meinen Sie?«

»Ja.«

»Das kann leider noch etwas dauern, aber wir beeilen uns natürlich. Ich frage einmal bei der Rechtsmedizinerin nach.«

Maja-Sofia ging hinaus und zog die Tür zu. Signe stand am Küchenfenster und beobachtete sie. Ihr Kollege kam gerade aus dem Gästehaus, und sie fuhren ab.

Signe atmete auf. Das Gespräch war abgehakt, und sie hatten keinen Verdacht geschöpft. Niemals würde sie ein Wort darüber verlieren, was vor der glücklichen Zufallsbegegnung mit Kråk Daniel Eriksson aus Klockarvik genau passiert war.

SECHZEHN

Samstag, 7. Oktober

Mattias war mit Tindras Vater in den Wald gegangen, um zu prüfen, ob die Grundstücksbegrenzung schon wieder zugewuchert war. Tindra hatte diese Aufgabe schon so oft übernommen, dass sie sie Mattias heute nur zu gern überließ. Stattdessen ging sie einkaufen, und dort sah sie die Schlagzeilen. Dicke, fette Buchstaben brüllten hinaus, was geschehen war. Kurz und schonungslos stand dort, dass ein Mensch infolge von Brandstiftung ums Leben gekommen war. Tindra erschauderte, dabei trug sie ihre wärmste Jacke. Daniel war ein so lieber und lustiger Mann gewesen, es war unbegreiflich, dass es ihn nun nicht mehr gab. Er hatte immer mit ihr gescherzt, und Tindra war so froh gewesen, dass es in Klockarvik endlich ein angesagtes Café gegeben hatte, wo sie sich mit ihren Freunden treffen konnte, wenn sie zu Besuch kamen. Die Brauerei hatte sicher auch ihre Vorteile gehabt, wenngleich die nicht in Tindras Interessengebiet gefallen waren. Würde Signe allein weitermachen? Würde sie das schaffen? Gerade konnten ihr die Verwandte unter die Arme greifen, aber wer wusste schon, wie lange. Sie kamen ja nicht mal aus Schweden und mussten sicher bald nach Hause. Tindra verstand leider nichts von diesem Gewerbe, sonst hätte sie sich sofort freiwillig zur Unterstützung gemeldet. Wobei das im Moment natürlich schwierig gewesen wäre, schließlich hatte sie gerade wieder mit der Schule angefangen, und es gefiel ihr sehr gut am *Stiftsgården*. Das wollte sie sich nicht gleich wieder vermasseln, aber in den Sommerferien war ein Nebenjob vielleicht keine schlechte Idee.

»Ist das nicht schrecklich?«, sagte eine Stimme neben ihr.

Tindra fuhr herum und schaute direkt in Tyra Lundins betrübtes Gesicht.

»Absolut«, stimmte Tindra zu. »Man kann es gar nicht richtig fassen, oder?«

»In der Zeitung steht, dass er eingeschlossen war, während draußen gezündelt wurde.«

In Tyras Augen standen Tränen.

»Eingeschlossen? Das ist ja entsetzlich!«, entfuhr es Tindra. »Wie kommt man nur auf so eine Idee?«

Sie unterhielten sich noch ein bisschen, und Tindra erwähnte, dass die Kirche auch heute geöffnet war und alle willkommen hieß, die eine Kerze anzünden wollten oder ein Gespräch suchten.

»Willst du nicht auch kommen?«, schlug Tyra vor. »Du kannst so gut mit Menschen umgehen und findest so leicht Zugang zu den Jugendlichen. Deine Hilfe wäre gern gesehen.«

Der Gedanke war nicht verkehrt, Sam hatte es gestern schon angesprochen, aber da waren sie und Mattias von der Fahrerei völlig k.o. gewesen und hatten sich nicht mehr aufraffen können. Sie wollte selbst zur Kirche, um eine Kerze anzuzünden, und wenn sie darüber hinaus noch helfen konnte, war das ein klares Plus. Während ihres Sabbatjahres hatte sie die Kirche unterstützt, wo sie konnte, und kannte sich jetzt gut aus.

»Das mache ich selbstverständlich«, sagte sie. »Ich muss vorher nur noch die Einkäufe nach Hause bringen.«

»Du bist so ein gutes Kind«, sagte Tyra und tätschelte ihre Wange. »Von deiner Sorte brauchen wir mehr.«

Zwanzig Minuten später drückte Tindra die Klinke der Kirchentür hinunter und betrat das Gotteshaus. Viele Einwohner Klockarviks waren gekommen, und ein dumpfes Murmeln erfüllte den Raum. Tindra entzündete eine Kerze für Signe und Daniel und sprach ein kleines Gebet. Das alles war einfach tragisch.

Samuel war auch da und kam zu ihr.

»Hallo! Wie schön, dass du kommen konntest, Tindra«, sagte er. »Dort unter der Kanzel sitzen ein paar der diesjährigen Konfirmandinnen. Die kennst du doch sicher, oder? Vielleicht könntest du dich ihnen anschließen?«

»Und was soll ich sagen?«

Er lächelte sie an.

»Du musst gar nichts sagen. In erster Linie ist es wichtig, einfach nur da zu sein, falls jemand Fragen oder Gesprächsbedarf hat.«

Tindra nickte und näherte sich langsam den Konfirmandinnen, die schweigend dasaßen. Ein paar schossen Fotos vom Altar, andere hatten ihre Handys weggelegt. Das Mädchen, das ganz außen saß, nahm sofort ihre Jacke vom Platz neben sich, damit Tindra sich ebenfalls setzen konnte. Eine ganze Weile lang schwiegen sie weiter, bis eins der Mädchen die Stille brach und das Gespräch plötzlich lief.

»So gruselig, Alter.«

»Ja, und in Klockarvik! Das ist so krass. Das könnte jederzeit wieder passieren.«

»Wie soll man da schlafen? Könnte jederzeit 'ne Bombe hochgehen.«

Tindra konnte das gut nachvollziehen, sie war genauso verunsichert. Ständig fragte sie sich, wer so etwas tun würde. Etwa jemand, den sie kannte? Oder schlich hier ein Verrückter durchs Dorf? Jemand, der einfach wahllos Leute umbrachte? Viel Trost konnte sie heute nicht spenden.

Da berührte sie jemand leicht an der Schulter. Als sie aufschaute, blickte sie direkt in Mattias' Augen. Er hielt seine Jacke in der Hand und sah so gut aus in seinem weißen Hemd mit den schwarzen Hosenträgern darüber. Auch er trug eine schwarze Jeans, die aber – anders als ihre – keine Löcher an den Knien aufwies. Mattias hatte einen ganz eigenen, lässigen Stil, den sie sehr mochte.

»Hallo!«, flüsterte sie. »Schön, dass du da bist. Ich dachte, ihr wärt bis zum Abend beschäftigt.«

»Das dachten wir auch, aber so viel gab es dann doch nicht zu tun. Hat kaum gewuchert«, sagte er grinsend. »Gibt es hier irgendwo Kaffee?«

Tindra wandte sich an die Konfirmandinnen. »Wollen wir zum Kaffeetrinken ins Gemeindehaus gehen? Dort kann man sich wesentlich besser unterhalten. Vorher können wir ja noch ein paar Kerzen anzünden.«

Die Mädchen nickten und griffen nach ihren Jacken.

»Bleib bei mir«, sagte sie zu Mattias. »Ich brauche deine Hilfe.«

Im Mittelgang kam ihnen eine Frau in schwarzer Kleidung und mit gesenktem Kopf entgegen. Erst als sie bei ihnen war, erkannte Tindra, wer es war. Signe. Tindra fiel auf, dass sie in Mattias' Nähe kurz innehielt, leicht den Kopf hob und ihn betrachtete. Auch Mattias zögerte, aber fast unmerklich, während er sich die Jacke anzog, dann ging er weiter. Das Ganze dauerte nicht länger als ein paar Sekunden, und kein Wort war gewechselt worden. Trotzdem war Tindra sicher, dass etwas vor sich gegangen war. Sie hatte den Eindruck, dass sich die beiden nicht zum ersten Mal begegnet waren.

»Kennst du Signe?«, fragte Tindra, als sie kurze Zeit später mit Kaffee und Zimtschnecken im Gemeindehaus saßen. Annika Rask hatte dafür gesorgt, dass Tindras kleiner Pulk bestens verpflegt wurde.

»Bitte wen?«

Mattias verschüttete einen Schluck Kaffee und tupfte ihn notdürftig mit einer Serviette weg.

»Signe. Die Frau, die uns in der Kirche plötzlich gegenüberstand. Sie betreibt das Café, und sie ist … war mit Daniel zusammen. Ich hatte den Eindruck, ihr kennt euch.«

Er zuckte mit den Schultern.

»Ach, die war das? Das wusste ich nicht. Aber nein, die kenne ich nicht. Wahrscheinlich hat sie mich mit jemandem verwechselt.«

Er lehnte sich zurück und fischte einen kleinen Notizblock

samt Stift aus der Tasche, seine ständigen Begleiter. Tindra nannte ihn gern den »Schriftsteller« oder den »Journalisten«. Einmal hatte er ihr ein paar seiner Texte gezeigt, und in der Schule wurde er für seine Schreibkünste gelobt.

»Was schreibst du?«, fragte sie und blinzelte ihren Freund an.

»Nur über heute«, sagte er. »Es ist ein ereignisreicher Tag. Erst im Wald und jetzt hier, darüber lässt sich gut schreiben.«

»Das stimmt«, sagte Tindra. »Das heißt, du schreibst Tagebuch?«

Mattias lächelte sie an.

»Vielleicht.«

Mattias war ein schöner junger Mann, aber so anders. Sie kannte keinen anderen Gleichaltrigen, der Tagebuch schrieb. Außerdem sprach er so gewählt, fast wie ein alter Opa. Sie selbst drückte sich im Vergleich zu ihm furchtbar aus. Vielleicht mochte sie ihn gerade, weil er so anders war, auch sie war schließlich anders als die meisten Mädchen im Ort. Tindra nutzte jede freie Minute zum Trainieren, weil sie den Langlauf so leidenschaftlich liebte, wie es außer ihr nicht viele taten. Mattias schrieb, was er wohl auch nicht mit vielen Geschlechtsgenossen teilte. Ja, wahrscheinlich waren sie deshalb so gut befreundet.

Sie wurden von zwei Mädchen unterbrochen, die sich direkt vor sie stellten.

»Wir könnten ja vielleicht was singen«, sagte die eine. »Für Daniel.«

»Gute Idee«, sagte Tindra und stand auf. »Gehen wir doch

rüber in den Gemeindesaal zum Klavier. Darauf werde ich schon etwas zustande bringen.«

Abends im Bett dachte Tindra noch einmal über die Geschehnisse des Tages nach. Das Zusammentreffen von Mattias und Signe war doch auffällig gewesen. Tindra war überzeugt davon, dass die beiden sich kannten. Sie löschte das Licht und schloss die Augen. Mattias war ungewöhnlich und etwas altmodisch, aber unfassbar nett. Irgendwann würde sie schon noch herausfinden, was ihn und Signe verband.

SIEBZEHN

Sonntag, 8. Oktober
Erntedankfest

Maja-Sofia saß in der Kirchenbank und wartete darauf, dass der Gottesdienst begann. Seit sie nach Klockarvik gekommen war, hatte sie es sich zur Gewohnheit gemacht, ganz hinten Platz zu nehmen. Dort gefiel es ihr am besten. Ganz vorn saßen immer Tyra Lundin und ihr Sven-Erik, das war praktisch, denn Tyra las oft aus der Bibel vor. Heute hatten sie Gesellschaft vom jungen Herrn Williams, will sagen: Sie passten auf Emanuel auf, während Samuel den Gottesdienst leitete.

Heute drehte sich alles um Dank, und Maja-Sofia betrachtete die Gaben, die beim Altar aufgestellt waren. Mehrere Körbe mit Äpfeln und Möhren, ein paar Kürbisse, außerdem Zwiebeln und Kartoffeln. Von beiden Seiten wurde der Altar von großen Vasen mit Sonnenblumen eingerahmt. Die vielen verschiedenen Farben von Obst, Gemüse und Blumen machten die Kirche noch bunter und noch schöner, als sie ohnehin schon war. Alles würde nach dem Gottesdienst verkauft und der Erlös an Bedürftige gespendet werden. Maja-Sofia dachte an ihre Gemeinde in Kuivalihavaara und fragte sich, ob auch dort ein Erntedankfest stattfand.

Ihre Mutter engagierte sich gern, und ihr Vater sang schon ewig im Kirchenchor.

Halbton Halvarsson stimmte das erste Lied an, und schon setzte sich die Prozession in Bewegung. Maja-Sofia und die anderen Kirchenbesucher erhoben sich und stimmten in das getragene Lied ein, während der Chor, die Küsterin und zuletzt Samuel durch den Mittelgang schritten. Samuel zwinkerte ihr zu, als er auf ihrer Höhe war, und verärgert musste sie feststellen, dass sie rot wurde. Wie peinlich! Sie war doch sonst so taff, sie musste sich zusammenreißen. Also konzentrierte sie sich auf den Chor, der gerade seinen Platz einnahm. Ein Teil der Mitglieder lebte im Dorf, und Maja-Sofia erkannte einige von ihnen. Signe zog ihr Interesse besonders auf sich. Irgendetwas verbarg sie, da war Maja-Sofia sich sicher, die Frage war bloß, was. Sie wollte gern mehr über diese Frau herausfinden.

Bevor das Lied endete, eilten noch zwei Nachzügler durch die Kirchentür und huschten eilig zu einer Bank in der Nähe einer Säule. Dort saß der ältere der beiden immer beim Sonntagsgottesdienst. Es handelte sich um Sigvard und seinen Sohn Markus. Maja-Sofia wurde ganz warm ums Herz, denn oft sah man die beiden nicht zusammen. Lange Zeit hatte es gar keinen Kontakt zwischen ihnen gegeben, weil Sigvards Eltern ihm den Umgang mit seinem Sohn untersagt hatten. Doch sie waren lange tot, und es hatte sich doch alles zum Besten gelöst. Markus hatte vorzeitig Sigvards Haus geerbt und wohnte jetzt im selben Dorfausläufer wie Maja-Sofia. Daher wusste sie, dass Sigvard hin und wieder zu Besuch kam. Manchmal half er bei der Ernte im Garten oder zeigte Markus ein paar Handgriffe. Manchmal saßen die beiden auch einfach schweigend auf der Veranda und schauten in die Landschaft. Im Frühling konnte man eine Vielzahl von Vögeln beobachten, die hier auf ihrem Weg in den Norden für eine Woche Rast machten. Gänse, Kiebitze, Singschwäne und die schönsten von allen: Große Brachvögel. Das mussten Glücksmomente für die beiden sein, sie hatten so viel aufzuholen.

Der Auftakt des Gottesdienstes verging schnell, weil viele kurze Sequenzen aufeinanderfolgten. Maja-Sofia lauschte Samuels schöner Stimme voller Genuss. Die Gemeinde antwortete auf seine gesungenen Passagen, wurde aber glücklicherweise vom Kirchenchor unterstützt, sonst wäre ihr Beitrag etwas dünn ausgefallen. Die höheren Stimmlagen waren für viele zu schwer.

Kurz vor der Predigt nahm Tyra den kleinen Emanuel an der Hand und ging mit ihm nach draußen. Als sie bei Maja-Sofia vorbeikamen, schaute der Junge auf, und sie winkte ihm zu.

»Pia!«, rief er und fing an zu strahlen, folgte Tyra aber artig nach draußen.

Dann begann die Predigt. Maja-Sofia betrachtete Samuel, ihren Samuel, der in seinem grünen Messgewand vorn stand und von Dankbarkeit und Freude sprach. Eine Spur von Heimweh überkam sie, das passierte hin und wieder. Oder war es nur die Sehnsucht, vor der Wirklichkeit zu fliehen? Samuel bedeutete den Menschen hier so viel, würde sie ihn bis ans Ende ihres Lebens begleiten können? Diese Frage stand schließlich im Raum, seit sie sich dazu entschieden hatten, zusammen zu sein. Die Einsicht, dass das nicht immer leicht sein würde, traf sie wie aus heiterem Himmel.

Selbstverständlich konnten sie weiter getrennt wohnen, so wie sie es gerade taten. Dagegen sprach nichts, schließlich führten sie ganz unterschiedliche Leben, obwohl die Ereignisse im Ort immer wieder dazu führten, dass sich ihre beruflichen Wege kreuzten.

Maja-Sofia war so tief in Gedanken versunken, dass sie gar nicht mitbekam, wie Samuel die Predigt beendete. Der Chor stimmte ein schönes Lied über Dankbarkeit an. Spürte sie Dankbarkeit? Ja, tatsächlich, obwohl ihr Beruf herausfordernd war und sie manchmal mit der Frustration zu kämpfen hatte, nicht immer alles aufklären zu können. Maja-Sofia war dankbar für ihr Missionshaus, fürs Winterbaden und dafür, Samuel kennengelernt zu haben. Außerdem war sie unendlich erleichtert und dankbar, dass Danne Ylitalo im *Kurbitsgården* saß. Dass er dort nicht wegkonnte, um sie weiter zu terrorisieren, dass er ihr nur hin und wieder nervige SMS schickte. Danne hatte wirklich für seine Sünden zahlen müssen. Vielleicht sollte sie nicht ausgerechnet dafür dankbar sein, das klang nicht gerade nach christlicher Nächstenliebe, aber so fühlte es sich für sie an. Und just davon musste sie Samuel ja nichts erzählen. Die größte Dankbarkeit empfand sie jedoch ihren Eltern gegenüber, und beim Gedanken an sie zog sie vorsichtig ihren Kalender aus der Handtasche. Mitten in laufenden Mordermittlungen konnte sie sich unmöglich freinehmen, um sie zu besuchen, aber vielleicht passte es ja umgekehrt? Vielleicht konnten sie sich vorstellen, bei ihr vorbeizukommen?

»Friede sei mit dir.«

Maja-Sofia zuckte zusammen. Jetzt hatte sie wirklich nicht aufgepasst. Während sie in den Kalender geschaut hatte, war die Zeit für das Abendmahl gekommen. Sie nickte dem Mann zu, der sich umgedreht und sie angesprochen hatte. Genau dieser Teil des Gottesdienstes war schwierig für sie, darüber hatte sie schon öfter mit Samuel diskutiert. Einem Banknachbarn in der Kirche »Friede sei mit dir« zu wünschen, fühlte sich nicht richtig an. Das waren so große Worte. Oft sagte sie nichts, nickte nur oder schüttelte die ausgestreckte Hand.

»Kommt!«, lud Samuel vorn am Altar zum Abendmahl.

Maja-Sofia nahm Jacke und Handtasche und verließ ihren Platz, jedoch nicht um nach vorn zum gedeckten Altar zu gehen. Sie zog ihre Jacke an und huschte so leise wie möglich zur Kirchentür hinaus. Gerade hatte sie kein Interesse am Kirchenkaffee, sie wusste genau, was sie wollte. Sie würde die vier Kilometer bis nach Hause zu Fuß gehen. Dort würde sie das Rentierfleisch aus dem Tiefkühler holen und es als Geschnetzeltes mit Nudeln essen, runtergespült mit ein paar Schlucken Norrlands Guld. Vielleicht würde sie sich danach sogar ein paar Stücke Kaffeekäse gönnen.

Einige dicke Regentropfen fielen vom Himmel, und sie öffnete den Regenschirm. Was machte schon ein bisschen Regen? In diesem Moment fühlte er sich befreiend an.

ACHTZEHN

Dienstag, 10. Oktober

Samuel beendete den Termin, den er mit einer Witwe und ihren beiden etwa zwanzigjährigen Töchtern gehabt hatte. Eigentlich hätte es ein ruhiges Gespräch über die Beerdigung des Vaters werden sollen, um die Lieder für die Feier auszuwählen und Samuel ein wenig über den Verstorbenen zu erzählen, aber dann hatte es sich ganz anders entwickelt als gedacht.

Die Ansichten über den Toten gingen weit auseinander, und die Diskussion wurde zwischenzeitlich hitzig und laut. Wäre Samuel davon ausgegangen, dass er eine Trauerrede über einen durch und durch geliebten Vater und Ehemann halten sollte, hätte er sich ordentlich geirrt. Laut Aussage der Hinterbliebenen hatte es sich vielmehr um einen Mann gehandelt, der immer alles hatte kontrollieren und bestimmen wollen. Die jüngste Tochter nannte ihn sogar einen »Sadisten«, dicht gefolgt von einem »verdammtem Alki«, woraufhin die Witwe zu weinen begann und wetterte, dass man nicht schlecht über seinen verstorbenen Vater sprechen sollte. Schlecht über Tote zu sprechen, brachte Unglück, das war schon immer so gewesen. Nachdem die Wogen sich geglättet hatten, zeigte sich das Bild eines Mannes mit zumindest vereinzelt positiven Wesenszügen. Seine Liedvorschläge waren sehr traditionell und wurden von der Familie sofort akzeptiert.

Samuel stand auf, um zu signalisieren, dass das Gespräch zu Ende war, und öffnete die Tür. Sein Magen knurrte beschämend laut, die Mittagspause war längst angebrochen, und er hoffte inständig, dass seine Kolleginnen auf ihn gewartet hatten und nicht schon ohne ihn losgezogen waren.

»Hoffentlich sehe ich Sie am Sonntag«, sagte Samuel. »Da schließen wir Ihren Mann und Vater explizit in unsere Gebete ein.«

Sie murmelten etwas, das wie »Wiedersehen« klang, und er war sicher, dass sie sich am Sonntag in der Kirche blicken lassen würden. Solch wichtige Ereignisse ließen die Schweden selten ausfallen, ebenso wenig wie die Messe am ersten Advent oder an Allerheiligen, wenn die Lichter feierlich entzündet wurden. An den alten Traditionen hielt man fest, und manch eine erfreute sich wieder wachsender Beliebtheit. Allerheiligen gehörte dazu.

Als die cholerische Familie von dannen gezogen war, faltete Samuel die Hände und richtete den Blick gen Zimmerdecke.

»Danke, Boss«, sagte er. »Da hast du mir im rechten Augenblick geholfen. Du lieber Himmel, was es doch für komplizierte Menschen gibt.«

Eine Antwort ließ nicht lang auf sich warten: *Nur eine der kleinen Prüfungen, die das Leben bereithält, mein Sohn. Diese hast du gut bewältigt.*

Samuel lächelte zufrieden, zog seinen Mantel an und

warf einen Blick in den Spiegel. Die neue Frisur sah immer noch vortrefflich aus. Hatte Malin nicht gesagt, sie mache ihn zehn Jahre jünger? Dann konnte er so tun, als würde er demnächst fünfunddreißig werden. Sein Geburtstag fiel in diesem Jahr auf das bewegliche Allerheiligenfest, und alle seine Kinder wollten herkommen. Darauf freute er sich inständig. Wie so viele andere im Ort würden sie erst einmal zum Friedhof gehen und Kerzen anzünden, dann würde zu Hause schon der fertige Truthahn darauf warten, mit gebackenen Kartoffeln und Rosenkohl verspeist zu werden. Samuel kochte für sein Leben gern, und Truthahn gehörte zu seinen Glanzstücken. Er hatte die Szene schon vor Augen, alle saßen um den Tisch und lobten seine Kochkünste. Maja-Sofia war selbstverständlich auch dabei, er durfte nicht vergessen, sie einzuladen. Am Sonntag hatte sie schon vor Ende des Gottesdienstes die Kirche verlassen, und seither hatten sie nichts voneinander gehört, aber er wusste ja, dass sie mit den Mordermittlungen alle Hände voll zu tun hatte.

Draußen in dem großen, offenen Außenbereich des Gemeindehauses saßen Ellinor und Cillan in ihre Jacken gemummelt. Sie unterhielten sich und wirkten nicht das kleinste bisschen gestresst davon, auf ihn warten zu müssen.

»Ach, wie lieb von euch«, sagte er. »Das war ein harter Termin gerade. Hat ziemlich gedauert, aber jetzt habe ich eine Basis für meine Trauerrede. Wohin gehen wir?«

»The Worried Wolf«, sagten beide gleichzeitig.

»Da gibt es heute das beste Büfett, außerdem die beste Gesellschaft«, fügte Cillan noch hinzu.

Das Pub war fast voll besetzt, aber sie ergatterten noch einen guten Tisch am Fenster. Samuel lud sich eine extragroße Portion Schichtkohl auf den Teller, eine eher ungewöhnliche Mahlzeit für ein englisches Pub, auch wenn es sich in Dalarna befand. Am Salatbüffet stieß er auf Tysk.

»Heute mal allein?«, fragte Samuel. »Wo ist denn dein Cousin?«

Tysk zuckte mit den Schultern.

»Beim Zahnarzt. Muss auch mal ohne gehen. Für ihn heute mal ohne Mittag.«

Zu guter Letzt stellte Samuel noch ein Glas Preiselbeersaft auf sein Tablett und stieß zu seinen Kolleginnen.

Als sie beim Nachtisch angelangt waren, sagte Ellinor: »Der Brand im Brauereicafé – als wäre das alles nicht schon tragisch genug, handelt es sich jetzt auch noch um Mord.«

»Ja, ich hab in der Zeitung davon gelesen. Der arme Mann war eingeschlossen!«, pflichtete Cillan bei. »Wie unvorstellbar grauenhaft. Was für eine Angst er gehabt haben muss. Er ist bestimmt ganz verzweifelt gewesen.«

Cillan war immer sehr mitfühlend, ihr Blick wurde ganz glasig, als sie von den Geschehnissen sprach. Durch ihre Arbeit als Diakonin traf sie viele Menschen, die es schwer hatten und Tragisches erlebten, trotzdem gewöhnte man sich nicht daran, das wusste Samuel. Und wenn doch, war es an der Zeit, sich eine neue Aufgabe zu suchen.

Er schaute zum Fenster hinaus und dachte an Signe. Nun war eine Woche vergangen, in der sie das Geschehene hatte verarbeiten können. Er wollte einen neuen Versuch starten, ihr einen Besuch abstatten und schauen, wie es ihr ging.

Möglicherweise konnte er sogar die eine oder andere Frage stellen und vielleicht sogar herausfinden, wer hinter dem Attentat steckte. Maja-Sofia hatte nicht viel erzählt, aber ihm war klar, dass sie und ihre Kollegen hart daran arbeiteten, den Mörder zu fassen. Samuel durfte sich eigentlich nicht einmischen, aber vielleicht konnte er ja doch etwas beitragen. Das hatte er schon häufiger getan, und es war letztlich immer gut gewesen.

»Ich glaube, ich mache noch einen Hausbesuch«, sagte er zu seinen Kolleginnen, als sie aufbrachen.

Die Schweigepflicht verbot ihm, genauer darauf einzugehen, also sagte er nicht, wohin er wollte, aber Ellinor und Cillan verstanden auch so.

»Gute Idee«, sagte Ellinor. »Mach das. So was kann nie schaden.«

NEUNZEHN

»Ich überprüfe mal Kråk Daniel Erikssons finanzielle Ausgangslage und ein paar weitere Angaben«, sagte Jarning. »Signes natürlich auch. Allein über das Unternehmen wird sicher einiges zu finden sein.«

Maja-Sofia nickte. Auf ihr Team konnte sie sich wirklich verlassen, alle wussten genau, was zu tun war. Jarning liebte es, in Kontoauszüge abzutauchen und frühere Adressen und dergleichen herauszufinden. Maja-Sofia selbst war froh, das nicht machen zu müssen. Ihr lagen die Vernehmungen mehr, zu lauschen, was zwischen den Zeilen gesagt wurde, und zu beobachten, was Körpersprache und Mimik über den Wahrheitsgehalt einer Aussage verrieten. Außerdem stellte sie gern Informationen zusammen und analysierte sie. Larsson war genauso. Bei Vernehmungen war er in seinem Element, konnte sofort eine Vertrauensbasis schaffen und bekam oft wertvolle Details heraus.

»Wir sollten noch mal mit Signe sprechen«, sagte Maja-Sofia. »Die Frage ist bloß, ob wir sie diesmal nicht besser herbitten sollten. Was meinst du, Larsson?«

»Das wäre eine Idee, so könnten wir mehr Druck ausüben. Andererseits vergeben wir uns so die Chance, dass uns in ihrem Haus etwas Nützliches auffällt. Wir könnten uns aufteilen. Ich fahre zu ihr, und du knöpfst dir die beiden älteren Herren vor, Rantatalo.«

»Du meinst Sigvard und den mysteriösen Wanderer?«, fragte Maja-Sofia.

»Ganz genau«, fuhr Larsson fort, »laut Signe hatten sie das Café bereits verlassen, als es zu der Explosion kam. Aber vielleicht haben sie ja trotzdem etwas beobachtet.«

»Sigvard kenne ich eigentlich zu gut, um ihn zu vernehmen«, sagte sie, »aber ich könnte mich mit ihm zu einem Kaffee verabreden und mal vorfühlen, ob er weiß, wo sich sein Begleiter aufhalten könnte. Außerdem haben wir noch ein paar weitere Personen auf der Liste, mit denen wir erneut das Gespräch suchen sollten.«

»Du meinst die Amerikaner?«, fragte Jarning.

»Ja, genau. Eine weitere Vernehmung kann nicht schaden, allerdings sollten wir sie diesmal getrennt befragen. Außerdem ist da noch die Unbekannte, die sich ebenfalls im Café befand. Wir müssen herausfinden, um wen es sich handelt.«

»Dann habe ich gute Nachrichten«, sagte Jarning und lächelte ihre Kollegen an. »Die Unbekannte ist nicht länger unbekannt. Sie heißt Dorotea Svensson und ist Autorin. Sie war auf dem Weg von Skövde, ihrem Wohnort, zu einer Lesung in der Bibliothek von Strömsund. Nicht gerade ein Tagesausflug.«

»Wohnt sie allein? Und wie wohnt sie? Haus oder Wohnung?«, fragte Larsson.

»Ihre Mutter ist unter derselben Adresse gemeldet, es handelt sich um eine Drei-Zimmer-Mietwohnung im ersten Stock. Ich habe schon mit einer Nachbarin gesprochen, einer älteren Dame aus dem Erdgeschoss, die weiß, wer kommt und geht. Laut ihr sieht man Dorotea nicht oft, sie kommt nur ungefähr einmal im Monat nach Hause, und die Mutter wohnt seit Kurzem in einem Heim für Demenzkranke.«

»Sehr gut, Jarning!«, sagte Maja-Sofia und klatschte in die Hände. »Das klingt ja eher unauffällig, auch wenn man sich fragen kann, wo Dorotea Svensson sich herumtreibt, wenn sie so selten zu Hause ist. Da bleiben wir dran. Wie hast du sie ausfindig gemacht?«

»Ich habe erst mal im Hotel nachgehorcht«, sagte Jarning, »aber da konnte man mir nicht weiterhelfen. Dann ist mir wieder eingefallen, dass es in Klockarvik ja auch eine hervorragende Jugendherberge gibt, und ich wurde gleich fündig. Dorotea Svensson hat dort übernachtet. Ich habe ihre Handynummer vorliegen, eigentlich müsste sie schon wieder in Skövde eingetroffen sein. Ich versuche mal, herauszufinden, ob sie noch unter einer anderen Adresse erreichbar ist.«

»Okay«, sagte Maja-Sofia, »dann wissen wir ja alle, was wir zu tun haben. Larsson und ich fahren nach Klockarvik. Und du, Jarning, versuchst, Dorotea Svensson an die Strippe zu kriegen. Wahrscheinlich wäre es auch gut, die Kollegen in Skövde zu verständigen, damit sie ihr mal ein paar Fragen stellen.«

Als ihr Gespräch gerade beendet war, rief der Empfang an.

»Rantatalo, du hast Besuch.«

»Ach? Wen denn?«

»Sigvard Nordqvist hat dir etwas mitzuteilen, er wird von einem Hund begleitet.«

»Wunderbar«, sagte Maja-Sofia zufrieden. »Der kommt ja wie gerufen, schickst du ihn zu mir?«

Sie legte auf und wandte sich wieder an ihre Kollegen.

»Larsson, du musst ohne mich nach Klockarvik fahren«, beschloss sie.

Ein *Pling* verkündete die Ankunft einer SMS. Als sie sah, wer sie geschickt hatte, nahm ihr kurz eine allzu bekannte Angst die Luft. Maja-Sofia schickte ihre Kollegen weg und las die SMS schnell, bevor Sigvard eintreffen würde.

Ich muss dich sehen, es ist wichtig, las sie.

Von Danne Ylitalo, natürlich. Seine letzte Nachricht war schon eine Weile her. Würde er denn nie aufgeben? Nur sieben Wörter, trotzdem zitterten Maja-Sofias Hände. Ihr Stalker hatte von seinem Sturz von der Hängebrücke in einen Wasserfall schwere Behinderungen davongetragen. Er kam nicht mehr allein zurecht, konnte sich ohne Hilfsmittel nur wenige Schritte fortbewegen. Er wohnte im *Kurbitsgården,* wo ihn das Personal im Rollstuhl beförderte, da er nur kurze Stücke mit dem Rollator bewältigen konnte. Hin und wieder sah man die Gruppe vom *Kurbitsgården* in der Stadt. Ein winziges bisschen Genugtuung spürte sie schon. Sein Unglück hatte er sich schließlich selbst zuzuschreiben, außerdem hatte er ihr das Leben jahrelang sehr schwer gemacht. Früher war er mal ein richtig guter Polizist gewesen. Dazu noch sehr attraktiv. Maja-Sofia war schwanger gewesen, sie standen kurz vor der Hochzeit. Doch dann kam die Katastrophe. Irgendetwas ging schief, er erschoss seine Eltern, und Maja-Sofia verlor das Kind. Nein, es war gut, dass Danne war, wo er war, und auf ein Treffen mit ihm wollte sie sich nicht einlassen. Sie löschte die Nachricht und holte ein paar Mal tief Luft. Dann sah sie zu ihrem Besucher, der in der Tür erschienen war.

»Willkommen, Sigvard! Wie gut, dass du gekommen bist. Ich wollte dich gerade anrufen.«

Sich an ihrem Schreibtisch gegenüberzusitzen, kam Maja-Sofia viel zu formell vor, also nahmen sie an dem kleineren Tisch Platz, den sie von ihrer neuen Chefin Beata Löfblad bekommen hatte. Löfblad hatte gleich Kontakt mit dem Migrationswerk aufgenommen, als kürzlich die Unterkünfte in der Stadt geschlossen worden waren, und so war die Polizei an eine Reihe guter Möbel gekommen. Maja-Sofia war mehr als dankbar, schließlich war ihr bisheriger Tisch ein abgenutztes Relikt der Fünfziger gewesen.

»Ein Hund?«, fragte sie und wuschelte Sigvards zugewandtem vierbeinigen Begleiter durchs Fell. »Ich hab dich schon häufiger mit deinem neuen Gefährten gesehen, aber erzähl doch mal, wie es dazu kam.«

Es handelte sich um eine mittelgroße, graue Promenadenmischung, es schien ein sehr freundlicher Hund zu sein.

»Ja«, seufzte der alte Mann. »Manches lässt sich nicht planen, das übernimmt das Leben. Einer der ältesten Bewohner Klockarviks hat testamentarisch verfügt, dass ich den Hund bekomme. Und als sein Herrchen das Zeitliche segnete, musste ich das Erbe antreten. Aber ich klage nicht, Klops und ich tun einander ziemlich gut.«

»Klops?«

»Du kannst dir sicher denken, was die Leute sagen, wenn ich nach ihm rufe! Als wäre ich ein Hundehasser. Deshalb lasse ich ihn lieber nur zu Hause von der Leine, wo mich niemand hören kann.«

Der Hund machte es sich unterm Tisch bequem und schloss die Augen, und Maja-Sofia griff zu Block und Stift. Mittlerweile machte sie Audioaufnahmen von Vernehmungen dieser Art, aber sie hatte das Gefühl, dass Sigvard althergebrachte Methoden bevorzugte.

»Du warst zum Frühstück im Brauereicafé, kurz vor der Explosion«, setzte sie an. »Bist du deshalb hergekommen?«

Sigvard öffnete den Reißverschluss seiner Outdoorjacke. Seine Mütze hatte er verkehrt herum auf den Tisch gelegt, die Handschuhe steckten darin.

»Ja«, sagte er. »Ich hatte das große Vergnügen, mit einer neuen Bekanntschaft etwas Zeit dort zu verbringen. Wir haben uns gut unterhalten.«

»Und hat diese neue Bekanntschaft einen Namen?«

»Gideon«, sagte Sigvard, »Gideon Emanuelsson. Ein netter Kerl, der den Weg in unsere schöne Gegend gefunden hat.«

Maja-Sofia notierte sich den Namen. Sobald Sigvard weg war, würde sie ihn an Jarning weitergeben, damit sie alles über den Mann herausfinden konnte.

»Weißt du, woher er kommt?«, fragte sie.

»Nein, darüber haben wir nicht gesprochen. Wir haben uns über Religion, Natur und die Orte unterhalten, an denen wir schon waren. Gideon ist ein wahrer Naturliebhaber und versteht Wald und Boden als Geschenke Gottes. Ich werde ihn mal zu mir einladen, ich schätze, meine Hütte am Flussufer wird ihm gefallen.«

»Ich glaube, ich weiß, wen du meinst«, sagte Maja-Sofia. »Ich habe ihn am Tag vor dem Brand im Gottesdienst gesehen. Ist er in der Kirche aktiv?«

Sigvard nickte langsam.

»Ja, das denke ich schon. Allerdings scheint er die Bibel sehr wörtlich zu nehmen. So oder so haben wir aber den gleichen Gott, auch wenn Gideon ein wenig strikter zu sein scheint.«

Maja-Sofia lächelte und musterte das Gesicht des alten Pfarrers. Wie sehr sie seinen Lebenswillen bewunderte und seinen offenbar nie nachlassenden Bewegungsdrang.

»Was wolltest du mir denn genau erzählen?«, fragte sie. »Es muss ja etwas Wichtiges sein, wenn du den Weg nach Mora auf dich nimmst. Ich gehe davon aus, dass du den Bus genommen hast. Oder bist du etwa mit dem Rad gekommen?«

Sigvard richtete sich etwas auf.

Der Hund wachte auf, blinzelte sein Herrchen an, legte aber schnell wieder den Kopf auf die Pfoten.

»Nein, nein, mit dem Bus«, sagte er. »Ja, Gideon hat da etwas erwähnt, als wir im Café waren. Vielleicht hat es nichts zu bedeuten, aber ich wollte es dir trotzdem lieber mitteilen.«

»Ihr habt also zusammen gefrühstückt?«

»Ja, genau. Sehr lecker. Und gemütlich.«

Maja-Sofia betrachtete Sigvard aufmerksam.

»Lass bitte nichts aus, alles kann für uns wichtig sein«, sagte sie. »Wir suchen schließlich einen Mörder.«

»Also, während wir da saßen, sagte er: ›Bier und andere Alkoholika sind Teufelswerk. Der Bierbrauer sollte festgenommen und bestraft werden.‹ Ja, das hat er gesagt, und dabei hat er übers ganze Gesicht gestrahlt. Ich ging also davon aus, dass das ein Witz ist. Er hat so gegrinst, und Bruder Samuel und ich trinken ja schließlich auch mal gern ein Bierchen. Aber es wurde dann doch schnell deutlich, dass Gideon das ernst meinte.«

»Hast du etwas erwidert?«

»In gewisser Weise schon. Ich habe gesagt, wenn es des Teufels Werk ist, ist es definitiv eine seiner besseren Erfindungen. Daraufhin hat er nur etwas gegrummelt. Aber glaube mir, Maja-Sofia, da irrt Gideon sich. Und ich bin sicher, der Chef ist auf meiner Seite.«

Maja-Sofia wusste, von wem er sprach. Chef war Sigvards Spitzname für denselben Gott, den Samuel Boss nannte. Sie waren schon lustig, diese beiden Pfarrer.

»Wie lange wart ihr im Café?«, fragte Maja-Sofia.

Sigvard warf einen Blick auf die Uhr, als könnte sie ihm die Antwort verraten.

»Eine Stunde vielleicht. Dann sind wir Richtung Bushaltestelle aufgebrochen. Bis dahin waren wir sicher nicht länger als zehn Minuten unterwegs. Als wir ankamen, hat es geknallt. Und so traf Gideons Wunsch schneller ein als gedacht. Der Bierbrauer bekam seine Strafe, die wahrlich viel zu hart ausfiel.«

»Dann habt ihr das Café gemeinsam verlassen?«

»Ja, selbstverständlich. Obwohl ... Ich bin ein paar Minuten eher nach draußen, weil mein Gefährte erst noch zur Toilette musste. Aber das hat nicht lange gedauert, und er hat Klops und mich schnell eingeholt.«

»Wer war sonst noch im Café?«

Sigvard dachte nach, bevor er antwortete.

»Das sollte ich natürlich wissen, aber wir waren so sehr ins Gespräch vertieft, dass ich nicht besonders aufmerksam war. Signe ist herumgegangen und hat Kaffee nachgeschenkt, bei uns und bei ... Ja, ich glaube, da war noch eine Frau. Ja, jetzt erinnere ich mich.«

»War sie dir bekannt?«

»Nein, sonst hätte ich mich sicher gleich erinnert.«

»Noch eine Frage, Sigvard«, sagte Maja-Sofia. »Wir müssen uns auch mit diesem Gideon Emanuelsson unterhalten. Weißt du, wie wir ihn erreichen können?«

Sigvard stand auf. Sofort war Klops an seiner Seite.

»Hm«, sagte Sigvard, »einen von Gottes freien Pilgern zu finden, dürfte nicht ganz leicht werden, aber ich nehme an, wenn sein Proviant ausgeht, wird er nach Klockarvik zurückkehren. Ich an deiner Stelle würde die Verkäuferinnen im Supermarkt bitten, dich zu kontaktieren, sobald er wieder aufkreuzt. Das wäre mein Tipp.«

»Ein sehr guter Tipp«, sagte Maja-Sofia und strich Klops erneut über das Fell. »Vielen Dank, Sigvard! Vielleicht muss ich dich aber bald noch mit weiteren Fragen behelligen.«

Kaum war Sigvard fort, setzte Maja-Sofia sich wieder an ihren Schreibtisch und breitete ihre Notizen aus. Gideon Emanuelsson war also dem Ruf der Natur gefolgt, bevor er aufgebrochen war. Die Frage war, ob er das nur zu Sigvard gesagt hatte oder ob er wirklich auf der Toilette gewesen war. Hatte Gideon das Feuer gelegt und sich dann schnell aus dem Staub gemacht, bevor die Hölle losbrach? Sie konnte sich nicht konzentrieren, war zu abgelenkt von einem unbehaglichen Gefühl – und wo dieses seinen Ursprung hatte, war nicht schwer zu erraten. Das hatte nicht Sigvards Aussage ausgelöst, sondern Danne Ylitalo. Maja-Sofia stand auf und zog ihre Jacke an. Auf dem Weg nach draußen hielt sie kurz bei Jarning.

»Ich muss mal eben an die frische Luft«, sagte sie. »Sonst kann ich nicht klar denken.«

Jarning ließ den Blick auf den Monitor geheftet, hob aber kurz die Hand, um zu signalisieren, dass sie verstanden hatte. Maja-Sofia verließ die Wache Richtung Siljan und zog das Tempo an, ihr Ziel: Der Saxviken – sie wollte unbedingt zum Wasser. Es war nicht lange her, da hatten an den *Zorngården* und die alte Schule nur Felder gegrenzt, jetzt standen hier ein paar Wohneinheiten und ein Altersheim. Der *Kurbitsgården*, wo ihr Antagonist und Stalker wohnte. Zwar war Danne Ylitalo nicht wirklich alt, aber er war so schwer behindert, dass er sich nicht länger selbst versorgen konnte. Warum er nach seinem Sturz in den Teufelsfall in der Gegend geblieben war, konnte sie sich nicht erklären, und es verärgerte sie sehr. Er gehörte nach Kuivalihavaara, das tausend Kilometer nördlich von Mora und Dalarna lag. Die Behörden hätten ihn einfach dorthin schicken sollen, aber so war es nicht gekommen.

Maja-Sofia blieb kurz stehen und betrachtete die Fassade

des Heims. Was für eine sonderbare Vorstellung, dass Danne sich hinter einer dieser Wände aufhielt. Sie hatte nicht vor, je einen Fuß in das Gebäude zu setzen. Nie im Leben.

ZWANZIG

Als Sigvard die Polizeiwache verlassen hatte, nahm er den ersten Bus nach Klockarvik. Er freute sich, bald wieder im Dorf zu sein, auch wenn Mora nicht allzu groß und laut war, nichts im Vergleich zu Västerås zum Beispiel. Es sei denn, der Wasalauf fand statt, dann wimmelte es hier nur so von Menschen. Nein, Sigvard fühlte sich in Klockarvik am wohlsten, wo er geboren worden war und sein ganzes Leben verbracht hatte. Heutzutage war er am liebsten in seiner kleinen Hütte am Flussufer. Ein Geniestreich, dass er dorthin gezogen war und den Hof seinem Sohn überlassen hatte. Markus hatte es nicht leicht gehabt als Kind, auch wegen der Abwesenheit seines Vaters. Sigvards Familie hatte strenge Vorstellungen gehabt, und er hatte sich nicht als Vater zu erkennen geben dürfen. Mit der Hilfe Bruder Samuels war die Wahrheit schließlich ans Licht gekommen, und Sigvard hatte endlich die Chance bekommen, sich mit Markus und dessen Mutter auszusöhnen. Sigvard war nicht stolz darauf, dass er so lange nicht für Markus da gewesen war. Feige war er gewesen, hatte seine Familie bestimmen lassen, aber es war, wie es war, und ließ sich nun leider nicht mehr ändern. Immerhin hatten Vater und Sohn heute ein passables Verhältnis. Markus kümmerte sich bestens um den Hof, und niemand konnte so gerade und ordentliche Wege in den Schnee schippen wie er. Sigvard war stolz auf ihn und spürte in seinem Herzen, dass er den Hof niemand Besserem hätte überlassen können.

Sigvard stieg aus dem Bus und ging das kurze Stück bis zum Gemeindehaus, wo sein Fahrrad auf die Rückkehr ins traute Heim wartete. Er war erst ein kurzes Stück gefahren, da beschloss er, einen kleinen Umweg über den Nachbarort zu nehmen, um sein ehemaliges Zuhause zu besuchen. Die Fenster waren erleuchtet, und es sah in der Herbstdämmerung richtig gemütlich aus.

Er klopfte an und ging hinein, ohne auf Antwort zu warten. Markus kam ihm bereits entgegen.

»Guten Tag, Vater«, sagte Markus, verbeugte sich leicht und sah Sigvard amüsiert in die Augen.

»Guten Tag auch dir«, sagte Sigvard und legte seinem Sohn eine Hand auf die Schulter. »Was macht das Leben?«

Markus' Intelligenz war nicht zu hundert Prozent ausgebildet, früher hätte man gesagt, »er spielte nicht mit dem ganzen Blatt«. Heute sprach man von Behinderung, glaubte Sigvard. Es war nicht leicht, mitzuhalten, wenn die Sprache sich ständig veränderte. Aber der Junge, der seit Langem ein Mann und Frühpensionär war, kam sehr gut klar. An den meisten Wochenenden holte er seine Mutter zu sich, um sie zu verwöhnen. Die Woche über lebte sie im Heim, und es war schön, dass er für ein bisschen Abwechslung sorgte.

»Wie ist es dir in letzter Zeit ergangen?«, fragte Sigvard, als sie sich gesetzt hatten. Er schaute zu, wie Markus Klops kraulte, der ihm fast auf den Schoß gekrochen war. Dass die beiden einander mochten, war nicht zu übersehen.

»Hatte Besuch«, sagte Markus.

»Ach ja? Wer war denn da?«

Markus zuckte mit den Schultern.

»Keine Ahnung. Nicht von hier.«

Sigvard betrachtete seinen Sohn, versuchte, seinen Gemütszustand auszuloten, was nicht immer ganz einfach war. Er wirkte nicht verängstigt, relativ ruhig. Der Besuch eines Fremden konnte ihn sonst sehr durcheinanderbringen.

»Dann hast du ihn noch nie zuvor gesehen?«

»Nee. Mit Rucksack und Wanderstab. Ging da lang.«

Markus deutete zu den Dörfern am Hang. Sigvard atmete auf.

»Dann war das Gideon Emanuelsson«, sagte er. »Die Leute im Dorf nennen ihn den Wanderer oder Pilger. Ich habe ihn gerade kennengelernt. Er macht hier ein paar Touren und kehrt immer wieder ins Dorf zurück, um seinen Proviant aufzufüllen. Ein guter Mann, finde ich, richtig gute Gesellschaft. Aber was wollte er bei dir?«

Markus schwieg eine Weile und kratzte sich am Kopf. Der Hund legte ihm eine Pfote aufs Bein, er wollte wohl weitergestreichelt werden.

»Weiß ich nicht mehr«, sagte Markus nach einer Weile. »Ah, doch. Wasser. Er wollte Wasser.«

»Hat er welches mitgenommen?«

Markus nickte.

»Ja, hat Wasser mitgenommen, ja. Hat seine Flasche aufgefüllt.«

Sigvard war verdutzt, aber sicher war es nur ein Zufall, dass Gideon ausgerecht bei Markus geklopft hatte. Sie hatten gar nicht von ihm gesprochen, Gideon konnte also nicht wissen, dass sie verwandt waren.

Tagsüber waren nicht viele Menschen zu Hause, und wer Hilfe brauchte, wandte sich an diejenigen, die daheim waren, und das war Markus fast immer.

»Das war am Montag, nehme ich an?«, fragte Sigvard.

Markus sah seinen Vater an.

»Da hat es im Dorf geknallt. Laut. Hast du das auch gehört, Vater?«

»Ja, habe ich«, antwortete Sigvard. »Da stand ich mit Gideon an der Bushaltestelle. Wir hatten gerade im Brauereicafé gefrühstückt.«

»Er kam nach dem Knall.«, sagte Markus und nickte. »Gefährlich. Und die Feuerwehr kam. Dann hat es gebrannt?«

»Ja, leider«, sagte Sigvard. »In der Brauerei. Aber glücklicherweise war der Brand schnell gelöscht.«

»Er ist tot.«

»Ja, sehr bedauerlich.«

»Kråk Daniel.«

Markus nickte noch mal. Sigvard stand auf und klopfte seinem Sohn auf die Schulter.

»Es gibt Dinge, an denen können wir nichts ändern«, sagte er. »Aber, Markus: Du musst keine Fremden ins Haus lassen, wenn du nicht willst. Gideon ist ein guter Mann, vor dem brauchst du dich nicht fürchten, aber du kannst selbst bestimmen, wer bei dir ein- und ausgeht. Verstanden?«

Markus nickte und blieb noch auf der Veranda stehen,

während Sigvard sich mit seinem Rad zum Gehen wandte. Sigvard winkte ihm noch einmal zu, stieg dann auf und radelte davon. Markus kam gut allein klar, aber Besuche wurden schnell zu viel für ihn. Sigvard würde Gideon bei nächster Gelegenheit ansprechen und ihm vorschlagen, sein Wasser im Gemeindezentrum aufzufüllen, dort würde er mit offenen Armen empfangen werden.

EINUNDZWANZIG

Mittwoch, 11. Oktober

Das beste Team Ovansiljans, wenn es um die Aufklärung eines Mordfalls ging, war im kleinen Konferenzraum versammelt. Beata Löfblad hatte verlangt, über die neuesten Entwicklungen in Kenntnis gesetzt zu werden, und vor diesem Termin mussten Maja-Sofia und ihr brillantes Team alle Ergebnisse zusammentragen, auch wenn es noch keinen Verdächtigen gab.

Sie betrachteten das Whiteboard, an das Jarning gerade ein weiteres Foto gehängt hatte. Sie hatte es im Internet auf der Homepage eines Verlags gefunden, von dem keiner von ihnen je gehört hatte.

»Dorotea Svensson«, sagte Jarning. »Die Ungreifbare, die gleichzeitig existiert und nicht existiert.«

An dem Whiteboard befanden sich außerdem die Cover zweier Bücher, offenbar stellte sie darin ihre Lebensphilosophie vor, die helfen sollte, ein erfüllteres Leben zu führen. Auf ihrem Autorinnenfoto saß sie an einem Schreibtisch, die gepflegten Hände vor sich gefaltet. Mit selbstsicherem Blick, frischem Pagenkopf und dezentem Make-up schaute Dorotea Svensson in die Kamera. Von ihrer Kleidung waren ein blassrosa Polohemd und ein grauer Blazer zu sehen. Ordentlich, ziemlich langweilig, jedoch sicher praktisch, wenn sie ständig unterwegs war und aus ihren Büchern las. Eine Lesereise war auch der Grund für ihre Übernachtung in Klockarviks Jugendherberge gewesen. Signe hatte spekuliert, dass sie hier ihre Enkel besuchen wollte, aber das war offenbar nicht der Fall.

»Ein Kollege in Skövde konnte Dorotea Svensson auftreiben«, sagte Jarning, »und sie hat detailreich geschildert, was sie am Morgen des 2. Oktober in Klockarvik gemacht hat. Ihrer Erzählung zufolge brach sie nach dem Frühstück zur Bibliothek in Strömsund auf. Das Personal hat bestätigt, dass sie dort auch angekommen ist.«

»Ich halte sie für unschuldig«, sagte Larsson. »Ich habe eher den Wandersmann in Verdacht. Ist doch komisch, dass er hier in den Wäldern herumstreift. Die meisten Pilger gehen von A nach B, aber der scheint sich ja nur in den Wäldern rund um Klockarvik aufzuhalten. Wir müssen ihn dringend finden, vielleicht sollten wir über eine Suchkette nachdenken. *Missing People* freut sich bestimmt über Abwechslung, wenn wir mit so einer Anfrage kommen.«

»Also eine Suchkette halte ich in diesem Fall für übertrieben«, sagte Maja-Sofia, »aber ich finde auch, dass wir ihn möglichst bald in die Finger kriegen müssen. Zur Not begeben wir uns erst mal selbst in den Wald. Konntest du noch mehr rausfinden, Jarning?«

Martina Jarning deutete auf das Bild des Opfers, das in der Mitte des Whiteboards zwischen den übrigen Fotos hing. Es war eine schöne Aufnahme, die Daniel stolz neben seinen blitzblanken Stahlbehältern in der Brauerei zeigte. Das

Foto stammte aus der *Mora-Zeitung*, die erst im September über das Unternehmen berichtet hatte.

»Ich habe mal ein bisschen in Kråk Daniel Erikssons Vergangenheit gewühlt«, sagte sie. »Dabei habe ich etwas gefunden, das vielleicht interessant sein könnte: eine Ex-Freundin.«

Maja-Sofias und Jarnings Blicke trafen sich.

»Eine Ex-Freundin?«, fragte Maja-Sofia.

»Jetzt wird's interessant«, sagte Larsson. »Eine aus dem Dorf?«

Jarning nickte und fuhr fort: »Ja, eine gewisse Inga-Gun Hansson, die ziemlich lang eine große Rolle in Kråk Daniels Leben gespielt hat. Bevor er Signe kennenlernte. Ich habe schon mit ihr telefoniert, sie ist kein besonders fröhlicher Mensch, ziemlich verbittert. Sie scheint kein einziges Wort des Mitgefühls für Signe und das Geschehene zu haben, im Gegenteil.«

»Inga-Gun Hansson«, sagte Maja-Sofia nachdenklich. »Ich frage mich gerade, ob Samuel sie nicht erwähnt hat. Er war beim Frisör, als der Brand ausbrach. Und ich meine, er hat von einer ziemlich ungemütlichen Frau erzählt, die ebenfalls dort gewesen ist. Das würde die Möglichkeit ausschließen, dass sie sich zum Zeitpunkt der Explosion am Tatort befand, oder nicht?«

»Ausschließen könnten wir sie als Täterin trotzdem nicht«, sagte Jarning. »Sie kann ja bereits lange vorher über den Hintereingang reingeschlichen sein und alles vorbereitet haben, um ihrem Ex eins auszuwischen – was dann aber viel größere Folgen hatte als gedacht. Es ist denkbar, dass sie das in Leinöl getränkte Brennmaterial strategisch platziert hat und dann direkt zum Frisör gegangen ist. Unsere Kriminaltechniker haben ja gesagt, dass man den Zeitpunkt, als sich alles entzündet hat, nicht hundertprozentig festmachen kann.«

»Guter Punkt«, sagte Maja-Sofia. »Theoretisch kann sie dahinterstecken. Vielleicht hat die Zeit für den Täter oder die Täterin auch keine große Rolle gespielt, und es war die Hauptsache, dass es überhaupt zu brennen anfing.«

Larsson warf den Stift vor sich auf den Tisch.

»Ich finde, wir sollten sie einbestellen«, sagte er. »Ich übernehme auch gern die Vernehmung. Inga-Gun Hansson, netter Name. Wie kommt man denn auf Inga-Gun? Ich horche mal beim Frisör und deinem Samuel nach.«

»Mach das, Larsson«, sagte Maja-Sofia und reckte den Daumen hoch. Da klingelte ihr Handy.

»Ja, hallo, hier spricht Benny«, sagte eine fröhliche Stimme, die ihr kein bisschen bekannt vorkam.

»Welcher Benny?«, fragte sie.

»Chef des Supermarkts?«, sagte er. »Sie kennen mich sicher, aber es muss verwirrend sein, mich am Telefon zu haben. Wie dem auch sei, er ist gerade da.«

»Wer?«

Benny senkte die Stimme zum Flüsterton.

»Der Pilger, er steht gerade bei den Milchprodukten. Ich bin an der Kasse, soll ich ihn aufhalten?«

Maja-Sofia warf einen Blick zur Wanduhr, schrieb etwas auf ihren Notizblock und schob ihn ihren Kollegen hin. Larsson zog sofort seine Jacke an und wedelte mit dem Autoschlüssel. Maja-Sofia stand ebenfalls auf.

»Aufhalten können Sie ihn nicht, dazu sind Sie nicht befugt«, sagte sie zu Benny. »Wir brauchen etwa zwanzig Minuten zu Ihnen. Verwickeln Sie ihn in ein Gespräch, bieten Sie ihm einen Kaffee an oder was Ihnen sonst noch einfällt. Sollte er alles ablehnen, versuchen Sie bitte, herauszufinden, wo er als Nächstes hinwill, damit wir ihn dort finden können. Danke erst mal, Benny.«

Maja-Sofia hatte erst einen Arm in der Jacke, als sie das Telefonat beendete.

»Kommst du auch mit, Jarning?«, fragte sie.

»Nein, ich bin hier besser aufgehoben, ich muss weitere Informationen über Signe suchen. Irgendwas an ihrer Vergangenheit passt nicht so ganz. Während ihr unterwegs seid, will ich dem mal auf den Grund gehen.«

Auf dem Weg nach Klockarvik summte Maja-Sofias Handy. *Er ist gegangen, sollte in der Jugendherberge anzutreffen sein. Benny.* Was würden sie ohne die Mithilfe der Öffentlichkeit machen? Dieser Benny war wirklich aufmerksam.

Also fuhren sie direkt zur Jugendherberge, die oben auf einem Hügel lag. Von dort aus hatte man einen herrlichen Blick über den Klockarviksee. Larsson fuhr direkt bis zum Eingang und stellte den Wagen vor der Treppe ab. Der Parkplatz war leer, keine weiteren Autos standen hier. Einzig ein Wanderstab lehnte an der Wand neben der Tür.

»Dann sind wir wohl richtig.«, sagte Larsson mit einem Blick auf den Stab.

»Scheint so«, sagte Maja-Sofia. »Hat hier nicht auch Dorotea Svensson übernachtet? Ganz schön beliebt, wie es scheint.«

»Na, man hat zwar eine große Auswahl, wenn man in Klockarvik übernachten will, aber um was Günstigeres als das hier zu finden, muss man sicher lange suchen.«

Sie betraten das Haus, blieben im Flur stehen und lauschten. Sie hörten jemanden hin und her gehen und mit etwas rascheln. Dann klang es, als würde ein Kühlschrank geöffnet und wieder geschlossen. Maja-Sofia wies in die Richtung, aus der die Geräusche kamen.

»Die Küche«, sagte sie. »Gehen wir mal hin.«

Ein Mann, hoch konzentriert und beschäftigt, schaute auf, als sie plötzlich in der Küchentür standen.

»Wer sind Sie?«, fragte er, seine Augen wurden schmal.

Er hatte buschige Brauen und offenbar lange keinen Frisör mehr gesehen, die Haare wuchsen über den Kragen seines schwarz-rot gestreiften Flanellhemds hinaus. Die Hose schien von guter Qualität und mit ihren vielen Taschen zweckmäßig für einen Wanderer. Er hatte seine Schuhe ausgezogen und trug bunte Wollsocken, die seine Schritte dämpften.

»Polizei«, sagte Maja-Sofia. »Kriminalkommissarin Rantatalo und Kriminalinspektor Larsson. Dürfen wir Sie kurz stören?”

»So, so, Polizei«, sagte er und grinste schief. »Dann sind Sie wohl hier, um mir Fragen zu dem Brand in der Brauerei zu stellen, nehme ich an. Ich habe schon mit Ihnen gerechnet.«

Er zeigte ihnen den Weg zu einem Aufenthaltsraum mit einer einfachen Sofagruppe, auf der sie Platz nahmen. Für die Gäste des Hauses gab es ein volles Regal mit Naturmagazinen, Naturbüchern, Vogelbüchern und ein Radio. Einen

Fernseher suchte man vergeblich. Maja-Sofia verkniff sich die Frage, wieso er nicht von selbst zu ihnen gekommen war, wenn er doch mit ihrem Besuch gerechnet hatte. Es verwirrte und verärgerte sie, aber sie konnte nicht mit dieser Frage anfangen, das würde den falschen Ton für das Gespräch setzen.

»Fangen wir mit Ihrem Namen an«, sagte sie und startete die Aufnahme an ihrem Handy.

»Gideon Emanuelsson«, antwortete der Mann und schob gleich noch unaufgefordert sein Geburtsdatum hinterher.

»Adresse?«

»Ich würde gern ›Gottes freie Natur‹ antworten, aber wenn ich nicht gerade pilgere, dann verbringe ich meine Zeit in einem Kollektiv in Västergötland. Dort führen wir ein einfaches, friedliches Leben nach strengen Vorgaben.«

Er gab ihnen die Adresse. Der Ortsname klang wunderlich und ungewöhnlich, Maja-Sofia hatte ihn noch nie gehört. Sie bat Emanuelsson, ihn zu buchstabieren und schrieb *Vilseklev* in ihr Notizbuch.

»Als der Brand in der Brauerei ausbrach«, sagte Larsson, »waren Sie den Aussagen anderer Zeugen zufolge in der Nähe. Stimmt das?«

»Dann haben Sie bereits mit dem alten Pfarrer gesprochen, nehme ich an?«, fragte Gideon Emanuelsson. »Ja, wir waren zusammen im Café, hervorragendes Frühstück. Aber zum Zeitpunkt der Explosion hatten wir das Lokal bereits verlassen, das kann ich Ihnen versichern. Wir waren bei der Bushaltestelle, das können Ihnen ein Mädchen, mit dem der Pfarrer bekannt ist, und der Busfahrer bestätigen.«

»Kennen Sie das Opfer?«, fragte Larsson. »Haben Sie irgendeine Verbindung zu ihm?«

»Nein. Ich kannte Daniel nicht.«

»Woher wissen Sie dann seinen Namen?«, fragte Larsson.

»Mein werter Inspektor, ich lese doch Zeitung, wenn ich im Ort bin. Sein Name stand darin.«

»Kennen Sie Signe Lind?«, fragte Maja-Sofia.

Sie konnte schwören, dass der Mann gezuckt hatte. Außerdem schluckte er, bevor er antwortete.

»Signe Lind? Nein, der Name sagt mir nichts.« Dann schloss er die Augen.

Was für ein blöder Trick, dachte Maja-Sofia. Er log und wollte sie nicht ansehen. Das kannte sie zur Genüge, weil sie es in ihrem Beruf schon so häufig erlebt hatte.

»Sicher, dass Sie Signe nicht kennen?«, hakte Larsson nach, dem das auffällige Verhalten des Mannes ebenfalls nicht entgangen war.

»Ja, sicher«, sagte er und öffnete die Augen wieder. »Welches Motiv hätte ich denn, die Brauerei in Brand zu stecken?«

Maja-Sofia schaute ihm tief in die Augen.

»Dass Sie der Ansicht sind, Bier sei Teufelswerk, zum Beispiel. Das stimmt doch, oder?«

Er zuckte mit den Schultern.

»Man darf doch glauben, was man will«, sagte er. »Für mich ist das Bierbrauen sündiges Verhalten, aber deshalb würde ich noch lange keine Brauerei in die Luft sprengen. Das anzudeuten, finde ich, mit Verlaub, ziemlich unverschämt von Ihnen.«

»Komischer Kauz«, sagte Maja-Sofia, als sie kurz darauf wieder im Auto saßen. »Jarning muss unbedingt dieses Kollektiv prüfen, in dem er angeblich lebt. Bin gespannt, ob das wirklich existiert. Der Name klingt ja wie aus einer alten Sage. Vilseklev. Hast du das schon mal gehört, Larsson?«

Ihr Kollege lachte und startete den Wagen.

»Bestimmt ein spannender Ort, Rantatalo«, sagte er. »Aber muss ich dich daran erinnern, dass dein Geburtsort auch ein bisschen ungewöhnlich klingt?«

Maja-Sofia boxte ihm gegen den Oberarm.

»Kein Wort gegen Kuivalihavaara«, drohte sie. »Dann fahren wir jetzt direkt zu Inga-Gun Hansson, oder?«

Larsson setzte den Wagen zurück und fuhr los. Unterwegs neckte er Maja-Sofia mit den abenteuerlichsten Aussprachevariationen von Kuivalihavaara.

ZWEIUNDZWANZIG

Samuel stand in seinem Büro und zog sich um. Vor Einbruch der Dunkelheit war er noch eine Runde durchs Dorf gelaufen, und jetzt fühlte er sich fabelhaft. Das Leben war unvorhersehbar, aber er tat sein Möglichstes, sich fit zu halten. Ohne das Joggen und die Spaziergänge mit Sigvard würde ihm etwas fehlen. Mindestens dreimal pro Woche musste er sich bewegen. Wenn die Zeit reichte, fuhr er auch gern ins Fitnessstudio. Und sobald Schnee lag, würde Tindra ihn wieder zum Langlauftraining für die nächste Wastaffel nötigen. Die Erinnerung an seinen ersten Auftritt ließ ihn lächeln. Er hatte sich zwar zwischen Oxberg und Hökberg völlig verausgabt, hatte es aber ins Zwischenziel geschafft, und darauf war er mächtig stolz.

Er steckte seine Trainingssachen in eine Tasche, zog ein schwarzes T-Shirt an, das Platz für den Priesterkragen bot, und darüber einen dünnen Wollpullover. Dazu eine gute Stoffhose, und er war bereit für den Abend, der vor ihm lag. Samuel warf einen Blick auf die Uhr. In zehn Minuten würde die Chorprobe im Gemeindesaal beginnen, und er hatte Halbton versprochen, heute dabei zu sein. Das Singen machte ihm großen Spaß, und selbst wenn er den Gottesdienst leitete, fand er eine Möglichkeit, sich dem Chor anzuschließen. Meist stellte er sich einfach an seinen Platz zwischen den anderen Sängern und kehrte erst danach wieder zum Altar oder auf die Kanzel zurück. Als Landpfarrer war man in gewisser Hinsicht Mädchen für alles, und erstaunlicherweise hatte er just daran Gefallen gefunden. Denn bei seiner Ankunft in Klockarvik vor nicht allzu langer Zeit hatte er noch ganz anders geklungen. Damals hatte er gedacht, sein Aufenthalt hier würde nur von kurzer Dauer sein. Doch der Boss hatte anderes im Sinn gehabt, und Samuel hatte die Menschen im Ort lieb gewonnen, außerdem die Natur und ganz besonders Maja-Sofia.

Heute stand alles im Zeichen von Allerheiligen, und das bedeutete: schöne Texte mit Tiefe und Schwere. Klockarviks Kirchenchor war richtig gut und hatte sogar ein paar Jüngere anlocken können. Halbton war es mithilfe seiner Gattin gelungen, begabte Sängerinnen und Sänger aufzutun und in den bestehenden Chor zu integrieren. Die Ältesten, die schon seit vielen Jahren Mitglieder waren, hießen die Jüngeren gern willkommen. Die betagteste Chorsängerin war neunzig, hatte aber immer noch eine klare Stimme. Tindra war mit ihren siebzehn Jahren die Jüngste. Sie fühlte sich wohl in der Kirche und nutzte jede Gelegenheit, dabei zu sein, doch gerade nahm die Schule in Rättvik fast ihre gesamte Zeit in Anspruch, und es war schwer geworden, regelmäßig an den Proben teilzunehmen. Der Chor hatte Verständnis und nahm ihre Abwesenheit in Kauf, der Kurs war schließlich wichtig. Wenn sie aber an ihren freien Wochenenden in Klockarvik war, kam sie vorbei.

Samuel betrat das Gemeindehaus und hörte bereits ausgelassene Stimmen aus der Garderobe, dem Treffpunkt des Chors. Auf einem Sessel saß eine dünne, ernste Gestalt. Signe. Sie war Mitglied des Chors und hatte eine wunderschöne Altstimme. Sie so kurz nach Daniels tragischem Tod hier anzutreffen, damit hatte er nicht gerechnet. Samuel nahm im benachbarten Sessel Platz und wandte sich ihr zu.

»Hallo, Signe«, sagte er. »Wie schön, dass du gekommen bist.«

Sie lächelte schwach.

»Danke. Ach, es tut gut, ein bisschen rauszukommen«, antwortete sie. »Ich kann ja nicht nur zu Hause sitzen und mir Gedanken machen. Es würde mir sehr helfen, wenn ich wieder backen und im Café arbeiten könnte, aber da darf ich noch nicht rein.«

Samuel vermutete, dass vielleicht erst Reparaturen vorgenommen werden mussten, um die Sicherheit des Gebäudes zu gewährleisten, ehe das Café wieder öffnen konnte. Aber immerhin hatte es wenig Schaden erlitten, wenn sie die Kraft dazu fand, sollte sie ihre Arbeit dort also bald wieder aufnehmen können. Was aus der Brauerei werden würde, war wohl noch nicht absehbar.

»Meinst du, du kannst heute mitsingen?«, fragte er und grüßte die anderen Sänger, die auf dem Weg in den Gemeindesaal an ihnen vorbeikamen. Zwei von ihnen bogen zu Signe ab, um sie wortlos in die Arme zu schließen. Das reichte, man konnte auch so sein Mitgefühl ausdrücken.

»Das schaff ich schon«, sagte Signe bestimmt und stand auf. »Ich muss singen, das ist gerade lebenswichtig für mich.«

»Schön«, sagte Samuel. »Bei uns bist du gut aufgehoben. Aber falls es sich doch nicht gut anfühlt, meld dich bitte sofort. Wir können uns jederzeit zum Reden in mein Büro zurückziehen, wenn du willst. Und falls du allein sein oder dich ausruhen möchtest, finden wir ein ruhiges Örtchen für dich.«

Sie nickte und nahm ihren Platz bei den anderen Altstimmen ein, während sich Samuel zu den Tenören gesellte und die drei anderen Männer seiner Stimmlage begrüßte. Sven-Erik, Tyras Mann, war seit seiner Jugend Teil des Chors, und das wollte er bleiben, solange seine Stimmbänder mitspielten. Der Chef des Supermarkts, Benny, hatte eine ausgezeichnete Stimme, und Muhammad, der vor dreißig Jahren aus dem Iran nach Klockarvik gekommen war, sang ebenfalls wunderschön. Die Bässe waren nur zu dritt, aber sangen so kraftvoll, dass sie gut klarkamen. Sie waren Brüder, arbeiteten im Wald und erzählten oft, dass sie ihre Stimmen dort trainierten. Soprane gab es am meisten, Tyra gehörte dazu.

In der letzten Zeit klagte sie jedoch darüber, die hohen Töne nicht mehr erreichen zu können, und überlegte zu den Altstimmen zu wechseln. Bisher hatte Halbton ihrem Wunsch aber nicht entsprochen.

»Ein viel zu großes Wagnis«, hatte er gesagt und den Kopf geschüttelt. »So leicht sollte Tyra nicht aufgeben, und die Altstimmen kommen auch sehr gut ohne sie klar.«

Samuel fiel die wütende Frau aus dem Frisörsalon auf, sie war heute zum ersten Mal hier. Ein verbitterter Mensch, kurz vor der Explosion hatte sie noch über den Bierbrauer geschimpft. Aber an ihren Namen konnte er sich nicht erinnern.

»Willkommen!«, begrüßte Halbton sie. »Und besonders möchte ich Inga-Gun Hansson willkommen heißen, die heute als neuer Sopran zu uns stößt. Wir hoffen, dass du dich bei uns wohlfühlst.«

Genau, Inga-Gun! So hatte ihre Frisörin sie genannt. Und sie hatte irgendein Problem mit der Brauerei gehabt. Oder mit Daniel? War sie mit ihm zusammen gewesen? Malin hatte etwas von Eifersucht geflüstert. Als Samuel an dem Abend nach Hause gekommen war, hatte er sogar Maja-Sofia von ihrem wütenden Auftritt erzählt.

Sie übten ein neues, schwieriges Lied, kämpften mit den Noten, und als alles nur noch falsch klang, setzte das Lachen ein. Manchmal war das Vergnügen größer, wenn man scheiterte, neu ansetzte und schlussendlich erlebte, wie sich doch alle Stimmen zusammenfügten. Samuel schielte zu Signe. Ihre blassen Wangen hatten Farbe bekommen, und ihre Augen funkelten. Das Singen in der Gemeinschaft tat ihr zweifellos gut. Sie hatte ja selbst gesagt, es sei lebenswichtig.

Halbton wischte sich den Schweiß von der Stirn und drohte ihnen spielerisch mit dem Zeigefinger. Auch wenn der Chorleiter streng aussah, war er doch sehr zufrieden mit seinem kleinen Kirchenchor.

Er ließ den Blick über die treue Sängerschar schweifen, dann ergriff er das Wort.

»Hört mal her«, sagte er. »Singen wir doch zum Auflockern etwas Einfaches zwischendurch. Kennt ihr *Geborgener ist niemand immerdar*?«

Es wurde gelacht und gekichert. Wer kannte das denn nicht?

»Gut«, sagte Halbton, »dann singen wir das mal vierstimmig. Es ist kein schwieriges Lied, aber ich möchte, dass es am Sonntag bis in die oberste Kuppel hallt, wenn wir für die Gemeinde singen.«

Er hob die Hände, und schon ging es los. Der erste Versuch war ganz passabel, der Bass hatte zwar ein paar Startschwierigkeiten, aber die Waldarbeiter wurden der Lage schnell wieder Herr. Und plötzlich klang alles so, wie es sollte. *Geborgener ist niemand immerdar, als Gottes kleine Kinderschar* ... Samuel sang laut und inbrünstig bis zum letzten Vers: *Was er auch gibt, was er auch nimmt, immer bleibt er gütig gestimmt.*

Samuel verstummte so abrupt, dass er den vierstimmigen Schlusston verpasste, der so rein und herrlich klang, dass Tyra zu ihrem Taschentuch greifen und eine Träne der Rührung wegtupfen musste. Halbton klatschte in die Hände, eine Geste, die man bei ihm selten sah.

»Jetzt habt ihr so schön gesungen, dass ihr Tyra und Gottes Engel zu Tränen gerührt habt«, sagte er. »So muss das klingen!«

Samuel hörte nur noch mit halbem Ohr zu. Die Strophe *Was er auch gibt, was er auch nimmt* ging ihm nicht aus dem Kopf. Die war ihm doch erst kürzlich irgendwo begegnet. Bloß wo? Ihn beschlich das unheimliche Gefühl, dass es etwas mit dem Brand zu tun gehabt hatte. Während die anderen in der Probenpause Kaffee tranken, zog sich Samuel in sein Büro zurück. Das Gehen half seinem Gedächtnis für gewöhnlich auf die Sprünge. Ein paar Umschläge, um die er sich gleich morgen früh kümmern wollte, lagen auf seinem

Schreibtisch. Umschläge ... Und da fiel ihm wieder ein, wo er die Strophe gelesen hatte. Dem wollte er auf jeden Fall nachgehen.

Kaum war die Chorprobe vorbei, wandte sich Samuel an Signe.

»Könnten wir kurz sprechen?«, fragte er und nickte zu den Stühlen im Innenhof.

»Wenn es sein muss«, sagte sie. »Eigentlich möchte ich so schnell wie möglich nach Hause.«

Samuel reagierte nicht auf ihren Einwand, es würde nicht lange dauern.

»Kennst du die Stiftung *Was er auch gibt, was er auch nimmt*?«, fragte er ohne Umschweife, als sie saßen.

Dabei beobachtete er sie genau. Signe hob die Brauen, mehr körperliche Reaktion zeigte sie nicht.

»Wie bitte?«, fragte sie. »Welche Stiftung?«

Samuel ließ sie nicht aus den Augen, aber Signe wirkte völlig unbeeindruckt. Wusste sie wirklich nichts, oder war sie einfach eine unfassbar gute Schauspielerin?

»*Was er auch gibt, was er auch nimmt*«, wiederholte Samuel. »Wie die Strophe aus dem Lied, das wir gerade gesungen haben. Ich meine, Daniel hat sie mal erwähnt.«

Das Letzte war gelogen, und Samuel bat den Boss still um Vergebung.

»Ich weiß wirklich nicht, wovon du sprichst«, sagte Signe und stand auf. »Jetzt möchte ich nach Hause, wenn du keine weiteren Fragen hast.«

Jetzt hatte er sie verstimmt, was nicht sein Plan gewesen war.

»Okay«, sagte er, »ich dachte nur, du kennst sie vielleicht. Darf ich dich nach Hause begleiten, oder kommst du allein klar?«

»Ich brauche keine Begleitung, ich komme sehr gut allein klar«, sagte sie und verschwand in der Herbstdunkelheit.

Samuel sah zu, wie die Tür hinter ihr zuschlug. Jetzt kam er sich vor wie ein Elefant im Porzellanladen. Wahrscheinlich wäre es besser gewesen, er hätte sie einfach zu Hause besucht und dort in Ruhe mit ihr gesprochen. Denn obwohl Signe vehement leugnete, je etwas von der Stiftung gehört zu haben, war er überzeugt, dass der Name auf einem der Briefe auf Daniels und Signes Schreibtisch gestanden hatte. Die Stiftung *Was er auch gibt, was er auch nimmt* hatte ihnen geschrieben, und der Brief steckte jetzt zwischen all den unbezahlten Rechnungen.

DREIUNDZWANZIG

Inga-Gun ließ die Tür zum Gemeindesaal zufallen und schaute der Frau nach, die gerade in der Dunkelheit verschwand. Es war das Frauenzimmer, das Daniel sich überstürzt auf dem Rückweg einer Dänemarkreise angelacht hatte. Auf dem Rückweg zu Inga-Gun und ihrer gemeinsamen Zukunft. Sie hatten zwar nie offen darüber gesprochen, aber es war implizit klar gewesen. Hätte sie ihn doch nur auf dieser Reise begleitet, dann wäre das alles gar nicht passiert. Aber sie hatte keinen Urlaub nehmen können, war gebraucht worden im *Klockarviksgården*, dem Pflegeheim, in dem sie gearbeitet hatte. Wenn sie gewusst hätte, was ihr bevorstand, hätte sie sich weniger engagiert gezeigt. Schon ein halbes Jahr später wurden Stellen gekürzt, und weil Inga-Gun zu jenen gehörte, die zuletzt eingestellt worden waren, musste sie zuerst gehen. Ein Zuhause hatte sie glücklicherweise noch, ihr Elternhaus, wie so viele andere hier in Klockarvik, aber für ein Leben mit Daniel hätte sie es sofort hergegeben. Jetzt war sie allein und ohne vernünftigen Job. Ihre alten Schulfreunde waren schon vor langer Zeit weiter in den Süden gezogen, und so hatte Inga-Gun niemanden, mit dem sie sich treffen konnte. Sie ging gern in den Wald, und vielleicht war die Teilnahme am Kirchenchor ja wirklich eine gute Idee.

Vor ein paar Stunden war die Polizei bei ihr vorgefahren, und das hatte sie tiefer erschüttert, als sie sich eingestehen wollte. Zwei Kriminalbeamte aus Mora hatten angeklopft und hereinkommen wollen. Es fühlte sich wie eine Invasion an, als die beiden in ihre Küche eindrangen. Der männliche Polizist stellte eine Menge Fragen darüber, wo sie zum Zeitpunkt des Brandes gewesen war, wollte wissen, wie gut sie Kråk Daniel Eriksson gekannt hatte.

»Ganz gut«, antwortete sie. »Wir waren füreinander geschaffen, aber diese Signe hat sich zwischen uns gedrängt.«

Daniel und Inga-Gun waren seit der Schulzeit zusammen gewesen, schlussendlich zehn Jahre lang. Eigentlich war ihre gemeinsame Zukunft durchgeplant gewesen, und Daniel hatte bei ihr gewohnt, bis er vor fünf Jahren den *Oljonsgården* erbte und ihm die Idee zu diesem hirnverbrannten Projekt kam. Bier brauen! Brot backen! Wie idiotisch.

Inga-Gun zog den Reißverschluss ihrer Jacke zu und überquerte die Straße zu ihrem Wagen. Die Idee mit den Zimtschnecken war ja gar nicht so dumm gewesen und das Café auch kein schlechtes Geschäftsmodell, obwohl es im Dorf bereits die *Kaffevillan* gab. Aber diese lächerliche Brauerei, sie hatte es nicht nachvollziehen können. So was kostete bestimmt ein Heidengeld, ohne viel abzuwerfen. Zusätzlich zu den Kosten für das Gebäude hatte er eine Menge Geld in die rostfreien Tanks investieren müssen, in denen das Gebräu aus Wasser, Hopfen und Malz zu Bier werden sollte. Bekloppte Namen wie Klockar-IPA, Klockar-Lager oder Klockar-Dies-Das hatte er sich ausgedacht. Nein, damit hatte sie nichts anfangen können. Als Daniels Pläne Form annahmen, wurde Inga-Gun richtig wütend. Nach zehn Jahren wäre es an der Zeit gewesen, richtig zusammenzuziehen und eine Familie zu gründen, aber dann kam das Bier dazwischen. Sie wurde von einem blöden Malzgebräu verdrängt, das sie nicht mal selbst trank. Und dann kam auch noch diese Signe. Daniel verliebte sich Hals über Kopf, und sie zog sofort bei ihm ein.

»Es tut mir leid, Inga-Gun«, hatte er gesagt. »Aber ich muss meinem Herzen folgen, was die Liebe und das Berufliche angeht. Wir beide laufen nicht synchron.«

»Nicht synchron!«, murmelte Inga-Gun leise vor sich hin, als sie den Wagen startete und vom Kirchenparkplatz fuhr. Was sollte das denn heißen? Als wäre ihre Beziehung eine Maschine. Sie trat aufs Gaspedal und fuhr viel zu schnell los.

Wenige Meter später sah sie eine Jacke am Straßenrand reflektieren. Wenn sie sie richtig erkannt hatte, hatte diese Person noch ein ordentliches Stück Weg vor sich. Inga-Gun wurde langsamer und ließ das Fenster herunter, als sie auf der Höhe der Fußgängerin war.

»Hallo, Signe, du hast es noch so weit«, sagte sie. »Willst du mitfahren?«

Signe schaute sie nicht mal an.

»Nein danke, ich brauche frische Luft.«

»Das kann ich mir denken«, sagte Inga-Gun, »Du hast sicher einiges im Kopf nach Daniels Tod. Vielleicht auch ein schlechtes Gewissen?«

Signe blieb stehen, und Inga-Gun trat auf die Bremse.

»Was soll das denn heißen?«, fragte Signe und schaute Inga-Gun direkt in die Augen.

»Das weißt du selbst am besten.«

»Nein, weiß ich nicht. Ich habe keine Ahnung, was du mir da unterstellst. Daniel ist gerade erst gestorben, und ich habe mit meinem eigenen Überleben zu kämpfen. Fahr lieber weiter, du hilfst hier niemandem mit deinen Gemeinheiten!«

Inga-Gun grinste, schloss das Fenster und fuhr an. Doch schon kurz darauf hielt sie wieder am Straßenrand und wartete. Gerade als Signe auftauchte, ließ sie das Fenster wieder herunter.

»Hüte dich vor deinen Gästen«, warnte sie. »Den Amis.«

»Inga-Gun, lass mich in Frieden. Ich bin froh, dass die beiden da sind. So bin ich immerhin nicht ganz allein.«

Sie ging weiter, und Inga-Gun fuhr langsam neben ihr her.

»Merk dir meine Worte!«, rief sie. »Ich kenne solche Leute. Die sind genauso hinter Daniels Geld her wie du. Du bist eine Diebin. Vielleicht hast du ja die Brauerei angezündet!«

Inga-Gun trat aufs Gas und fuhr davon, bevor Signe antworten konnte. Diese Person marschierte auf dem *Oljonsgården* herum und machte auf trauernde Witwe, die sollte sich echt in Acht nehmen! Signe Lind war hergekommen und hatte ihre und Daniels Zukunft gestohlen. Und Daniels Erbe. Dass niemand kapierte, was für eine verschlagene Frau sie war. Nein, man hob sie auf ein Podest und trauerte mit der armen Witwe.

Inga-Gun fuhr auf ihren Hof, wo nichts als zwei langweilige Kanarienvögel auf sie warteten. Wäre Daniel doch nur bei ihr geblieben, wäre doch nur nichts von all dem passiert.

VIERUNDZWANZIG

Auch Samuel ging zu Fuß von der Chorprobe nach Hause. Die frische Luft tat gut und verschaffte ihm etwas Klarheit im wirren Kopf. Eigentlich hatte er es nicht weit, aber er beschloss, einen Abstecher zum See zu machen. Maja-Sofia hatte ihm geschrieben, dass sie zum Feierabend noch ein Bad in dem, gelinde gesagt, eisigen Wasser nehmen wollte. Allein bei der Vorstellung, nackt in das herbstlich kalte Wasser zu waten, schüttelte es ihn. Maja-Sofia war taff, unbestritten, aber ihre Liebe für Kaltbäder würde er niemals teilen. Da sah er eine klare Grenze.

Schnellen Schrittes marschierte er voran und dachte über Signes sonderbare Antwort nach. Samuel war sicher, dass er den Brief einer Stiftung gesehen hatte, aber er wusste nicht, ob er an Daniel oder Signe adressiert gewesen war. Zu Hause würde er den Stiftungsnamen googeln, aber erst wenn Maja-Sofia eingeschlafen war. Sie war nie sonderlich begeistert, wenn er sich in die Polizeiarbeit einmischte. Trotzdem hatte sie bereits ein paar Mal um seine Hilfe gebeten, und er hatte sie, so gut es ging, unterstützt, immer darauf bedacht, seine Pflichten als Pfarrer nicht zu verletzen.

Samuel kam an der Brauerei vorbei. Etwa zwanzig Meter

trennten ihn von dem schaurigen Ort, der nach wie vor mit Polizeiband abgesperrt war. Es roch noch immer nach Rauch. Samuel blieb stehen. Brannte dort Licht? Ihm war, als würde er ein Flackern wahrnehmen.

Er ging weiter, blieb dann aber noch einmal stehen und schaute zurück. Kein Licht. War das eine Sinnestäuschung gewesen? Gerade hatte er keine Zeit, sich das genauer anzusehen, außerdem war er sowieso nicht befugt, den Bereich zu betreten.

Es war wesentlich wichtiger, Maja-Sofia zu treffen, und er hatte sich das Licht wahrscheinlich nur eingebildet.

Er legte einen Zahn zu, joggte das letzte Stück, und nur fünf Minuten später hatte er einen kleinen Kleiderhaufen neben der Treppe erreicht, die ins dunkle Wasser führte. Eine Taschenlampe lag eingeschaltet am Ufer. Alles war still. Nicht das geringste Geräusch war zu hören. Angst drückte ihm das Herz zusammen.

»Maja-Sofia?«, fragte er in die Dunkelheit.

Keine Antwort. Samuel holte die Lampe und leuchtete ins Wasser. Da tauchte auch schon ihre Badekappe auf, darunter ein breites Grinsen. Maja-Sofia griff nach dem Geländer.

»Du verrücktes Weib!«, sagte er. »Kurz dachte ich, du bist ertrunken.«

»Sei nicht albern«, sagte sie und stieg langsam aus dem See. »Natürlich bin ich nicht ertrunken. Ich war nur kurz unter Wasser. Du kommst gerade recht. Jetzt will ich schleunigst nach Hause.«

Maja-Sofia zog den Badeanzug aus, und Samuel legte ihr

den plüschigen Bademantel um die Schultern. Dann nahm er sie fest in die Arme und rieb ihr mit der Hand über den Rücken.

Der Stoff kitzelte ihn an der Nase, und er musste niesen.

»Dann schnell ins Pfarrhaus mit uns«, sagte er. »Wenn du mir den Autoschlüssel gibst, fahre ich.«

Sie wühlte in ihrem Rucksack.

»Seltsam«, sagte sie. »Ich friere nicht, aber meine Hände sind steif, und die Zehen lassen sich auch nicht gut bewegen.«

»Bitte? Dann spürst du die Kälte gar nicht?«, fragte Samuel.

»Genau. Eigentlich friere ich nicht, es prickelt nur im ganzen Körper. Aber stell bitte trotzdem die Sitzheizung an!«, bat sie. »*Perkele,* das hat echt gutgetan, wie immer.«

»Manchmal klingst du wie die Kusine deines Vaters, weißt du das? Die, die ich kennengelernt habe, als wir in Kuivalihavaara waren. Die Witzige mit den hellseherischen Fähigkeiten.«

»Das glaub ich gern«, lachte Maja-Sofia. »Wir sind schließlich verwandt, eine tolle Frau. Leider scheine ich ihre Kräfte nicht geerbt zu haben, das wäre mal eine Hilfe gewesen – bei meinem Job. Wir hätten die Schuldigen im Nullkommanix.«

Samuel startete den Motor und schaltete jede Form von Heizung ein, die das Auto zu bieten hatte. Sie hatten es nicht weit bis nach Hause, und trotzdem war es gut, dass Maja-Sofia nicht zu Fuß gehen oder selbst fahren musste.

»Du bekommst als Erstes einen Cognac, wenn wir da

sind«, versprach Samuel. »Das wird meine Kriminalkommissarin aufwärmen.«

»Danke, guter Pfarrer, das lass ich mir gefallen. Eine Tasse Tee wäre auch schön.«

Als sie an der Brauerei vorbeikamen, sah Samuel das Licht erneut, es flackerte hinter einem der Fenster. Abrupt wendete er, um es sich genauer anzusehen.

»Was machst du da?«, fragte Maja-Sofia erstaunt.

»Ich muss nur eben was schauen«, sagte Samuel. »Siehst du auch, dass irgendwas in der Brauerei leuchtet?«

Sie richtete sich auf.

»Du hast recht«, sagte sie. »Wer zur Hölle schleicht denn da rum?«

Er sah über den Fluch hinweg.

»Niemand von euch?«, fragte Samuel.

Maja-Sofia schüttelte den Kopf.

»Kann ich mir nicht vorstellen. Außer, Larsson ist plötzlich auf die Idee gekommen, Überstunden zu machen. Aber das glaube ich nicht, der muss andauernd seine Kinder zum Training oder sonst wo hinkarren. Und Jarning verbringt jede freie Minute mit ihrem neuen Freund.«

Samuel parkte direkt neben der Brauerei. Im selben Augenblick flog die Tür auf, und zwei Gestalten kamen heraus. Eine hielt eine Taschenlampe in der Hand, die andere trug eine Kiste oder etwas Ähnliches, nicht größer als ein Schuhkarton. Sie schlossen die Tür hinter sich und gingen davon.

»Sehe ich richtig?«, flüsterte Maja-Sofia.

»Denke schon. Und ich weiß auch, wer das ist«, raunte er

zurück. »Signes Gäste, die Amerikaner. Ich habe sie mal im Gottesdienst gesehen.«

»Genau die. Sieht ganz so aus, als müssten wir noch mal mit denen sprechen«, sagte sie. »Fahr hinter ihnen her. Ich zieh mir schnell was über. Dass ich ausgerechnet jetzt nichts anhabe!«

Um ihr etwas Zeit zu verschaffen, folgte Samuel den beiden sehr langsam. Forschen Schrittes steuerten sie die Brücke an, so kam man zu Signe. Es sah ganz so aus, als wollten sie die ganze Strecke zu Fuß gehen. Oder hatten sie auf der anderen Seite geparkt? Kurz vor der Brücke überholte er sie und schnitt ihnen mit dem Wagen den Weg ab.

Maja-Sofia stieg aus und hob die Hand.

»Einen Augenblick«, sagte sie. »Was haben Sie in der Brauerei gemacht? Ich bin von der Polizei. Wir haben uns kurz bei Signe gesehen und gleich nach dem Brand, als Sie mit dem Hund zurückgekommen sind.«

Die Amerikaner wechselten einen Blick und sahen dann Maja-Sofia an, ohne ein Wort zu sagen.

Nun stieg auch Samuel aus und stellte sich neben Maja-Sofia.

»Hallo«, sagte er. »Die Brauerei ist gesperrt, das haben Sie doch sicher gesehen. Sie haben dort keinen Zutritt.«

Seine liebe Partnerin warf ihm einen finsteren Blick zu. Sie stand in ihren unförmigen Joggingsachen da, die Mütze so tief ins Gesicht gezogen, dass man ihre schönen Augen kaum sehen konnte.

»Peg und Bill, nicht wahr?«, sagte sie.

Sie widersprachen nicht.

»Was haben Sie da?«, fragte Maja-Sofia und deutete auf die Schachtel.

Endlich kam Leben in Bill.

»Wir haben nur genommen, was uns zusteht«, sagte er. »Rezepte und dergleichen.«

»Rezepte und dergleichen?«

»Ja, für Zimtschnecken und so was. Die hat Daniel uns versprochen.«

»Zeigen Sie mir sofort, was sich in dem Karton befindet«, sagte sie. »Steigen Sie dazu bitte ein.«

Bills Miene verfinsterte sich, aber er setzte sich ohne Proteste auf die Rückbank. Maja-Sofia nahm ebenfalls dort Platz, während Samuel und Peg vorn einstiegen. Die Schachtel wurde geöffnet.

»Das da«, sagte Maja-Sofia und deutete auf einen braunen Umschlag, »sieht nicht nach einem Rezept aus. Das scheint mir ein offizielles Dokument zu sein.«

Bill schwieg.

»Und das hier …«, sagte sie und zog ein Blatt aus dem Karton. »Schau an. Ermittlung des Verwandtschaftsgrades. Das ist ja mal ein Fang am späten Abend. Samuel, kannst du das für mich halten, damit ich ein Foto machen kann?«

»Dieses Dokument besagt, dass Peg die gleichen Ansprüche auf den Hof hatte wie Daniel«, erklärte Bill. »Sie hat auch Rechte.«

»Das werden wir noch prüfen«, sagte Maja-Sofia. »Aber hier hört die Reise dieser Schachtel erst einmal auf. Sie hätten sich bewusst sein müssen, dass Sie einen Tatort nicht betreten dürfen.«

Darauf reagierte das amerikanische Paar nur mit Schweigen. Maja-Sofia rief Beata Löfblad an und schilderte ihr, was geschehen war. Sie hatte den Lautsprecher eingeschaltet, also konnte Samuel alles hören, was gesagt wurde.

»Gute Arbeit, Rantatalo!«, lobte Beata Löfblad. »Ich schicke eine Streife nach Klockarvik, um sowohl die Schachtel als auch die Verdächtigen zu sichern. Ich werde sie heute noch persönlich vernehmen.«

»Wir kommen euch entgegen und treffen euch auf halber Strecke«, sagte Maja-Sofia. »Der Prediger fährt.«

FÜNFUNDZWANZIG

»Mann, Mann, Mann«, sagte Maja-Sofia, als sie sich etwa eine Stunde später nach einer warmen Dusche an den großen Tisch im Pfarrhaus setzte. »In diesem Job hat man nie Feierabend.«

»In meinem auch nicht«, sagte Samuel. »Besonders auf dem Land. Man steht permanent zur Verfügung. Aber irgendwie gefällt mir das sogar, wenn ich ehrlich bin.«

Das Paar aus den USA hatte behauptet, nicht mit schlechten Absichten gehandelt zu haben. Die Rezepte waren wichtig und ein paar von ihnen geheim, sie wurden nur innerhalb der Familie weitergegeben. Peg und Bill, die sich als Teil der Familie sahen, wollten sie für ihr Brauereicafé mit in die USA nehmen. Von diesem Vorfall abgesehen versicherten sie ihre Unschuld.

»Wir waren zum Zeitpunkt der Explosion mit dem Hund spazieren«, hatte Bill gesagt. »Das wissen Sie ja, wir sind schließlich mit Rick zum Pfarrhaus gekommen.«

Peg hatte das bestätigt, aber wenn zwei Ehepartner gegenseitig ihre Aussagen bekräftigten, resultierte daraus kein besonders wasserdichtes Alibi.

Viel mehr wurde während der Fahrt nicht gesprochen.

An der Vångsgärde hatte eine Streife die beiden übernommen, und Maja-Sofia und Samuel hatten endlich nach Hause fahren können.

Dankbar nahm sie den Cognac entgegen, den Samuel eingeschenkt hatte. Außerdem hatte er Feuer im Herd gemacht, das jetzt leise prasselte und eine angenehme Wärme verbreitete. Auch er hatte sich eine Kurzdusche gegönnt. Besser könnte ein Feierabend gar nicht aussehen, als im Bademantel zusammen den Tag ausklingen zu lassen. Was konnte man sich mehr wünschen?

»Ich frage mich, ob die beiden wirklich so unschuldig sind, wie sie tun«, sagte Samuel nachdenklich. »Und wer genau sie eigentlich sind. Vielleicht sind sie gar nicht mit Daniel verwandt und behaupten es nur.«

Maja-Sofia trank einen Schluck und genoss die Wärme, die sich in ihrem Oberkörper ausbreitete.

»Darum werden meine Kollegen und ich uns morgen kümmern«, sagte sie. »Jarning ist unheimlich gut darin, Leute im Netz und auf jedem anderen erdenklichen Weg aufzuspüren. Außerdem haben wir Zugang zu sämtlichen Registern, und wir können auf die Unterstützung der Kollegen jenseits des großen Teichs bauen. Dann sind da noch die Dokumente aus der Schachtel. Bald wissen wir Genaueres, da kannst du dir sicher sein.«

Samuel strich ihr über die Wange. Er war ein toller Mensch. Anfangs hatte sie sich darüber aufgeregt, dass er immer Detektiv hatte spielen wollen, wie in einer Fernsehserie, aber nach einer Weile hatte sie sich eingestehen müssen, dass eine Zusammenarbeit durchaus Vorteile hatte. Bis zu einem gewissen Grad. Denn die Menschen sprachen gern mit Samuel und vertrauten sich ihm an, aber dann griff seine Schweigepflicht, und die konnte er unter keinen Umständen brechen. Trotzdem hatten sie Wege gefunden, wie es sich gut zusammenarbeiten ließ.

Auch für ihr gemeinsames Leben hatten sie einen Weg finden müssen, und das war nicht leicht gewesen. Samuels große Kinder kamen meist in den Ferien nach Klockarvik. Im Winter lockte der Langlauf, im Sommer das Angeln. Für das Nesthäkchen Emanuel gab es eine andere Regelung. In den Wochen, die Emanuel und Samuel zusammen verbrachten, blieb Maja-Sofia im Missionshaus. Manchmal trafen sie sich zum Mittagessen oder machten einen Ausflug, aber im Großen und Ganzen blieben Vater und Sohn unter sich. Diese Routine hatte sich bisher gut bewährt. Sie ging nicht davon aus, dass sie und Samuel einmal gemeinsame Kinder haben würden. Einerseits würde das ihr Leben nur noch weiter verkomplizieren, andererseits hatte Maja-Sofia auch kein Verlangen danach, Mutter zu werden. Einmal hatte sie schon voll freudiger Erwartung einen kleinen Menschen in sich getragen, doch dieser Freude hatte Danne Ylitalo ein jähes Ende bereitet. An jenes Weihnachtsfest vor vielen Jahren wollte sie nicht zurückdenken, und doch kamen immer wieder Erinnerungen in ihr hoch. Maja-Sofia liebte ihren Job und ihr Leben mit Samuel, so wie es gerade war, und wusste nicht, ob sie jemals einen Schritt weitergehen, ihn heiraten und Pfarrersfrau werden wollte.

Sie trank den letzten Rest Cognac und hielt die Hand über das Glas, als Samuel sich mit der Flasche näherte.

»Danke, das muss reichen. Morgen muss ich schließlich wieder arbeiten. Neben der Vernehmung der Amis müssen wir mal zusammenfassen, wer ein Motiv für die Tat und die Gelegenheit dazu gehabt haben könnte. Aber noch was ganz anderes: Allerheiligen nähert sich mit großen Schritten, weißt du schon, ob deine Kinder herkommen werden? Du hast ja auch Geburtstag, das willst du bestimmt feiern, oder?«

»Ich denke schon«, sagte Samuel. »Alva und Gabriel meinten, sie kommen, wie es mit Marit und Emanuel aussieht, weiß ich allerdings noch nicht. Wäre schon schön, mit den Kindern die Lichter auf dem Friedhof anzuschauen, bevor der fantastische Truthahn auf dem Tisch landet. Selbstverständlich möchte ich, dass du mit von der Partie bist.«

Er schloss sie in die Arme.

»Danke«, sagte sie. »Aber ich hoffe, du erwartest nicht, dass ich dir dieses Essen zubereite, oder? Das wird nämlich nix. Norrländische Fleischsuppe dagegen ... Das ist meine Spezialität.«

»Den Truthahn mache ich selbst«, sagte Samuel, »das macht Spaß und ist gar nicht so schwer. Aber du kannst mir mit dem Rosenkohl helfen.«

»Das traue ich mir zu«, sagte sie und gähnte. »Guter Gott, ich bin vielleicht müde. Zeit, dass wir uns ins Bett begeben.«

»Das heißt, du kommst an Allerheiligen, oder?«, beharrte Samuel und gab ihr einen Kuss auf die Wange. »Es wäre ganz schön komisch, ohne dich zu feiern, und mir würde was fehlen.«

Sie stand auf und rückte den Stuhl an den Tisch.

»Wenn die Umstände es zulassen und keine weiteren Morde passieren, dann bin ich gern dabei.«

SECHSUNDZWANZIG

Donnerstag, 12. Oktober

»Kommst du mal in den Konferenzraum?«, fragte Jarning, die in Maja-Sofias Tür stand. »Ich hab da was.«

»Jetzt sofort?«, fragte Maja-Sofia und löste den Blick von ihren Notizen. Sie hatte sie nun schon viel zu lange angestarrt, ohne auch nur ein Schrittchen weiterzukommen.

»Ja, sofort«, erwiderte Jarning. »Ich sage Larsson auch Bescheid. Der ist heute zu spät gekommen, aber jetzt am Platz. Löfblad verspätet sich auch. Sie war die halbe Nacht auf den Beinen und hat die beiden Amerikaner vernommen.«

Wenige Minuten später waren sie alle in dem kleinen Raum versammelt. Martina Jarning hatte ihren Computer dabei, und Knis Petter Larsson hatte in bewundernswertem Tempo Kaffee für sie alle besorgt. Auf dem Tisch standen sogar drei Käsebrötchen bereit.

»Ich muss ja irgendwie meine Verspätung kompensieren«, sagte er lächelnd. »Das Training mit den Kids gestern hat mich völlig plattgemacht, aber als ich dann endlich im Bett lag, konnte ich nicht einschlafen, weil mir so viel durch den Kopf ging.«

Maja-Sofia war es sowieso ein Rätsel, wie Larsson das alles an einem Tag schaffte. Er opferte seine gesamte Freizeit den Kindern, dem Hallenhockey, Eishockey, Fußball und seiner sympathischen Frau. Einfach ein glückliches Familienleben. Wie schön, dass sie alle die gleichen Interessen hatten. Martina Jarning wirkte erstaunlich aufgedreht, dabei wusste Maja-Sofia, dass sie gestern bis spät in die Nacht gearbeitet hatte und heute schon wieder früh auf der Wache gewesen war.

»Ich stand mit einem wirklich kompetenten Ahnenforscher in Härnösand in Kontakt«, sagte sie. »Der hatte ein paar sehr gute Hinweise für mich, und was der nicht findet, findet keiner. Es ging um das amerikanische Paar. Die Angaben auf den Unterlagen aus der Schachtel, konnte er bestätigen.«

Maja-Sofia setzte sich auf und betrachtete ihre Kollegin neugierig, während die etwas ans Whiteboard schrieb.

»Wir haben ein bisschen in Daniels Ahnengalerie geforscht. Bei der Vernehmung haben die beiden ja behauptet, Verwandte von ihm zu sein, aber wie genau sie verwandt sind, dazu sind sie nicht ins Detail gegangen. Die Dokumente aus der Schachtel liefern auch eher vage Informationen. Fangen wir bei Peg Nelson an und lassen Bill Elliot erst mal außer Acht.«

Jarning schrieb Pegs Namen ganz unten auf das Whiteboard und skizzierte ihren Stammbaum darüber.

»Wie soll das denn nachvollziehbar sein?«, fragte Larsson.

»Pass einfach auf, während ich erkläre«, antwortete Jarning. »So kompliziert ist es gar nicht. Das hier ist Pegs Mutter, sie kam in den späten Vierzigern zur Welt. Ihr Vater wurde 1913 in Detroit geboren, denn seine Mutter wiederum, geboren 1890, war in die USA emigriert und hatte dort einen

Schweden kennengelernt: Erik Nelson. Eigentlich hieß er Oljons Erik Nilsson, aber er hat seinen Namen geändert.«

Wie gut, dass Jarning mitschrieb, während sie das vortrug, dachte Maja-Sofia. Ein didaktischer Schachzug, der wirklich nötig war, damit sie ihr folgen konnten.

»Bitte?«, fragte Kriminalinspektor Knis Petter Larsson. »Oljons Erik? Das klingt ja so, als wäre der von hier gekommen.«

Jarning nickte.

»Pegs Urgroßmutter und Urgroßvater waren Schweden, Oljons Erik emigrierte aus Klockarvik, seine zukünftige Frau aus Småland.«

Maja-Sofia betrachtete den Stammbaum. All das war unweigerlich interessant, aber inwieweit würde es die Ermittlungen voranbringen?

Als hätte Jarning ihre Gedanken gelesen, fuhr sie fort: »Ahnenforschung an sich ist ein schönes Hobby, für uns könnte es aber relevant sein, dass tatsächlich ein Verwandtschaftsverhältnis zu Daniel besteht. Es liegt allerdings so weit zurück, dass ihr Erbrecht erloschen ist. Der alte Oljons Erik Nilsson war ein Cousin von Kråk Daniels Urgroßvater. Mein Kontakt hat mir das bestätigen können.«

Larsson tat so, als würde er sich den Schweiß von der Stirn wischen.

»Und Bill?«, fragte er dann.

»Bill Elliot hat keinerlei Wurzeln in Schweden«, sagte Jarning. »Seine Familie stammt aus Nordengland. Darüber könnte ich zwar noch viel erzählen, aber das ist hier irrelevant.«

Maja-Sofia stand auf und ging die paar Schritte zwischen Tisch und Wand auf und ab. Normalerweise half es ihr beim Denken, wenn sie sich bewegte. Bill und Peg, die mit so großer Selbstverständlichkeit bei Signe und Daniel wohnten, schienen nicht ganz zu sein, wofür sie sich ausgaben.

»Ich habe noch ein bisschen weiter zu den beiden geforscht«, sagte Jarning. »Und es stimmt, dass sie ein ähnliches Geschäftskonzept in ihrer Heimatstadt planen.«

»Aber?«, fragte Maja-Sofia.

»Genau, es gibt ein Aber«, Jarning nickte. »Das weiß ich von einem Kollegen in den USA. Bill ist schon mehrfach aufgefallen, weil er angebliche Verwandte ausnehmen wollte. Bisher immer ältere Menschen als Daniel und Signe. Ist schon eine Weile her, aber dennoch interessant.«

Kurz blieb es still.

»Und Peg?«, fragte Larsson schließlich.

»Peg«, Jarning setzte sich, »war zwei Jahre im Gefängnis wegen eines Wirtschaftsdelikts. Steuerhinterziehung, um genau zu sein.«

»Das ist ja was!«, sagte Maja-Sofia. »Da laufen zwei gewissenlose Betrüger durchs Dorf, und dann kommt es zu dieser Katastrophe. Sehr verdächtig, finde ich. Mein Bauchgefühl sagt mir, dass das kein Zufall ist.«

Jarning leerte ihre Kaffeetasse in einem Zug und sagte dann: »Allerdings gibt es auch einen Lichtblick. Sie haben auf den rechten Weg gefunden und wurden von einer Freikirche in Lindstrom in Minnesota aufgenommen.«

»Lindstrom?«, fragte Larsson mit übertrieben amerikanischem Akzent.

»Ja, so heißt eine Stadt dort«, sagte Jarning. »Dort wollen sie Bäckerei und Brauerei eröffnen, und sie kamen auf die Idee, bei ihren entfernten Verwandten nach Rezepten zu suchen.«

»Und Bier brauen wollten sie auch?«, fragte Maja-Sofia.

»Ja, genau. Ganz ähnliches Konzept«, bestätigte Jarning.

»Sofern das nicht nur ein Vorwand ist und sie eigentlich was ganz anderes planen«, sagte Larsson.

Maja-Sofia rollte einen Stift zwischen den Handflächen hin und her, während sie über das nachdachte, was sie gerade von Jarning erfahren hatten.

»Augenscheinlich haben sie also wieder auf den rechten Weg gefunden«, sagte sie dann. »Aber wenn dem gar nicht so ist? Hatte das Paar ein Motiv dafür, die Brauerei abzufackeln?«

Larsson richtete sich auf.

»Ja, würde ich schon sagen. Möglicherweise ist es das simpelste und älteste Motiv der Welt: Geld. Sie wollten ihre Ansprüche auf Daniels Hof geltend machen und haben deshalb so auf die Blutsverwandtschaft gepocht. Daniel und Signe haben sie ja auch als Familie wahrgenommen, wie es scheint. So oder so müssen wir noch mal mit Peg und Bill sprechen. Rantatalo und ich knöpfen uns die beiden einzeln vor. Danke für deine Ausführungen, Jarning. Großartig wie immer!«

»Absolut«, stimmte Maja-Sofia zu. »Danke! Jetzt haben wir endlich mehr, auf das wir uns berufen können. Es wäre ja gelacht, wenn wir nicht herausfinden würden, warum sie wirklich hier sind.«

SIEBENUNDZWANZIG

Sigvard setzte sich auf einen der Sessel im Aufenthaltsraum des Gemeindehaus und machte sich daran, die Kirchenzeitung zu lesen, während er darauf wartete, dass im Saal die Suppe serviert wurde. Die Zeitung bot einen guten Überblick über das Kirchengeschehen in ganz Schweden. Er konnte nicht alles gutheißen, was darin stand. Vieles war ihm zu neumodisch, das hätte es zu seiner aktiven Zeit nicht gegeben. Aber man musste sich damit abfinden. Heute fand Sigvard es absolut richtig, dass gleichgeschlechtliche Paare heiraten konnten, eine Einstellung, die ihm früher völlig fremd gewesen wäre. Aber dass sich Abgeordnete in die Predigten der Pastorinnen und Pastoren einmischen wollten, das ging nun wirklich zu weit. Diese Ansicht teilte er sicher mit all seinen Berufsgenossen.

Sigvard war früh gekommen, bisher war die Besucherschar noch übersichtlich, aber das würde sich noch ändern. Wenn die Haushälterin Annika Rask eine ihrer leckeren Suppen kochte und dazu selbst gebackenes Sauerteigbrot anbot, kamen die Dorfbewohner nur zu gern her, um sich zu einem niedrigen Preis die Bäuche vollzuschlagen und die Gesellschaft zu genießen.

Sein entspanntes Zeitunglesen wurde von Ellinor unterbrochen, die schnellen Schrittes die Treppe herunterkam.

»Guten Tag, Sigvard«, sagte sie und zögerte dann kurz. »Der Hund ist auch mit, wie ich sehe.«

Sigvards Gefährte war müde, weil er mehr gelaufen war als sonst, und ruhte friedlich zu Füßen seines Herrchens.

»Ellinor, meine Liebe«, sagte Sigvard und legte die Zeitung beiseite, »schön, dich zu sehen. Du, ich hatte gehofft, dass ich Klops während des Essens in Samuels Büro lassen kann. Ich glaube, da drin wird es ihm mit den Leuten ein bisschen zu viel.«

Ellinor nickte.

»Das wird sicher kein Problem sein. Gerade führt er aber ein Vorbereitungsgespräch für eine Taufe. Zwillinge.«

»Wie schön, dass die Kirche neue Mitglieder gewinnt«, nickte Sigvard. »Die Taufe ist immer ein Geschenk.«

»Absolut, auf so vielen Ebenen«, sagte Ellinor, die sogleich weitereilte, sodass ihre ausladende schwarze Jacke hinter ihr herflatterte.

Sigvard sah ihr nach. Diese Frau war wirklich einzigartig, das musste er zugeben. Anfangs war er kein Befürworter weiblicher Pfarrer gewesen, es hatte sich so ungewohnt und seltsam angefühlt, als das neu gewesen war. Aber schon bald hatte sich seine Ansicht geändert. Heute gab es viele Pfarrerinnen, und sie erledigten ihre Aufgaben genauso gut wie Sigvard und seine konservativen Amtsbrüder. In vielen Fällen sicher sogar besser. Ellinor war eine taffe und widerstandsfähige Frau. Als es um ihre erste Teilnahme bei der Wasastaffel ging, zögerte sie nicht einmal. Obwohl sie ein wenig beleibt war, hatte sie starke Arme und kam auf den Kufen schnell voran. Sigvard nahm an, dass es bald wieder losgehen würde mit dem Training. Insgeheim musste er ein bisschen lachen. Bruder Samuel hatte letztes Jahr mit seinen achtzehn Kilometern ziemlich zu kämpfen gehabt und war völlig fertig ins Etappenziel gefallen.

Der Hund seufzte und blinzelte, er schien etwas zu träumen. Sigvard blätterte geräuschvoll in der Zeitung. Weitere Suppengäste trafen nacheinander ein. Bei den freudigen Begrüßungen und leisen Gesprächen wurde ihm warm ums Herz. Wie schön, dass die Menschen zur Kirche kommen wollten, die Bewohner Klockarviks waren fleißige Kirchgänger. Selbst was die Sonntagsmesse betraf.

»Schau an, hier sitzt einer, den ich kenne.«

Sigvard schaute in Gideons vom Wetter gezeichnetes Gesicht. Den Mann hatte er seit dem großen Knall vor zehn Tagen nicht gesehen. Sigvard legte die Zeitung weg und deutete auf den freien Sessel neben sich.

»Setz dich doch«, sagte Sigvard. »Willst du einen Blick in die Kirchenzeitung werfen?«

Der Wandersmann schüttelte den Kopf und steckte die Hand in die Innentasche.

»Danke, ich habe was Eigenes zu lesen dabei.«

Er zog ein paar zerfledderte Blätter hervor und wedelte damit, bevor er sie wieder in der Tasche verschwinden ließ. Sigvard hatte nur das Wort »Stiftung« ausmachen können.

»So, so, du hast deinen eigenen Kanon«, sagte er. »Das ist ja auch in Ordnung. Wie ist es dir in Gottes freier Natur ergangen? Nur gut, hoffe ich?«

Gideon nickte schweigend und strich sich über das strubbelige Kinn. Um den Bart sollte er sich unbedingt mal kümmern. Sigvard würde ihm einen Besuch bei der kompetenten Barbierin Malin ans Herz legen, die hier im Ort arbeitete.

»Oh, es war wunderbar«, antwortete Gideon. »Nur die Natur, unser Erlöser und ich. Besser kann man es sich nicht wünschen.«

Sigvard brummte etwas. Wenn er mit dem Chef allein in seiner Hütte war, sprach für ihn auch nichts gegen ein Bier oder einen Wein, ein Feuerchen oder eine schöne Radiosendung. Aber solche Extravaganzen erlaubte Gideon sich nicht, so viel hatte Sigvard begriffen. Außer vielleicht dem Feuerchen.

»War es nicht kalt in den Nächten im Freien?«, fragte er.

»Na ja, es ging«, sagte Gideon. »Also die Temperatur ist auf null, sogar schon unter null gefallen, aber ich habe einen warmen Schlafsack, mir hat es also an nichts gemangelt.«

»Zieht es dich denn nicht nach Hause?«

Der Wandersmann schüttelte lächelnd den Kopf.

»Nicht, ehe meine Mission hier abgeschlossen ist. Aber bald.«

»Mission?«, fragte Sigvard, der ihm nicht ganz folgen konnte. »Dann muss es ja einen Auftraggeber geben, oder? Darf man fragen, wer das ist?«

»Gott selbstverständlich«, war Gideons schlichte Antwort.

»Ja, natürlich.« Sigvard räusperte sich. »Und dein Name

bedeutet ›mächtiger Krieger‹, wenn ich mich nicht falsch erinnere. Ein Held aus dem Alten Testament. Du solltest also gut zurechtkommen.«

»Ganz genau«, sagte sein neuer Freund. »Ich wurde zum Kämpfen erkoren, und genau das tue ich.«

Sigvard dachte kurz über die Antwort nach. Wofür kämpfte Gideon? Er drückte sich sehr kryptisch aus.

»Dein Gott ist ziemlich streng, wenn er verlangt, dass du nachts draußen schläfst und frierst«, sagte Sigvard. »Ich glaube, mein Chef ist da etwas nachsichtiger eingestellt. Welchen Auftrag hast du denn? Das klingt spannend.«

Ihr Gespräch wurde unterbrochen, als eine fröhliche Sängerschar mit ihrem Kantor Halbton Halvarsson anrückte. Gleichzeitig schob die Haushälterin den Wagen mit der heißen Suppe herein, und Ellinor klatschte in die Hände.

»Nun ist es Zeit fürs Essen, meine lieben Freunde, das habt ihr an dem herrlichen Duft aus der Küche bestimmt schon erraten. Wir haben das große Glück, dass ein Teil des Kirchenchors heute hier probt, wir haben also Verstärkung bei unserem Dankeslied. Wir singen *Danket, danket dem Herrn*, bevor wir zu Tisch gehen.«

Wenn alte, müde Stimmbänder von frischen und kräftigen unterstützt wurden, klang es besonders schön. Sigvard konnte sich dennoch nicht richtig konzentrieren, weil etwas anderes seine Aufmerksamkeit erregt hatte. Samuel hatte sein Vorgespräch beendet und stand nun neben Signe in dem kleinen Chor. Ihr Blick war auf Sigvard gerichtet. Oder auf Gideon? Sie wirkte verängstigt. Sigvard schielte zu Gideon, der, starr den Chor fixierend, gar nicht mitsang.

Ob er jemand Bestimmtes ansah, konnte Sigvard nicht sagen. Vielleicht galt sein Interesse dem Chor als Ganzem.

Als die letzte Zeile verklungen war, faltete Sigvard die Hände und richtete ein kurzes Dankesgebet an den Chef.

»Abtrünnige«, murmelte Gideon und zog seine Jacke aus.

Sigvard zuckte zusammen.

»Entschuldige, was hast du gesagt?«, fragte er. »Hin und wieder höre ich schlecht. Hast du wirklich ›Abtrünnige‹ gesagt? Benutzt man dieses Wort heute überhaupt noch? Und wen meinst du?«

Gideon sah Sigvard mit gelassener Miene an.

»Abtrünnige? Du musst dich verhört haben. Komm, bester Bruder, jetzt gibt es erst mal Suppe.«

ACHTUNDZWANZIG

Freitag, 13. Oktober

Maja-Sofias Handy klingelte. Als Klingelton hatte sie ein altes Lied aus Tornedalen ausgewählt, das *Ella Maria* von der Band Jord. Sie sollte beizeiten etwas anderes einstellen, denn just dieses Lied weckte immer ein tiefes Heimweh in ihr. Die Anzeige auf dem Display zeigte bloß *Unbekannter Anrufer*, und sie zögerte kurz. Drangehen oder nicht? Das war die Frage. Sie beschloss, den Anruf anzunehmen. Wenn es jemand war, der ihr irgendeinen Mist andrehen wollte, konnte sie ihn ja immer noch wegdrücken.

»Spreche ich mit Maja-Sofia Rantatalo?«, fragte eine Frauenstimme.

»Wer möchte das wissen?«, antwortete Maja-Sofia.

»Entschuldigen Sie, natürlich, mein Name ist Eivor Karlsson, ich betreibe den *Kurbitsgården* in Mora. Einer unserer Bewohner verlangt beharrlich, sie zu treffen. Wenn Sie denn Maja-Sofia Rantatalo sind.«

Es lief ihr kalt den Rücken hinunter, zwickte in den Schläfen und krampfte ihr den Magen zusammen. Alle Warnsignale ihres Körpers meldeten sich gleichzeitig, dabei hatte sie sich geschworen, sich nie wieder von Danne durcheinanderbringen zu lassen.

»Danne Ylitalo, nehme ich an«, sagte Maja-Sofia und versuchte, ruhig zu atmen. »Und ja, ich bin die, die Sie anrufen wollten. Was will er denn diesmal?«

Der letzte Satz hatte einen wütenden Unterton, und die arme Frau am Telefon verdiente ihren Ärger nicht, aber wenn es um Danne Ylitalo ging, verlor sie jedes Maß. Dafür hatte er mit seinem unsäglichen Verhalten in den letzten Jahren gesorgt.

»Danne Ylitalo ist davon überzeugt, dass er bald sterben wird, und er spricht von morgens bis abends von nichts anderem, als dass er Sie davor noch treffen muss. Er muss noch etwas klären, und laut seiner Aussage sind Sie seine letzte und einzige Angehörige.«

»Das kann ich mir gut vorstellen«, murmelte Maja-Sofia. »Wie sehen Sie das denn? Wird er bald sterben?«

Die Chefin seufzte. Ein lautes, rhythmisches Knattern übertönte ihre Stimme.

»So sah es schon aus, als er zu uns kam, wenn Sie mich fragen«, sagte sie. »Entschuldigen Sie, die Gärtner sind gerade da und haben so ein Gerät dabei, das alles kurz und klein häckselt. Ich muss eben das Fenster schließen.«

Es wurde stiller, so ließ es sich wesentlich besser telefonieren.

»Tja, was kann ich Ihnen über Ylitalos Zustand sagen?«, fuhr sie fort. »Im Prinzip besteht er nur noch aus Haut und Knochen, aber solange er isst und trinkt, lebt er weiter. Fortbewegen kann er sich kaum, nach wenigen Schritten ist er erschöpft. Ich wäre froh, wenn Sie bald herkämen, damit er endlich mal Ruhe gibt.«

Maja-Sofia seufzte.

»Die wird er nie geben, glauben Sie mir. Außerdem bin ich keine Angehörige von ihm, da hat er gelogen. Aber in Ordnung, ich komme vorbei, und wir sehen, wie es läuft.«

Kaum hatte sie aufgelegt, bereute sie ihre Einwilligung, aber da war es zu spät. Sie würde auf dem Heimweg dort haltmachen und sich anhören, was Ylitalo auf dem Herzen hatte. Er war so stark beeinträchtigt, dass er ihr wohl kaum noch etwas tun konnte. Trotzdem ging sie in die Umkleide und zog ihre Uniform samt Holster mit Dienstwaffe an. Die würde ihr Sicherheit geben, wenn sie ihrem ewigen Stalker und ehemaligen Kollegen unter die Augen trat. Mittlerweile war Maja-Sofia fast dankbar dafür, dass sie kein gemeinsames Kind hatten, denn sie wären auf ewig miteinander verbunden gewesen, und sie hätte dem Kind das eine oder andere über seinen Vater erzählen müssen.

Maja-Sofia versuchte, die Angst zu verdrängen, und fuhr los. Ihre Gedanken rasten. Würde Danne endlich sterben? Das bezweifelte sie stark. Ein paar Mal war es knapp gewesen, nicht zuletzt bei seinem Sturz von der Brücke, doch Danne, der alte Hund, hatte überlebt. Immerhin hatte das Stalking durch seine Pflegebedürftigkeit aufgehört. Nicht mal fiese SMS waren in letzter Zeit gekommen, und sie hatte beinahe – beinahe – vergessen, dass es Danne Ylitalo gab.

Maja-Sofia schob langsam die Tür zu seinem Zimmer auf und ging vorsichtig hinein. Tastete, ob die Waffe war, wo sie sein sollte, und ließ die Gestalt, die unter der hellgelben Decke im Krankenbett lag, nicht aus den Augen. Danne war wahnsinnig dünn und blass geworden. Wenn es stimmte, dass er aß, wie es die Leiterin des Heims behauptet hatte, dann konnte das nicht viel sein. Er war ein Schatten seiner selbst. Als sie sich vor so vielen Jahren ineinander verliebt hatten, war er ein stattlicher, starker Polizist gewesen. Ein anderes Leben in einer anderen Gegend und mit einer völlig anderen Persönlichkeit.

Es sah aus, als würde Danne schlafen. Maja-Sofia zog sich einen Stuhl heran und setzte sich zu ihm ans Bett. Da fuhr er mit dem Kopf herum und grinste sie an. Sie zuckte zusammen.

»Da hab ich dir einen Schrecken eingejagt, Rantatalo!«

Sie ließ sich nicht anmerken, dass ihr das Herz fast aus der Brust gesprungen war.

»Was willst du?«, fragte sie.

»Ich werde bald sterben«, sagte er und streckte die Hand nach ihr aus. »Mir geht die Kraft aus.«

Sie schob sich ein Stück von seinem Bett weg. Das laute Knattern, das sie schon während des Telefonats gehört hatte, wurde lauter. Vor den Fenstern von Dannes Erdgeschosszimmer fuhr ein kleiner Traktor vorbei, an dem ein Gerät befestigt war. Der Fahrer steuerte eine Ecke des Gartens an und parkte.

»Tolles Teil, was der da hat«, sagte Danne und deutete matt zum Garten. »Das häckselt ganze Baumstümpfe klein, und das Beste ist: Es vergräbt alles gleich, danach sieht man nichts mehr. Zack, zack, zack, weg. Ich lieg hier schon den ganzen Tag und gucke zu. Alles verschwindet.«

Die Stimme war schwach, aber der Mund stand trotzdem nicht still.

»Wie? Man sieht nichts mehr?«, fragte sie hauptsächlich, um das Gespräch am Laufen zu halten.

»Das zerkleinert alles«, sagte er. »Stümpfe und Äste, und dann vergräbt das Ding sie sofort im Boden. Das ist ein besonderer Mulcher, der Tiefen von bis zu vierzig Zentimetern erreicht, alles in einem Arbeitsschritt.«

Sie nickte, das klang praktisch. Traktor und Häckselgerät verstummten, der in Orange gekleidete Mann kletterte vom Sitz und verschwand.

»Kaffeepause«, erklärte Ylitalo. »Der kommt gleich wieder. Möchtest du Kaffee?«

»Ich möchte rein gar nichts von dir«, zischte sie. »Erzähl mir lieber, warum du wolltest, dass ich herkomme, damit ich wieder gehen kann. Die Heimleitung hat mich angerufen.«

»Ich wollte dich um das Versprechen bitten, mich nach Hause zu bringen«, sagte Danne.

»Nach Hause? Was meinst du damit, und was hat das mit mir zu tun?«

»Ich will nach Hause, wenn ich tot bin. Man will ja in der Heimaterde seine ewige Ruhe finden.«

Er grinste sie an und begann, ein Lied zu singen, das sie lange nicht gehört hatte. Ein Lied über die Heimat. Seine Stimme war schwach, der Ton aber klar.

»Hier weiß man, wohin die Wege gehen, wer mit wem verbunden ist, hier weiß man, wo die Hechte stehen, hier weiß man, wo zu Hause ist.«

Er hustete kurz. »Das kennst du doch noch, oder?«, fragte er dann. »Euskefeurat, die haben wir damals zusammen gehört. Hast du nie Sehnsucht nach zu Hause, Rantatalo?«

Das Lied hatte etwas in ihr berührt, aber das würde sie vor diesem erbärmlichen Wesen, das vor ihr im Bett lag, niemals zugeben.

»Heute wird man Bauer genannt«, sagte er und ließ sie nicht aus den Augen, sein Blick war so durchdringend. »Ein Bauer, der nach Hause will.«

Sein Körper war wirklich am Ende, aber diese Zunge, seine Zunge, war noch immer messerscharf. Einen letzten Angriff würde sie noch aushalten müssen, das war ihr klar. Und lange musste sie darauf nicht warten.

»Das Kind, das du nicht halten konntest, das war nicht von mir, oder?«, sagte er.

Darauf war sie nicht vorbereitet gewesen. Danne wusste genau, welche Knöpfe er drücken musste, um ihr am meisten wehzutun.

Sie antwortete nicht.

»Sag mir die Wahrheit, dann kann ich in Frieden sterben. Du hast mit einem anderen geschlafen, du verdammte Dorfhure.«

Maja-Sofia kämpfte gegen die Wut, gegen die Tränen, gegen die bodenlose Verzweiflung. Es waren so wenige Worte und doch trafen sie genau dort, wo ihr größter Kummer saß. Dass er es wagte!

»Du Mistkerl«, flüsterte sie. »Du weißt ganz genau, dass das dein Kind war. Und du weißt genauso gut, dass ich das Kind verloren habe, weil du deine armen, unschuldigen Eltern erschossen hast. Du liegst hier und denkst dir so einen Scheiß aus, das kannst du vergessen!«

Er grinste sie an.

»Mensch, wie du fluchen kannst, Rantatalo! Bist du nicht fast schon Pfarrersfrau und musst dich zusammenreißen? Hat der was zu bieten, der olle Pfaffe? In der Hose, meine ich. Ist er ein richtiger Mann?«

Sie stand auf und ging zur Tür, ohne ihn aus den Augen zu lassen. Wieso war sie überhaupt hergekommen, das war völlig sinnlos gewesen. Mühsam und mithilfe des Griffs oberhalb des Betts erhob sich Danne.

»Ich muss pissen«, sagte er. »Du bleibst hier und überlegst dir eine Antwort. Ein Engel bist du wahrlich nicht, Maja-Sofia Rantatalo! Und ich weiß, wer dich geschwängert hat!«

Danne griff nach seinem Rollator und humpelte durch die Terrassentür ins Freie. Maja-Sofia legte eine Hand an ihre Dienstwaffe.

»Wieso gehst du raus? Du hast doch ein Klo hier im Zimmer?«

Danne drehte sich erstaunlich schnell um und grinste, als er sah, dass sie zu ihrer Waffe gegriffen hatte. Dann humpelte er weiter.

»Wildpinkeln geht über alles«, lachte er und blieb schwankend auf der Veranda stehen.

Mit der einen Hand versuchte er, sich die Jogginghose herunterzuziehen, aber er konnte die Wundermaschine nicht aus den Augen lassen. Der Fahrer kam zurück und grüßte, bevor er aufsaß und das Ungeheuer startete. Maja-Sofias Blick wanderte von ihrem gefährlichen Stalker zu dem imposanten Gefährt. Ob sie Danne dorthin locken konnte? Ihn stützen, bis sie auf der richtigen Höhe waren und ihm dann das hungrige Werkzeug aus der Nähe zeigen. Und wenn sie ihm dann einen kleinen Stoß gab? Zack, zack, zack, weg. Wie er gesagt hatte. Danne konnte sich ja sowieso kaum auf den Beinen halten, ein kleiner Schubser würde reichen. Niemand würde etwas mitbekommen, nicht mal der Mann, der den Traktor fuhr.

Danne schwankte, glotzte ebenfalls zu dem knatternden Ungetüm und fummelte weiter an seiner Hose herum.

»Danne«, sagte sie, »wollen wir ein bisschen näher rangehen? Dann kannst du dir das Ding genauer ansehen, und da drüben ins Gebüsch machen. Ich helf dir auch.«

Er sah sie an. Seine Augen glänzten.

»Würdest du das wirklich ... meine Maja-Sofia ...«

»Ja«, sagte sie, ihre Stimme klang etwas belegt. »Ich helfe dir ...«

Im selben Moment rollte sein Rollator ein Stück vor. Dannes Knie gaben nach. Maja-Sofia stand gut einen Meter entfernt und sah ihn an. Sein Blick war starr. Er sackte in sich zusammen und gurgelte. Dann nahm er einen letzten, keuchenden Atemzug.

Der Häcksler verstummte.

Sie hätte ihn fast gestoßen.

Ein Schreck durchfuhr sie, weil sie kurz davor gewesen war, einem Menschen das Leben zu nehmen.

Der Fahrer kletterte vom Traktor und kam langsam zu ihr herüber.

»Was ist passiert?«, fragte er. »Braucht er Hilfe?«

Sie schüttelte den Kopf.

»Nicht mehr«, sagte sie. »Er ist einfach in sich zusammengesackt. Danne Ylitalo ist tot.«

Der Traktorfahrer nahm seine Kappe vom Kopf und kratzte sich im Nacken.

»Dann müssen wir jemanden da drin verständigen«, sagte er und nickte zur Terrassentür.

»Absolut«, sagte Maja-Sofia.

Dann verließ sie die Veranda, ging einmal ums Haus und dann auf geradem Wege zu ihrem Auto, ohne jemandem Bescheid zu geben.

~ NEUNUNDZWANZIG ~

Samuel ging mit dem Staubsauger durch alle acht Zimmer, um die er sich zu kümmern hatte. Früher hatte die Vorstellung geherrscht, dass ein Pfarrhaus neben dem Pfarrer auch eine Pfarrersfrau, eine Haushälterin und viele Kinder beherbergte. Was die Kinder anging, kam er dem Anspruch einigermaßen nach, aber jetzt stand es für ihn fest. Drei Kinder reichten, mit der räumlichen Distanz war das schon schwer genug. Maja-Sofia hatte außerdem ausdrücklich gesagt, dass sie gern mit ihm zusammen war, aber kein Interesse daran hatte, eine Familie zu gründen. Sie hatten ihren Weg gefunden, zumindest für den Moment. Irgendwann würden sie vielleicht mehr Zeit miteinander teilen wollen.

Mit einem Lächeln dachte er an das vergangene Wochenende. Emanuel war bei ihm gewesen, und sie hatten draußen im ersten Frost gespielt. Tyra Lundin hatte sie zum Mittagessen eingeladen und auf Emanuel aufgepasst, während Samuel den Gottesdienst hielt. Im Keller hatte sie einen alten Tretschlitten samt Kindersitz gefunden.

»Alles ein bisschen angeschrammt und abgenutzt«, sagte sie entschuldigend. »Aber ihr könnt ihn ja schön anmalen. Emanuel sitzt sicher gern drin.«

Samuel hatte so was noch nie gesehen, aber nahm das Geschenk nur zu gern an und stellte es erst mal in den Keller. Nach und nach wollte er die Farbe auffrischen, damit an Allerheiligen alles fertig war. Hoffentlich schneite es bis dahin, damit der Tretschlitten auch zum Einsatz kommen konnte.

Kurz hielt er inne und schaute aus dem Fenster. Eine lange Allee erstreckte sich zwischen Pfarrhaus und Kirche, nur unterbrochen durch die Durchfahrtsstraße, die ziemlich befahren war, obwohl sich an die Geschwindigkeitsvorgabe von dreißig Stundenkilometern gehalten wurde. Thema am kommenden Sonntag würde »Die Kraft des Glaubens« sein. Genau daran musste er selbst glauben, wenn es darum ging, herauszufinden, wer Daniel das Leben genommen und die Brauerei zerstört hatte. Die Antwort war meist in unmittelbarer Nähe des Opfers zu finden, und genau dorthin musste er vordringen.

Er machte sich an den letzten Raum, ein kleines Mädchenzimmer direkt bei der Küche, und konnte dann endlich den Staubsauger abschalten. Im aktuellen Fall stand Signe dem Opfer am nächsten und war so im Mittelpunkt des Interesses. Außerdem war da diese Stiftung namens *Was er auch gibt, was er auch nimmt*. Wieso hatte sie gelogen und behauptet, dass sie die Stiftung nicht kannte, und warum war sie dann einfach gegangen? Oder war der Kontakt allein über Daniel gelaufen, und Signe war tatsächlich unwissend? Vor dem Brand war sie eine fröhliche, kontaktfreudige Person gewesen, die Kaffee servierte, buk und auch in der Brauerei kräftig zupackte. Sie war schnell beliebt geworden im Dorf, und es war immer ein Vergnügen gewesen, auf einen Kaffee bei ihr vorbeizuschauen. Jetzt war sie blass, einsilbig und hatte augenscheinlich mehrere Kilo an Gewicht verloren. Das lag sicher an der Trauer, sie musste noch unter Schock stehen. Er sollte ihr noch einmal einen Besuch abstatten, sie zu einem Gespräch überreden oder einfach bei ihr sitzen, schweigen und einen Kaffee zusammen trinken. Vielleicht konnte sie auch Hilfe gebrauchen? Staubsaugen und Kochen waren keine Fremdwörter für Samuel.

Ein kräftiges Klopfen an der Tür riss ihn aus seinen Gedanken. Schnell stellte er den Staubsauger in den Besenschrank und eilte zur Tür. Auf der Veranda standen zwei ältere Herrschaften mit einem fröhlichen Hund.

»Ah, der Pfarrer ist an seinem freien Tag schon auf den Beinen«, sagte Sigvard, einer der beiden Besucher.

»Na sicher«, antwortete Samuel. »Man hat ja nicht jeden Freitag frei.«

Er nickte Sigvards Begleitung zu, dem Wandersmann, den er bereits im Gottesdienst gesehen hatte. Neben ihnen stand Klops, Sigvards geerbter Hund, der ihm ein guter Begleiter geworden war, und wedelte freudig mit dem Schwanz.

»Kommt doch rein«, sagte Samuel und öffnete die Tür ein Stück weiter, obwohl er eigentlich wenig Interesse an Hundehaaren in seinem frisch gesaugten Heim hatte.

Sigvard machte eine abwehrende Handbewegung.

»Nein, nein, an so einem schönen Herbsttag sollte man nicht drinnen sitzen. Ich wollte fragen, ob Bruder Samuel uns auf einen Spaziergang an den See begleiten will. Frische

Luft macht munter und hält frisch. Beste Prävention gegen die meisten Krankheiten.«

Samuel dachte kurz nach.

»Danke, dass du dir Gedanken um meine Gesundheit machst«, sagte er, »aber ich habe heute schon andere Pläne. Viel Spaß den Herrschaften!«

Sigvard schnaubte.

»Den Herrschaften! Dann ziehe ich den Hut. Bruder Samuel wird es sicher noch bereuen, seinen freien Tag im Haus vergeudet zu haben.«

»Sicher.« Samuel lächelte und schloss die Tür.

Dann schaute er den beiden Männern durchs Fenster nach. Der Wandersmann, Gideon hieß er doch, hatte kein Wort gesagt, nur genickt. Samuel aber war zu einer Erkenntnis gekommen während des kurzen Besuchs. Ihm war eingefallen, dass Gideon gestern beim Suppenessen der Gemeinde sehr aufmerksam den Chor betrachtet hatte. Das war vielleicht noch nicht so verwunderlich, aber etwas an seinem Blick hatte ihn stutzig gemacht, wurde ihm jetzt klar. Wer war dieser Mann, und was wollte er?

Eine Tasse dampfenden Kaffees begleitete ihn kurz darauf ins Büro, wo Samuel sich an den Computer setzte.

»So, Boss«, murmelte er, »jetzt brauche ich deine Hilfe, um dieses Wirrwarr zu durchblicken. Ich glaube, weit ist die Antwort nicht entfernt, was meinst du?«

Wer suchet, der findet, waren die aufmunternden Worte, die Samuel als Antwort erhielt, und er nickte Richtung Decke. Es folgte ein anerkennendes Summen.

Samuel fuhr den Computer hoch und tippte *Was er*

auch gibt, was er auch nimmt in die Suchmaschine. Es gab unzählige Treffer, viele Links verwiesen auf das Kirchenlied *Geborgener ist niemand immerdar,* aber dieses interessierte ihn ausnahmsweise einmal nicht. Er grenzte die Suche ein, indem er das Stichwort *Stiftung* hinzufügte, und sofort wurde ihm eine religiöse Verbindung mit einer Adresse im ländlichen Västergötland angezeigt.

»*Yes!*«, sagte er. »Volltreffer!«

Samuel tippte die Adresse bei einem der Online-Kartendienste ein, die Stiftung lag in einem kleinen Dorf in der Nähe von Falköping. Es schien eine dünn besiedelte Gegend zu sein, kleine Orte mit altertümlich und außergewöhnlich klingenden Namen. Es gab auch ein paar Fotos. Mehrere Häuser und eine kleine Kapelle waren zu sehen. Welche Christen fanden denn zu den Gottesdiensten in diese abgelegenen Gefilde mitten im Wald? Aber vielleicht war die Kapelle ja auch gar nicht allen zugänglich, sondern nur einem bestimmten Kreis?

Samuel studierte die Umgebung. Die nächstgelegene Stadt war Falköping, aber auch bis nach Skövde war es nicht sonderlich weit. Hatte Maja-Sofia nicht erwähnt, dass sie mit jemandem gesprochen hatten, der eine Verbindung nach Skövde hatte? Gerade kam er nicht darauf, um wen es sich dabei gehandelt hatte, und vermutlich war es für seine aktuelle Suche auch nicht von Bedeutung, trotzdem wollte er Maja-Sofia bei nächster Gelegenheit darauf ansprechen.

Samuel setzte seine Internetrecherche fort und fand einen interessanten Beitrag. Eine Person, die ein Pseudonym verwendete, beschrieb die Stiftung als sektenähnliche Vereinigung und berichtete, wie schwer es gewesen war, sich aus ihren Fängen zu befreien. Ihre Angst vor Repressalien war groß und ein ständiger Begleiter, sie fürchtete, damit fortan leben zu müssen. Samuel lehnte sich zurück und starrte nachdenklich auf den Monitor. Wieso hatte Signe oder Daniel einen Brief von dieser Stiftung erhalten? Er suchte weitere Bilder und betrachtete sie gründlich. Ein alter Hof, eine Weide mit ein paar Schafen, Erwachsene und Kinder um ein einfaches Holzkreuz versammelt. Weitere Fotos zeigten einen See, an dem eine Erwachsenentaufe stattzufinden schien. Er vergrößerte die Aufnahme.

Auf dem Bild war eine Frau mit einem knöchellangen weißen Hemd und langen blonden Haaren zu sehen. Sie stand mit einem Pfarrer im Wasser, der ein ähnlich langes weißes Hemd trug. Samuel rief das Foto auch auf seinem Handy auf und vergrößerte es, indem er Daumen und Zeigefinger auseinanderzog. Er wollte wissen, ob er eins der Gesichter kannte, aber das war unmöglich zu sagen. Je größer er die Aufnahme machte, desto unschärfer wurde sie. War Signe oder Daniel Mitglied dieser Sekte gewesen und hatte sie verlassen – oder vielleicht sogar beide?

Samuel schaltete den Computer aus und stand auf. Mit ein bisschen Glück würde ein weiterer Besuch bei Signe Aufschluss geben, vielleicht würde er ja einen weiteren Blick auf den Umschlag erhaschen und darauf, an wen er adressiert war. Samuel wusste nicht, was genau in einer Sekte vorging, aber wenn man einmal zu einer gehörte, war es bestimmt nicht leicht, sich von ihrem Einfluss frei zu machen.

DREISSIG

Signe stand im Ankleidezimmer und faltete Daniels Pullover. Sie hatte sie im Wäschekorb gefunden, es aber nicht über sich gebracht, sie zu waschen. Vorsichtig hielt sie sich einen davon an die Nase und atmete tief ein. Er roch noch nach ihm, und Signe hatte das Gefühl, dass er hier bei ihr war, ihr übers Haar strich und sagte: »Liebste Signe, sei nicht traurig, auch das kriegen wir hin.« An jenem Tag im Zug hatte sie beschlossen, nie wieder zurückzusehen, nur noch nach vorn. Mit Daniel hatte sie ihr Leben verbringen wollen. Das war riskant, geradezu ein Wagnis, aber Signe hatte keine Wahl gehabt, und sie hatten sich so gut verstanden. Mit Brauerei und Bäckerei war alles ganz großartig gelaufen, dachte sie, und sie hatte sich endlich mal wohl- und glücklich gefühlt. Mit Daniel, im Ort und im Kirchenchor. Sich so ins Unbekannte zu stürzen, war kühn gewesen, aber sie war unendlich dankbar, sich getraut zu haben.

Signe legte den gefalteten Pullover in eins der Regalfächer. Dann verließ sie das Schlafzimmer und ging die Treppe hinunter. Sie hörte wie ein Motor abgeschaltet, dann eine Autotür zugeschlagen wurde. Durch das Türfenster sah sie, dass Samuel Williams sich mit zielsicheren Schritten näherte.

Was wollte er denn jetzt? Würde er sie nie in Ruhe lassen? Als er gerade anklopfen wollte, öffnete sie bereits.

»Hallo, Signe!«, sagte er und schenkte ihr ein Lächeln. »Darf ich reinkommen?«

Sie sollte ablehnen, irgendetwas vorschieben, doch stattdessen stieß sie die Tür weiter auf und ging voran in die Küche.

»Ich wollte einmal nach dir sehen«, sagte Samuel. »Ich hoffe, das ist in Ordnung.«

Sie nickte kurz.

»Kaffee? Ich habe auch noch ein paar selbst gebackene Zimtschnecken im Tiefkühlfach. Die hat Daniel gemacht, er hat mir manchmal geholfen.«

Ihre Stimme brach, also schluckte sie und versuchte, sich zusammenzureißen. Jetzt nicht weinen. Einfach Kaffee für den Pfarrer aufsetzen, ein bisschen zusammensitzen, reden. Nicht mehr. Vielleicht noch die Beerdigung ansprechen, die würde sie schließlich auch bald in Angriff nehmen müssen.

Wie ferngesteuert deckte sie den Tisch, schenkte den frischen Kaffee ein und setzte sich.

»Schau an, richtiger Kochkaffee, das würde Maja-Sofia gefallen. Von meiner Stempelkanne ist sie nicht so begeistert.«

Signe lächelte.

»Gekocht ist er am besten«, sagte sie. »So mache ich ihn auch im Café.«

»Apropos Café, weißt du schon, wann du wieder öffnen kannst? Das Café selbst hat den Brand ja fast unbeschadet überstanden, oder? Den Großteil hat doch die Brauerei abbekommen, nicht?«

»Ja, stimmt, das Café ist vermutlich kaum betroffen, aber wann genau ich wieder öffnen kann, weiß ich nicht. Bald, hoffe ich, aber bisher habe ich noch keine Freigabe von den Behörden. Erst muss die Brauerei saniert werden. Die Versicherung war schon da und hat sich umgesehen.«

»Der Brandgeruch ist sicher noch da«, sagte Samuel. »Und dann der Ruß.«

»Ich gehe hier allerdings bald schon die Wände hoch!«, brach es unvermittelt aus ihr heraus. »Es wäre so viel besser, wenn ich etwas zu tun hätte. Bill und Peg könnten mir helfen, zumindest für den Anfang. Ich bin froh, dass ich zumindest noch den Kirchenchor habe, das ist ein guter Zeitvertreib.«

Samuel aß die Zimtschnecke, die ihm angeboten worden war, und ein Plätzchen gleich dazu.

»Normalerweise halte ich mich beim Gebäck zurück«, sagte er. »Es wird schnell zu viel bei meinem Beruf. Man wird ständig zu Kaffee und Kuchen eingeladen. Aber das hier ist einfach zu lecker.«

Signe schaute hinaus auf den Hof. Einige Vögel saßen in dem Häuschen, das Daniel aufgestellt hatte, und pickten ein paar Körner. Die Amerikaner lüfteten gerade ihre Bettdecken auf der Veranda des Gästehauses, und Rauch kam aus dem Schornstein. Die beiden hatten es sicher gemütlich. Sie selbst wollte nachher noch die Sauna anschmeißen. Einfach dasitzen, sich von der Wärme umfangen lassen und dazu ein Bier genießen. Und sich vorstellen, dass Daniel noch bei ihr war. Durch Daniel hatte sie das Saunieren erst lieb gewonnen, freitags hatten sie das immer zusammen gemacht.

»Ja, es ist gut, dass wir den Kirchenchor haben«, sagte Samuel. »Auch die Gottesdienste sind viel schöner, wenn wir die Unterstützung so toller Stimmen wie deiner haben. Du wirst da wirklich gebraucht.«

Seine Worte machten sie verlegen, und sie senkte den Blick.

»Am Sonntag war ein Mann in der Kirche«, fuhr Samuel fort. »So um die sechzig, recht auffällig gekleidet. Er hat den Chor nicht aus den Augen gelassen. Möglich, dass er einfach von dem Gesang gefesselt war, aber irgendwas ist mir aufgefallen. Weißt du, wen ich meine? Kennst du ihn? Im Ort nennt man ihn den Wandersmann. Ich meine, er heißt Gideon, und er wirkt ziemlich sonderbar mit diesem Schlapphut und dem Wanderstab.«

Sie zuckte zusammen, eine unglückliche Reaktion. Hastig schaute sie dem Pfarrer in die Augen, der sie forschend ansah.

»Der ist mir nicht aufgefallen«, murmelte sie.

»Nein? Du hast ihn sicher nicht gesehen?«

Nickend senkte sie den Blick auf ihre Hände, die untätig in ihrem Schoß lagen, statt Teige zu kneten und Kaffee zu servieren. Samuel zog sein Handy heraus und entsperrte es. Konnte er nicht einfach gehen, jetzt, wo er ausgetrunken hatte?

»Das hier«, fuhr er fort, »ist ein Foto von der Stiftung *Was er auch gibt, was er auch nimmt*. Kommt dir da etwas bekannt vor?«

Signe betrachtete das Bild, auf dem eine Erwachsenentaufe im See zu sehen war. Sie holte Luft.

»Bist du von dort geflohen, Signe?«, fragte er freundlich. »Mit mir kannst du ganz offen reden, alles, worüber wir sprechen, unterliegt der Schweigepflicht, die unter keinen Umständen umgangen werden kann.«

Diese vermaledeiten Tränen fingen wieder an zu laufen. Es war, als säße dort ein Hahn mit defekter Dichtung.

»Entschuldigung.« Sie holte ein knittriges Taschentuch hervor. »Gerade, seit Daniels Tod ... muss ich ständig einfach so ...«

Sie deutete auf ihr Gesicht, und der Pfarrer wartete geduldig, bis ihre Tränen versiegt waren.

»Was ist das für ein Foto?«, fragte sie und zeigte zu seinem Handy.

»Ich dachte, das weißt du«, sagte er. »Das wurde bei dieser Stiftung aufgenommen, nach der ich dich letztens gefragt habe. *Was er auch gibt, was er auch nimmt.* Ich habe das Logo hier im Haus auf einem Brief gesehen.«

Ganz schön frech, dieser Pfarrer. Wann hatte er denn in ihren Sachen geschnüffelt? Signe sollte ihn wirklich rausschmeißen, aber sie konnte nicht.

»Komischer Name«, sagte sie und schenkte Kaffee nach. Ihre Augen waren geschwollen, und sie sehnte sich nach der Sauna, auf die sie sich schon den ganzen Tag gefreut hatte. Konnte er nicht einfach gehen?

»Und den Mann aus der Kirche kennst du auch nicht?«, hakte Samuel noch einmal nach.

Signe schüttelte den Kopf.

»Langsam fühlt sich das wie ein Verhör an«, sagte sie. »Ist das wirklich deine Aufgabe?«

Da stand der Pfarrer auf und nahm seine Jacke von der Stuhllehne.

»Ich will es nur verstehen«, sagte er. »Das Geschehene ist so schrecklich, ich glaube, wir alle – allen voran du – möchten doch nur verstehen, was genau passiert ist. Wer wollte Daniel so sehr schaden? Warum musste er sterben?«

»Ich weiß es doch auch nicht«, sagte Signe.

»Und es ist auch nicht möglich, dass Daniel mit dieser Stiftung zu tun hatte?«

»Ich habe keine Ahnung. Daniel hat sich um die Post gekümmert, nicht ich, ich habe keinen Brief gesehen.«

Endlich zog er seine Jacke an. Signe schlang ihre Strickjacke fest um sich und folgte ihm hinaus auf die Veranda. Gleich würde sie wieder allein sein, wie schön. Zuallererst wollte sie die Sauna anstellen.

»Wir sehen uns bei der nächsten Chorprobe«, sagte Samuel. »Aber wenn dir vorher noch etwas einfallen sollte, melde dich gern. Ich weise noch einmal auf meine Schweigepflicht hin. Egal, was du erzählst, ich trage es nicht weiter.«

Signe nickte, verabschiedete sich und schloss die Tür. Doch gerade als sie auf der Kellertreppe stand, klopfte es schon wieder. Würde sie denn nie wieder ihre Ruhe haben? Widerwillig kehrte sie um und öffnete. Sicher hatte der Pfarrer nur etwas vergessen.

»Hello, love!«, sagten Bill und Peg wie aus einem Mund, volle Einkaufstaschen in den Händen.

»Wir waren einkaufen und wollten dir was Schönes zaubern«, fuhr Bill fort. »Du kannst dich entspannen, wir übernehmen das Kochen.«

EINUNDDREISSIG

Maja-Sofia fuhr auf direktem Weg vom *Kurbitsgården* in ihr Missionshaus. Ihre Knie schlotterten, und es fiel ihr schwer, die richtigen Pedale zu treffen. Sie musste knapp zwanzig Kilometer weit fahren, und als sie endlich in die Auffahrt der ehemaligen Freikirche bog, war ihre Erleichterung riesig. Sie riss die Tür auf, ging hinein und schloss zweimal hinter sich ab. Dann sank sie auf eine der beiden Kirchbänke, die noch immer dort standen, und starrte mit leerem Blick in den Chor. Früher hatten dort die Pastoren vor ihrer frommen Gemeinde gepredigt. Auch die die schöne Schrift an der Wand war noch da: *Kommet zu mir, damit ihr Ruhe findet*. Langsam las sie den Text wieder und wieder und fragte sich, ob das auch für sie gelten könnte. Sicher war sie sich nicht, sie hatte abscheuliche Gedanken gehabt, bevor Danne von selbst zusammengesackt war und seinen letzten Atemzug getan hatte. Samuel reichte ein kurzes Zwiegespräch mit dem Boss, um zur Ruhe zu kommen, und auch sie selbst ging dazu gern in die Kirche. Aber so gläubig und überzeugt von Gottes Existenz wie Samuel war sie nicht. Maja-Sofia nutze andere Methoden, wenn ihr der Kopf zu platzen drohte. Ein wenig widerwillig stand sie auf, schleppte sich ins

Bad und drehte das Wasser auf. Eigentlich wärmte sie sich lieber draußen im Whirlpool auf, aber das würde zu lange dauern. Obwohl es unschlagbar schön war, dort zu liegen und in den Nachthimmel zu schauen.

Während sich die Wanne mit dampfendem Wasser füllte, warf Maja-Sofia einen Blick in ihren Alkoholvorrat, wo sie eine Dose Bier aus Norrland fand. Das musste reichen, außerdem war es sicher besser, nach dem Schock auf Hochprozentiges zu verzichten. Sie hatte sich ohne ein Wort vom Ort des Geschehens entfernt, es einfach dem Mann mit dem Traktor überlassen, sich um die Situation zu kümmern.

Maja-Sofia nahm Bier und Handy mit ins Badezimmer. Dort zog sie sich aus, schauderte kurz und tauchte eine Hand ins Wasser, um die Temperatur zu testen. Ja, das war okay. Schnell stieg sie hinein und genoss die Wärme. Sie trank einen Schluck Bier, schloss die Augen und spürte endlich die Ruhe, die der Spruch an der Wand versprochen hatte. Einen inneren Frieden und absolute Entspannung in ihrem Körper. Nie wieder würde sie Angst vor Danne Ylitalo haben müssen. Jetzt war es ein für alle Mal vorbei mit ihm, und sie hatte es mit eigenen Augen bezeugen dürfen.«

Einige Zeit blieb Maja-Sofia so liegen, ehe sie sich nach ihrem Handy reckte und die Nummer ihres Kollegen wählte. Knis Petter Larsson ging sofort dran.

»Rantatalo! Wo steckst du?«, fragte er. »Du bist einfach ohne ein Wort abgehauen. Jarning und ich ...«

»Petter!«, sagte sie und hörte die unnötige Schärfe in der Stimme. Sie nutzten nur privat ihre Vornamen. »Danne Ylitalo ist tot.«

Kaum hatte sie das ausgesprochen, konnte sie die Tränen nicht mehr zurückhalten. Ihre Stimme erstarb, sie konnte unmöglich weitersprechen. Knis Petter Larsson wusste sehr gut, wie tief die Angst saß, die Maja-Sofia durch ihren Stalker seit Jahren gehabt hatte.

Genauso wusste er, was an jenem Weihnachten vor vielen Jahren in Kuivalihavaara passiert war. Jarning kannte nur Teile ihrer Geschichte.

»Was ist passiert? Du hast doch nicht etwa …?«

»Nein, nein! Ich kann zwar nicht behaupten, dass ich das nicht im Sinn gehabt hätte, aber er ist einfach gestorben«, sagte sie und zog die Nase hoch. »Im *Kurbitsgården*, direkt vor dieser Häckselmaschine.«

»Häckselmaschine?«

»Ja, wenige Sekunden mehr, und ich hätte ihn vor diese Höllenmaschine gestoßen. Ich wäre zur Mörderin geworden, Petter! Hörst du? Aber er ist vorher in sich zusammengesackt, und ich bin einfach abgehauen.«

»Wo bist du jetzt, Maja-Sofia?«, fragte er. »Bist du allein?«

Sie versuchte, sich zusammenzureißen, mit mäßigem Erfolg. Mit dem Handrücken wischte sie sich den Rotz von der Nase und schluckte ein paar Mal.

»Zu Hause«, sagte sie. »Ich bin in der Wanne. Und ich bin allein.«

»Bleib, wo du bist«, sagte Petter. »Ich komme, so schnell ich kann. Jarning schicke ich zum *Kurbitsgården*, sie soll die Chefin mitnehmen. Die haben bestimmt Verständnis dafür, dass du einfach weggefahren bist, schließlich handelt es sich um Ylitalo.«

Sie beendeten das Gespräch. Maja-Sofia trank den letzten Schluck aus der Dose und stieg aus der Wanne. In ihren Bademantel gewickelt, föhnte sie sich das dicke schwarze Haar, dann zog sie sich etwas an. Als Petter an die Tür klopfte, war sie präsentabel.

Ihr Kollege kam herein und schloss sie erst einmal fest in die Arme. Maja-Sofia konnte spüren, wie sie sich beruhigte.

»Mein Mitgefühl«, sagte er und zwinkerte.

»Weil er weg ist und ich endlich frei bin, nehme ich an?«, Maja-Sofia brachte ein Lächeln zustande.

Petter nickte.

»Jetzt erzähl schon!«, verlangte er, als sie sich in der Küche niedergelassen hatten.

Maja-Sofia hatte Kochkaffee zubereitet und Kaffeekäse bereitgestellt, eine Spezialität aus Lappland, die sie von ihrem letzten Besuch in Kuivalihavaara mitgebracht hatte. Petter hatte ihr selbst gebackenes Brot aufgeschnitten, mit Butter bestrichen und Käse gehobelt. Dass sie zusammen dasaßen und aßen, fühlte sich gut an, fast so, als wäre gar nichts passiert. Währenddessen versuchte Maja-Sofia, ihrem Kollegen das letzte Treffen mit dem Mann schildern, der sie so lange verfolgt und bedroht hatte. Wie er das Zimmer verlassen und dann schwankend auf der Terrasse gestanden hatte, wie sie ihm vorschlug, sich dem Gerät zu nähern. Wie sie sich vorstellte, ihm einfach einen Stoß zu geben.

»›Zack, zack, zack, weg‹, das hat er selbst gesagt«, erzählte Maja-Sofia. »So war das. Ganze Äste und Zweige zerhackt dieses Gerät und bringt sie gleich unter die Erde, Ylitalo hätte den gleichen Weg eingeschlagen, wenn ich meine böswilligen Gedanken in die Tat umgesetzt hätte. Er wäre einfach zerstückelt worden und hätte als Humus gedient. Aber Gevatter Tod hat vor mir zugeschlagen, und dafür werde ich bis an mein Lebensende dankbar sein.«

»Die kenn ich, diese Häckselgeräte«, sagte Petter. »Und der Fahrer hat gesehen, was passiert ist?«

»Er hat sofort den Motor abgestellt und gefragt, ob ich Hilfe brauche. Aber ich habe nur gesagt, dafür wäre es zu spät. Dann bin ich gegangen, einfach so. Habe nicht mal drinnen Bescheid gegeben. Ich frage mich, ob mir da Konsequenzen drohen.«

»Konsequenzen?«, fragte Knis Petter Larsson.

»Ja, schließlich bin ich einfach gegangen. Das hätte ich als Polizistin besser wissen müssen.«

»Du standst unter Schock«, sagte Petter, »und eure gemeinsame Vergangenheit, die vielen Jahre, die du von ihm gestalkt und malträtiert wurdest, sorgen wohl für mildernde Umstände. Außerdem hast du dich doch bei mir gemeldet, einem Polizisten. Und das Wichtigste von allem: Du hast ihn nicht getötet.«

Sie nickte und schenkte Kaffee nach. Petter blieb noch eine Weile bei ihr, bis es Zeit wurde, zu Jarning und Löfblad zurückzukehren.

»Ich komme mit«, sagte Maja-Sofia.

»Davon würde ich abraten«, sagte Petter. »Bleib zumindest den Rest des Tages zu Hause, und komm morgen erst wieder aufs Revier. Dann können wir uns weiter dem Mord in der Brauerei widmen. Danne ist schließlich nicht getötet worden, sondern schlicht gestorben. Damit fällt er in den

Zuständigkeitsbereich des Beerdigungsinstituts, nicht in unseren.«

Als Petter gefahren war, zog Maja-Sofia sich warme Sachen an. Auch die reflektierende Weste durfte nicht fehlen. Es wurde schon wieder früh dunkel, und noch gab es keinen reflektierenden Schnee auf den dunklen Straßen und Feldern. Ein Marsch bis zum Pfarrhof würde ihr guttun. Sie schnappte sich ihre Stöcke und zog in zügigem Tempo davon. Außer vereinzelten Menschen mit Hund begegnete sie niemandem. Der Vollmond und die Sterne leuchteten ihr den Weg. Da klingelte ihr Handy. Sie zog den Handschuh aus und fischte es aus der Tasche.

»Samuel«, sagte sie.

»Maja-Sofia, wo bist du? Du klingst ja völlig aufgekratzt.«

Sie lachte. Spürte, dass ihr Lächeln fast von Ohr zu Ohr reichte. Eigentlich eine unpassende Reaktion, aber es ließ sich nicht unterdrücken.

»Danne Ylitalo ist tot«, sagte sie.

»Ist nicht wahr.«

»Oh doch. Ich war dabei, als er gestorben ist.«

Samuel schwieg kurz.

»Wie fühlst du dich?«, fragte er dann.

»Erleichtert«, war ihre unmittelbare Antwort. »Ja, so fühle ich mich. Unendlich erleichtert. Jetzt muss ich mir nie wieder Sorgen machen, dass er mir gefährlich werden könnte.«

»Meine geliebte Maja-Sofia«, sagte Samuel. »Ich möchte dich jetzt sehr gern in den Arm nehmen. Wo bist du?«

»Schon bald bei dir«, sagte sie. »Gehe gerade über die Brücke, es dauert also nicht mehr lange.«

»Ich stelle den Sekt kalt«, sagte er. »Das geht doch, oder? Ist das sehr unpassend in dieser Situation?«

»Sekt ist absolut passend«, sagte sie.

ZWEIUNDDREISSIG

Montag, 16. Oktober

Samuel hatte gerade das Schlusswort der Beerdigung gesprochen. Einen Leichenschmaus gab es nicht, die Familie wollte nach Hause und dort unter sich sein, ein Wunsch, den er ihnen nur zu gern gewährte. In kleinen Orten wie diesem war es sonst nicht ungewöhnlich, dass der Pfarrer am Leichenschmaus teilnahm.

Diesmal hatte Samuel einen jungen Mann verabschieden müssen, der nicht länger hatte leben wollen. Die meisten Beerdigungen waren traurig, aber in solchen Fällen war es noch einmal schwerer, als wenn der Körper sich dem Alter geschlagen gab. Die Angehörigen fühlten sich so allein und verlassen, wenn sich jemand freiwillig gegen das Leben entschieden hatte. Es blieben so viele Fragen offen. Hätten sie etwas tun können, um es zu verhindern? Waren sie nicht gut genug zu ihm gewesen? Und so weiter. Die Gesellschaft bot in solchen Fällen kaum einen Rückhalt, aber die Kirche war immer da, für alle, die es wollten. Und die Familie hatte tatsächlich Unterstützung bei ihnen gesucht, Cillan hatte sie betreut. Sie war eine Perle, wenn es darum ging, Menschen durch die schwersten Trauerstunden zu begleiten.

Samuel warf einen Blick auf die Uhr, höchste Zeit für

eine Mahlzeit, und es war fast eine Woche her, seit er zuletzt im *The Worried Wolf* gewesen war. Dort wurde sehr gutes Mittagessen angeboten, und eine kurze Prüfung ergab, dass heute Hering und Steak à la Lindström auf der Karte standen. Da herrschte sicher großer Andrang, und er war so spät dran. Vielleicht gab es schon gar nichts mehr, aber einen Versuch war es wert.

Beim Lokal angekommen, drückte er die Tür auf und stellte fest, dass es nur halb gefüllt war. Die Uhr verriet: Halb zwei, das Mittagsangebot war also bald vorbei.

»Gibt es noch was zu essen?«, fragte er den Wirt Tim Clark und gab ihm seine Karte.

»Ich denke schon«, sagte der Engländer lachend. »Für den hiesigen Pfarrer finden wir immer eine Mahlzeit. Bedien dich am Büfett! Wie immer ein leichtes Bier dazu oder heute lieber ein stärkeres?«

Sein Schwedisch war eine herrliche Mischung aus englischem Dialekt mit klockarvikscher Intonation.

»Ein leichtes reicht völlig«, sagte Samuel und sah sich nach einem Platz um.

»Hier, Herr Pfarrer!«, rief ein Mann. Er war aufgestanden und winkte. »Kommen Sie, setzen Sie sich zu uns.«

Das war Brysk, der zusammen mit seinem Cousin Tysk zu Mittag aß. Samuel mochte die beiden. Brysk hatte er seit der Explosion nicht gesehen. Es war bestimmt interessant, sich mit ihnen zu unterhalten und das Neueste aus dem Dorf zu erfahren. Also ging er zu ihnen und stellte seine Bierflasche auf den Tisch, legte das Besteck dazu und hängte seinen Mantel über die Stuhllehne. Bevor er das Gemeindehaus verlassen hatte, hatte er noch schnell den Talar aus- und einen dünnen Wollpullover angezogen. Wenn er im Ort unterwegs war, passte weniger offizielle Kleidung besser. Am Büfett fiel seine Wahl auf Hering, außerdem lud er sich eine große Portion Salat auf einen Extrateller.

»Heute war doch die Beerdigung, oder?«, fragte Tysk und deutete mit der Gabel auf ihn. »So traurig um den Jungen. Der war es doch, der heute unter die Erde kam, nicht?«

»Genau. Ja, sehr traurig«, sagte Samuel. »Nicht der schönste Tag meines Berufslebens, aber es geht dann ja vorranging darum, es den Hinterbliebenen so angenehm wie möglich zu machen. Ich hoffe, das ist mir gelungen.«

»Das ist es sicher«, sagte Brysk. »Essen Sie, das können Sie jetzt brauchen.«

Als sie beim Kaffee angelangt waren, nahm Samuel sich vor, aus Tysk und Brysk herauszukitzeln, was im Ort über den Brand in der Brauerei geredet wurde. Um möglichst unauffällig anzufangen, klopfte er Brysk auf die Schulter.

»Sie habe ich ja seit der Explosion nicht mehr gesehen«, sagte er. »Da kamen Sie in den Frisörsalon gelaufen und haben gerufen, dass die Brauerei brennt.«

»Ja, was für ein höllischer Knall«, sagte Brysk.

»Die Fenster beim Frisör haben richtig geklirrt«, sagte Samuel.

»Man hat es selbst noch in Lillåkern gehört, wo ich wohne«, sagte Tysk. »Und dann stieg ja gleich eine Rauchsäule in den Himmel, und die Sirenen gingen los.«

»Je häufiger wir davon sprechen, desto heftiger wird die Explosion«, sagte Brysk grinsend. »Wie bei den Anglern. Jedes Mal, wenn sie von ihrem jüngsten Fang erzählen, werden die Arme länger.«

»Es war wirklich schrecklich.« Samuel versuchte, das Gespräch wieder auf den Brand zu lenken. »Und wie sehr ich gehofft habe, dass niemand zu Schaden gekommen ist, aber die Hoffnung hat sich ja leider nicht erfüllt.«

Kurz versanken die drei in Stille. Tysk und Brysk dachten wahrscheinlich an den armen Daniel, während er sich daran erinnerte, wie erschüttert er Signe vorgefunden hatte.

»Es war gut, dass Sie damals gleich zum Frisör gekommen sind, Brysk«, sagte Samuel. »So konnte ich schnell vor Ort sein und helfen, wo ich gebraucht wurde.«

Brysk nickte und trank seine Kaffeetasse in einem Zug halb leer.

»Stimmt, ich habe gesehen, wie du Signe mitgenommen hast«, sagte er.

»Hast du noch mehr gesehen?«, fragte Samuel. »Irgendwas Außergewöhnliches? Jemanden, der dort nichts verloren hatte, zum Beispiel?«

Brysk dachte lange nach.

»Oh, keine Ahnung. Auf dem Weg dorthin ist mir der frühere Pfarrer begegnet. Er war mit einem unterwegs, den ich noch nie gesehen hatte. Aus Klockarvik war der nicht, das ist schon mal verdächtig. Komischer Kauz mit Schlapphut und Wanderstab. Fast wie so ein verdammter Troll. Entschuldigen Sie den Fluch.«

»Ich weiß, wen Sie meinen«, sagte Samuel. »Sigvards neuer Freund, der die Wanderwege der Gegend erkundet. Schläft selbst zu dieser Jahreszeit noch draußen im Schlafsack.«

Brysk schüttelte den Kopf und grinste.

»Komische Leute gibt's.«

»Und Sie?« Samuel wandte sich an Tysk. »Sie waren doch auch vor Ort, oder?«

»Stimmt, erzähl, was du gesehen hast«, sagte nun auch sein Cousin Brysk.

Tysk wand sich ein bisschen und trank von seinem Kaffee.

»Nun«, sagte er langsam, »ich stand ein bisschen abseits, aber von dort aus konnte ich eine Tür am anderen Ende der Brauerei sehen, also nicht dort, wo die Explosion war.«

»Und?«

Samuel starrte ihn an. Was, wenn Tysk jetzt etwas sagte, das ihn auf eine Spur brachte, die endlich weiterhalf?

»Da kam jemand raus«, sagte Tysk. »Ich will ja nicht tratschen, aber so war es.«

»Wer denn?«, fragte Samuel und spürte, dass sich alle Haare an seinen Armen aufstellen.

Tysks Beobachtung konnte so wichtig sein, um das Rätsel zu lösen. Entscheidend sogar. Doch Tysk schwieg. Sein Cousin knuffte ihn leicht in die Seite.

»Jetzt sag schon!«, forderte er ihn auf. »Mir hast du es doch auch erzählt.«

»Ich weiß nicht.« Tysk zögerte. »Vielleicht schadet man der Person unnötig damit.«

»Jetzt hör aber auf, der Pfarrer hat doch Schweigepflicht«, versicherte Brysk. »Dann sage ich es halt. Es war dieser Brauer, Daniels ärgster Konkurrent. Der aus Våmhus.«

»Bitte?«, fragte Samuel. »Es gibt einen Konkurrenten in Våmhus?«

Die Cousins nickten. So viel konnten sie sicher sagen. Aber war es denkbar, dass der Brauer seinen Konkurrenten töten würde? Dann müsste noch etwas anderes dahinterstecken, selbst noch so große Konkurrenz führte doch in den seltensten Fällen zu Mord.

»Haben Sie das der Polizei gesagt?«, fragte Samuel.

Die Cousins rutschten auf ihren Stühlen herum. Brysk griff nach seiner Kappe und setzte sie auf. Ein Zeichen, dass er sich im Aufbruch befand.

»Nein, die würden denken, wir spekulieren«, sagte er. »Dass wir nicht ganz bei der Wahrheit bleiben, dabei stimmt das nicht.«

»Ich glaube Ihnen«, versicherte Samuel, »und was Sie gerade erzählt haben, ist außerordentlich wichtig. Ich werde nichts weitersagen, aber wenn ich Maja-Sofia bitte, sich bei Ihnen zu melden, werden Sie dann mit ihr sprechen?«

Tysk und Brysk wechselten einen Blick und nickten.

»Ja, das werden wir«, sagte Brysk, ohne begeistert zu klingen.

»Das muss man wohl auf sich nehmen«, sagte Tysk. »Auch wenn man nicht in einen Mordfall reingezogen werden will.«

Samuel betrachtete die beunruhigten Männer.

»Keine Sorge, das werden Sie nicht«, sagte er, »im Gegenteil, Sie werden eine große Hilfe sein. Und es ist ja völlig unklar, ob der, den Sie gesehen haben, Tysk, tatsächlich hinter dem tragischen Ereignis steckt. Vielleicht war er aus anderen Gründen vor Ort, hat nur einen Kaffee getrunken oder so. Es ist aber Aufgabe der Polizei, das zu überprüfen, nicht unsere. Vielen Dank auf jeden Fall. Beim nächsten Mal gebe ich Ihnen ein Bier aus, aber dann darf es kein Arbeitstag sein.«

DREIUNDDREISSIG

Dienstag, 17. Oktober

Gideon drehte das Gesicht in die Oktobersonne. Er war seit ungefähr einer Stunde in nördlicher Richtung entlang eines ausgetretenen Pfades unterwegs, der allerdings von ordentlich Moos und trockenen Gräsern überwachsen war, was darauf hindeutete, dass hier lange niemand mehr gewandert war. Früher waren sicher die Kühe hier entlanggetrieben worden auf dem Weg zu den Sommerweiden. Er fragte sich, wie das Leben damals wohl ausgesehen hatte. Gewiss hatte die Arbeit nie geendet, trotzdem war sicher Zeit für die sündigen Vergnügen gewesen, die alle kannten, über die aber niemand sprach. Einsame junge Frauen in einer Scheune hatten bestimmt eine große Anziehungskraft auf die jungen Männer der Gegend ausgeübt. Was für ein Segen des Herrn, dass die Erweckungsbewegung so nachhaltig Einzug in die dörflichen Gemeinden gehalten hatte. Die ganze Umgebung Klockarviks zeugte davon, dass der Glaube stark gewesen war, überall befanden sich Kapellen und Missionshäuser. Heute gab es nur noch eine Verbundsgemeinschaft der Freikirchen, die die Tätigkeit aufrechterhielt. Aber selbst das war mehr, als man von seinen Heimatgefilden behaupten konnte.

Gideon hielt einen Moment inne und betrachtete den Himmel durch die sich lichtenden Baumkronen. Da der Winter vor der Tür stand, wäre es keine schlechte Idee, sich allmählich nach Hause zu begeben. Noch reichten Zelt und Schlafsack, aber daheim wurde er gebraucht, wenn sie sich auf den Winter vorbereiteten. Holz musste gehackt, die Gartenmöbel und der Grill hereingebracht werden. Die Jüngeren hatten sich den gewünscht, er selbst brauchte nicht mehr als eine simple Feuerstelle, um Würstchen zu grillen.

Direkt neben dem Pfad befand sich ein geeigneter Baumstumpf, auf dem Gideon Platz nahm, um die Aussicht zu genießen. Von hier hatte man einen guten Überblick über den Wald und die Berge. Vielleicht konnte man sogar bis nach Norwegen sehen? Möglich, aber sicher war er sich nicht. Dalarna hatte auch Berge, wenngleich nicht so hohe wie das Nachbarland.

Gideon öffnete den Rucksack und holte seinen rußigen Trangiatopf heraus. Über offenem Feuer zubereiteter Kochkaffee schmeckte noch immer am besten. Also befreite er ein Stück Boden vom Moos, um Platz für eine kleine Feuerstelle zu schaffen. Mehr als ein paar trockene Zweige waren nicht nötig, um ein Feuerchen zu entfachen, auf das er schon bald größere Äste legen konnte. Den Henkel des Topfes verlängerte er mit einem stabilen Stock, damit er ihn übers Feuer halten konnte, ohne sich die Finger zu verbrennen. Dank der hohen Flammen kochte der Kaffee sehr bald.

Bei der *Kaffevillan* hatte er sich mit Brötchen eingedeckt, frisch belegt mit Schinken und gutem Käse. Das war mehr, als ein Mensch verdiente, aber wenn man bedachte, dass er in Gottes freier Natur wanderte, war er es wert. Gideon faltete die Hände, um für die Mahlzeit zu danken, bevor er sich an Gottes Gaben machte. Aber noch bevor er »amen« sagen konnte, erklang eine fremde Stimme.

»Ach, bin ich etwa nicht allein im Wald?«

Er fuhr so hastig herum, dass er sich Kaffee auf die Hose schüttete. Eine Frau, die ein buntes Tuch um den Kopf gebunden hatte, eine orange Jacke und grüne Gummistiefel trug, stand ein paar Meter hinter dem Baumstumpf, auf dem Gideon Platz genommen hatte. Er schätzte sie auf etwa vierzig, vielleicht jünger. In der Hand hielt sie einen Korb, vermutlich war sie dabei, Pilze zu sammeln.

»Na, so was!«, sagte Gideon und hob die Hand. »Ich dachte ebenfalls, ich wäre allein unterwegs.«

»Im Wald ist man wohl selten allein«, sagte sie und setzte sich unaufgefordert auf einen Stein ganz in der Nähe.

»Wie wahr.« Gideon nickte. »Man bildet es sich nur ein.«

»Ich sammle Trompetenpfifferlinge«, erklärte sie und hielt den Korb so, dass er hineinsehen konnte. »Die kann man auch so spät noch finden. Schauen Sie mal, ich habe schon eine ganze Menge, man braucht nur den richtigen Blick dafür. Manchmal sind sie schwer zu entdecken, aber hat man erst ein paar gefunden, sind oft sehr viel mehr in der Nähe.«

Er nickte und bot ihr seine Thermoskanne an.

»Kaffee?«

»Danke, hab ich selbst mit«, sagte sie und nahm einen rostfarbenen, abgenutzten Kånken vom Rücken.

»Verstehe«, sagte Gideon. »Ich heiße übrigens ...«

Die Frau saß vorgebeugt da und kramte in ihrem Rucksack, bis sie eine rote Plastiktasse und eine Stahlthermoskanne zutage förderte.

»Ich weiß, wer Sie sind«, unterbrach sie ihn. »Das ganze Dorf weiß, wer Sie sind.«

Kurz wurde ihm unbehaglich.

»Wirklich? Das ganze Dorf? Wie sonderbar.«

»Sobald ein neues Gesicht auftaucht, geht das Gerede los. Sie fallen auf, weil Sie so ausgefallen aussehen, da wird umso mehr geredet. Man nennt Sie den Wandersmann. Die Leute munkeln, dass Sie im Café waren, bevor die Brauerei explodierte. Und das stimmt ja auch, ich war beim Frisör und habe Sie weggehen sehen.«

Er lauschte ihr aufmerksam, während er den letzten Bissen seines leckeren Brötchens verschlang.

»Ja, mit Sigvard«, sagte er schließlich, »dem ehemaligen Dorfpfarrer. Und Sie sind?«

Sie hielt die Tasse zwischen beiden Händen, während sie trank, als wollte sie sich daran wärmen.

»Inga-Gun«, sagte sie. »Ich war mit Daniel zusammen, bevor er was mit dieser Signe anfing. Ganz schön üble Sache, wenn Sie mich fragen.«

Gideon betrachtete ihr Gesicht. Wut funkelte in ihren Augen, und ihr Mund hatte einen verkniffenen Zug.

»Mit welchem Daniel?«, fragte er.

»Dem Mann, der bei dem Brand umkam«, sagte sie. »Jetzt hat Signe ihn auch nicht mehr, und das geschieht ihr ganz recht. Vielleicht klingt das jetzt krass, aber so sehe ich das eben. Die Polizei hat doch auch mit Ihnen gesprochen, oder? Sie und Sigvard Nordqvist müssten ja als Zeugen gelten.«

Gideon hielt sich nicht damit auf, die Fragen dieser Frau zu beantworten, die einfach nur neugierig war und nichts mit ihm und seinem Vorhaben zu tun hatte. Es gab Interessanteres zu besprechen.

»Diese Signe«, sagte er, »wissen Sie, woher sie kommt?«

Inga-Gun kippte den letzten Schluck ihres Kaffees ins Gebüsch, füllte etwas Wasser aus einer Flasche in die Tasse, spülte sie damit kurz durch und packte alles wieder in den Rucksack.

»Ich kenne sie eigentlich gar nicht, aber gehört hab ich natürlich das eine oder andere«, sagte sie und lehnte sich vor. Mit geheimnisvoller Miene fuhr sie fort: »Dass sie in einer zwielichtigen Kommune irgendwo in Südschweden gewohnt haben soll. Das hört man zumindest.«

»Zwielichtige Kommune? Wer sagt denn so was?«

Sie zuckte mit den Schultern.

»Die Leute im Dorf«, antwortete sie. »Sie wissen schon, manchmal erfährt man Dinge, die man gar nicht erfahren sollte, aber schlussendlich kommt doch alles raus. Ich glaube, das war ein Kollektiv oder eine Sekte oder so was. Himmel, dort würde ich unter keinen Umständen landen wollen. Sie?«

Er dachte über das Gesagte nach und frage sich, ob sein neuer Freund Sigvard das ebenfalls wusste. Aber der alte Mann hielt sich vermutlich nicht mit dem Getratsche im Ort auf, als Pfarrer war er da sicher vorsichtig.

»Ein Kollektiv?«, fragte er. »Was denn für ein Kollektiv?«

»Von so religiösen Fanatikern, bestimmt welche mit absoluter Freizügigkeit und Vielehe, kann man sich ja vorstellen«, sagte Inga-Gun und verdrehte die Augen. »Und dann lernte sie Daniel im Zug kennen, und – schwups – war es um die beiden geschehen. Signe konnte gut backen, sie war also eine fantastische Arbeitskraft, für die er nichts zahlen musste.«

Inga-Gun fegte sich ein paar Krümel vom Schoß.

»Wissen Sie, was ich denke?«, fragte sie und schaute ihn direkt an. »Wer den Brand gelegt hat?«

Er schüttelte den Kopf und wartete gespannt darauf, dass sie fortfuhr.

»Ich glaube, Signe war es selbst.« Dann kniff sie die Lippen zu einem Strich zusammen und tippte an ihre Schläfe. »Wer in so einer Sekte war, hat sie nicht mehr alle. Ist nicht gut für die Züche.«

»Züche?«

»*Psyche,* wenn Sie bei der Aussprache so pedantisch sein wollen. Ich sage Ihnen, sie war es, und jetzt geht sie davon aus, dass sie einfach alles erbt. So eine Person ist das nämlich, glauben Sie mir.«

Gideon hatte angefangen, seine Sachen zusammenzusuchen. Jetzt dachte er über ihre Worte nach und fragte sich, was er darauf antworten konnte.

»Das sind heftige Anschuldigungen, Inga-Gun«, sagte er schließlich. »Ich an Ihrer Stelle würde so was nicht herumposaunen. Solange nichts bewiesen ist, gibt es auch noch keine Schuldigen, das wissen Sie doch, oder?«

Sie schnaubte und zog die Jacke enger um sich.

»Das ist mir ziemlich egal«, sagte sie. »Signe hat mir Daniel weggenommen, und niemand bestimmt, was ich sage oder denke. Und jetzt sammle ich weiter Pilze. Danke für das nette Gespräch, auf Wiedersehen!«

Er hob noch grüßend die Hand.

»Der Segen des Herrn sei mit Ihnen, Frau«, murmelte er.

Sie drehte sich um.

»Haben Sie was gesagt?«

Gideon schüttelte den Kopf. Inga-Gun ging den Pilzkorb schwingend davon.

»Klatschmaul«, murmelte Gideon. »Sie ist ein gefährliches Klatschmaul, so wie ich Gottes rechtmäßiger Wanderer bin.«

VIERUNDDREISSIG

Mittwoch, 18. Oktober

Tindra stand in der Mensa des *Stiftsgården* in Rättvik und bediente sich am Büfett. Sie hatte zwischen dem Unterricht über die Geschichte der *Svenska Kyrkan* und der Mittagspause eine Trainingseinheit unterbringen können, und jetzt musste sie ordentlich nachlegen, damit sie genug Energie für den Nachmittag hatte, denn da stand Schwedisch an – mit einer Schreibaufgabe. Die Lehrerin hatte gesagt, dass sie ein Erlebnis oder eine Erinnerung mit Worten einfangen sollten. Schreiben und Erzählen gehörten nicht gerade zu Tindras Stärken. Nach der langen Zeit als Schulverweigerin hatte sie großes Glück gehabt, einen Platz in diesem Kurs zu bekommen. Es war eine Kooperation zwischen Schule und Kirche, und wenn sie fertig war, würde sie unterschiedliche Gruppen innerhalb der Kirche leiten können. Gleichzeitig wiederholten alle Kursteilnehmer die Basisfächer, was in Tindras Fall wirklich nötig war. Aus Jux nannte sich ihre Gruppe *»Die Kirchenmäuse«*. Der Kurs war ein Geschenk des Himmels gewesen. Samuel hatte sie dazu ermuntert und ihr vorausgesagt, dass sie mal eine richtig gute Pfarrerin abgeben würde. In ihren Ohren war das noch ziemliche Zukunftsmusik, aber es tat gut zu hören, wie sehr er an sie glaubte.

Tindra nahm sich eine große Frikadelle, ordentlich Kartoffeln und Soße, füllte die Hälfte ihres Tellers mit Gemüse, legte zwei Knäckebrote dazu und schenkte sich ein großes Glas Milch ein.

»Tindra!«, rief eine vertraute Stimme. »Hier!«

Sie nickte und setzte sich mit ihrem Tablett vorsichtig in Bewegung und bemühte sich, von niemandem angestoßen zu werden, damit sie nichts verschüttete. Ohne zu kleckern, erreichte sie Mattias, der ebenfalls eine beachtliche Portion vor sich stehen hatte. Er machte zwar keinen Sport, war aber in dem Alter, in dem man so viel essen konnte, wie man wollte, als hätte der Magen keinen Boden.

»Deine Mutter ist sicher froh, dass du gerade nicht zu Hause isst«, sagte Tindra lachend und nickte zu seinem Teller. »Himmel, was die sonst für Lebensmittel hinblättern muss, ist ja unvorstellbar.«

»Findest du?« Er lachte mit und schaufelte sich die nächste Ladung in den Mund. »Aber eigentlich hat sie gar nicht genug Zeit, sich darüber Gedanken zu machen. Meine Eltern arbeiten ziemlich viel, und meine Geschwister und ich sind oft bei Freunden.«

»Was machen deine Eltern denn beruflich?«

»Sie sind Möbeltischler«, sagte er. »Sie sind ziemlich gut und haben ihre eigene kleine Tischlerei.«

»Was für ein cooler Job. Und davon kann man leben? Ach, ignorier mich, das war eine dumme Frage.«

Mattias zuckte mit den Schultern.

»Sie schon«, sagte er. »Tedvalls Tischlerei hat einen kleinen, aber festen Kundenstamm.«

»Und du hast daran kein Interesse?«, fragte Tindra.

»Nein, ich möchte was anderes machen. Das Tischlern ist nicht so meins.«

Sie fragte nicht weiter nach, stattdessen konzentrierten beide sich aufs Essen. Als Mattias den letzten Rest in sich hineingestopft hatte, stand er auf.

»Kaffee?«, fragte er. »Ich bring dir welchen mit.«

»Yes, please«, sagte Tindra. »Aber nur eine halbe Tasse, schwarz, und wenn da noch irgendwas an Gebäck herumliegt, gern davon auch was. Ich brauche schnelle Kohlenhydrate, um Schwedisch durchzustehen. Sonst klapp ich zusammen.«

Mattias verschwand, und Tindra gelang es, ihre Portion aufzuessen, ehe er mit zwei dampfenden Tassen zurückkehrte, dazu hatte er zwei Schokobällchen und die aktuelle Ausgabe des *Dala-Demokraten* dabei. Die großen Schlagzeilen befassten sich noch immer mit dem Brand in Klockarvik. *Noch keine Verhaftung im Mordfall* stand dort. Tindra erschauderte. Ein schlimmes Ereignis. Sie kannte sowohl Daniel als auch Signe, wenn auch nicht besonders gut. Signe sang mit ihr im Kirchenchor, und mit Daniel hatte sie sich so manches Mal beim Kirchencafé unterhalten. Jetzt war er einfach tot und Signe allein, und es tat Tindra aufrichtig leid für sie. Signe war nicht ganz so gesprächig wie Daniel, aber lieb und nett. Es war toll, sie im Chor zu haben, denn sie hatte eine unvergleichlich schöne Stimme.

Mattias schlug den Artikel über den Brand auf.

»Das ist so wahnsinnig traurig«, sagte Tindra und deutete auf den Artikel. »Ich hoffe, sie schnappen den Täter bald.«

Mattias folgte den Wörtern beim Lesen mit dem Finger, als wollte er kein einziges verpassen. Als er fertig war, schlug er die Zeitung wieder zu.

»Ich glaube, ich weiß, was passiert ist«, sagte er und sah ihr bestimmt in die Augen. »Und ich weiß auch, warum.«

»Was? Wie kannst du das denn wissen?«

»Meine Mutter weiß es sicher auch, wenn ich so drüber nachdenke«, fuhr er fort und schien sich dann in eigenen Gedanken zu verlieren.

Tindra packte seinen Arm und schüttelte ihn.

»Jetzt sag schon!«, forderte sie. »Und wieso sollte deine Mutter das wissen? Wenn du helfen kannst, darfst du nicht schweigen. Du musst dich an Maja-Sofia wenden.«

»An wen?«

»Eine Polizistin, die ich kenne«, erklärte Tindra. »Die ermittelt bei Mordfällen, glaube ich. Zumindest bei schweren Verbrechen. Und sie ist mit Samuel zusammen, unserem Pfarrer, den kennst du ja auch.«

Mattias trank den restlichen Kaffee in einem Zug, und dann folgte mit einem Happs das Schokobällchen.

»Darüber muss ich nachdenken«, sagte er. »Aber jetzt steht erst mal die Schreibaufgabe an. Wir müssen los, die Stunde fängt in zwei Minuten an.«

Tindra seufzte. Bei dieser Aufgabe etwas Sinnvolles zustande zu bringen, kam ihr unmöglich vor.

»Ich habe keine Ahnung, worüber ich schreiben soll, das ist überhaupt nicht mein Ding«, gestand sie.

Mattias fasste nach Tindras Arm und zog sie behutsam mit sich.

»Ach, keine Sorge. Schreiben macht doch Spaß!«, versicherte er ihr. »Wie kann man das nicht mögen? Los, ich wette, dir fällt was ein, was du erzählen kannst!«

Kurz darauf saß Tindra vor dem Bildschirm, das Kinn in die Hände gestützt, vor sich ein leeres Dokument. »So habe ich eine schwierige Situation gelöst«, hieß die Aufgabe. Die meisten anderen hatten das Klassenzimmer verlassen und sich zurückgezogen, um ungestört zu schreiben, nur Mattias und Tindra waren noch da. Tindra schielte zu ihm. Er tippte unaufhörlich, seit das Thema genannt worden war. Sie machte sich auch langsam ans Schreiben. »Es war einmal …« Nein, das war kein guter Anfang. Sie löschte die Wörter und fing von vorn an.

Mattias war ein guter Freund, und Tindra fand es schön, dass sie im gleichen Kurs waren. Aber ein bisschen sonderbar war er schon. Lieb und doch verschlossen. Oft schien er tief in Gedanken versunken. Mattias sprach nicht viel von seiner Familie oder seiner alten Heimat. Was er ihr heute über seine Eltern erzählt hatte, war das meiste gewesen, was er bisher zu dem Thema von sich gegeben hatte. Wie oft er darauf hinwies, wie schön es war, am *Stiftsgården* zu sein und diesen Kurs zu machen, ließ sich hingegen nicht mehr zählen.

»Man ist hier frei, und das ist gut«, hatte er mal gesagt. »Ich mag die Freiheit.«

Tindra wollte gern mehr über Mattias wissen, aber sie musste sich geduldig zeigen. Je besser sie sich kennenlernten, desto mehr würde er hoffentlich berichten.

Sie schaute wieder auf den Bildschirm, wo die Aufgabenstellung sie förmlich anbrüllte, endlich mit dem Schreiben anzufangen. »So habe ich eine schwierige Situation gelöst.« Im Hintergrund tippte Mattias noch immer ohne Unterlass. Hatte sie je eine schwierige Situation gelöst? Das war die eigentliche Frage. »Ich möchte von dem einen Mal erzählen, als ich …«, setzte sie an, stöhnte dann und löschte wieder alles. Also wieder von vorn.

FÜNFUNDDREISSIG

Donnerstag, 19. Oktober

»Das Glück ist mit jenen, die noch ein bisschen liegen bleiben«, sagte Samuel und streckte die Hand aus, um Maja-Sofia, die bereits auf der Bettkante saß, wieder neben sich zu ziehen. Sie wand sich elegant aus seinem Griff.

»Leg dich nicht mit mir an«, sagte sie. »Die Pflicht ruft, und ich muss einen Mord aufklären. Außerdem hatte ich einen Albtraum.«

»Danne Ylitalo?«, fragte Samuel.

»Ja, leider. Offenbar werde ich vor diesem Mistkerl nie ganz sicher sein. Man sollte meinen, dass ich jetzt endlich mit ihm fertig bin, schließlich ist er tot, aber so leicht ist es dann doch nicht. Vermutlich wird mich die Wut bis an *mein* Lebensende verfolgen.«

»Das höre ich nicht gern, und ich wünsche dir von ganzem Herzen, dass es nicht so kommt«, sagte er. »Vielleicht musst du dich mit dem Geschehenen versöhnen. Aber das wird schwierig, schätze ich.«

»Da hast du recht«, sagte Maja-Sofia. »Das, was Danne getan hat, kann nicht ungeschehen gemacht werden. Es wird immer Teil meines Lebens bleiben, so ist es eben. Das wurde mir gegeben.«

Da stand Samuel auf und schloss sie fest in die Arme.

»Dir wurde und wird noch eine Menge anderes gegeben werden«, sagte er und küsste sie. »Lass Ylitalo das Schöne nicht überschatten, vor allem nicht jetzt, wo du ihn endlich los bist. Wird es denn keine Beerdigung geben? Die helfen normalerweise dabei, einen Schlussstrich zu ziehen.«

Sie schüttelte den Kopf und sah ihm in die Augen.

»Eine große Beerdigung wollte Danne nicht, das stand auf einem kleinen handschriftlichen Zettel, der in seinem Nachttisch gefunden wurde. Er möchte nur, dass die Urne mit seiner Asche nach Kuiva gebracht und dort in die Erde gesetzt wird.«

»Dann gibt es nicht mal eine kleine Andacht im *Kurbitsgården*? Er hat ja doch ein Weilchen dort gewohnt.«

»Nein, soweit ich weiß, soll es nur was Kleines in Kuiva geben.«

Widerwillig ließ er sie los.

»Ich kann ja trotzdem für seine Seele beten«, sagte Samuel.

Maja-Sofia strich ihm sachte über den getrimmten Bart.

»Das ist sicher keine schlechte Idee«, sagte sie, »aber jetzt muss ich wirklich los. Du wirst ja heute auch die eine oder andere Predigt schreiben müssen, schätze ich. Oder steht was anderes an?«

»Der Handarbeitskreis«, sagte Samuel und reckte sich. »Ist das nicht schön, wie diese alte Tradition in Klockarvik weiterlebt? Ich finde das wirklich toll.«

»Meine Mutter ist auch im Handarbeitskreis in Kuivalihavaara aktiv. Ja, das ist eine großartige Sache. Was machst du denn beim Handarbeitskreis? Mit den Omis Kaffee schlürfen und plauschen? Bisschen auf der Gitarre klimpern?«

Er schüttelte sie liebevoll.

»Gute Güte, was hast du denn für Vorurteile? Aus dem Handarbeiten halte ich mich jedenfalls raus, falls du das noch fragen wolltest. Obwohl es sicher cool wäre, das zu lernen. Nein, wir reden miteinander, Maja-Sofia. Über die wichtigen Dinge, und das geht sehr gut, wenn die Hände dabei beschäftigt sind. Danach wird tatsächlich noch ein bisschen auf der Gitarre geklimpert. Wusstest du, dass der Handarbeitskreis seine Projekte verkauft und dadurch eine Menge Spenden sammelt? Das Geld geht an Bedürftige.«

»Das wusste ich tatsächlich, und ich finde das sehr großzügig von allen Beteiligten«, sagte Maja-Sofia. »Mamas Kreis stellt auch regelmäßig Babybegrüßungspakete zusammen, die sie nach Afrika schicken. Diese Frauen sind so geschickt, da kann ich nicht mithalten.«

Maja-Sofia ging hinunter in die Küche des Pfarrhauses, um Frühstück zu machen. Samuel beeilte sich, damit er ihr Gesellschaft leisten konnte. Er gab ihr einen Kuss auf die Wange und nahm dankbar den Kaffee entgegen, den sie ihm reichte.

»Hast du dir schon mal klargemacht«, sagte Maja-Sofia, als sie kurz darauf an dem großen Küchentisch saßen, »wie unterschiedlich unser Alltag aussieht? Du hast eine gemütliche Zeit mit deinen Handarbeitsdamen, während ich Mörder jage.«

Selbstverständlich hatte sie recht, seine Aufgaben waren oft weniger aufregend, aber nicht immer. Manchmal gab es tragische Todesfälle von Gemeindemitgliedern, er musste Beerdigungen von Kindern leiten oder Familien Todesnachrichten überbringen, die ihre Welt zusammenbrechen ließen. So einfach war es nicht, und das wusste Maja-Sofia eigentlich auch.

»Apropos Mörder«, sagte er, »wie laufen denn die Ermittlungen? Gibt es schon eine Spur?«

Sie seufzte und schob die Kaffeetasse weg.

»Wir haben schon mit ziemlich vielen Leuten gesprochen, aber bisher hatten wir keinen Durchbruch. Ich wünschte, Signe wäre etwas mitteilungsfreudiger, aber diese Frau ist leider sehr verschlossen. Du kennst nicht zufällig irgendwelche Geheimnisse, die du mit mir teilen kannst?«

Sie schaute Samuel mit funkelnden Augen an. Dass seine Schweigepflicht ihm jegliche Aussage darüber verbot, mit wem er worüber gesprochen hatte, war ihr bewusst. Aber in diesem Fall wäre er ihr bestimmt sowieso keine große Hilfe gewesen, außer vielleicht was diese Stiftung anging.«

»Wart ihr bei ihr zu Hause?«, fragte er. »Oder war sie bei euch auf der Wache?«

»Petter und ich waren bei ihr«, sagte Maja-Sofia. »Fragst du aus einem bestimmten Grund?«

»Na ja, man muss halt die Augen aufmachen, wenn man bei jemandem zu Besuch ist, so viel weißt du ja auch.«

Sie boxte ihm gegen den Arm.

»Samuel, du weißt was, oder?«

Er stand auf, spülte die Kaffeetasse aus und zog sein Jackett an. Dann steckte er die Hände in die Hosentaschen, um sie auszuleeren. Oft sammelten sich eine Menge Taschentücher und Kassenbons darin. Gerade als er alles in den Papierkorb werfen wollte, fiel sein Blick auf ein gelb-rot-silbernes Stück Papier. Ein paar rote Buchstaben waren ebenfalls darauf. Es dauerte ein paar Sekunden, bis ihm einfiel, woher der Schnipsel stammte. Aus irgendeinem Grund musste er an Tysk und Brysk denken. An die Explosion. An Signe vor dem Nebengebäude. Den Zettel hatte er auf dem Boden gefunden, ihn sich später genauer ansehen wollen, ihn dann aber vollkommen vergessen. Er strich mit dem Daumen darüber. Er sah aus wie ein Stück von einem Bieretikett, stammte aber von keiner Sorte aus Klockarvik. Moment, wovon hatten die werten Herren Tysk und Brysk gesprochen? Einem Konkurrenzbrauer!

»Du«, sagte Samuel, »habt ihr geprüft, ob es noch weitere Mikrobrauereien in der Gegend gibt? Ich will nicht andeuten, dass ihr dort den Schuldigen findet, aber vielleicht hat ja jemand eine Idee, wer Daniel nach dem Leben trachtete.«

Maja-Sofia nickte nachdenklich.

»Danke für den Hinweis, Pater Brown«, sagte sie. »Keine dumme Idee. Jetzt muss ich los. Du gehst zu Fuß zur Arbeit, schätze ich?«

Sie huschte hinaus in den Flur, aber er folgte ihr.

»Wenn ich du wäre, würde ich mich mal mit Tysk und Brysk unterhalten«, schlug er vor.

Sie blieb wie angewurzelt stehen.

»Du weißt wirklich was«, sagte sie. »Ich merke das.«

Samuel schüttelte den Kopf.

»Nein, nein. Ich dachte nur, wenn jemand etwas weiß, dann die beiden, die kriegen doch immer alles mit.«

SECHSUNDDREISSIG

»Dann wollen wir mal, Leute!«, rief Maja-Sofia und klatschte in die Hände, als sie auf dem Revier ankam. »Lasst uns den Mord aufklären. Wäre doch schön, wenn wir ein ruhiges Wochenende hätten.«

Knis Petter Larsson stieß Martina Jarning in die Seite.

»So energiegeladen, wie unsere Kriminalkommissarin ist, hat sie wohl im Pfarrhaus übernachtet.«

»Das habe ich nicht gehört«, sagte Maja-Sofia und setzte sich mit ihren Kollegen in den kleinen Konferenzraum. »Gibt es was Neues? Wer aus dem direkten Umfeld des Opfers könnte interessant sein? Gehen wir alles noch mal durch, das hilft für gewöhnlich.«

Sie fühlte sich in der Tat energiegeladen, und sie kannte auch den Grund dafür. Danne Ylitalos dramatisches Ableben hatte ihr neues Leben eingehaucht, selbst wenn er ab und an noch in ihren Träumen auftauchte.

Larsson blätterte in seinem Notizbuch und überprüfte, ob sich die Namen aller Beteiligten bereits am Whiteboard befanden.

»Also, da haben wir zuallererst Signe, mit ihr haben wir bereits ein paar Mal gesprochen«, sagte er. »Außerdem die

Amerikaner, die bei ihr wohnen. Bei allem, was wir nun über ihre Vergangenheit wissen, können wir davon ausgehen, dass sie aufs Erbe und auf Geld aus sind.«

Maja-Sofia betrachtete die Fotos und Namen am Whiteboard. Einer oder eine davon musste der Täter oder die Täterin sein. Oder hatten sie noch jemanden übersehen? Jemanden, der bislang nicht aufgetaucht war, obwohl es eine Verbindung zu Daniel gab? Hatte Signe Vorteile vom Ableben ihres Partners? Das war unwahrscheinlich. Sie machte den Eindruck, als würde sie etwas verheimlichen, aber es schien an den Haaren herbeigezogen, dass sie deshalb die Brauerei in Brand gesetzt und ihren Lebensgefährten getötet hatte.

»Sigvard Nordqvist können wir definitiv ausklammern«, sagte sie. »Er war zwar kurz vor der Explosion vor Ort, aber laut seiner und Signes Aussage hat er den Teil des Gebäudes, in dem das Feuer ausbrach, nicht betreten.«

»Allerdings hat er wichtige Informationen über Gideon beigesteuert«, meldete sich Jarning zu Wort.

»Stimmt«, sagte Maja-Sofia. »Er mag diesen Waldwanderer, findet es aber gleichzeitig auffällig, wie strenggläubig er ist. Das Bierbrauen ist für ihn bereits eine Sünde.«

Sie verstummte und dachte weiter nach. Gideon Emanuelsson war auf die Toilette verschwunden, bevor er sich Sigvard angeschlossen und das Café verlassen hatte.

»Er hätte definitiv Gelegenheit gehabt, das Feuer zu legen«, sagte Larsson, der offenbar in die gleiche Richtung dachte.

»Wie sieht es mit der Ex-Freundin Inga-Gun Hansson aus?«, fragte Jarning. »Die hatte definitiv ein Motiv, aber wenn sie Daniel zurückwollte, hätte sie es dann nicht eher auf Signe abgesehen?«

»Außerdem saß sie zum Zeitpunkt der Explosion schon eine Weile beim Frisör«, sagte Maja-Sofia. »Also möglich wäre es, trotzdem glaube ich das nicht so ganz.«

Samuel hatte heute Morgen angedeutet, dass im Ort geredet wurde. Dass es jemanden gab, der mehr wusste.

»Konntest du noch mehr über Signe Lind herausfinden, Jarning?«, fragte sie.

»Eine alte Adresse in Västergötland, ein sehr überschaubar gefülltes, aber gut geführtes Konto, Miteigentümerin des Brauereicafés. Ob sie Daniels Teil erbt, ist unklar. Wir haben bisher kein Testament gefunden; vermutlich war es auch das, wonach Peg und Bill in der Schachtel gesucht haben. Signe war nie verheiratet, hat keine Kinder. Sie ist zweiunddreißig. Keine Schulden. Ihre Eltern leben.«

»Sie leben?«, fragte Maja-Sofia. »Ich bin mir ziemlich sicher, dass sie erzählt hat, ihre Eltern wären verstorben. Da muss ich noch mal in meine Notizen schauen. Was hat sie denn gelernt? Also berufstechnisch?«

»Vielleicht will sie mit ihren Eltern nichts mehr zu tun haben«, warf Larsson ein. »Es gibt ja die wildesten Familiengeschichten, manchmal gibt es gute Gründe für einen Kontaktabbruch.«

»Hm, da ist was dran, vielleicht bist du da was auf der Spur«, sagte Maja-Sofia.

»Schulabschluss in Falköping vor dreizehn Jahren«, fuhr Jarning fort. »Dann jahrelang Gelegenheitsjobs hier und da, dann gibt es keinerlei Angaben, bis sie hier Miteigentümerin wurde. Aber ich werde schon noch rausfinden, was während dieser Lücke passiert ist.«

»Wo wohnen ihre Eltern?«, fragte Maja-Sofia.

Jarning sah in ihren Unterlagen nach.

»Skultorp.«

»Und wo liegt das?«

Larsson tippte auf seinem Handy.

»Zwischen Falköping und Skövde«, sagte er. »Ganz in der Nähe von Dorotea Svensson. Könnte es da eine Verbindung geben?«

Maja-Sofia nickte.

»Könnte sich lohnen, der Spur nach Västergötland zu folgen, aber das machen wir später«, sagte sie. »Erst mal müssen wir rausfinden, wo diese Autorin ist, wenn sie sich nicht in Skövde aufhält. Über diesen Gideon Emanuelsson möchte ich auch mehr wissen. Larsson, mach dich auf die Suche nach ihm. Wo immer der sich gerade rumtreibt, wir müssen noch mal mit ihm sprechen.«

»Mach ich«, sagte Larsson und stand auf. »Was machst du?«

»Ich fahre nach Klockarvik und spreche mit Tysk und Brysk. Eine zuverlässige Quelle, der Pfarrer Samuel Williams, hat angedeutet, dass die was wissen könnten.«

Larsson ließ das Handy in der Innentasche verschwinden.

»Wenn es niemand von denen ist, die bisher am Whiteboard stehen«, sagte Jarning nachdenklich, »dann ist uns bisher jemand komplett durch die Lappen gegangen.«

»Das ist unmöglich«, lachte Maja-Sofia. »Wir sind doch Ovansiljans beste Truppe, vergiss das nicht.«

Die Kollegen gingen getrennter Weg, und eine halbe Stunde später saß Maja-Sofia in einer von Klockarviks Kneipen. Dort hatte sie die Cousins aufgetrieben, und Tysk hatte sofort bereitwillig erzählt, dass er gesehen hatte, wie der Konkurrenzbrauer aus Våmhus kurz nach der Explosion aus der Seitentür gekommen war.

»Als ich bei der Brauerei ankam, brannte es schon«, sagte er. »Irgendwie ist es ihm gelungen, in dem Gewimmel abzuhauen.«

»Haben Sie gesehen, wohin er dann gegangen ist?«, fragte Maja-Sofia.

Tysk lehnte sich zurück und verschränkte die Arme vor der Brust.

»Nein, leider nicht. Da brannte es ja schon lichterloh, und alle, die an der Kirchenmauer standen, konzentrierten sich darauf, ich auch. Nur zufällig habe ich in seine Richtung gesehen, als er herauskam, und weil er dann einfach verschwunden war, gehe ich davon aus, dass er mit dem Auto nach Hause gefahren ist.«

»Ach, stimmt ja!«, sagte Maja-Sofia und schnipste mit den Fingern. »Verdammt noch mal!«

Tysk und Brysk betrachteten sie mit hochgezogenen Brauen.

»Da hatte die Kommissarin wohl den zündenden Einfall«, sagte Tysk.

»Ja, zündend scheint hier das treffende Wort zu sein«, sagte Brysk. »Ich hoffe, das bringt ein paar Fortschritte in der Sache.«

Sie lächelte die beiden an, erwähnte aber nicht, was ihr

in diesem Augenblick eingefallen war. Sie hatte just den Wagen der Våmhusbrauerei abfahren sehen, als sie vor dem brennenden Gebäude eingetroffen war. Wie hatte sie das denn vergessen können? Sie hätten sich den Mann direkt als Ersten vorknöpfen sollen.

Våmhus lag nicht weit entfernt, genau am gegenüberliegenden Ufer, und sie konnte einfach über Orsa fahren. Wenn sie sich ranhielt, würde sie in einer halben Stunde dort sein.

»Wissen Sie, wo ich den Brauer finden kann?«, fragte sie.

Tysk und Brysk grinsten.

»Den können Sie gar nicht verfehlen«, erklärte Brysk. »Mitten im Ort war früher die Heilsarmee ansässig, in einem weißen Holzhaus mit hohen Fenstern. Dieses hübsche Häuschen hat der Gottvater bereits vor einer Weile aus der Hand gegeben, und jetzt wird dort Bier gebraut. Frälsis-IPA ist sogar richtig gut.«

Sie hatte in der Zeitung mal was über die Brauerei gelesen, war aber noch nie dort gewesen. Das würde sich nun ändern. Maja-Sofia stand auf.

»Vielen Dank«, sagte sie. »Sie waren mir eine große Hilfe.«

»Dafür lande ich jetzt aber nicht in der Hölle, oder?«, fragte Tysk und schaute sie besorgt an.

Maja-Sofia legte ihm die Hand auf die Schulter.

»Das kann ich mir kaum vorstellen«, sagte sie und verließ das Lokal.

Nur zwanzig Minuten später parkte sie vor dem kleinen weißen Holzhaus mit den hohen Fenstern. Obwohl die Buchstaben an der Seite vor langer Zeit abmontiert worden waren, konnte man immer noch deutlich erkennen, dass dort einmal *Heilsarmee* gestanden hat. Drinnen brannte Licht, Rauch stieg aus dem Schornstein, und es roch herrlich nach Kaminfeuer.

Eine Brauerei in einem ehemaligen Gotteshaus, das konnte ja spannend werden!

SIEBENUNDDREISSIG

Maja-Sofia klopfte an die ehemalige Kirchentür, öffnete sie unaufgefordert und trat ein. Sie ließ den Blick durch das ehemalige Gotteshaus schweifen und musste feststellen, dass es sich wie zu Hause anfühlte, obwohl es optisch abgesehen von der Deckenhöhe nicht viel mit ihrem kleinen Missionshaus gemein hatte. Den Großteil des Raums nahmen mächtige Behälter aus Edelstahl ein, und entlang der Wand standen Paletten mit Kartons. Vermutlich gefüllt mit leeren oder vollen Bierflaschen. Vorn im Chor gab es ein Spülbecken, und darüber war das Motto der Heilsarmee an die Wand gepinselt.

»›Blut und Feuer‹«, las sie laut vor. »Das ist mal 'ne Aussage.« Dann rief sie: »Hallo! Ist jemand da?«

Sie wagte sich weiter voran, und gerade als sie im Chor angelangt war, öffnete sich eine Tür zu ihrer Rechten, und ein Mann mit brauner Lederschürze betrat den Raum.

»Wer sind Sie? Wie sind Sie reingekommen?«

»Die Tür war offen«, sagte Maja-Sofia und wies hinter sich. »Ich habe geklopft.«

»Ich will nicht, dass hier Unbefugte rumlaufen«, sagte der Mann missmutig.

Sein Akzent verriet, dass er deutsche oder österreichische Wurzeln hatte.

Sie präsentierte ihre Dienstmarke.

»Maja-Sofia Rantatalo, Polizei Mora«, sagte sie. »Ich möchte gern kurz mit Ihnen sprechen, ich hoffe, das ist in Ordnung.«

Seine Züge entspannten sich etwas, und er deutete zur Tür, durch die er gekommen war.

»Da rein«, sagte er. »Dort können wir sitzen und reden.«

»In der Sakristei?«, fragte sie.

Er fuhr herum.

»Ja, genau. Woher wissen Sie das?«

»Ich wohne selbst in einer ehemaligen Kirche«, sagte sie. »Angenehme Atmosphäre, und offenbar kann man die Räume auch gut zu was anderem als zum Wohnen nutzen. Sie scheinen ausreichend Platz für alles zu haben.«

Sie setzten sich auf eine Sofagruppe, die Sechzigerjahre schrie. Teakholz und grauer Stoff, aber sie war noch gut in Schuss. Sicher secondhand aufgetrieben.

Es war sauber, fast schon pedantisch ordentlich.

Im Regal neben dem Sofa standen deutsche Bücher, Maja-Sofia konnte Wörter wie *Bier* und *Brauerei* ausmachen.

»Dann wollen wir erst mal die Formalia abhaken«, sagte Maja-Sofia. »Sie sind Leo Norz, nicht wahr? Und sie sind Bierbrauer?«

»Korrekt, nur an einer Stelle muss ich Sie berichtigen, ich bin Braumeister. Das ist ein Titel, den nicht alle führen.«

Sie bat noch um seine Personennummer und Adresse, um alles abzugleichen.

»Wohnen Sie schon lange hier?«, fragte sie.

Leo Norz faltete die Hände im Nacken und betrachtete die Decke.

»Lassen Sie mich kurz nachdenken ... Mittlerweile müssten es acht Jahre sein. Ja, genau. Acht Jahre.«

»Wie gut kannten Sie Daniel?«

Jetzt sah er ihr direkt ins Gesicht.

»Selbstverständlich kannten wir uns gut«, sagte er. »Wir hatten dieselben Interessen, wir betrieben schließlich beide eine Mikrobrauerei. Manchmal besuchten wir einander und sprachen darüber, wie es lief und all so was. Allerdings muss ich zugeben, dass Daniels wirtschaftlicher Erfolg größer war als meiner.«

Maja-Sofia betrachtete eine Handvoll Fotografien, die an den Wänden hing. Alle Bilder zeigten Leo mit einer Bierflasche in der Hand. Auf jedem war es eine andere. Eins davon erregte ihre Aufmerksamkeit, weil es offenbar genau hier entstanden war. Das Bier hieß Frälsis-IPA, davon hatte Tysk doch gesprochen. Auf dem Etikett waren eine Krone und ein Kreuz, wie auf dem Wappen der schwedischen Heilsarmee – der *Frälsningsarmén*.

»Was sagen die Anhänger der Heilsarmee dazu?«, fragte sie und zeigte auf das Bild. »Ist es nicht ein bisschen gewagt, ihr Logo so zu kopieren?«

Leo stand auf, ging in die Haupthalle und kehrte sogleich mit einer Flasche und zwei Gläsern zurück. Er hielt die Flasche so, dass sie das Etikett sehen konnte.

»*Frälsis-IPA*«, las sie laut vor.

»Bisher gab es keine Klagen«, sagte er, »aber das kommt

vielleicht noch. Solange ich kann, mach ich damit weiter. Und es kommt gut an.«

Er schenkte ihnen ein, Maja-Sofia probierte und musste zustimmen. Das Bier schmeckte hervorragend.

»Wirtschaftlich lief es also besser bei Daniel«, sagte sie. »Warum denn? Sie scheinen ganz gut zu sein in Ihrem Beruf.«

Leo zuckte mit den Schultern.

»Daniel kommt von hier«, sagte er. »Dass man auf eine lange Ahnengalerie verweisen kann, ist für die Leute dieser Gegend ein entscheidender Faktor. Und wer auf die Idee kommt, ein Dalapferd aufs Etikett zu drucken, gewinnt natürlich noch mehr begeisterte Käufer. Außerdem trinken die Klockarviker gern ihr eigenes Bier.«

»Dann waren Sie also Konkurrenten?«

Leo lachte freudlos.

»Worauf möchten Sie hinaus? Dass ich Daniel so sehr gehasst habe, dass ich ihn umbringen wollte? Nein, nein. Wir waren Konkurrenten, das schon, aber hauptsächlich waren wir gute Kollegen. Wenn Sie einen Mörder suchen, dann muss ich Sie enttäuschen, den finden Sie hier nicht. Und jetzt kommen Sie mal mit rüber, dann erkläre ich Ihnen mein Handwerk.«

Maja-Sofia folgte ihm auf dem Fuße und beobachtete ihn genau, während er beschrieb, was genau in den unterschiedlichen menschenhohen Behältern geschah. Beim Chor fiel ihr noch eine weitere Tür auf.

»Wohin führt die?«, fragte Maja-Sofia und zeigte in die Richtung.

»Bier braut man in fünf Schritten«, erklärte Leo Norz. »Maischen, läutern, Hopfen kochen, kühlen und Hefe hinzufügen. Das sind meine Lagertanks.«

Er öffnete die Tür, hinter der sich mehrere Stahltanks verbargen. Alle hatten einen Verschluss an der Vorderseite und ein Schild, das darauf hinwies, dass sie ständig geschlossen bleiben mussten.

»Die erinnern an riesige Druckkochtöpfe«, sagte Maja-Sofia. »Können die explodieren?«

»Gar nicht so schlecht gedacht«, sagte er. »Wenn Bier drin ist, explodieren sie nicht, aber wenn sie statt Bier Kohlendioxid enthalten, kann das austreten, das ist auch gefährlich. Dazu muss man nur dieses kleine Ventil aufdrehen.«

Er deutete auf einen roten Hebel, nur wenige Zentimeter groß, und schüttelte dann betrübt den Kopf.

»Gar nicht gut«, sagte er. »Man muss nur ein paar davon aufdrehen, dann sind alle im Raum sehr schnell bewusstlos.«

Leo redete, zeigte, erklärte. Dass er von seiner Arbeit wie besessen war, konnte man nicht übersehen. Maja-Sofia entdeckte eine große Gasflasche in der Ecke.

»Die kann aber explodieren«, sagte sie.

»Stimmt, und ich schätze, genau das ist in Klockarvik passiert. Als das Feuer ausbrach, wurde es sehr heiß, und dafür ist der Behälter nicht gemacht. Bei Daniel stand so eine Flasche nicht bei den Lagertanks, sondern im angrenzenden Raum. Da, wo es gebrannt hat.«

Er war erstaunlich gut informiert über die Gegebenheiten in der Klockarviker Brauerei, fand Maja-Sofia. Leo Norz schien sich auszukennen.

»Wann waren Sie zuletzt dort?«, fragte sie.

Leo Norz schloss gerade die Tür zum Raum mit den Tanks und der Gasflasche und hatte ihr den Rücken zugewandt.

Vielleicht irrte sie sich, aber es hatte ausgesehen, als hätte er gezuckt.

»Zuletzt?« Er drehte sich wieder um und steuerte langsam die Tür an, durch die Maja-Sofia die Brauerei betreten hatte. »Das muss irgendwann Ende September gewesen sein«, sagte er. »Ich hatte ein paar Frälsis-IPA als Mitbringsel dabei.«

»Brand und Explosion waren am 2. Oktober, wie Sie sicher wissen«, sagte Maja-Sofia. »Wo waren Sie zum Zeitpunkt der Explosion in der Klockarviker Mikrobrauerei? Oder sagen wir: zwischen halb acht und zwölf an dem Tag.«

Er kratzte sich am Kinn.

»Das ist so ein Ereignis, bei dem man genau weiß, wo man gerade war und was man getan hat«, sagte er nachdenklich. »Wie damals, als Olof Palme erschossen wurde. Alle Schweden wissen noch genau, was sie gemacht haben. Also ich nicht, ich war damals noch nicht im Land, aber das hört man von anderen.«

Maja-Sofia wurde ungeduldig.

»Wo waren Sie also?«, wiederholte sie.

»In Bayern«, sagte er. »Ich habe über die sozialen Medien von der Tragödie erfahren.«

»Sicher?«

»Ja!«

»Es gibt Zeugen, die Sie unmittelbar nach der Explosion in der Nähe der Brauerei gesehen haben wollen«, sagte sie.

»Dann irren sie sich«, erwiderte er schnell.

»Ihr Wagen steht vor dem Haus«, fuhr Maja-Sofia fort. »Und wenn ich mich recht entsinne, habe ich genau diesen Wagen den Tatort verlassen sehen, als ich dort eingetroffen bin. Wie erklären Sie sich das?«

»Ich hatte dort geparkt, damit Daniel den Wagen im Auge behalten konnte, während ich unterwegs war. Das ist doch nicht weiter komisch, oder? Vielleicht hat ihn jemand umgeparkt, um ihn vor den Flammen zu schützen? Den Schlüssel lasse ich immer stecken.«

Es war offensichtlich, dass er log, die Frage war bloß, was er damit erreichen wollte. Maja-Sofia beschloss, ihm für den Moment nicht länger auf den Zahn zu fühlen.

»Okay«, sagte sie, »dann gebe ich mich vorerst zufrieden. Aber wir werden sicher noch einmal auf Sie zukommen. Falls Ihnen noch etwas einfällt, melden Sie sich.«

»Werde ich verdächtigt?«, fragte er und grinste.

Maja-Sofia hob die Augenbrauen.

Bayern hatte er gesagt. Da war die Aussage von Tysk und Brysk glaubwürdiger. Oder fand sie das nur, weil die beiden »von hier« stammten? Leo Norz hatte noch etwas gesagt, das ihr komisch vorkam. Es war sicher gut, wenn Larsson übernahm und den Braumeister auf der Wache befragte. Dort würde er bestimmt anders antworten, davon war Maja-Sofia überzeugt. Leo Norz hatte wohl keine weiße Weste, und wenn Larsson mit ihm fertig war, hatten sie vielleicht genug für eine Anklage in der Hand.

Als sie auf die Vortreppe der ehemaligen Kirche trat, schickte sie Jarning eine kurze SMS. *Prüf mal die Finanzen von Leo Norz.* Dem Braumeister traute sie nicht über den Weg.

Im selben Augenblick bog ein ihr nur allzu bekannter Wagen auf den Hof und parkte neben ihrem.

ACHTUNDDREISSIG

Samuel lächelte breit, als er ausstieg. Ein kräftiger Windstoß traf ihn. Bereits am Morgen hatte eine kalte Brise geweht, und auf der Fahrt nach Våmhus war sie noch stärker geworden. Er zog seine orange Mütze aus der Tasche und setzte sie widerwillig auf.

»Was für ein Glück, seine hauseigene Kriminalkommissarin hier zu treffen«, sagte er, schloss Maja-Sofia in die Arme und gab ihr einen Kuss. »Darauf war ich nicht vorbereitet.«

Samuel hatte eigentlich vorgehabt, der Brauerei einen Besuch abzustatten, ohne ihr davon zu erzählen. Das würde sich nun schwierig gestalten.

»Durch meinen Job kann ich überall und nirgends auftauchen«, sagte sie. »Vor mir bist du nie sicher.«

»Ich durch meinen auch«, erwiderte er, »aber ich bin ausnahmsweise mal nicht beruflich unterwegs.«

»Nicht? Mir war, als hättest du was vom Handarbeitskreis erzählt. Wolltest du da nicht heute hin?«

»Ja, da gehe ich auch noch hin, aber man kann doch mehrere Sachen vorhaben?«

Maja-Sofia sah ihn mit ernster Miene an.

»Du spielst nicht etwa wieder Privatdetektiv?«, fragte sie.

»Ich habe dir schon mehrfach gesagt, dass du diese Aufgabe uns überlassen sollst. Wir wissen, was wir tun.«

Wenn sie glaubte, ihn einschüchtern zu können, lag sie falsch. Schon oft hatte Maja-Sofia ihn ermahnt, sich nicht in die Polizeiarbeit einzumischen. Aber als es dann zur Sache gegangen war, war sie doch froh über seine Mithilfe gewesen, denn seine amateurhaften Ermittlungen hatten sich doch als ganz nützlich erwiesen. Dass er jetzt diesen Ausflug zur Brauerei machte, war nun wirklich nicht das Ende der Welt.

»Diesmal hatte ich einfach nur vor, eine neue Biersorte auszuprobieren und dich damit zu überraschen«, sagte er. »Ist ein bisschen schade, dass du ausgerechnet jetzt hier auftauchst.«

Das war nur zur Hälfte wahr. In der Jackentasche spielte er mit dem Schnipsel, der an ein Bieretikett erinnerte.

»Die Brauerei verkauft aber kein Bier, das ist dir schon klar, oder?«, kam prompt Maja-Sofias Einwand. »Das Bier musst du in Klockarvik holen.«

»Aber hier kann man doch probieren?«, sagte er. »Wir sehen uns später zu Hause. Ich lade dich auf was Schönes zu essen bei einem spannenden Bier ein. Hotdog wäre doch gut, oder? Wir könnten die Würstchen überm Feuer im alten Holzherd brutzeln. Das ist bestimmt gemütlich, wenn der Wind draußen ums Haus heult.«

Auf Maja-Sofias Mund zeigte sich ein Lächeln. Sie umarmte Samuel und ging dann zu ihrem Wagen. Während er die Kirchstufen hinauflief, setzte sie sich ans Steuer.

»Samuel!«, rief sie aus dem offenen Fenster.

Er drehte sich um.

»Mach keinen Unsinn!«

Samuel riss entrüstet die Arme in die Höhe.

»Mache ich ja wohl nie!«, erwiderte er und winkte seiner Liebe hinterher, bevor er das ehemalige Gotteshaus betrat.

Schnell schloss er die Tür hinter sich, um das Herbstwetter auszusperren, und blieb einen Moment andächtig stehen, um die alte Kirche auf sich wirken zu lassen. Das Deckengewölbe war hoch und wies die für Kirchen und Missionshäuser typischen Zuganker auf. Sie hielten das Gebäude zusammen. Die Wände waren in einem eigentümlichen Grün gestrichen, die Tür- und Fensterrahmen in Rotbraun. Er las die Worte, die an der Chorwand standen, und betrachtete das Wappen. Es war ein Kreis, in dem sich zwei Schwerter kreuzten, darauf saß eine goldene Krone. Entlang des Rands stand *Blut und Feuer* und *Heilsarmee*. Er musste an die Todesanzeigen der Anhänger dieser Freikirche denken, die immer mit Kreuz und Krone versehen waren und mit den Worten *zur Herrlichkeit befördert*. Es bestand kein Zweifel, dass sie sich als Auserkorene für Gottes Armee sahen.

Samuel fischte das Stück Papier aus der Tasche und verglich es mit dem Wappen an der Wand. Es stimmte überein, wenngleich auf Samuels Schnipsel nur ein Ausschnitt zu sehen war. Außerdem waren zwei Buchstaben zu lesen: *PA*. Wenn es sich um ein Bieretikett handelte, war es sicher nicht weit hergeholt, dass auf dem Original *IPA* stand. In einem der großen Behälter, die hier statt Kirchenbänken standen, befand sich vielleicht das Getränk, das er suchte.

Eine Tür links vom Chor öffnete sich und knallte laut wieder zu.

»Aha, nicht genug, dass die Polizei gerade da war, jetzt bekomme ich auch noch Besuch vom Pfarrer«, sagte der Mann mit deutlichem deutschen Akzent. »Man schafft es zwischendurch nicht mal zum Klo.«

Samuel streckte die Hand aus.

»Mein Name ist Samuel Williams«, sagte er. »Entschuldigen Sie bitte, dass ich mich so aufdränge, aber ich interessiere mich für ein bestimmtes Bier, das Sie anbieten. Wie ich höre, ist es ausgezeichnet. Außerdem wusste ich nicht, dass Sie gerade erst Besuch hatten.«

»Leo Norz«, sagte der Mann und ergriff seine Hand.

Kaum hatte Samuel Bezug auf den guten Ruf seines Biers genommen, war der Brauer besänftigt und fing sogar leicht zu lächeln an.

»Sie haben von meinem Bier gehört? Na, da freu ich mich. Ich biete hier leider keinen Verkauf an, das wissen Sie sicher, in Schweden gelten ja andere Regeln, aber ich kann Ihnen mein Angebot zeigen. Vieles davon können Sie in Klockarvik kaufen, und in Mora ist die Auswahl sogar noch größer.«

An einer Längsseite des Raumes, neben den Paletten mit zahlreichen Kartons, stand ein schönes altes Regal aus dunklem Holz. Auf dem obersten Brett hatte der Brauer seine verschiedenen Biere aufgereiht. Darunter standen welche von Daniel und ein paar von einer Brauerei in Älvdalen. Dazwischen standen Dalapferde als Deko. Viele sahen neu aus, andere alt und angeschrammt.

»Wie schön Sie das alles präsentieren«, schwärmte Samuel. »Mit Pferden sogar, perfekt!«

»Die Touris lieben es«, sagte Leo Norz. »Und es gab ein schönes Bild ab für meine Homepage.«

Samuel musste nicht lange nach der Flasche suchen, zu der sein Etikettschnipsel passte. Sofort meldete sich Aufregung in ihm, doch er musste abwarten und konzentrierte sich erst mal auf den kleinen Vortrag, den Leo Norz über die Bierproduktion hielt. Als er fertig war, kannte Samuel den Unterschied zwischen IPA, Lager und anderen Biersorten. Hoffentlich würde er das nicht schnell wieder vergessen.

»Und so weiter«, schloss Leo seinen Vortrag. »Interessieren Sie sich für was Besonderes?«

Samuel deutete auf das sonderbare Etikett mit dem Bild einer Soldatin der Heilsarmee, die eine weinrote Bluse und den traditionellen Hut trug. Frälsis-IPA hieß das Bier.

Er fand es ganz schön gewagt, dass der deutsche Bierbrauer die gläubigen Soldaten so auf seinen Bieren präsentierte.

»Für das da«, sagte er. »Wird das auch in Klockarvik verkauft?«

Leo Norz nickte.

»Es sollte vorrätig sein, aber ich kann sicherheitshalber einmal nachsehen. Er tippte auf seinem Handy, Samuel vermutete, dass er über eine App den Lagerbestand abrief. »Ja«, sagte er und schaute auf. »Sieben Flaschen sind noch da. Haben Sie es schon mal probiert?«

»Nein«, sagte Samuel, »ich habe bloß das hier gefunden und wollte herausfinden, woher es stammt.«

Er holte den Schnipsel aus der Tasche und zeigte ihn Leo.

»Wo haben Sie das gefunden?«, fragte der.

»Vor der Brauerei in Klockarvik. An dem Tag, als es dort gebrannt hat. Ich habe Signe unterstützt, sie erst mal vom Ort des Geschehens wegbringen wollen, und da lag das hier auf dem Boden. Wirkte so, als hätte das gerade erst jemand verloren.«

»Wie kommen Sie darauf?«, fragte Norz und schaute Samuel prüfend an.

»Der Schnipsel war völlig unbeschadet, nicht mal wirklich schmutzig. Er kann dort noch nicht lange gelegen haben.«

Leo Norz wandte sich ab und räumte ein paar Flaschen in die wartenden Kartons.

»Waren Sie vor Ort, als das Feuer ausbrach?«, fragte Samuel. »Ein Zeuge behauptet das.«

Leo fuhr herum, sah ihm direkt in die Augen.

»Ich weiß nicht, was Sie wollen«, zischte er, »aber bleiben Sie doch vielleicht besser bei Ihrem Job. Ich war nicht dort, und woher dieser Schnipsel stammt, kann ich Ihnen auch nicht erklären. Ihr sogenannter Zeuge lügt.«

»Dann haben Sie keine Idee, woher er kommen könnte?«, beharrte Samuel und ging einfach darüber hinweg, dass der Mann behauptete, zum Zeitpunkt der Explosion nicht am Tatort gewesen zu sein.

»Daniel hatte sicher ein paar Flaschen von mir. Manchmal haben wir uns gegenseitig welche geschenkt. Vielleicht stammt das Etikett davon. Und jetzt müssen Sie gehen, ich muss weitermachen. Auf Wiedersehen.«

Draußen vor dem Haus holte Samuel die Flasche hervor, die er Leo Norz stibitzt hatte. Eine leere Flasche, die zwischen vielen anderen auf einer Kirchenbank beim Ausgang gestanden hatte. Eine Flasche, von deren Etikett eine Ecke fehlte.

Er setzte sich ins Auto und verglich den Schnipsel mit dem Ausriss an der Flasche. Dass Norz in Klockarvik gewesen war, war zweifelsfrei bewiesen.

Auf dem Heimweg kam ihm ein Streifenwagen in sehr hohem Tempo entgegen. Sofort bog Samuel in einen Waldweg, wendete und fuhr zurück nach Våmhus. Schon aus der Ferne sah er, ganz wie er es geahnt hatte, dass das Polizeiauto vor der Våmhusbrauerei stand. Er fuhr näher heran und sah, wie Larsson und ein Kollege einen wütenden, keifenden Leo Norz abführten.

»Ich bin ja wohl kaum der Schuldige!«, sagte er laut zu sich selbst. »Nein, das darf nicht wahr sein.«

NEUNUNDDREISSIG

Freitag, 20. Oktober

Bill musste den Kopf einziehen, um sich in dem kleinen Gästehaus, das ihnen Signe und Daniel zur Verfügung gestellt hatten, ins Bett legen zu können. Er hatte eigentlich nie mit trostlosen Gefühlen zu kämpfen, doch gerade verlor er die Lust. Nichts war gelaufen wie geplant. Alles, was sie von Daniel in der Brauerei hatten lernen wollen, war in Rauch aufgegangen, und von der Backstube würden sie nun auch nicht mehr viel sehen. Wie man Zimtschnecken backte, konnten sie zwar auch bei Signe in der Küche lernen, aber die Frau war so sonderbar seit dem Tod ihres Partners. Dafür brachte er natürlich Verständnis auf. Wenn sie nur wenigstens die Hilfe akzeptieren würde, die Peg und er ihr anboten.

Gestern hatten sie extra für Signe gekocht, doch sie hatte nur dagesessen und in ihrem Essen gestochert. Sie hatten versucht, ein Gespräch in Gang zu bringen, aber ihre Antworten waren einsilbig gewesen. Schlussendlich hatten sie aufgegeben und sie in Ruhe gelassen.

Die Türangel quietschte, und Peg, die zum Einkaufen im Ort gewesen war, kam herein.

»Allmählich wird es richtig kalt«, sagte sie. »Es würde

mich nicht wundern, wenn es bald anfängt zu schneien. Schau mal, was ich im Souvenirladen gefunden habe.«

Lachend warf Peg ihm ein Stück Stoff zu. Bill rollte es auseinander und sah, dass es von oben bis unten mit orangen Dalapferden bedruckt war.

»Eine Schürze«, rief er und stand mit so viel Schwung auf, dass er sich den Kopf am Etagenbett stieß. Daniel hatte ihm erklärt, dass diese Art des Etagenbetts in Dalarna *tarrsäng* genannt wurde. Keine schlechte Erfindung, um platzsparend mehrere Betten unterzubringen, aber für große Männer wie ihn bargen sie gewisse Schwierigkeiten. Er fluchte eine Weile in seiner Muttersprache und rieb sich den Punkt, an dem sein Kopf schmerzhaften Kontakt mit dem oberen Bett gehabt hatte.

»Schön!«, sagte er, zog die Schürze über und knotete sie vor dem Bauch zusammen. »Perfekt für unser Vorhaben. Die Gäste werden durchdrehen, wenn wir darin backen und servieren. Ich hoffe, du hast zwei gekauft?«

»Klar«, sagte Peg, »und ein paar Schwammtücher. Die Wettex-Dinger, die hier so beliebt sind. Schau mal, hier sind auch Dalapferde drauf.«

Peg legte fünf Tücher auf den Tisch, alle farbenfroh mit Pferden und Blumen gemustert. Es wäre definitiv schöner, die Spüle damit sauber zu machen, als mit den eintönigen Exemplaren in Rosa oder Blassgrün.

»Das ist schon witzig mit diesen Dalapferden«, sagte Bill. »Ich habe gehört, dass manche sich sogar so ein Pferd tätowieren lassen. Ich glaube, ich mache das auch. Das wäre doch die perfekte Erinnerung an Schweden.«

Peg setzte sich an den Tisch und deutete auffordernd auf den leeren Stuhl.

»Auf diesen Betten kann man ja nicht sitzen«, sagte sie. »Wie hat Daniel die noch mal genannt?«

»Tarrsängar«, versuchte Bill sich an der schwedischen Aussprache. »Komisches Wort. Und ich stoße mir jedes Mal den Kopf an diesen Dingern.«

»Du Armer«, sagte Peg. »Aber hübsch sind sie, charmant. Wir sollten mal schauen, ob wir zu Hause auch so was bauen. Du, ich bekomme langsam Heimweh. Hier sind wir so sehr mit dem Tod konfrontiert, das wird mir langsam zu viel. Jeder könnte schuldig sein, solange der Fall nicht aufgeklärt ist.«

Bill holte sich ein Bier aus dem winzigen Kühlschrank, setzte sich wieder zu Peg und trank einen großen Schluck aus der Dose.

»Heimweh?«, fragte er und wischte sich den Mund ab. »Ja, es ist wohl Zeit, wieder nach Hause zu fliegen. Viel gibt es hier nicht mehr zu tun für uns, aber eigentlich fände ich es schön, wenn wir noch bleiben, bis Daniels Beerdigung stattfindet. Wann immer das sein wird.«

»Außerdem wird das Testament noch verlesen«, sagte Peg. »Dazu sollte ich ja auch eingeladen werden, oder nicht? Auch wenn wir nur so entfernt verwandt waren.«

Sie verfielen in Schweigen. Bill trank weiter sein amerikanisches Budweiser, das er im Ort hatte auftreiben können. Der Traum, eine schwedische Mikrobrauerei zu eröffnen, schien dahin. Er war nur ein einziges Mal durch die Brauerei geführt worden, bevor es zu dieser entsetzlichen Explosion gekommen war. Dann hatten sie sich noch von der Polizei vernehmen lassen müssen. Wie die auf die Idee kommen konnten, er und Peg hätten etwas damit zu tun und irgendwelche Vorteile durch den Brand, war ihm unklar. Sollten sie einfach abfahren, ohne etwas von dieser Reise zu haben? Auf keinen Fall.

Bill schlug mit der Faust auf den Tisch, Peg zuckte zusammen.

»Jetzt reißen wir uns zusammen«, sagte er, »und finden heraus, welche Zutaten Daniel für sein Bier benutzt hat und wie die Zusammensetzung war, damit wir das nach Hause mitnehmen können. Und du machst dich daran, diesem wandelnden Gespenst weitere Rezepte zu entlocken. Nicht nur für Zimtschnecken, sondern auch für andere Spezialitäten. Mir fällt sofort die Schwedentorte ein. Wenn wir zu Hause sind, müssen wir ein echtes schwedisches Fika anbieten können.«

»Mit dem Wort gab es sogar ein T-Shirt in dem Souvenirladen«, sagte Peg lachend.

»Wie bitte?«

»Es gab ein T-Shirt mit dem Wort *Fika* und dem Foto einer Zimtschnecke.«

»Wahnsinn«, sagte Bill, »die Schweden sind echt nicht zu unterschätzen. Dann gibt es bei uns schwedische Fika und schwedisches Bier. Wir werben mit einem Bild von einem alten Kerl mit dickem Bauch. In der Hand hat er ein Bierglas mit einem Dalapferd drauf. Jetzt legen wir los. Und Signe muss uns helfen.«

Er nickte zur Tür, also zogen sie ihre Jacken an und überquerten den Hof. Freudiges Bellen war zu hören, als sie klopften und eintraten. Rick hüpfte und sprang vor ihnen auf und ab, er glaubte wohl, dass sie ihn zum Spaziergang abholten. Bill streichelte ihm übers Fell.

»Nein, du musst leider noch ein bisschen warten. Wo ist denn Frauchen?«

Der Hund rannte die Treppe hoch und wieder runter.

»Signe?«, rief Peg. »Bist du zu Hause?«

Kein Geräusch war zu hören. Keine Signe kam ihnen entgegen. Bill zeigte nach oben und dann auf sich selbst. Er erklomm die Treppe zusammen mit dem Hund, während Peg sich im Erdgeschoss umsah. Die Treppe mündete in einen offenen Bereich, von dem drei Türen abgingen. Bill öffnete die zum Badezimmer. Leer. Hinter der Tür gegenüber von der Treppe verbarg sich ein ebenfalls leeres Gästezimmer. Allerdings war es sehr hübsch und kam ganz ohne Etagenbett aus. Dort hätte er gern geschlafen, gleichzeitig war er aber auch froh über die Unabhängigkeit, die sie im Gästehaus genossen.

Der Hund war direkt an seiner Seite, als Bill sich der letzten Tür näherte. Rick wimmerte und kratzte an der Tür. Was war denn in ihn gefahren? Vorsichtig drückte Bill die Klinke herunter und schaute ins Zimmer.

Signe lag auf dem Bett und sah aus, als würde sie schlafen. Sie lag auf dem Überwurf, in ein langes weißes Kleid gehüllt. Sie sah aus wie eine Braut.

»Was zur Hölle?«, platzte es aus ihm heraus. Er sah Peg durchs Fenster unten im Garten suchen. Bill öffnete das Fenster. »Hier oben, Peg!«

Peg hörte die Angst in seiner Stimme, kam die Treppe hochgerannt und stand kurz darauf an seiner Seite in Signes Schlafzimmer. Der Hund war aufs Bett gesprungen und hatte sich neben sein Frauchen gelegt.

»Sie ist doch nicht etwa tot?«, fragte Peg mit zitternder Stimme.

»Es sieht so aus, aber ich bin mir nicht ganz sicher. Wenn wir einen Spiegel hätten, könnten wir schauen, ob sie noch atmet.«

Peg deutete zu einer alten Frisierkommode in der Ecke.

»Dort liegt ein Handspiegel«, sagte sie und holte ihn.

Peg hielt ihn vor Signes Mund, und sofort beschlug er.

»Sie lebt noch«, flüsterte Peg. »Aber was stimmt dann nicht mit ihr? Wir müssen einen Krankenwagen rufen. Oder die Polizei.«

Bill fasste sie am Arm.

»Ich rufe sofort die Polizei«, sagte er. »Aber dann machen wir uns vom Acker. So schnell es geht. Die brauchen sicher zwanzig Minuten, bis sie hier sind.«

»Alles klar«, sagte Peg. »Ich packe schnell ein paar Kleinigkeiten ein, die wir brauchen können, dann hauen wir ab.«

Bill nickte und tippte die Nummer ins Handy, die er von Maja-Sofia Rantatalo bekommen hatte. Was anderes fiel ihm gerade nicht ein. Wie man in den skandinavischen Ländern einen Notruf absetzte, wusste er nämlich leider nicht.

»Ich übernehme das Büro, du suchst in den Regalen und Schubladen«, sagte er zu Peg. »Man wird uns Bonnie und Clyde nennen.«

Zehn Minuten später standen sie im Gästehaus und packten das Nötigste in ihre kleinen Rucksäcke, bevor sie in den Mietwagen sprangen und Kråk Daniels Hof verließen.

»Hast du was Wertvolles gefunden?«, fragte Peg, als sie auf der Bundesstraße angelangt waren.

»Ein bisschen Bargeld und ein paar alte Fotos von Verwandten«, antwortete er. »Außerdem habe ich alle Dalapferde mitgenommen, die ich tragen konnte.«

»Ich habe eine Art Rezeptbuch in einer Küchenschublade gefunden«, sagte Peg und trat weiter aufs Gas. »Hoffe ich zumindest, ist ja nicht ganz einfach zu erkennen, wenn man die Sprache nicht kann.«

Während Peg fuhr, buchte Bill auf dem Handy Flugtickets. Er ging davon aus, dass sie es zum nächsten Flieger von Arlanda nach New York schaffen würden.

Unterwegs nach Stockholm versuchte diese Polizistin mehrfach, sie zu erreichen, aber er ging nicht dran. Knapp drei Stunden später, als sie gerade durchs Gate gingen, klingelte Bills Telefon erneut. Er schaute aufs Display und drückte den Anrufer weg.

»Wer war das?«, fragte Peg.

Er nahm ihre Hand und drückte sie.

»Wieder Sheriff Rantatalo«, flüsterte er ihr ins Ohr. »Jetzt stellen wir die Handys aus. *Let's go home!*«

VIERZIG

Leo Norz hatte die Nacht in Polizeigewahrsam verbringen müssen, weil er verdächtigt wurde, den Brand in Klockarvik verursacht zu haben. Larsson hatte ihn vernommen, und Norz hatte sofort zugegeben, Maja-Sofia angelogen zu haben. Der angebliche Aufenthalt in Bayern zur Zeit der Vorkommnisse in Klockarvik war seiner Fantasie entsprungen, einen Grund, warum er das behauptet hatte, konnte er jedoch nicht nennen.

»Vermutlich hatte der Mann einfach Panik«, erklärte Larsson seinen Kollegen. »Ein Geständnis konnte ich ihm auch nicht entlocken, wir müssen ihn also aus Mangel an Beweisen laufen lassen. Oder was meint ihr? Zeugen haben ihn am Ort des Geschehens gesehen, aber die Durchsuchung seines Wagens und der Brauerei hat rein gar nichts ergeben.«

»Ich habe seine Finanzen geprüft, alles nur rote Zahlen«, sagte Jarning. »Um wieder auf die Beine zu kommen, braucht er ordentlich Hilfe.«

»Aber welches Motiv sollte er für den Mord haben?«, fragte Maja-Sofia.

»Die Konkurrenz ausschalten«, sagte Jarning. »Wenn man so unter Druck steht, denkt man ja nicht immer klar.«

Wieder saßen sie in ihrem kleinen Konferenzraum und diskutierten über einer Tasse Kaffee.

»Ich würde vorschlagen, wir knöpfen uns Norz noch mal vor«, sagte Jarning. »Larsson und ich, heute Abend. Laufen lassen müssen wir ihn ja erst morgen.«

Larsson trank schlürfend von seinem Kaffee und nickte. Maja-Sofia betrachtete das mittlerweile wohlbekannte Whiteboard.

»Macht das«, sagte sie. »Ich möchte noch mal mit Signe sprechen. Irgendwas stimmt da nicht, ich bin mir sicher, die verbirgt was Wichtiges. Jarning, konntest du noch mehr über sie herausfinden? Über diese Lücke in ihrem Lebenslauf?«

»Nein, leider noch nicht«, sagte Jarning. »Über diese Zeit gibt es absolut keine Informationen, klaffende Leere.«

»Hm«, machte Maja-Sofia und kaute auf ihrem Stift. »War sie vielleicht im Gefängnis?«

»Das hab ich geprüft, war sie nicht. Vielleicht aber in der Psychiatrie, an die Informationen kommen wir ja nicht so ohne Weiteres.«

»Aber irgendwie muss sich das doch rausfinden lassen«, sagte Maja-Sofia. »Am einfachsten ist es sicher, bei ihr selbst nachzuhaken. Kommst du mit nach Klockarvik?«

»Gern«, sagte Jarning. »Eine Bildschirmpause ist ja nie verkehrt.«

Als sie sich gerade ins Auto gesetzt hatten, meldete sich Maja-Sofias Handy, das sie in die Mittelkonsole gelegt hatte. Sie drückte auf den grünen Kreis, und sofort verband sich das Handy mit den Autolautsprechern. Eine unverkennbare Stimme sprach mit amerikanischem Akzent.

»*Hi there!* Hier ist Bill. Spreche ich mit der Polizistin Rantatalo?«

Er stolperte sowohl über die Vokale als auch die Konsonanten in Maja-Sofias Namen. Jarning musste sich den Mund zuhalten, um nicht laut zu lachen.

»Wenn Sie die Kriminalkommissarin Rantatalo suchen, dann sind Sie bei mir richtig. Bill Elliot, wie ich höre. Was kann ich für Sie tun?«

»Sie müssen zu Signe kommen. Schnell! Sie liegt bewusstlos in ihrem Bett, atmet aber noch. Fahren Sie sofort los! Und verständigen Sie einen Krankenwagen, ich weiß nicht, wie das hierzulande geht.«

Maja-Sofia spürte, wie ihr das Adrenalin durch die Adern schoss.

»Wo sind Sie?«, fragte sie.

Aber sie bekam keine Antwort mehr, hörte nur noch ein Klicken, dann war das Gespräch unterbrochen.

»So viel zu unserem Plan«, sagte Jarning.

»Wir sehen Bill und Peg ja gleich«, sagte Maja-Sofia und trat aufs Gaspedal. »Wir brauchen nur zwanzig Minuten, sofern es zwischendurch keine Probleme gibt. Also schalt das Blaulicht ein!«

Maja-Sofia steuerte im großen Bogen auf Signes Haus zu, dann öffneten sie und ihre Kollegin gleichzeitig die Türen und sprangen aus dem Wagen. Ein Fahrrad lag quer vor der Veranda, Maja-Sofia wäre fast darüber gestolpert.

»Verdammt noch mal, wer zur Hölle lässt sein Rad denn so blöd liegen?«, fluchte sie.

Im Flur hielten sie kurz inne, dann deutete Jarning zur Treppe.

»Dort oben!«, sagte sie. »Ich höre eine Stimme. Vielleicht lebt sie ja noch.«

Innerhalb weniger Augenblicke standen sie in der Tür zu Signes Schlafzimmer. Auf dem Bett lag die Frau, ganz in Weiß gekleidet, in der stabilen Seitenlage, der Hund hatte sich dicht an sie gepresst. Vor dem Bett kniete ein ihr wohlbekannter Pfarrer, der Signe vorsichtig an der Schulter rüttelte.

»Samuel?«, fragte Maja-Sofia. »Du bist ja überall. Was machst du hier?«

»Signe atmet, lässt sich aber nicht wecken«, antwortete er. »Ich wurde angerufen.«

»Du auch?«, fragte sie. »Hast du auch die Rettung verständigt?«

Samuel reckte einen Daumen in die Luft, statt zu antworten, während er mit der anderen Hand über Signes Rücken strich.

»Ich übernehme, bis der Krankenwagen da ist«, sagte sie. »Sie atmet ja eigenständig, auch wenn sie nicht ansprechbar ist. Entspann dich.«

Das Geräusch eines Fahrzeugs, das zügig auf den Hof fuhr, riss sie aus ihren Gedanken. Samuel war aufgestanden und schaute aus dem Fenster.

»Die Rettung ist da«, sagte er. »Danke, Boss!«

Er schaute dankbar nach oben und legte die Handflächen aneinander.

Maja-Sofia nahm an, dass die Gipsdecke gerade als Stellvertreterin für das Himmelreich ausreichen musste.

Die Rettungskräfte legten Signe auf eine Trage und brachten sie vorsichtig die Treppe hinunter. Samuel bot an, als Angehöriger mitzufahren, was ihm erlaubt wurde, solange er seinen eigenen Wagen nahm.

Nachdem die anderen weg waren, schauten sich Maja-Sofia und Jarning um.

Im Schlafzimmer ließ nichts auf eine Kampf schließen. Hatte Signe versucht, sich das Leben zu nehmen? Aber es lagen keine leeren Tablettenpackungen herum. Oder hatte ihr jemand etwas angetan? Aber wie? Und was?

Jarning zeigte treffsicher auf eine leere Whiskyflasche, die zwischen Bett und Nachttisch stand. Maja-Sofia zog einen Einmalhandschuh über, bevor sie die Flasche hochhob.

»Verdammt!«, sagte sie. »Whisky. Signe kann froh sein, wenn sie das überlebt. Es kommt wohl darauf an, ob die Flasche voll war, als sie zu trinken anfing, und wie schnell sie das alles in sich reingekippt hat. Hast du das nicht auch gerochen?«

»Doch, doch«, sagte Jarning, »deshalb wusste ich ja, wonach ich suchen musste und habe die Flasche so schnell entdeckt. Signe Lind ist sturzbetrunken.«

»Bill und Peg«, sagte Maja-Sofia plötzlich und fuhr herum. »Wo sind die denn abgeblieben?«

Sie rannten ins Erdgeschoss, hinaus auf den Hof und klopften an die Tür des Gästehauses, aber niemand antwortete.

»Seltsam«, sagte Maja-Sofia. »Er hat mich doch verständigt.«

Sie drückte auf die Klinke, und die Tür ging auf. Es gab zwei Fenster, eins an der Längsseite und eins in der Dachschräge, durch die ordentlich Licht in das kleine Haus fiel. Das Etagenbett war ordentlich gemacht, aber auf dem Boden lag ein offener Koffer, in dem völliges Chaos herrschte. Es sah aus, als hätte jemand in Eile nur das Wichtigste herausgerupft. Im gesamten Haus fehlten Schuhe und Jacken.

»Sind die abgehauen?«, fragte Maja-Sofia. »Das wäre ja furchtbar, aber es scheint so zu sein. Dann haben sie Samuel und mich gerufen und Signe einfach allein gelassen!«

Jarning dachte nicht lange nach, sondern schritt gleich zur Tat. Als Maja-Sofia gerade erst begriffen hatte, was vor sich ging, wählte Jarning bereits die Nummer der Kollegen in Arlanda.

»Ich möchte die Passagierlisten aller Flüge haben, die innerhalb der nächsten vierundzwanzig Stunden nach New York starten«, sagte sie bestimmt. »Je schneller, desto besser.«

Nach dem Telefonat wandte sie sich an Maja-Sofia. »Das wird einen Moment dauern.« Sie zögerte kurz. »Du, wo ich heute endlich mal aus dem Revier rauskomme, was hältst du davon, wenn wir zum berühmten *Worried Wolf* fahren und uns einen Hamburger gönnen, während wir auf eine Meldung von Arlanda und aus dem Krankenhaus warten? Samuel bleibt sicher bei Signe, solange es nötig ist.«

»Ich hoffe wirklich, dass sie durchkommt«, sagte Maja-Sofia, als sie wenig später im Pub saßen und die weltbesten Burger vor sich hatten. »Wie ich vorhin ja schon gesagt habe, irgendwas stimmt mit ihr nicht. So viel Hochprozentiges auf einmal zu trinken, ist lebensgefährlich.«

»Warum hat sie das getan?«, fragte Jarning. »Himmel, wie gut ist denn dieser Burger? Was meinst du, ist es wirklich möglich, dass sie sämtlichen Lebenswillen verloren hat, nachdem ihr Lebensgefährte in dem Feuer umgekommen ist? Wie traurig und schlimm das ist, verstehe ich ja, aber ist das wirklich Grund genug, sich das Leben zu nehmen?«

Maja-Sofia schüttelte den Kopf.

»Man weiß es nicht«, sagte sie. »Signe hat ja auch ihr Einkommen verloren. Es dauert sicher noch eine Weile, bis sie grünes Licht bekommt und ihr Café wiedereröffnen kann. Und Daniel war vielleicht ihr Rettungsanker im Leben, ihre einzige Hoffnung.«

Maja-Sofia warf einen Blick auf ihr Handy und stellte fest, dass ihr Arbeitstag offiziell beendet war. Ein Bier zum Essen wäre perfekt gewesen, aber sie musste Jarning noch nach Mora zurückbringen.

»Ein Bier hätte ich mir jetzt auch schmecken lassen«, sagte sie trotzdem, »aber das geht ja schlecht.«

Jarning grinste breit.

»Du nimmst mir die Worte aus dem Mund«, sagte sie. »Aber wir haben noch zu tun. Ich warte noch immer auf die Passagierliste.«

Im selben Moment betrat Samuel das Pub, grüßte Tom Clarke und kam zu ihnen an den Tisch.

»War ja klar, dass ihr hier landet«, sagte er. »Gute Idee.«

Sowohl Maja-Sofia als auch Jarning starrten ihn erwartungsvoll an.

»Was ist? Oh, stimmt ja«, sagte er, als er verstand. »Also sie wird es überleben, Gott sei Dank!«

Erleichtert sackte Maja-Sofia zusammen, ein weiterer Todesfall wäre schrecklich gewesen, auch wenn dieser offenbar selbst gewählt gewesen wäre. Sicher konnten sie da aber erst sein, wenn sie mit Signe gesprochen hatten. Samuel mussten sie gar nicht erst fragen, der würde ja doch nichts verraten, selbst wenn er etwas wusste.

Jarnings Handy düdelte los, die Melodie einer amerikanischen Polizeisirene. Sie nahm ab und brachte es zum Schweigen.

»Polizei Mora, Kriminalinspektorin Jarning.«

Samuel und Maja-Sofia machten lange Ohren und versuchten zu verstehen, was am anderen Ende der Leitung gesagt wurde.

»Und Sie sind absolut sicher? Gut. Mailen Sie mir bitte die Liste, das wäre am einfachsten. Danke für Ihre Hilfe«, sagte sie und legte auf.

»Das war der Flughafen. Jetzt müssen wir die Kollegen auf der anderen Seite des großen Teichs aktivieren. Bill und Peg sitzen bereits im Flieger nach Newark. Sie landen in etwa sieben Stunden.«

Maja-Sofia und Jarning standen auf und zogen ihre Jacken an.

»Du hast heute noch alle Hände voll zu tun, Jarning«, sagte Maja-Sofia. »Ich übernehme die zweite Vernehmung mit dem Braumeister.«

Sie hätte sich gern nachträglich die Zunge abgebissen, als sie registrierte, wie Samuel die Augenbrauen hochriss.

»Leo Norz?«, fragte er. »Habt ihr den noch nicht wieder freigelassen? Er ist doch unschuldig.«

Maja-Sofia schob den Stuhl an den Tisch.

»Tschö, mein Schatz!«, sagte sie. »Bis später.«

~ EINUNDVIERZIG ~

Maja-Sofia und Martina Jarning waren gerade zum Weiterarbeiten nach Mora aufgebrochen, Samuel stand bei seinem Wagen, unschlüssig, ob er nicht doch zu Fuß nach Hause gehen sollte. Wenn er das täte, könnte er sich noch ein Bier genehmigen, eine schöne Aussicht. Außerdem war die Luft herrlich frisch, und es roch nach Schnee. Ein Geruch, der sich gar nicht richtig beschreiben ließ, aber untrüglich die ersten Flocken ankündigte. Das hatte er erst in Klockarvik gelernt, wo man der Natur so nah war. In der Stadt gab es zu viele Störelemente – von Straßenlaternen bis hin zu beheizten Bürgersteigen. Er entschied sich doch fürs Fahren, so kamen er und der Wagen flott nach Hause. Denn morgen war wieder Sonntag, und der Gottesdienst stand an.

Die Zeitungen im Krankenhauskiosk hatten die neuesten Entwicklungen in Klockarviks Mordfall verraten: Die Polizei hatte jemanden festgenommen. Dass es sich dabei um den Braumeister aus Våmhus handeln musste, hatte Samuel sich schnell zusammenreimen können.

Maja-Sofia war richtig aufgebracht gewesen, als sie von ihrem Besuch dort erzählt hatte.

»Was manche Leute sich zusammenlügen!«, hatte sie gezischt. »Glauben die wirklich, wir Polizisten sind von vorgestern?«

Samuel dachte darüber nach, wer außer Leo Norz noch ein Motiv gehabt haben könnte, Daniel zu ermorden. Für ihn kam auch Signe infrage, obwohl es ja gerade so schlecht um sie stand. Oder vielleicht genau deshalb. Möglicherweise hatte sie keinen anderen Ausweg gesehen, als sich selbst das Leben zu nehmen. Samuel hatte in der Notaufnahme an ihrer Seite gesessen und so sehr gehofft, dass das Leben in sie zurückkehrte. Er war erst aufgebrochen, als die Ärzte ihm versichern konnten, dass sie nicht länger in akuter Gefahr schwebte.

Auch diese Stiftung in Västergötland ging ihm nicht aus dem Kopf. Er war überzeugt, dass es eine Verbindung zu den Geschehnissen in Klockarvik gab. Braumeister Leo Norz konnte nicht der Täter sein, das passte alles nicht zusammen.

Ob er einen Abstecher zu Signe machen sollte? Vielleicht ließen sich im Haus ja neben dem Briefumschlag noch weitere Hinweise finden. Niemand musste davon erfahren, nur vor dem Boss, dem Allgegenwärtigen, würde er es nicht geheim halten können. Maja-Sofia konnte er es später noch gestehen. Wenn überhaupt.

Als er zu Hause ankam, schnappte er sich sein Rad. Das würde weniger Aufmerksamkeit erregen, besonders wenn er sich an die kleineren Straßen hielt. Dunkelheit umschloss ihn auf dem ganzen Weg, und sie wurde noch dichter, als er auf Signes Hof fuhr. Es gab nicht mal eine Straßenlaterne in der Nähe. Nur im Wohn- und Gästehaus brannte jeweils

Licht in einem Fenster. Samuel schaltete die Handytaschenlampe ein und nutzte sie als Orientierungshilfe. Die Frage war, wie er ins Haus kommen sollte. Wer abgeschlossen hatte, nachdem Signe abgeholt worden war, und wo sich der Schlüssel jetzt befand, wusste er nicht.

Samuel ging einmal ums Haus, auf der Suche nach einer Kellertür, nicht immer waren die verschlossen. Er pfiff durch die Zähne, denn er hatte recht gehabt. Auf der Rückseite führten ein paar Steinstufen hinunter zu einer Holztür. Vorsichtig drückte er die Klinke hinunter. Die Tür war ein bisschen schwergängig, ließ sich aber dennoch öffnen. Der Raum wurde von einem Heizkessel dominiert, der gerade nicht in Betrieb war. Er hoffte, dass es eine elektrische Heizung oder vielleicht sogar eine Wärmepumpe gab, damit das Haus nicht völlig auskühlte, während Signe fort war. Er fand eine weitere Tür, hinter der sich eine Treppe verbarg, die ihn direkt hinauf in den Flur führte. Der Teppich auf dem Boden warf große Falten, sicher weil vor ein paar Stunden so viele Menschen in heller Aufregung durchs Haus gelaufen waren. Samuel zog ihn glatt und überlegte, wo er am besten mit der Suche anfangen sollte. Wo könnte Signe wichtige Dokumente aufbewahren? Vielleicht sogar verstecken?

Er startete im Wohnzimmer, wo er bei seinem ersten Besuch die Briefe auf dem Schreibtisch neben dem offenen Kamin entdeckt hatte. Jetzt waren sie nicht mehr da, nirgendwo war ein Umschlag zu sehen. Aber irgendwo mussten die Rechnungen ja sein. Wo würden Signe oder Daniel sich wohl hinsetzen, um sich um die Papiere zu kümmern? Für solche Vorhaben brauchte man einen Tisch mit genug Platz für die

Unterlagen und einen Computer, dachte er. Da Daniel und Signe ein Unternehmen führten, musste es doch so etwas wie ein Büro geben. So etwas machte man nicht einfach am Küchentisch. Im ersten Stock gab es keins, dort lagen außer dem Bad nur das Schlafzimmer und ein Gästezimmer. Aber hier unten? Küche, Bad, Wohnzimmer und sonst? Von der Küche ging eine Tür ab, die ihm bisher noch nicht aufgefallen war. Sie führte in einen kleinen Raum, eigentlich eher eine Abstellkammer, aber die Einrichtung verriet, dass er gefunden hatte, wonach er suchte. Die Abstellkammer diente als Büro, und dort lagen auch die Briefe, die ihm beim ersten Besuch aufgefallen waren.

Samuel setzte sich an den kleinen Schreibtisch und sah sie durch. Aber das brachte ihn nicht weiter, kein Schreiben von der Stiftung mit dem komischen Namen befand sich darunter. Er zog die oberste Schreibtischschublade auf, eine Mappe mit einem Herz auf dem Deckel befand sich darin. Samuel löste die Gummischlaufe, die sie zusammenhielt, und schlug sie auf. Das Logo erkannte er sofort wieder. Stiftung *Was er auch gibt, was er auch nimmt*. Dazu die Skizze von einem Haus mit einem Hügel im Hintergrund, auf dem ein Kreuz stand. Er nahm den Brief heraus, unter dem sich ein paar Fotos verbargen. Auf einem waren zwei Mädchen abgebildet, oder vielleicht sollte man eher von jungen Frauen sprechen. Sie sahen sich sehr ähnlich, hatten gleich lange blonde Haare. Die eine war definitiv Signe. Aber wer war die andere?

Samuel war so vertieft in das Foto, dass er die Schritte auf der Veranda nicht hörte. Erst als jemand an die Klinke griff, wurde ihm bewusst, was als Nächstes passieren würde. Schnell schaltete er die Handylampe aus und sah sich verzweifelt um. Er war ja selbst eingebrochen und schlich hier herum wie ein Dieb. Schnell musste er sich verstecken. Bloß wo?

Er nahm das Foto mit und huschte hinaus in den dunklen Flur. Vorsichtig spähte er durchs Türfenster. Der nächtliche Besucher hatte einen Wanderstab, trug einen Rucksack und einen Schlapphut und ging gerade unverrichteter Dinge die Stufen wieder hinunter. Was wollte denn Gideon Emanuelsson hier? Der Mann verschwand um die Ecke. Wenn Gideon ebenfalls die Kellertür entdeckte und den Weg herein fand, würden sie sich bald gegenüberstehen. Samuel musste sich entscheiden. Sollte er hierbleiben und den Mann fragen, was er in Signes Haus zu suchen hatte, oder sollte er fliehen?

Er entschied sich, zu bleiben, wo er war.

»Guter, lieber Boss, bleib bei mir«, flüsterte er.

Die beruhigende Antwort kam sofort.

Mein Sohn, ich bin immer bei dir.

Wie gut es tat, das zu hören. Trotzdem war er bis in die letzte Faser angespannt.

Schritte näherten sich über die Kellertreppe, und die Tür zum Flur wurde geöffnet.

»Willkommen!«, sagte Samuel leise. »Was will ein Wandersmann in einem fremden Haus, wenn die Eigentümerin nicht da ist?«

Gideon Emanuelsson starrte Samuel an. Es war nicht zu übersehen, dass ihn seine Anwesenheit überraschte. Seine Augen waren schwarz wie Kohlen.

»Ich könnte dasselbe fragen«, zischte er. »Was will der Ortspfarrer in einem fremden Haus?«

Samuel packte Gideon an den Schultern und bugsierte ihn in die Küche.

»Setzen Sie sich«, sagte er. »Dass ich hier bin, muss sie gar nicht so verwundern. Als Pfarrer übernimmt man vielfältige Aufgaben, und weil Signe im Krankenhaus liegt, habe ich angeboten, bei ihr zu Hause nach dem Rechten zu sehen. Ob alle Lichter und unnötigen Geräte ausgeschaltet sind und dergleichen.«

Gideon sah ihn lange an, bevor er antwortete.

»Ich habe gesehen, dass Licht brennt«, sagte er schließlich. »Außerdem stand ein Fahrrad im Hof. Da dachte ich, es ist jemand zu Hause, den ich um Wasser bitten kann. So mache ich das immer. Dann ist sie also krank? Was ist passiert?«

Samuel nahm Gideons Flasche entgegen und füllte sie mit kaltem Leitungswasser.

»Kennen Sie Signe?«, fragte Samuel.

Der Wanderer schüttelte heftig den Kopf.

»Nein. Ich weiß nur, dass sie im Brauereicafé gearbeitet hat. Sie hat mich da bedient, an dem Tag, als es in der Brauerei gebrannt hat.«

Samuel trocknete die Flasche mit einem Geschirrtuch ab und reichte sie Gideon, der sie in seinem Rucksack verstaute.

»Sie waren da?«, fragte er. »Und ist Ihnen etwas aufgefallen? Etwas Ungewöhnliches? Sie müssen ja, kurz bevor der Brand ausbrach, dort gewesen sein.«

»Etwa fünf Minuten vor der Explosion«, antwortete er schnell. »Wir waren gerade an der Bushaltestelle angelangt, Ihr guter Freund Sigvard und ich. Aber jetzt muss ich weiter. Gottes freie Natur wartet auf ihren glücklichen Wandersmann.«

Samuel nickte.

»Ich sollte mich auch auf den Weg machen«, sagte er. »Ich weiß ja nicht, wo es Sie heute Nacht hin verschlägt, aber wenn Sie morgen in der Nähe der Kirche sind, freue ich mich über Ihren Besuch im Gottesdienst.«

»Gehorsam bis in den Tod«, sagte Gideon, als er sich im Flur für den Aufbruch bereit machte.

Samuel starrte ihn an.

»Wie bitte? Was haben Sie gesagt?«

Gideon drückte die Klinke hinunter und öffnete die Tür.

»Ach, nichts«, sagte er. »Leben Sie wohl.«

ZWEIUNDVIERZIG

Samstag, 21. Oktober

Jarning hatte lange mit den Kollegen in New York telefoniert, ehe sie in Maja-Sofias Büro kam. Fast gleichzeitig traf auch Knis Petter Larsson ein.

»Also: Unsere amerikanischen Kollegen haben das Paar gestern direkt bei der Ankunft festgenommen«, sagte Jarning, ohne dabei auch nur im Geringsten triumphierend zu klingen. »Sie hatten keine Chance, zu entkommen.«

»Und was hatten sie zu erzählen?«, fragte Maja-Sofia.

»Im Großen und Ganzen nichts natürlich. Sie streiten ab, mit der Brandstiftung irgendetwas zu tun zu haben, genauso wenig wollen sie an Signes Zustand schuld sein. Aber die Kollegen in New York sind auch nicht von gestern. Sie wissen ja, dass das Paar schon mal wegen Betrugs angeklagt wurde. Aber wie es scheint, haben sie nichts von Wert mitgehen lassen. Also wenn man hiervon absieht.«

Jarning zeigte ihnen ein Foto, dass das NYPD mitgeschickt hatte.

»Omas Zimtschnecken«, las Larsson vor. »Was für komische Leute! Und Dalapferde in allen erdenklichen Größen. Die sind aber tatsächlich von unschätzbarem Wert.«

»Die beiden haben ein Muster«, sagte Jarning. »Sie suchen entfernte Verwandte. Und davon wird es hier einige geben, so viele Europäer sind vor hundert Jahren ausgewandert.«

»Ja, genau«, sagte Maja-Sofia, »und dann kommen sie unter Vorspiegelung falscher Tatsachen zu Besuch, wollen angeblich etwas über ihre Wurzeln erfahren, dabei sind sie in Wahrheit nur hinterm Geld her.«

»Richtig«, sagte Jarning. »In diesem Fall haben sie sich offenbar wirklich nur für Zimtschnecken und Bier interessiert. Eigentlich gar keine so schlechte Geschäftsidee, ist halt nur alles anders gekommen.«

»Zimtschnecken dürften sie schon hinbekommen. Das mit dem Bier wird schon schwieriger, das hätte ihnen ja noch erklärt werden sollen.«

»Wie steht es um ihr Alibi?«, fragte Maja-Sofia. »Haben wir das geprüft? Also wo waren sie zum Zeitpunkt der Explosion? Könnt ihr meine Erinnerung noch mal auffrischen?«

Larsson warf einen Blick in seine Notizen. Er hatte die Aussage der beiden aufgenommen und sollte das wissen.

»Ich habe mit den beiden gesprochen, als sie den Hund zu Signe ins Pfarrhaus brachten«, sagte er. »Da haben Bill und Peg behauptet, zu dem Zeitpunkt am See gewesen zu sein. Genauer gesagt beim Bootshaus, wo die Kirchboote verwahrt werden. Von der Aussage sind sie auch später nicht abgewichen.«

»Okay, lasst uns trotzdem noch mal nach Klockarvik fahren«, sagte Maja-Sofia. »Ich kenne da zwei, denen eigentlich nichts entgeht. Außerdem waren sie vor Ort, als es brannte. Die Herren Tysk und Brysk, wie man sie in Klockarvik nennt.

Die beiden spekulieren zwar gern, aber was sie nicht wissen, ist auch nicht passiert.«

»Und die erreichst du an einem Samstag?«

Maja-Sofia lachte.

»Davon gehe ich aus. Wobei es diesmal sicher klüger wäre, sie herzubitten. Ein Ausflug nach Mora ist bestimmt nicht schlecht.«

Larsson stand auf. »Jarning, dann bestellen wir die beiden Herren mal ein und knöpfen uns in dem Zuge gleich noch den ehemaligen Pfarrer und diesen Wandersmann vor, der sich in den Wäldern um Klockarvik herumtreibt.«

Jarning nickte.

»Das wird interessant. Ich hole eben meine Jacke.«

Mit etwas Überredungskunst war es Larsson und Jarning gelungen, Tysk und Brysk davon zu überzeugen, auf die Wache nach Mora zu kommen.

»Nicht, weil es uns nach Mora zieht«, sagte Tysk zu Maja-Sofia, als sie in ihrem Büro saßen, »wir haben ja in Klockarvik alles, was wir brauchen. Aber wenn die Polizei ruft, dann muss man wohl Folge leisten.«

»Genau«, sagte Brysk, »aber das sollte nicht zur Gewohnheit werden. Zu Hause fühlen wir uns am wohlsten.«

Maja-Sofia nickte ermutigend.

»Vielen Dank, dass Sie sich die Zeit genommen haben«, sagte sie und legte ein Foto auf den Tisch. »Erkennen Sie eine der beiden Personen?«

Tysk strich sich über das Kinn, und Brysk kratzte sich am Kopf. Dann schauten sie einander an und nickten.

»Ja«, sagte Tysk, »das sind doch die beiden Amis, die verwandt sind mit Kråk Daniel Eriksson, Gott hab ihn selig.«

»Genau, genau«, stimmte Brysk zu, »das amerikanische Paar.«

Maja-Sofia nickte.

»Das ging schnell«, sagte sie. »Und Sie sind absolut sicher? Das kann niemand anders sein?«

Tysk lehnte sich zurück und verschränkte die Arme vor der Brust.

»Also wenn plötzlich zwei Amerikaner auftauchen, die tagtäglich im Dorf auf und ab marschieren und die noch dazu Verwandte hier haben, dann sind wir uns ja wohl absolut sicher. Oder, Brysk?«

»Ohne jeden Zweifel«, sagte Brysk. »Wir haben ihnen viel über vergangene Zeiten erzählt und davon, wer Verwandte hat, die vor Hunderten von Jahren den Ort verlassen haben. Davon verstehen wir was, müssen Sie wissen.«

»Genau, und wir hatten einen Anlass, das alte Schulenglisch mal wieder hervorzukramen«, sagte Tysk. »Sehr praktisch, dass wir damals eine so gute Lehrerin hatten.«

Maja-Sofia konnte nachvollziehen, dass das nützlich war. Durch das Dorf zog ein steter Strom an Touristen. Im Winter waren es die Skifahrer, egal, ob Alpin oder Langlauf, im Sommer kamen die Camper. Bei Peg und Bill waren die Umstände anders gewesen, sie waren hervorgestochen, obwohl sie eigentlich nur ganz normale Besucher gewesen waren. In ihrem breiten Amerikanisch sprachen sie viel mit den Leuten und zeigten großes Interesse an der schwedischen Kultur.

»Gut«, sagte sie. »Ich habe noch eine weitere wichtige Frage. Sie waren ja beide kurz nach der Explosion vor Ort.«

Tysk grinste verlegen.

»Tja, man hat so seine Gewohnheiten, nicht wahr? Ich bin schon als Kind immer dem Feuerwehrauto hinterhergeradelt. Das ist tief in mir verankert.«

»Der Mensch ist ein Gewohnheitstier«, sagte Brysk.

»Haben Sie zufällig das amerikanische Paar gesehen, als Sie dort standen?«

Die Cousins wechselten einen Blick und nickten.

»Hast du sie nicht gesehen, als du angekommen bist, Brysk?«, fragte Tysk. »Vielmehr hast du sie doch auf dem Wanderweg am Fluss getroffen, kurz bevor du angekommen bist. Sie hatten den Hund dabei, hast du gesagt.«

»Ja, genau, so habe ich es in Erinnerung«, sagte Brysk. »Weil ich mit dem Fahrrad unterwegs war, habe ich sie bloß schnell gegrüßt und bin weitergefahren. Als dann dieser laute Knall kam, war ich ganz froh, dass sie mit dem Hund so weit weg waren. Lärm und Aufregung tut den Viechern ja nicht gut.«

»Okay«, sagte Maja-Sofia, »dann waren sie zum Zeitpunkt der Explosion also schon ein gutes Stück von der Brauerei entfernt?«

»Ja.« Brysk nickte. »Trotzdem könnten sie natürlich vorher etwas Selbstentzündliches, zum Beispiel Leinöl, und was Brennbares ausgelegt haben, falls sich die Kommissarin diese Frage stellt.«

Er wusste ja gar nicht, wie richtig er damit lag. Die Information, dass die Katastrophe genau so ihren Anfang genommen hatte, war von der Polizei gar nicht an die Presse gegeben worden. Das Gespräch mit den Cousins Tysk und Brysk führte also erst einmal nicht dazu, dass Bill und Peg von der Liste der Verdächtigen gestrichen werden konnten.

»Okay, vielen Dank«, sagte sie. »Sehr freundlich, dass Sie den Weg auf sich genommen haben. Wie wäre es mit einem Kaffee im Zorncafé? Schicken Sie mir gern die Rechnung, ich lasse Ihnen das Geld zukommen. Das ist es mir wert.«

Tysk und Brysk erhoben sich.

»Wäre es in Ordnung, wenn wir uns den Kaffee in der *Kaffevillan* in Klockarvik gönnen?«, fragte Tysk.

Maja-Sofia lächelte.

»Ja, selbstverständlich. Aber wieso?«

Tysk kratzte sich am Kopf.

»Na ja, sonst ... sonst sind wir so lange in Mora. Man muss sich ja nicht unnötig lange hier aufhalten.«

Als Tysk und Brysk aufgebrochen waren, blieb Maja-Sofia noch eine ganze Weile sitzen und dachte nach. Es wäre schön gewesen, die Amerikaner von der Liste zu streichen, aber für den Moment blieben sie für die Ermittlungen interessant. Ob Jarning und Larsson wohl bei den beiden älteren Herren etwas Brauchbares in Erfahrung hatten bringen können?

Als Maja-Sofia die zweite Tasse leidlich guten Kaffees getrunken hatte, tauchten ihre Kollegen auf.

»Und?«, fragte sie. »Was gibt's Neues?«

»Nicht so viel«, antwortete Larsson.

»Der komische Kauz, der hier die Wälder unsicher macht, ist davon überzeugt, dass Peg und Bill im Café waren, als er dort mit Sigvard frühstückte. Sigvard hingegen ist genauso überzeugt davon, dass die beiden nur kurz durchs Café gingen und dann mit dem Hund den Hinterausgang nahmen.«

»Das alles natürlich vor der Explosion?«, fragte Maja-Sofia.

»Eine ganze Weile vorher sogar. Sigvard und sein Begleiter waren ja längst bei der Bushaltestelle, als es knallte.«

»Tysk und Brysk«, sagte Maja-Sofia, »sind sich sicher, dass Peg und Bill mit dem Hund zu den Kirchbooten unterwegs waren. Aber sie kamen direkt aus der Brauerei. Wir können sie leider nicht abhaken.«

Ihr Telefon klingelte, und sie ging schnell dran.

»Samuel hier, entschuldige, dass ich dich bei der Arbeit störe«, hörte sie seine warme Stimme sagen.

»Kein Problem«, sagte sie, »solang du dich kurzfasst.«

»Versprochen«, sagte er. »Ich habe ein Foto gefunden, das für dich interessant sein könnte. Es gibt einen Zusammenhang zu einer Organisation oder Stiftung, die *Was er auch gibt, was er auch nimmt* heißt. Wenn du mich fragst, klingt es mehr nach einer Sekte als nach einer Stiftung.«

»Und was ist auf dem Foto?«

»Zwei junge Frauen«, sagte Samuel. »Die eine ist Signe.«

»Wie bitte? Das ist ja toll!«, jubelte Maja-Sofia. »Und die andere?«

»Das weiß ich nicht, aber das bringe ich noch in Erfahrung. Bis dann!«

»Samuel ...«

Aber er hatte schon aufgelegt.

Maja-Sofia stand auf und ging zu Jarning.

»Jarning, kannst du für mich was über eine Stiftung herausfinden?«

»Klar. Wie heißt sie?«

»Tja, gute Frage. Ich glaube, der Pfaffe sagte: *Was er auch gibt, was er auch nimmt*. Kann das sein?«

DREIUNDVIERZIG

Sonntag, 22. Oktober
Zwanzigster Sonntag
nach dem Dreifaltigkeitsfest

Es war spät geworden für Maja-Sofia und ihre Kollegen, und als sie endlich nach Hause gekommen war, hatte man schon nicht mehr von Samstagabend sprechen können, trotzdem stand sie heute rechtzeitig auf, um mit Samuel zur Kirche zu gehen. Ellinor hielt den Gottesdienst, also konnten sie zusammensitzen, abgesehen von den beiden Malen, wenn er zum Chor stoßen würde.

Er nahm ihre Hand, und sie blätterte mit der anderen zur gerade gefragten Seite des Gesangbuchs.

»Du bist ganz schön toll«, flüsterte er ihr ins Ohr, und sie formte mit den Lippen etwas, das hoffentlich nach »du auch« aussah.

»Schön, mal zusammensitzen zu können«, fuhr Samuel fort, sie nickte und fand endlich das richtige Lied.

Es hatte wirklich Seltenheitswert, dass sie beim Gottesdienst nebeneinandersitzen konnten.

Die Glocken verstummten, Halbton fing an zu spielen, und die Gemeinde erhob sich für die Prozession, die sich heute aus vielen fröhlichen Kindern und Jugendlichen unterschiedlicher Freizeitgruppen zusammensetzte. Ganz vorn ging ein Junge mit Pfadfinderkluft, der ein Kreuz aus Birkenästen trug. Seine Miene war sehr ernst, woraus Maja-Sofia schloss, dass das eine ehrenvollen Aufgabe war. Sie stimmten *Herr, deine Liebe ist wie Gras und Ufer* an, ein Lied, das alle Kinder kannten und inbrünstig mitsangen. Niedlich klang das, wenn auch sehr schief. Für Halbton mit seinem absoluten Gehör sicher eine Zumutung.

Sofort musste sie an ihre Kindheit in Kuivalihavaara denken, wo sie zur Teestunde im Gemeindesaal immer dieses Lied gesungen hatten. Großes Heimweh überkam sie, das geschah hin und wieder. Schnell verdrängte sie das Gefühl und konzentrierte sich wieder auf den Gottesdienst.

Ellinor Johannesson war eine erfahrene Pfarrerin, die vortrefflich predigte. Maja-Sofia lauschte ihr aufmerksam. Das Thema der Predigt war »Zusammensein«, und Maja-Sofia schaute verstohlen zu der Liebe ihres Lebens. Zusammen sein war etwas, das sie und Danne Ylitalo gewollt hatten, als sie frisch verliebt gewesen waren. Maja-Sofia erschauderte, und Samuel sah sie besorgt an. Fürs Zusammensein hatten auch sie und Samuel sich entschieden. Das hatte sich nicht verhindern lassen, auch wenn sie anfangs der Versuchung hatten widerstehen wollen. Sie ließ den Blick durch die schöne Kirche wandern. Hier würde ein großer Teil ihres weiteren Lebens stattfinden. Durch Samuels Beruf würde die Kirche ihren Alltag dominieren, wochentags wie sonntags, und sie fragte sich, ob sie das auf Dauer stören würde. Selbst wenn sie weiterhin getrennt wohnten, wurde sie doch jetzt schon als »Pfarrersfrau« gesehen, was sich irgendwie … Ja, wie fühlte es sich eigentlich an? Ungewohnt war das erste Wort, das ihr einfiel. Sie hatte ja selbst einen sehr fordernden Job.

Die Predigt war vorbei, und Samuel hatte sich zum Chor gestellt. Sie klammerte die Gedanken übers Zusammensein und Nichtzusammensein aus und lauschte dem schönen Gesang. Als es Zeit für die Kollekte war, saß Samuel wieder bei ihr. Sie spendeten lieber elektronisch, als Geld in den Klingelbeutel zu legen, mit dem Sven-Erik herumging. Sie sangen das Lied *Jeder Tag ist ein Geschenk, ein Reigen der Möglichkeiten*, und Maja-Sofia fand, dass man es wirklich so sehen sollte, auch wenn das manchmal schwer war.

Ihr Handy summte, und als Maja-Sofia es aus der Tasche zog, wurde ihr eine neue Nachricht angezeigt. *Entschuldige die Störung an deinem freien Tag, aber kannst du ein paar Stunden auf die Wache kommen? Jarning.* Wenn Jarning eine solche Nachricht schickte, dann hatte sie garantiert eine vielversprechende Spur, vielleicht sogar den Durchbruch. Maja-Sofia zog ihre Jacke an, Samuel schaute fragend.

»Ich muss noch mal weg«, flüsterte sie. »Dauert nicht lang, bin bald wieder da.«

Das Letzte entsprach nicht ganz der Wahrheit, sie hatte keine Ahnung, wie lange es dauern würde.

Auf der Fahrt von Klockarvik nach Mora summte sie die Melodie des letzten Liedes weiter, es hatte sich in ihrem Kopf festgesetzt. *Jeder Tag ist ein Geschenk, ein Reigen der Möglichkeiten.* Wollte sie unter den Voraussetzungen, die ihre Beziehung mitbrachte, mit Samuel zusammenbleiben? Das war die Frage.

VIERUNDVIERZIG

Nach dem Gottesdienst, Kirchenkaffee und vielen Gesprächen ging Samuel, wie schon so oft, zum See. Eigentlich hatte er mit Maja-Sofia über das Foto sprechen wollen, aber erst mal musste er nachdenken, und das ging am besten an der frischen Luft. Außerdem war sie überstürzt aufgebrochen. So war es halt, wenn man mit einer Kriminalkommissarin zusammen war. Manchmal traf es sie auch umgekehrt, wenn er zum Beispiel zu einem Sterbenden gerufen wurde und sie eigentlich andere Pläne gehabt hatten. Das war ihr Alltag, und sie liebten ihre Jobs. Wer das eine wollte, musste das andere mögen und das Bestmögliche daraus machen.

Die klare Herbstluft war unbeständigem Wetter gewichen. Der Himmel war bewölkt, und erste vereinzelte Schneeflocken fielen. Auf den Schnee freute er sich schon, er ließ die Welt strahlen. Der Spaziergang tat ihm gut und half ihm dabei, seine Gedanken zu ordnen, trotzdem bekam er diese sonderbare Stiftung *Was er auch gibt, was er auch nimmt* nicht aus dem Kopf. Auf der Rückseite des Fotos, das er so schamlos aus Signes Haus entwendet hatte, standen zwei Namen: *Noomi und Signe*. Samuel hatte noch ein weiteres Foto von Noomi gefunden und traurigerweise eine Todesanzeige. Kein Kreuz, sondern eine Taube, die mit einem Olivenzweig im Schnabel davonflog. Außerdem ein handschriftliches Dokument über die Taufe Noomis, die in einem kleinen See namens Dunkeltjärn stattgefunden hatte. Allein bei dem Namen lief es Samuel kalt den Rücken hinunter. Durchgeführt worden war die Taufe von einer gewissen Juliana Pingstlilja. Mithilfe des Internets und Noomis Dokumenten hatte er diesen sonderbaren Ort ausfindig machen können und ein Foto von Juliana Pingstlilja. Aber er musste mehr wissen, und während er um den See spazierte und hin und wieder kleine Steine davonschoss, dachte er intensiv darüber nach, was ihn bei seinen Nachforschungen weiterbringen könnte. Er blieb stehen, den Blick auf den See gerichtet, und durchforstete gedanklich sein dichtes Netz an Kontakten. Er kannte niemanden in der betreffenden Gegend, aber es gab ja immer einen Pfarrer, einen Amtsbruder oder eine Amtsschwester in der Nähe. Eigentlich sollte es nicht so schwierig sein, jemanden zu finden, der ihm helfen konnte.

Samuel drehte um und beschleunigte das Tempo. Schon bald hatte er das Gemeindehaus erreicht. Aus der Küche waren Gelächter und das Klappern von Geschirr zu hören. Annika räumte die letzten Reste des Kirchenkaffees weg, und so wie es klang, hatte sie Unterstützung. Samuel öffnete die Tür zu seinem Büro und zog das Verzeichnis der *Svenska Kyrkan* aus dem Regal. Das war ihm schon oft eine große Hilfe gewesen und würde es auch jetzt wieder sein. Er schlug Stiftsgemeinden nach und suchte nach den zuständigen Ansprechpartnern. Schließlich fand er eine Kontaktperson, in deren Gemeinde auch die Stiftung lag. Samuel verlor keine Zeit, ergoogelte die Handynummer und rief an.

Eine Viertelstunde später steckte er das Telefon wieder weg und schaute prüfend in seinen Kalender. Er hatte beschlossen, am kommenden Tag sehr früh aufzubrechen. Die Fahrt würde fünf Stunden dauern, Zeit für eine Kaffeepause kam noch dazu. Mikael Berghammar war freudig überrascht gewesen über Samuels Anruf. Endlich passiere mal etwas in der kleinen, verschlafenen Gemeinde, hatte er gesagt.

»Wenn du gegen zwei in Falköping bist«, waren seine Worte gewesen, »kann ich dich dort abholen. Vom Bahnhof ist es nicht mehr weit. Iss gern unterwegs was Kleines, abends wirst du dann von uns bekocht, und das Gästezimmer im Pfarrhaus ist dir sicher. Wir freuen uns!«

Samuel sprach mit Ellinor, dass er drei Tage freinehmen müsse. Glücklicherweise lag eine ruhige Woche vor ihnen, es standen weder Beerdigungen noch sonstige Veranstaltungen an. Der Handarbeitskreis würde sich sicher freuen, auch mal Ellinor zu Gesicht zu bekommen, und der Kirchenchor würde auch ohne ihn klarkommen. Zwar war zu erwarten, dass Halbton verstimmt reagieren würde, aber das ging für gewöhnlich schnell vorbei. Wie er das Ganze Maja-Sofia erklären sollte, wusste er noch nicht. Wenn sie fragte, würde er die Wahrheit sagen müssen. Dass er versuchte, ihr bei der Aufklärung des Mordes an Kråk Daniel Eriksson zu helfen und deshalb eine kleine »Geschäftsreise« unternehmen musste.

Während er seine Reisetasche packte, tätigte er noch einen

Anruf. Etwas Gesellschaft war sicher nicht verkehrt, und die Reaktion auf seine Frage fiel freudig aus.

»Ich mache mich sofort ans Packen. Wir sehen uns morgen früh an der Brücke.«

FÜNFUNDVIERZIG

Inga-Gun saß an diesem Abend in der rappelvollen Pizzeria und sah sich um. An einem Tisch in der Ecke saß der Wirt mit seiner Familie. Drei Generationen: Frau, erwachsene Kinder, kleinere Schulkinder und ein Baby. Am Spielautomaten bei der Tür hielten sich zwei Jugendliche auf, die wenig Erfolg zu haben schienen. Ein Rentnerpaar, das Inga-Gun nicht kannte, saß an einem der Tische und teilte sich eine Pizza. Das waren keine Ortsbewohner, so viel war klar. Inga-Gun, die in Klockarvik zur Welt gekommen war, kannte hier alle. Die beiden waren sicher auf der Durchreise. Entweder gen Süden oder nach Jämtland in den Norden. Die E45, an der Klockarvik lag, führte weit in beide Richtungen.

Inga-Gun hatte eine Pizza Marinara bestellt, und während sie darauf wartete, trank sie ein Leichtbier. Der Wirt würde sie schon nicht verpetzen, und eine Polizeikontrolle war weit und breit nicht in Sicht. Außerdem war der Alkoholgehalt von Leichtbier zu vernachlässigen, fand sie. Und, bei Gott, dieses Bier hatte sie sich wirklich verdient. Mitten am heiligen Sonntag war erneut die Polizei bei ihr gewesen und hatte ihr einen Haufen Fragen gestellt. Man sollte meinen, dass ein Besuch gereicht hätte, aber offenbar nicht. Dass sie mal mit

Daniel zusammen gewesen war, schien sie sehr zu interessieren, und jetzt suchten sie nach einem Motiv dafür, weshalb sie die verdammte Brauerei in Brand gesteckt haben könnte.

Sie hatte sich schon morgens schlecht gefühlt, und die Vernehmung hatte ihre Laune nicht gerade gehoben. Das Leben hielt wenig Freude bereit. Als sie noch mit Daniel zusammen gewesen war, hatte das ganz anders ausgesehen. Sie hatte weiß Gott nicht alle seine Interessen geteilt, aber immerhin hatte sie einen Bettgenossen gehabt. »Jemanden zum Anlehnen«, wie man im Ort sagte. Sie waren viele Jahre zusammen gewesen. Jetzt war es so leer zu Hause, so einsam. Selbstverständlich war Daniels plötzlicher Tod traurig, es hätte besser seine Freundin getroffen, dann wäre er immerhin wieder solo gewesen. Aber so durfte man sicher nicht denken, sonst landete man noch in der Hölle. Sie trank einen Schluck Bier und musste unwillkürlich lächeln, als ein neuer Gast hereinkam. Wenn das mal nicht der Mann war, den sie im Wald getroffen hatte. Ein netter Kerl, vielleicht war der ja was für sie. Sie hob die Hand, winkte und deutete auf den freien Platz gegenüber von sich.

»Hallo! So schnell sieht man sich wieder. Setzen Sie sich doch zu mir.«

»Ach, wie schön!«, sagte er und stellte Wanderstab und Rucksack in die Ecke. »Dann essen Sie auch hier?«

»Ich wollte die Pizza eigentlich mitnehmen«, sagte Inga-Gun, »aber ich kann auch gern hier essen. Oder Sie kommen mit zu mir, das wäre vielleicht sogar noch schöner.«

Er sah sie forschend an. Seine Augen waren dunkel, sein Blick intensiv und herausfordernd.

»Wohnen Sie weit entfernt?«, fragte er.

»Nein. Eins Komma zwei Kilometer, um genau zu sein. Ich bin sogar mit dem Wagen da.«

»Ja, warum nicht?«, sagte er und lächelte. »Man sollte die Gelegenheiten nutzen, die sich bieten. Ich werde auch eben eine Pizza bestellen. Heute übernachte ich in der Jugendherberge, und dort komme ich ja jederzeit rein. Ich mache später einen kleinen Spaziergang dorthin.«

Eine knappe halbe Stunde später hatten sie ihre Pizzas in Inga-Guns Küche auf Tellern verteilt. Sie hatte gefragt, ob er vor dem Fernseher essen wolle, aber das hatte er sehr bestimmt abgelehnt.

»Vor dem Fernseher?«, hatte er gefragt und fast amüsiert gewirkt. »Ich sehe nie fern, und in der Küche ist es doch viel schöner.«

Inga-Gun holte zwei Kerzenständer aus dem Wohnzimmer und stellte sie auf den Küchentisch.

»Würden Sie die anzünden?«, fragte sie und hielt ihm eine Streichholzschachtel hin. »Ich hole eben Wein aus dem Keller. Da müsste noch eine Bag-in-Box sein.«

Sie war schnell zurück mit einem Karton, auf dem ein Dalapferd abgebildet war. »Falu-Rotwein« hieß er. Das Dalapferd war fast heilig für Inga-Gun und viele andere der Gegend, und als sie es auf der Weinverpackung entdeckt hatte, hatte sie nicht widerstehen können und direkt zuschlagen müssen.

Sie füllte die Gläser bis zum Rand und setzte sich gegenüber von ihrem Gast an den Tisch.

»So«, sagte sie, »und jetzt stoßen wir an. Aber erst einmal sollten wir uns wohl richtig vorstellen. Ich heiße Bruun Inga-Gun Hansson.«

Er zwinkerte ihr über die Weingläser hinweg zu.

»Ich trinke nicht oft Wein, liebe Bruun Inga-Gun Hansson. Ihrem Namen nach sind Sie ja eine echte Dalarna-Dame. Sie stoßen mit Gideon Emanuelsson an.«

»Aus Västergötland?«, fragte Inga-Gun. »Das schließe ich jedenfalls aus Ihrem Akzent.«

Sie bekam keine Antwort, denn ihr Tischgenosse hatte bereits seine Pizza geviertelt und sich an das erste Stück gemacht. Zwischen den Bissen trank er gierig vom Wein. Inga-Gun hatte gerade mal an ihrem genippt, da hielt Gideon schon sein leeres Glas hoch und bat darum, dass sie es wieder füllte.

»Nanu«, lachte Inga-Gun, »das ging ja schnell. Nun, ich habe nichts dagegen.«

Gideon seufzte genüsslich, während er aß und trank, als wäre er völlig ausgehungert und stünde kurz vor dem Verdursten.

Vielleicht war es schwierig mit der Selbstversorgung bei seinen einsamen Wanderungen im Wald.

»Was machen Sie denn den lieben langen Tag, wenn Sie im Wald unterwegs sind?«, fragte sie. »Wird das nicht langweilig? Und die Nächte, die müssen doch schon entsetzlich kalt und dunkel sein. Jetzt noch draußen zu schlafen, das würde ich mich niemals trauen.«

Er hörte auf zu essen, sein Blick war bohrend. Inga-Gun musste wegsehen, die Intensität war zu hoch.

»Ich sammle Kraft«, sagte er mit bestimmtem Ton. »Kraft, die ich zu Hause im Kollektiv brauche.«

»Im Kollektiv?«, fragte Inga-Gun. »Leben Sie dort etwa mit vielen anderen Menschen zusammen? Na, das kann ja nichts sein.«

Gideon lachte und hob das Glas.

»Doch, doch. Wir haben eine exzellente Gemeinschaft, wir sind gottergeben und führen ein einfaches Leben ohne weltliche Einflüsse. Dies hier muss eine Ausnahme bleiben, die wir keiner Seele gegenüber erwähnen sollten.«

Sie legte Messer und Gabel beiseite.

»Heißt das ganz ohne Fernsehen, Kino und alles andere, was Spaß macht? Das klingt sehr langweilig.«

»Kein Fernsehen«, sagte er, »keine Zeitungen, nichts Weltliches halt. Wir wohnen auf einem bescheidenen Hof draußen auf dem Land, und alle arbeiten hart, überwiegend in eigenen Werkstätten.«

»Klingt nach sektenähnlichen Zuständen«, sagte Inga-Gun. »Sehr zwielichtig. Und da wohnen Sie also?«

Allmählich fragte sie sich, ob es klug gewesen war, den Wandersmann mit nach Hause zu nehmen. Das, was er so über sein Leben erzählte, war wirklich uninteressant.

»Waren Sie schon mal bei Signe zu Hause?«, fragte er.

Inga-Gun stellte ihr Glas unnötig schwungvoll ab, sodass Rotwein auf den Tisch schwappte.

»Und ob!«, sagte sie. »Allerdings bei Daniel, nicht bei Signe, das muss ich betonen. Wir waren zusammen, er und ich.«

»Aha, und dann tauchte Signe auf, und Sie wurden ausgebootet? Eigentlich können Sie ihr dankbar sein.«

»Wieso?«

»Tja«, sagte er und zuckte mit den Schultern, »Sie sehen ja, wie es gelaufen ist. Jetzt ist er tot, und Sie wären Witwe gewesen.«

Sie dachte über seine Worte nach. Der Wein hatte ihren Kopf ein wenig schwer gemacht.

»Nein, wären wir noch zusammen gewesen, wäre das gar nicht passiert«, sagte sie. »Da bin ich mir sicher.«

Gideon betrachtete sie, und ihr fiel auf, dass er gar nicht mehr richtig geradeaus schauen konnte. Himmel, wie betrunken er sein musste! Er war den Alkohol offenbar wirklich nicht gewöhnt.

»Woher wollen Sie das wissen?«, lallte er.

»Ich weiß es einfach«, sagte sie. »Woher ist irrelevant. Ich glaube, es wäre besser, wenn Sie jetzt ins Wohnzimmer gehen und sich dort aufs Sofa legen. Es wäre keine gute Idee, in diesem Zustand zur Jugendherberge zu spazieren. Die Leute reden hier schnell und viel.«

Gideon streckte den Arm aus und nahm ihre Hand.

»Ich war gestern in Signes Haus«, sagte er.

»Ach ja? Und warum?«

»Ich hielt es für klug, ein bisschen aufzupassen, aber damit war ich offenbar nicht allein.«

Sie zog ihre Hand zurück, stand auf, nahm den Wein und stellte ihn in die Vorratskammer.

»Ich weiß zwar trotzdem nicht, was Sie dort wollten«, sagte sie, »aber wer war denn noch da?«

»Der Pfaffe«, sagte er. »Der Pfaffe hat dort rumgeschnüffelt.«

SECHSUNDVIERZIG

Montag, 23. Oktober

Nach einer langen Fahrt, nur unterbrochen durch eine kurze Pause, in der sie sich Brote mit Ei und Anchovis gegönnt hatten, kamen Sigvard und Samuel pünktlich in Falköping an. Sigvard zu fragen, ob er ihn begleiten würde, war ein Geniestreich gewesen. Während der Fahrt hatte er sein beachtliches Wissen über Sekten mit Samuel geteilt.

»Nicht, dass ich eine Neigung in diese Richtung hätte, ich plane nicht, mich dorthin umzuorientieren«, hatte er Samuel versichert, »aber Sekten sind ein sonderbares Phänomen, das mich immer interessiert hat. Ich habe auch schon einiges darüber geschrieben. Kannst du nachvollziehen, wie normale, intelligente Menschen in Gemeinschaften landen, in denen ihr eigener Wille Stück für Stück gebrochen wird? Es ist schlicht bedauerlich.«

Samuel parkte den Wagen, und dann gingen sie gemeinsam zum Bahnhof, der direkt neben einem auffälligen älteren Gebäude lag, dem historischen Hotel *Ranten*.

Sigvard kannte es gut, er hatte in seiner Jugend dort übernachtet. Für Samuel war die Stadt verknüpft mit Kranichen auf dem Hornborga-See und dem alten Kurhotel *Mösseberg*. Mehr kannte er eigentlich nicht von Falköping.

Vor dem Bahnhof stand ein Mann, dessen offener Mantel im Wind flatterte. Sein Priesterkragen war schon von Weitem gut zu erkennen, es bestand kein Zweifel, um wen es sich handelte.

»Willkommen«, sagte Mikael Berghammar. »Wie schön, dass ihr beide kommen konntet! Ihr könnt vor dem Gemeindehaus parken und den Wagen dort stehen lassen, bis ihr wieder abfahrt. Ich nehme euch in meinem Auto mit. Erst machen wir einen Abstecher zu *Falbygdens Ost* – ein wahres Käseparadies, das kennt ihr doch sicher? Da könnt ihr auch das ein oder andere für zu Hause besorgen.«

»Käse, genau!«, sagte Samuel, der die ganze Zeit das Gefühl gehabt hatte, als sei der Ort für mehr als Wellness und Kraniche bekannt gewesen. Obwohl er oft den Pfarrer- und Branntweinkäse just dieser Firma kaufte, war ihm das kurzzeitig entfallen.

»Es gibt keinen besseren Käse«, schwärmte Sigvard. »Den kaufe ich auch zu Hause immer im Supermarkt.«

»Aber wieso sollen wir ausgerechnet jetzt Käse kaufen?«, fragte Samuel. »Ich will ja nicht unhöflich erscheinen, aber haben wir nicht was anderes vor?«

Er schaute seinen Kollegen an.

»Für den Eigenbedarf, wie ich schon sagte, aber es schadet bestimmt auch nicht, der Stiftung ein Gastgeschenk mitzubringen«, sagte er. »Sie führen dort ein frugales Leben, und mit einem guten Käse werden wir vielleicht freundlicher aufgenommen.«

»Ah, clever!«, sagte Samuel. »Du hast schon an alles gedacht.«

Nach einer kurzen Fahrt erreichten sie den Laden, suchten sich etwas aus, und dann ging es schon weiter durch die hügelige Landschaft mit den vielen Steinhäusern. Die Sonne schien auf gepflügte Felder und Bäume in herbstlichen Farben. Die Vorstellung, dass all diese Mauern von den gleichen Händen gebaut worden waren, die sonst auf den Äckern schufteten und dafür gesorgt hatten, dass das Land bestellbar und für Weidevieh geeignet war, hatte etwas Ehrfurchteinflößendes.

»Ich weiß, wie neugierig du bist, deshalb hielt ich es für klug, direkt einen Abstecher zur Stiftung in Vilseklev zu machen«, sagte Mikael. »Ich habe die Vorsteherin schon angerufen und uns angekündigt.«

»Kennst du sie gut?«, fragte Samuel.

»Ja, so ist das ja auf dem Land, das wird bei euch nicht anders ein. Wartet nur ab, bis ihr die Leiterin trefft, die eiserne Lady.«

»Eine Schmiedin?«

»Genau das.«

»Schirmen sich solche Organisationen nicht eher von der Öffentlichkeit ab? Wie kommt es, dass du so einen guten Draht zu dieser Gruppe hast?«, fragte Sigvard. »Ich bin ein bisschen über Sekten informiert, musst du wissen.«

»Das habe ich mich auch schon gefragt«, sagte Mikael. »Ich glaube, sie wollen nach außen einen sehr korrekten Eindruck vermitteln, und deshalb sorgen sie für eine – ja, wie kann man das nennen – eine Fassade, sodass sie für Außenstehende sehr gewöhnlich wirken. Hinter verschlossenen Türen herrschen aber strenge Regeln, und wer dort wohnt, hat nicht viel zu melden. Die müssen sich fügen und den Regeln folgen, die die eiserne Lady aufstellt.«

»Also ist sie sehr streng?«, fragte Samuel. »Dann schätze ich, dass sie keinen liebevollen, sondern einen strafenden, urteilenden Gott haben?«

»So ist es leider«, sagte Mikael.

»Wie hat Bruder Mikael das alles herausgefunden?«, fragte Sigvard.

»Durch die Schule im Ort«, sagte er. »Die Sektenkinder gehen dorthin, dürfen aber an einigen Dingen nicht teilnehmen, die für die anderen Kinder normal sind. In der Schulkantine zu essen, wird zum Beispiel als sündig gesehen und vieles andere auch. So bringen sie ihre Brotdosen mit und bleiben in den Pausen unter sich. Ihr könnt euch gern allein mit der Vorsteherin unterhalten, oder wie immer man sie nennen soll«, sagte Mikael. »Ich wollte derweil die Erwachsenen in den Werkstätten besuchen, das sind ja schließlich meine Gemeindemitglieder.«

»Werkstätten?«, fragte Samuel.

»Ja, ein paar sind hier in der Gegend und einige im Dorf. Das wird sie euch sicher erklären«, antwortete Mikael.

Er bog in eine Nebenstraße ab, dann in eine weitere. Die Fahrt führte sie durch dichten Wald mit hohen Fichten, die einen finsteren Eindruck machten.

»Was für ein gottverlassener Ort«, sagte Samuel, als Mikael am Waldrand hielt, wo sich ein einsamer Hof offenbarte. Er war umgeben von einer kleinen Wiese und einem recht hohen Zaun. Das Haupthaus war rosafarben mit cremeweißen Balken. Ein langer Seitenflügel in den gleichen Farben schloss daran an, und es gab sogar einen frei stehenden Glockenturm. Etwas weiter entfernt am Waldrand standen mehrere kleine Hütten, alle in diesem eigenartigen Rosa gestrichen. Vielleicht war das neben dem Grün im Sommer schön, doch gerade biss sich die Farbe mit dem Ton der Blätter, die sich herbstgelb verfärbt hatten. Samuel hatte den Eindruck, dass die Inspiration für die kleinen Hütten von den Plantagen gekommen war, die es in den USA gegeben hatte. Die winzigen Hütten, die dort für die Sklaven gestanden hatten, kannte er aus einer Dokumentation.

»Gute Güte!«, sagte Sigvard, als er ausstieg. »Wer wohnt denn hier? Pippi Langstrumpf?«

»Im Gegenteil«, sagte Mikael und grinste. »Hier herrschen Zucht und Ordnung, das Rosa ist der einzige Farbtupfen und soll wohl für Harmonie unter den Bewohnern sorgen. Davon abgesehen ist alles ziemlich nüchtern, fast ärmlich. Im Ort nennt man das hier ›die rosa Kirche‹. Aber jetzt klingeln wir erst mal. Abgesehen vom Käse, den wir mitbringen, habe ich euch unter dem Vorwand angemeldet, dass ihr eine Spende erwägt und euch deshalb über diesen Ort informieren wollt. Möge Gott mir diese Lüge nachsehen.«

Mit dem Zeigefinger machte Mikael schnell ein kleines Kreuz über der Herzgegend.

»Bestimmt«, sagte Samuel, »es war ja eine Notlüge für einen guten Zweck. Dafür hat der Boss immer Verständnis.«

Samuel konnte nicht sagen, was er nach Mikaels Beschreibung der eisernen Lady erwartet hatte, aber als sich die Tür öffnete, war er so verblüfft, dass ihm buchstäblich die Kinnlade runterfiel. Vor ihm stand eine Frau, die einen guten

Kopf größer war als er. Das Haar war zu einem strengen Zopf zusammengebunden, sie trug eine blaue Arbeitshose mit schwarzen Trägern und ein weißes Hemd. Sie schenkte ihnen ein ansteckendes Lächeln. Samuel konnte nicht anders, er grinste breit zurück, während Sigvard sich etwas mehr zurückhielt mit seinen Gefühlsäußerungen.

»Willkommen!«, sagte sie mit heller, klarer Stimme. »Wie schön, heute gleich drei Pfarrer zu Besuch zu haben. Darf ich Sie auf einen Kräutertee und selbst gebackenes Brot einladen?«

Samuel starrte die Frau an. Das war ohne Zweifel Juliana Pingstlilja, die Frau, die die Taufe am Dunkeltjärn durchgeführt hatte.

SIEBENUNDVIERZIG

Eher widerwillig nahm Samuel den angebotenen Tee an. Unterwegs hatten sie auf eine richtige Mahlzeit verzichten müssen und an einer Raststätte bloß schnell ein belegtes Brot gegessen und wahnsinnig schlechten Kaffee getrunken, weshalb er gerade locker fünfhundert Kronen für eine anständige Tasse Kaffee hingeblättert hätte, aber was sollte man machen? Hier musste er mit einer Tasse heißen Wassers vorliebnehmen, das nach Heu schmeckte, aber wenn es ihm so freundlich gereicht wurde ... Er schielte zu Sigvard, der die Augen verdrehte. Na, hoffentlich erwartete sie ordentlicher Kaffee zu dem versprochenen Abendessen, wenn sie später im Pfarrhaus ankamen.

Das angekündigte Brot stellte sich als Brötchen heraus, wurde mit Frischkäse gereicht und schmeckte hervorragend. Während sie aßen, erzählte Juliana von der Stiftung.

»Uns liegt die Wohltätigkeit sehr am Herzen«, erklärte sie. »Wir nähen, sticken, tischlern und bitten um Gottes Hilfe. Die Familien arbeiten in unterschiedlichen kleinen Werkstätten, jede mit einem anderen Fokus. Es gibt eine Möbeltischlerei, eine Schmiede, eine Weberei. Wir machen sogar Fertighäuser.«

»Und wo sind diese Werkstätten?«, fragte Samuel.

»Ein paar sind bei uns auf dem Gelände, aber die meisten draußen in der Gemeinde, wie alle anderen Arbeitsplätze auch«, sagte sie. »Einige sind im Industriegebiet oder in leer stehenden Geschäftsräumen. Wir verkaufen, was wir herstellen, aber der Großteil unserer Erlöse geht an wohltätige Zwecke.«

»Dann verstehe ich auch, warum es hier gerade so ruhig ist«, sagte Samuel und trank einen Schluck des langweiligen Tees.

»Genau, alle sind arbeiten und die Kinder in der Schule, dann ist es hier immer sehr still«, bestätigte Juliana.

Sie richtete ihren Pferdeschwanz, und Samuel fiel auf, dass sie trotz aller hier vorherrschender Einfachheit dunkelgrün lackierte Nägel hatte. Einen Funken Eitelkeit gab es also auch bei ihr. Warum Mikael sie die eiserne Lady nannte, war ihm noch unklar, sie war doch sehr freundlich, man könnte fast charmant sagen.

»Wohnen die Familien in den Hütten da draußen?«, fragte Samuel und griff nach einem simplen Gebäckstück.

Juliana nickte.

»Ja, genau«, sagte sie. »Jedem verheirateten Paar steht so eine zu, aber wir verkaufen sie auch, und die Erlöse kommen, wie bereits erwähnt, dem Allgemeinwohl zugute. Die Kinder wohnen selbstverständlich zusammen im Kinderhaus.«

»Im Kinderhaus?«, wiederholte Samuel, weil er sich unsicher war, ob er das richtig verstanden hatte.

»Ja, genau«, sagte Juliana. »Mit drei Jahren ziehen die

Kinder dorthin um und durchlaufen eine Art Vorschule, bis sie in die tatsächliche Schule kommen.«

»Und wer jung und unverheiratet ist?«, fragte Sigvard.

Juliana betrachtete ihn etwas länger als nötig, ein Lächeln umspielte dabei ihre Lippen.

»Wir von der Leitung sorgen nur zu gern dafür, dass das nicht so bleibt«, antwortete sie. »Wir wissen gut, wer zueinanderpasst, das ist das große Geheimnis.«

Samuel erschauderte und fragte sich, wie jung die Menschen sein mochten, wenn sie mit jemandem verheiratet wurden, den die Leitung für passend hielt.

»Und welchen guten Zweck unterstützen Sie, wenn ich fragen darf?«, sagte Sigvard. »Das ist ja doch ein sehr weiter Begriff.«

Juliana strich sich mit den Händen über die straff zurückgebundenen Haare und ließ sich Zeit mit der Antwort.

»Ihnen aufzuzählen, wo genau jede Öre hingeht, würde zu weit führen«, sagte sie nach einer Weile. »Es wird an so vielen Stellen Hilfe benötigt, aber schauen Sie gern in unsere Zeitung. Hier, greifen Sie zu. Darin finden Sie alles Wichtige.«

Samuel nahm sich ein Exemplar. Er konnte ja mal nachsehen, ob hier wirklich unterstützenswerte Organisationen von den Einnahmen profitierten. Vermutlich ging nicht alles in Julianas eigene Taschen, oder?

»Wie finden Sie denn neue Anhänger für Ihre Gemeinde?«, fragte er.

Eine tiefe Falte erschien zwischen Julianas Brauen. Offenbar gefiel ihr seine Neugier nicht, doch sogleich hellte sich ihre Miene wieder auf.

»Die Kinder, die hier aufwachsen, sind natürlich gleich Teil der Bewegung und fühlen sich bei uns sicher und geborgen«, sagte sie und zeigte wieder ihr warmes Lächeln. »Andere haben von uns gehört und kommen aus eigenem Antrieb. Oft jüngere Menschen, die einen Sinn in ihrem Leben suchen. Wenn ihre Eltern sich gegen ihre Entscheidung auflehnen, bieten wir ihnen den Halt, den sie brauchen.«

Dann trennen sie bewusst Familien, dachte Samuel. Das war nicht untypisch für Sekten, das hatte ihm Sigvard auf dem Hinweg erklärt. Die Kinder wohnten sicher auch allein, damit sie von früh auf indoktriniert werden konnten. Ganz schön grausam, sie so früh von ihren Eltern zu trennen. Wenn er sich vorstellte, Alva und Gabriel würden sich einer Sekte anschließen! Wie würde er als Vater reagieren? Wahrscheinlich würden er und die Mutter der beiden mit allen Mitteln versuchen, den Kindern zu erklären, dass sie verloren waren, wenn sie sich einer Sekte anschlossen. Samuel hoffte inständig, sich dieser Art Problem nie stellen zu müssen.

»Leisten die Eltern, die hier leben, denn keinen Widerstand?«, entfuhr es ihm. »Sie wollen doch sicher ihre Kinder bei sich haben?«

Juliana hob erneut die Augenbrauen, überging die Frage aber und wollte ihnen nachschenken. Samuel lehnte den sogenannten Tee schnell ab.

Seine Faszination für Juliana war um einige Grade abgekühlt, seit sie von den Kindern erzählt hatte.

»Und wie viele Menschen wohnen hier?«, fragte er also.

»Unter normalen Umständen um die vierzig. Während

der Anwerbungsphase im Sommer sind es mehr. Dann stehen hier überall Zelte.«

»Unter normalen Umständen?«, fragte Samuel. »Das klingt ein wenig kryptisch.«

Juliana schaute aus dem Fenster auf den menschenleeren Hof.

»Gerade sind ein paar Brüder im Norden auf Wanderschaft, das sind sie immer im Herbst. Jeder wandert für sich und sucht einen engeren Kontakt zu Gott.«

»Und was sagen ihre Ehefrauen dazu?«, fragte nun Sigvard.

»Ein paar sind verwitwet«, sagte Juliana und hob die Schultern. »Witwer, für die wir noch keine neue Frau finden konnten.«

Samuel musste an den Wandersmann denken, der sich in den Wäldern um Klockarvik herumtrieb.

»Wissen Sie, wo genau im Norden sie wandern?«, fragte er.

Sie schüttelte den Kopf.

»Ziemlich weit im Norden, glaube ich«, sagte sie. »Ein Bruder wandert für gewöhnlich Richtung Norrbotten, bei den anderen weiß ich es gar nicht so genau. Für uns ist das gut, weil sie gleichzeitig missionieren können. Es gibt immer eine verlorene Seele, der wir gerne unsere Unterstützung anbieten.«

»Und alle fühlen sich hier wohl?«, fragte Sigvard und legte den Kopf schief.

»Genau, ist noch niemand getürmt?«, fragte Samuel. »Hat einfach alles zurückgelassen und ist nie zurückgekehrt?«

Juliana zuckte mit den Schultern.

»Es kam vereinzelt vor, aber nicht oft. Diese Menschen

werden uninteressant für uns, wir streichen sie einfach, und Gottes Strafe werden sie nicht entgehen. Denn nur hier bei uns ist die richtige, die gute Welt, jenseits des Zauns wartet das Schlechte. Deshalb gibt es diese Stiftung.«

Samuel fröstelte. Wie hatte er diese Frau je charmant finden können? Zeit, zur Sache zu kommen. Er holte das Foto aus der Innentasche und schob es über den Tisch.

»Kennen Sie diese jungen Frauen?«

Juliana nahm das Foto langsam in die Hand und betrachtete es.

»Nein, ich kann mich nicht erinnern, eine von ihnen je gesehen zu haben«, sagte sie und schob es zu ihm zurück.

»Auf der Rückseite stehen zwei Namen«, hakte er weiter nach, »Signe und Noomi. Sagen die Ihnen etwas?«

Er sah, dass ihr ein paar Schweißperlen auf die Stirn getreten waren. Ganz ungerührt war sie also nicht, dennoch bestritt sie, die Frauen zu kennen. Samuel war sicher, dass sie log.

»Wer ist denn zuletzt von hier weggelaufen?«, fragte er.

Juliana kniff den Mund zusammen.

»Was Sie da ansprechen, ist ziemlich uninteressant.«

»Handelt es sich dabei nicht vielleicht um Signe?«, beharrte Samuel.

»Signe?« Es klang wie ein Peitschenhieb.

»Ja, Signe Lind.«

»Ich kenne keine Signe Lind«, sagte Juliana. »Allerdings würde ich jetzt natürlich liebend gern mehr über die Spende erfahren, die Sie planen. Was genau hatten Sie sich vorgestellt.«

Sigvard lehnte sich zurück, legte die Fingerspitzen aneinander und schloss die Augen. Samuel dachte fieberhaft nach.

»Wir bedanken uns sehr herzlich für die ausführlichen Informationen«, sagte er. »Ich nehme das mit nach Hause, wo wir alles Weitere mit dem Kirchenrat besprechen werden, dann melde ich mich wieder.«

Er stupste Sigvard an, der die Augen aufriss und so ungeniert wie selbstverständlich Julianas Hände nahm.

»Sind wir uns nicht schon einmal begegnet?«, fragte er. »Sie kommen mir wahnsinnig bekannt vor.«

»Das kann ich mir kaum vorstellen, Sie müssen mich verwechseln«, sagte sie und entzog ihm ihre Hände.

Dann stand sie auf und klatschte einmal. Zwei junge Frauen von etwa zwanzig Jahren erschienen. Sie trugen die gleiche Kleidung wie Juliana, blaue Hose mit schwarzen Hosenträgern und weißem Hemd. Etwas Schöneres konnte man wohl keinem Sektenmitglied zumuten.

»Mädchen!«, sagte sie. »Begleitet unsere Gäste nach draußen, und räumt danach den Tisch ab. Wir haben noch viel zu tun vor der Versammlung heute Abend.«

Die beiden Frauen brachten sie hinaus, eine von ihnen folgte ihnen bis zum Tor.

»Auf Wiedersehen!«, sagte Samuel zu ihr.

»Signe war es, die zuletzt weggelaufen ist«, sagte sie. »Ich habe gehört, dass Sie das fragten.«

»Sind Sie sicher?«

Sie nickte.

»Und Noomi?«, fragte er.

»Wir wissen nicht, wo sie ist«, antwortete die junge Frau. »Aber es ist sicher drei Jahre her, dass sie verschwand. Wer von hier wegläuft und nicht zurückkehrt, gilt als verstorben. Jetzt muss ich gehen.«

Sie wandte sich ab und kehrte schnellen Schrittes zurück zum Haus.

Hinter einer der Scheiben erahnte Samuel die eiserne Lady, die ein wachsames Auge auf die Szene hatte.

Mikael, der während des Gesprächs den unterschiedlichen Werkstätten und seinen Gemeindemitgliedern einen Besuch abgestattet hatte, erwartete sie bereits beim Auto.

»Ihr habt überlebt, wie ich sehe«, sagte er.

»Was für ein schlimmer Ort«, sagte Samuel. »Aber ich bin dir sehr dankbar, dass du uns hergebracht hast.«

Sigvard starrte noch eine ganze Weile lang zum Tor und dem dahinterliegenden Haus, das sie gerade verlassen hatten.

»Ich kenne diese Frau, da bin ich sicher«, sagte er. »Ich komme nur nicht drauf, woher.«

»Das fällt dir bestimmt noch ein«, sagte Samuel. »Warte nur ab. Was ist das eigentlich für eine Tüte, die du da noch in der Hand hältst?«

Sigvard blickte an sich hinunter.

»Der Käse!«, sagte er entsetzt und hielt die Tüte vom Käsespezialisten hoch. »Wir haben ganz vergessen, den abzugeben.«

Samuel lachte, und Sigvard verzog den Mund.

»Auch gut«, sagte er. »Dann haben wir selbst was davon.«

ACHTUNDVIERZIG

Als Gideon aufwachte, wusste er im ersten Moment nicht, wo er war. Das Zimmer war ihm fremd, aber zum Glück war es hell. Das Rollo war nur zur Hälfte heruntergelassen, und er blinzelte in die niedrig stehende Sonne. Die Tapete war hellgelb, und an den Wänden hingen Bilder mit allerhand bedeutungslosen Motiven wie Hunden, Katzen und Kindern. Auf einer Kommode standen nichtssagende Porzellanfiguren. Eine Masse unnötiger Krimskrams, den die Besitzerin des Hauses sicher schön fand. Unbegreiflich, dass jemandem so ein Plunder gefallen konnte. Gideon streckte die Hand aus und tastete neben sich. Das Bett war leer. In seinem Kopf hämmerte es, angestrengt versuchte er, sich an den gestrigen Abend zu erinnern.

Sie hatten am Küchentisch gesessen, sich nett unterhalten, und dann hatte sie ihn gebeten, neben ihr zu schlafen. Oder hatte er sich selbst geweigert, auf dem Sofa zu schlafen? Wie hieß sie noch gleich? Er hatte sich ausgezogen und war offenbar auf der Stelle eingeschlafen. Er erinnerte sich vage, dass Finger mit den Hemdsknöpfen gekämpft hatten und dass sie gelacht, die Arme nach ihm ausgestreckt und ihn bei den Hosenträgern gepackt hatte. Aber das, was sie wollte, hatte er ihr nicht geben können. Gideon faltete die Hände und starrte zur Decke.

»Danke, Gott, dass du mich nicht auf den sündigsten aller Wege geführt hast«, sagte er mit zitternder Stimme. »Danke, geliebter Vater! Nie wieder werde ich so einer schweren Sünde zum Opfer fallen, das gelobe ich.«

Er betete inbrünstig und reuevoll und hörte auch dann nicht auf, als er Schritte auf der Treppe hörte.

»Ich armer, sündiger Mensch«, wiederholte er Mal um Mal. »Ich armer, sündiger Mensch, kannst du mir vergeben, Herr?«

Mit dem Fuß schob die Frau lachend die Tür auf, und schon stand sie mit einem Tablett im Zimmer, auf dem sich zwei dampfende Kaffeetassen und ein paar belegte Brote befanden.

»Guten Morgen, lieber Wandersmann«, sagte sie. »Hier kommt Inga-Gun und bringt Kaffee!«

Inga-Gun! So hieß sie.

»Ein bisschen verkatert heute?«, fragte sie und neigte den Kopf.

»Verkatert?«

Der Kaffee duftete verführerisch, und obwohl er verzichten, das Büßergewand überstreifen und barfuß durch den Wald gehen sollte, nahm er die Tasse entgegen.

»Na, Kopfweh. Einen Brummschädel werden Sie sicher haben, schließlich haben Sie gestern ordentlich gebechert.«

Gideon stopfte die Brote förmlich in sich hinein, tunkte sie nur ab und an in den Kaffee und schmatzte laut. So hungrig war er lange nicht gewesen. Als seine Tasse leer war, füllte Inga-Gun nach.

»Inga-Gun, sagen Sie«, flehte er fast, »Sie und ich, also wir … Haben wir etwas Unziemliches getan?«

Sie kicherte.

»Unziemlich? Meinen Sie, ob wir miteinander geschlafen haben? Ob es zum Geschlechtsverkehr kam? Nein, Sie sind fast schon im Stehen eingeschlafen. Zu was anderem haben Sie nicht mehr getaugt.«

Erleichtert atmete er auf und dankte Gott leise. Für die Gewissheit und dafür, dass seine Kopfschmerzen schon leicht nachließen.

»Ich habe die Zeitung mitgebracht«, sagte sie und legte die Mora-Zeitung vor ihn. »Sie schreiben über die Explosion in der Brauerei.«

Gideon betrachtete das Foto auf der Titelseite. Es war aufgenommen worden, als die Brauerei in Flammen gestanden hatte – als er und der ehemalige Pfarrer bereits an der Bushaltestelle gewesen waren. Schnell blätterte er sich zu der Seite mit dem Artikel vor und blieb an der Schlagzeile hängen: *Deshalb explodierte die Brauerei*. Während er die nächste Tasse Kaffee trank und ein weiteres Brot verschlang, las er mit großem Interesse, was die Polizei und die hiesige Feuerwehrchefin zu sagen hatten.

»Überhaupt nicht«, sagte er mehr zu sich selbst. »Das ist so nicht passiert in diesem sündigen Nest. Das stimmt nicht. Was die Medien immer übertreiben und dazudichten.«

Inga-Gun riss ihm die Zeitung weg.

»So wie Sie reden, könnte man fast meinen, dass Sie was damit zu tun haben«, sagte sie und starrte ihn an. »Vielleicht sogar eigenhändig das ganze Ding in Brand gesteckt haben.«

Er vergaß, dass sein Kopf heute nicht so funktionierte, wie er sollte, und stand überstürzt auf. Der Schmerz zerriss ihn fast, ihm wurde schwarz vor Augen, und er musste sich noch einmal auf die Bettkante setzen.

»Was unterstehen Sie sich, Weib?«, brüllte er und griff sich mit der Hand an den Kopf. »Wagen Sie es ja nicht, mir zu unterstellen, dass ich diese entsetzliche Katastrophe verursacht hätte!«

Mit zitterndem Finger deutete er auf die aufgeschlagene Zeitung.

Sie sah ihn mit ruhigem Blick und einem dämlichen Grinsen an. Wieso hatte er sich überhaupt darauf eingelassen, sie zu begleiten – noch dazu das Bett mit ihr geteilt?

»Wahrscheinlich komme ich darauf, weil ich selbst diesen verfluchten Bierbetrieb hätte anzünden können«, sagte sie. »Wenn man bedenkt, was Signe mir angetan hat, ist es wohl keine Überraschung, dass es mir in den Fingern gejuckt hat. Aber dann hätte ich dafür gesorgt, dass *sie* im Gebäude ist. Sie hat mir die Zukunft genommen, so viel ist sicher.«

Wandersmann Gideon zog seine Hose an, dann das Hemd, den Pullover, einen weiteren Pullover und schließlich die Strümpfe. Zuletzt befestigte er die Hosenträger. Er verspürte Ekel, als er die Frau betrachtete, bei der er übernachtet hatte. Mit dieser Dame war er definitiv fertig. Wenn es überhaupt etwas gegeben hatte, mit dem es vorbei sein konnte.

»Gehen Sie etwa?«, fragte sie und verzog den Mund.

»Ja, dringend«, antwortet er. »Weg von hier, von Ihnen, Sie gottloses Weibsbild. Außerdem muss ich nach Hause, bevor der Schnee fällt.«

»Nach Västergötland? Zu dieser Kommune?«

Gideon zuckte zusammen.

»Was wissen Sie darüber?«

Sie stand auf, faltete die Zeitung zusammen und nahm das Tablett in beide Hände.

»Ich bitte Sie«, sagte sie. »Wenn Sie wüssten, was Sie im Schlaf alles gefaselt haben. Vermutlich Ihr Glück, dass ich mich nicht mal an die Hälfte erinnere.«

»Vergessen Sie das, es lohnt nicht, sich das zu merken«, sagte Gideon verkniffen. »Jetzt gehe ich erst mal zur Scheune und hole meine Sachen, und wohin ich mich dann begebe, geht Sie rein gar nichts an.«

Gideon ließ Inga-Gun stehen, und innerhalb weniger Minuten war er draußen. Er sah den Weg klar vor sich und seufzte schwer, bevor er den Rucksack auf den Rücken wuchtete. Das würde heute eine harte Wanderung werden, aber das war Gottes rechtmäßige Strafe dafür, dass er gesündigt hatte.

Inga-Gun kümmerte es wenig, dass ihr sonderbarer Übernachtungsgast so überstürzt abzog. Sie ging in die Küche und spülte die Tassen aus, ehe sie sie in die Spülmaschine räumte. Dann trat sie an ihren Kalender, riss eine Seite heraus, schaute auf die Uhr und nickte. Ja, vielleicht war das ein guter Plan für den Tag. Sie hatte sich etwas vorgenommen, was sie gestern noch nicht für möglich gehalten hätte. Inga-Gun zog ihre beste Hose an, dazu einen Pullover, den sie selbst gestrickt hatte. Daniel hatte sie den gleichen gemacht, aber den gab es bestimmt nicht mehr. Zur Sicherheit blies sie in ihren Alkoholtester, ein fröhliches Gesicht verriet ihr, dass sie bedenkenlos fahren konnte.

»Gut«, sagte sie zu sich. »Blumen kann ich ja unterwegs kaufen.«

Sie startete den Wagen und fuhr los. Signe hätte sich sicher nie erträumt, eines Tages von ihr Besuch zu bekommen. Inga-Gun wollte sie von Gideon grüßen. Er war sehr mitteilsam gewesen.

NEUNUNDVIERZIG

Donnerstag, 26. Oktober

Tindra hatte sich in eine Ecke der Mensa zurückgezogen, um in Ruhe bei einem Kaffee zu lesen, was sie geschrieben hatte. Sie hatten gerade ihre Schreibprojekte zurückbekommen, an denen sie vergangene Woche gearbeitet hatten, und Tindra hatte ja schon vorher gewusst, dass ihre Geschichte nicht zu den Besten gehören würde. Die Aufgabe hieß »So habe ich eine schwierige Situation gelöst«, und sie hatten das Thema frei wählen können. Die einzige Vorgabe war, dass man selbst oder jemand anderes im Verlauf des Textes aus einer fast aussichtslosen Lage herausfand. Tindra hatte beschrieben, wie sie einmal mit den Langlaufski unterwegs gewesen war und sich im Wald verirrt hatte, natürlich ohne ein Handy mitzuhaben. Eigentlich war sie nicht weit vom Dorf entfernt gewesen, aber sie hatte einfach die Loipe nicht wiederfinden können. Als es zu dämmern anfing, schaltete sie die Stirnlampe ein, die sie immerhin bei sich hatte. Lange stand sie reglos da, dachte über die Himmelsrichtungen nach und lauschte nach Motorgeräuschen von der Straße, die ihr Aufschluss hätten geben können. Doch der weiche Schnee schluckte jeglichen Laut, und sie hätte fast den Mut verloren, als plötzlich ein Licht durch die Bäume schimmerte. Was der Ursprung des Lichts war, konnte sie nicht ausmachen, aber Tindra blieb nichts anderes übrig, als dorthin zu fahren. Das Licht kam immer näher und näher, und als es nur noch etwa fünfzig Meter entfernt war, blieb sie stehen und fing vor Erleichterung an zu lachen. Sowohl die Hütte, die jetzt zu sehen war, als auch den Mann am Flussufer kannte sie. Tindra musste wie wild gefahren sein, denn sie war bei Sigvard Nordqvist gelandet, das Licht in seiner Hütte hatte sie geleitet. Sigvard hatte sofort Wasser aufgesetzt und ihr einen Tee gekocht, während sie sein Handy benutzte, um zu Hause anzurufen. Dann hatte sie sich kurz ausruhen können, bis ihr Vater aufgetaucht war, um sie abzuholen.

Das war ein richtiges Abenteuer gewesen, aber das spannend nachzuerzählen, hatte sich als gar nicht so einfache Übung herausgestellt. Zu ihrer großen Freude hatte die Lehrerin aber *Spannend! Gar nicht schlecht!* daruntergeschrieben. Allerdings gab es eine Menge Tippfehler, was nicht ungewöhnlich war für sie, auch wenn sie vor der Abgabe alles noch einmal überprüft hatte.

Mattias kam mit einer Tasse Tee in der Hand und dem Laptop unterm Arm auf sie zu und setzte sich zu ihr.

»Und? Wie ist es bei dir gelaufen?«, fragte Tindra mit einem Nicken zum Computer.

»Geht so«, sagte er. »Aber die Beurteilung kann ich nicht ganz einordnen. *Spannend und unheimlich, aber ganz schön abwegig, oder?*«

»Das hat sie wirklich geschrieben? Komisch.«

Schweigend tranken sie ihren Tee.

»Darf ich deine Geschichte lesen?«, fragte Tindra.

»Darfst du«, sagte Mattias, ohne wirklich begeistert zu klingen. »Wir können ja tauschen.«

»Gute Idee«, sagte Tindra. »Wie viele Seiten hat deine?«

»Dreizehn.« Mattias lachte.

»Wie bitte? Dreizehn Seiten?«

»Dann ist deine wohl kürzer, nehme ich an?« Er lachte noch immer. »Ich maile dir meine, kannst ja bei mir klopfen, wenn du fertig bist.«

Tindra nickte, und dann brach er auf. Sie mailte auch ihm sofort ihre Geschichte. Irgendwie unangenehm, aus der Hand zu geben, was man geschrieben hatte. Es war so intim. Außerdem fand Mattias ihre Geschichte sicher albern.

Sie ging in ihr Zimmer, setzte sich in den Sessel und begann zu lesen. Mattias' Geschichte war von Anfang an spannend. Sie setzte mit einer Explosion und einer Feuersbrunst in einem kleinen Haus an einem See ein. Der Erzähler war ein siebenjähriges Kind, das die Katastrophe beobachtete. Die Flammen verschlangen seine Mutter. Wenige Seiten später war das Kind allein, fand aber Beistand bei einer Gruppe sonderbarer Menschen, die in einem Kollektiv zusammenlebten, und nach und nach begriff das Kind, wie es zu dem Unglück gekommen war. Wer dahintersteckte und warum.

Nach einer halben Stunde hatte Tindra die Geschichte zu Ende gelesen. Ihr Mund war trocken und ihr ganz unwohl. Sie holte sich ein Glas Wasser und stellte sich ans Fenster. Die Aussicht über den Siljan war wunderschön, besonders mit dem Kreuz unten am Ufer, direkt am Lagerplatz. Mattias hatte sich eine Lösung für die schlimme Katastrophe in Klockarvik ausgedacht, so viel hatte Tindra begriffen, auch wenn seine Geschichte an einem anderen Ort spielte. Oder war sie gar nicht ausgedacht? Wusste Mattias etwas und versuchte, das so mitzuteilen? Wollte er deshalb, dass Tindra sie las? Ihre Lehrerin fand die Geschichte abwegig, aber was, wenn sie doch der Wahrheit entsprach?

Sie ging hinaus auf den Flur und klopfte an Mattias' Tür. Nach einer Weile waren Schritte zu hören, dann öffnete er. Seine Haare standen wild ab, und die schwarzen Hosenträger hingen zu beiden Seiten hinunter.

»Hast du geschlafen?«, fragte sie.

»Nur ein Powernap.«

Mattias lachte, als er sah, dass sie ihren Laptop dabeihatte.

»Dann hast du schon alles gelesen?«

»Ja, habe ich. Darf ich reinkommen?«

Er bat sie herein und schloss die Tür hinter ihr. Tindra setzte sich an seinen Schreibtisch.

»Das ist eine wahre Geschichte, oder?«, fragte sie. Ihre Blicke trafen sich. »Das ist nicht ausgedacht, wie unsere Lehrerin meint, oder?«

Mattias spielte mit einem Radiergummi, den er zwischen Daumen und Zeigefinger drehte. Tindra wusste, dass er sich nicht hetzen lassen würde. Irgendwann schaute er auf und sah sie an.

»Ja, das meiste ist wahr«, sagte er.

»Okay«, sagte Tindra. »Aber, Mattias, du musst damit zur Polizei gehen. Es ist ja immerhin möglich, dass in Klockarvik genau das passiert ist, was du beschreibst. Es könnte eine wichtige Spur sein.«

»Es ist in Klockarvik genau so passiert«, sagte er schließlich und sah ihr in die Augen. »Das weiß ich.«

»Wie kannst du das wissen? Erzähl schon!«

Mattias stellte sich mit dem Rücken zu ihr ans Fenster und fing an zu berichten. Tindra lauschte, ohne ihn zu unterbrechen. Als er fertig war, drehte er sich um.

»Deshalb weiß ich das«, sagte er.

Tindra schwieg lange und dachte angestrengt nach.

»Mattias, du musst das wirklich unbedingt der Polizei erzählen. Oder ihnen zumindest zeigen, was du geschrieben hast.«

»Nein, das fühlt sich falsch an«, antwortete Mattias. »Die würden sicher auch glauben, dass ich mir das nur ausgedacht habe. Genau wie unsere Lehrerin.«

»Davon würde ich nicht ausgehen«, sagte Tindra. »Aber würdest du deine Geschichte denn Samuel zeigen? Er ist vertrauenswürdig und glaubt dir sicher.«

Mattias rang kurz mit sich.

»Okay«, sagte er dann und nickte. »Samuel darf sie lesen.«

»Gut, dann drucken wir sie aus und nehmen sie am Wochenende mit nach Klockarvik«, beschloss Tindra. »Ich würde sagen, wir besuchen ihn am Sonntag.«

FÜNFZIG

Sonntag, 29. Oktober

Einundzwanzigster Sonntag
nach dem Dreifaltigkeitsfest

Samuel stand in der Sakristei und legte mithilfe von Tyra Lundin die Albe und die prächtige grüne Kasel an. Wenn er diese bedeutungsvollen Kleidungsstücke trug, fühlte er sich sehr würdevoll. Eine Ehre, sich in diese Gewänder kleiden zu dürfen, die schon von so vielen Pfarrern vor ihm getragen worden waren. Er betrachtete sich in dem kleinen Spiegel und richtete das Haar. Malins Schnitt stand ihm wirklich gut, doch kommende Woche musste er wieder hin, um Bart und Seiten trimmen zu lassen. Es war immer so nett bei seiner Frisörin. Hoffentlich gab es diesmal keine Zwischenfälle. Denn seit seinem letzten Besuch war in Klockarvik nichts mehr wie zuvor. Maja-Sofia hatte mit den Ermittlungen alle Hände voll zu tun, weshalb sie sich noch seltener sahen als sonst. Auch seine Gedanken kreisten ständig um den Brand, aber er sprach nicht viel darüber, nicht einmal mit seiner geliebten Maja-Sofia. Sie wollte ja nicht, dass er sich in ihre Arbeit einmischte.

»So«, sagte er zu Tyra Lundin, »gleich ist es Zeit, hinauszugehen. Der Chor steht schon bereit.«

»Sam, hast du einen Moment?«

Die Stimme kannte er sehr gut. Tindra stand mit ihrem Mitschüler in der Tür. Wie hieß er noch gleich? Mattias? Samuel warf einen Blick auf die Uhr.

»Tindra!«, sagte er. »Wie schön! Eine Minute hast du, dann muss ich mit der Prozession in die Kirche einziehen.«

Sie nickte, und Tyra entfernte sich unauffällig.

»Mattias hat etwas Wichtiges geschrieben«, sagte Tindra. »Du musst das lesen.«

»Etwas Wichtiges? Das ich jetzt lesen soll?«

Sie nickte eifrig.

»Aber wenn es wichtig ist, brauche ich mehr Zeit. Gerade ist es ...«

»Sam, hör doch zu! Es geht um den Mord, die Explosion. Du wirst es sofort verstehen. Bitte, dann lies wenigstens die letzte Seite.«

Samuel nahm ihr die Blätter aus der Hand und überflog die letzte Seite. Ein kalter Schauer lief ihm über den Rücken, da half auch das dicke Messgewand nichts. Tindra hatte recht. Wenn das stimmte, war das sehr wichtig, ein Durchbruch sogar. Er warf einen weiteren Blick zur Uhr.

»Hochinteressant«, sagte er und gab Tindra die Seiten zurück. »Ich muss jetzt los, der Chor wartet schon, und Halbton wird nervös, wenn ich mich verspäte. Bleibt doch noch, dann sprechen wir nach der Messe. Hoffentlich schaffe ich es nach dem Gottesdienst, den Text ganz zu lesen.«

Samuel nahm seinen Platz am Ende der Prozession ein.

»Welches Lied war es noch gleich?«, fragte er Tyra, die direkt vor ihm stand.

»Vierzehn«, flüsterte sie und betrachtete ihn verwundert. Nachvollziehbar, schließlich hatte er die Liedauswahl selbst getroffen, aber die letzte Seite von Mattias' Geschichte hatte ihn richtig aus dem Konzept gebracht.

Halbton spielte die ersten Töne des fröhlichen *Halleluja, Jesus lebt,* und die Gemeinde erhob sich und sang mit, während der Chor und Samuel feierlich durch den Mittelgang einzogen. Samuel versuchte, sich auf die Begrüßungsworte zu konzentrieren, doch seine Gedanken sprangen permanent zurück zu dem, was er gerade gelesen hatte. Wieso hatte Mattias das geschrieben? Was genau wusste er?

Samuel gelang es, seine Aufgabe zu erfüllen, aus dem Evangelium zu lesen und seine Predigt vorzutragen, obwohl Tyra ihn mit einer sorgenvollen Falte zwischen den Augen beobachtete. Nichts entging Tyra Lundins Argusaugen. Sie besaß das außergewöhnliche Vermögen, den Menschen anzusehen, was in ihnen vorging.

Halbton leitete das letzte Lied ein, und der Chor sammelte sich zum feierlichen Auszug. Samuel hob den Kelch fürs Abendmahl mit beiden Händen, als die Gemeinde sich erhob und in Lied 844 einstimmte. *Gott ermuntert uns, neue Wege einzuschlagen ...* Er musste lächeln. Wie gut diese Worte zu der Passage passten, die Samuel von Mattias' Geschichte gelesen hatte. Jetzt lag es an Samuel, einen neuen Weg einzuschlagen, und er würde nicht ruhen, ehe der Brandanschlag aufgeklärt war. Auf dem Weg hinaus zwinkerte er Tindra und ihrem Freund zu. Als er die Gottesdienstbesucher verabschiedet und ihren Dank für die Predigt entgegengenommen hatte, eilte er zurück in die Sakristei und legte mit Unterstützung Albe und Kasel ab. Schnell zog er seine Tweedjacke über, schlug das Messbuch zu, steckte es in die Tasche und verließ die Sakristei, um Mattias und Tindra zu suchen, doch Cillan fing ihn ab.

»Du kommst doch wohl zum Kirchenkaffee?«, fragte sie.

»Diesmal nicht«, sagte Samuel. »Ich muss dringend mit Tindra und ihrem Kurskameraden sprechen. Die beiden haben sich mit etwas Wichtigem an mich gewandt.«

Er fand Tindra und Mattias im Chor und deutete auf die vorderste Bank. Mattias reichte ihm die Blätter, und Samuel las sorgfältig Seite eins bis dreizehn. Tindra und Mattias sagten die ganze Zeit über kein Wort. Einmal standen sie auf, um Kerzen anzuzünden, ansonsten saßen sie einfach schweigend da. Als Samuel alles gelesen hatte, tippte er mit dem Finger auf die Zeilen und sah Mattias an.

»Du glaubst wirklich, dass es so abgelaufen ist?«

»Ich glaube es nicht nur«, sagte Mattias, »ich weiß es. Meine Lehrerin meinte, ich hätte eine lebhafte Fantasie, aber so lebhaft ist sie leider nicht.«

»Das hat eine unvorstellbare Sprengkraft, wenn ich das so ausdrücken darf«, sagte Samuel und tippte wieder auf die Seiten.

Nachdenklich sah er Mattias an und musste an den Besuch in dem rosa Haus in Vilseklev denken.

»Bist du einer von ihnen, Mattias? Bist du eins der Sektenkinder?«

Mattias nickte und sah ihn ängstlich an.

»Sie glauben, ich kehre nach diesem Kurs zurück«, sagte er leise, »aber ich will nicht. Ich will einen Ausweg finden.«

»Sind deine Eltern noch dort?«

Mattias nickte erneut.

»Wovon redet ihr?«, fragte Tindra. »Ich versteh gerade nur Bahnhof.«

»Mattias, du solltest deine gute Freundin Tindra vielleicht einweihen«, schlug er vor. »Ich weiß, dass du ihr trauen kannst. Tindra gehört nicht zu denen, die tratschend durch das Dorf laufen.«

»Okay«, sagte Mattias.

»Sam, damit darfst du nicht zu Maja-Sofia gehen«, sagte Tindra. »Mattias will das nicht, deshalb haben wir uns an dich gewandt. Du hast ja Schweigepflicht.«

»Die habe ich«, sagte Samuel, »und das, was ihr mir gerade gezeigt und erzählt habt, werde ich mit niemandem teilen. So ist das. Ich muss mir Gedanken machen, ob ich selbst was tun kann. Wenn die Polizei das hier zu Gesicht bekommen soll, musst du es ihnen selbst zutragen, Mattias, ich kann es dir nur raten. Trotzdem wäre ich dir dankbar, wenn du mir die Geschichte mailen würdest.«

Plötzlich wirkte Tindra besorgt.

»Du bist aber vorsichtig, Sam, ja?«, sagte sie. »Du machst nichts Gefährliches, oder? Ich wäre sehr traurig, wenn dir was passiert.«

»Ach, Tindra, du bist lieb«, sagte Samuel. »Immer aufmerksam und zuvorkommend. Ich passe auf mich auf, das verspreche ich dir. Geht jetzt rüber, genießt den Kirchenkaffee, und sucht euch eine ruhige Ecke, damit Mattias dir erzählen kann, woher er kommt.«

Samuel ließ sie zurück und ging auf direktem Weg nach

Hause durch die Allee. Gelbe Birken- und Espenblätter waren von einem Hauch Schnee bedeckt. Wenn die Oktobersonne schien, erinnerten sie an Goldmünzen. Wie gern wäre Samuel an einem solchen Tag mit Maja-Sofia durch den Herbstwald spaziert. Einen ähnlichen Ausflug plante er jetzt, allerdings auf eigene Faust.

EINUNDFÜNFZIG

Samuel wärmte den Rest seines Morgenkaffees in der Mikrowelle auf und aß eine trockene Zimtschnecke, das einzige Gebäck, das er gerade finden konnte. Nicht vergleichbar mit dem, was er im Gemeindesaal bekommen hätte, aber es musste reichen. Dann zog er sich schnell um und war schon bald in seine bequeme Joggingmontur gekleidet. Die Shorts über einer Leggings und eine wärmere Jacke als sonst. Die Kälte war nun wohl erst mal gekommen, um zu bleiben. Sven-Erik Lundin würde ihn auslachen, das machte er immer, wenn sie sich trafen und Samuel seine Laufsachen trug.

»Aha, wieder in Unterwäsche unterwegs«, war sein Standardkommentar. »Bei Gott, wie ihr heutzutage ausseht.«

Seine Sachen waren schwarz, und das war gut. So würde er nicht so schnell gesehen werden, wie in den auffälligen Farben, die er sonst zum Laufen trug. Und gerade heute war es wichtig, keine unnötige Aufmerksamkeit zu erregen.

Über den Küchentisch gebeugt überflog Samuel noch einmal die letzte Seite von Mattias' Geschichte, die inzwischen per Mail eingetroffen war.

»Ja, ja«, murmelte er. »Er hat wirklich recht, was die kleine Hütte am Wasser angeht.«

Er nickte, genauso musste es sein. Wie klug von dem Jungen, darauf zu kommen, und wirklich bemitleidenswert, wenn er so etwas tatsächlich miterlebt hatte. Dass seine Lehrerin glaubte, die Geschichte wäre nur seiner Fantasie entsprungen, überraschte ihn zwar nicht, wenn man aber bedachte, was in letzter Zeit durch die Medien gegangen war, hätte sie vielleicht ein bisschen aufmerksamer sein sollen.

Samuel tippte die Namen der Personen, von denen er wusste, dass sie sich an jenem tragischen Morgen in oder in der Nähe der Brauerei befunden hatten, in das Dokument.

»Ja, ja«, wiederholte er. »Västergötland. Die Spur führt nach Vilseklev.«

Kurz überlegte er, ob er Maja-Sofia einweihen und ihr erzählen sollte, was er herausgefunden hatte. Aber wie würde sie reagieren? Wäre sie dankbar oder sauer, dass er sich einmischte?

»Vermutlich Letzteres«, murmelte er und band seine Laufschuhe zu.

Besser, er machte das im Alleingang. Schließlich rannte die Zeit davon, und schon bald würde es zu spät sein. Er schob das Handy in die Innentasche, setzte eine schwarze Mütze auf und zog Handschuhe und einen Trinkrucksack an. Er hatte kurz gezögert, ob er den heute wirklich brauchte, sich dann aber dafür entschieden. Vielleicht würde es dauern. Er schloss die Tür ab, legte den Schlüssel auf den Dachbalken der Veranda und lief los. Er schlug den Weg ein, der hinter dem Altersheim entlangführte, damit er nicht zu nah an der Kirche vorbeimusste. So konnte er am Fluss entlang bis zum Seeufer laufen. Unterwegs würde er trotzdem bekannte Gesichter treffen, aber wesentlich weniger als auf dem Parkplatz vor der Kirche, wo gerade der Kirchenkaffee zu Ende ging.

Schon bald hatte er die Hütten beim Campingplatz hinter sich gelassen und erreichte den Strand, wo Maja-Sofia so gern in den See sprang. Samuel umrundete das den Winter über geschlossene Restaurant und schaute auf den See. Fast wäre er mit einem altbekannten Menschen zusammengeprallt.

»Sigvard!«, rief Samuel. »Entschuldige, ich habe dich gar nicht gesehen. Und Klops auch nicht.«

»Trottel!«, schnaubte sein lieber Amtsbruder. »Wie unaufmerksam ihr jungen Leute seid.«

Samuel schaute auf die Uhr und trat ungeduldig auf der Stelle.

»Na ja, jung«, sagte er, »das bin ich schon lange nicht mehr. Aber trotzdem bitte ich dich um Entschuldigung. Als fast Fünfundvierzigjähriger sollte ich wissen, dass man schauen muss, wohin man läuft.«

Klops stupste ihm gegen das Bein, wollte gestreichelt werden. Samuel tätschelte ihm gedankenverloren den Kopf.

»Begleitest du uns ein Stück?«, fragte Sigvard, der seinem jüngeren Kollegen den Zusammenstoß vergeben zu haben schien.

Samuel schüttelte den Kopf.

»Nein, das geht heute leider nicht. Du bist unterwegs ins Dorf, nehme ich an?«

Sigvard summte zustimmend.

»Ja, genau. Und wohin ist Bruder Samuel unterwegs? Hinaus in die Peripherie?«

Samuel lachte. Jetzt musste er aber wirklich weiter. Wenn er richtiglag, dann hatte er es eilig.

»Peripherie? Ja, das könnte man so sagen. Das heutige Thema im Gottesdienst war ›gesellschaftliche Verantwortung‹, und die habe ich mir jetzt auch persönlich auf die Fahnen geschrieben. Klops, runter!«

Er musste daran denken, was er vorhin am Computer zusammengetragen hatte; alle Spuren führten nach Västergötland. Und was hatte Sigvard gesagt, als sie die Stiftung *Was er auch gibt, was er auch nimmt* verlassen hatten?

»Sigvard«, sagte Samuel aufgeregt, während sich Klops noch immer an ihn schmiegte. »Hast du nicht gesagt, du kennst diese Juliana, die wir bei der komischen Sekte getroffen haben?«

Sigvard schien zu grübeln. Samuel trabte auf der Stelle.

»Ja, ich glaube schon«, sagte er schließlich und fuhr sich übers Kinn.

»Aber du weißt nicht mehr, woher?«

»Genau, und seit wir dort weggefahren sind, habe ich auch nicht weiter darüber nachgedacht. Wieso fragst du?«

»Ach, kein besonderer Grund«, sagte Samuel. »Falls es dir doch noch einfällt, melde dich. Aber ich glaube, ich habe da so eine Ahnung.«

Er schob den Hund zur Seite und lief weiter, ehe Klops oder sein Herrchen protestieren konnten. Jetzt lag er schon etwa fünf Minuten zurück. Er erhöhte das Tempo und ließ den Hafen rechts liegen, wo die Boote bereits an Land gezogen und abgedeckt worden waren, um sie vor Regen, Schnee und Wind zu schützen. Ein Stückchen weiter lagen fünf Hausboote. Im Sommer war es sicher herrlich, mit so einem unterwegs zu sein. Eine schöne Abwechslung vom Alltag.

Als er beim Bootshaus angelangt war, blieb Samuel stehen und stützte die Hände auf die Oberschenkel.

Er keuchte. Das letzte Stück war er wesentlich schneller gelaufen als gewohnt.

Als er sich aufrichtete und den Schlauch nahm, um etwas aus seinem Rucksack zu trinken, ging die Tür des Bootshauses auf. Eine Frau stand in der Tür.

»Dachte ich's mir doch, dass ich dich hier finde«, sagte Samuel. »Wieso versteckst du dich hier?«

Sie trat auf die Schräge, über die die langen Kirchboote zu Wasser gelassen wurden.

»Du musst gehen«, sagte sie. »Sofort. Bevor du dich in Gefahr bringst.«

Samuel war wieder zu Atem gekommen und hatte ein paar Schlucke getrunken. Sein Handy vibrierte in der Jackentasche, doch er beachtete es nicht weiter. Genauso wenig wollte er auf ihre Warnung hören.

»Wieso versteckst du dich hier?«, fragte er. »Du hast doch nichts mit Daniels Tod zu tun?«

ZWEIUNDFÜNFZIG

Maja-Sofia genoss diesen wunderbaren, freien Sonntag. Normalerweise ging sie zum Gottesdienst, wenn Samuel predigte, aber heute hatte sie davon abgesehen. Nachdem sie ausgeschlafen und einen Kochkaffee zur Zeitung genossen hatte, zog sie ihre Wanderschuhe an und machte sich auf zu einem Spaziergang durchs Dorf. Über Nacht war eine dünne Schicht Neuschnee gefallen, und die Luft kündete davon, dass bald mehr folgen würde. Für sie mehr als willkommen. Der Schnee hellte die Herbstdunkelheit auf und erinnerte sie an zu Hause. Sie ließ die Gedanken kommen und gehen, wie sie wollten, tat aber ihr Möglichstes, nicht über den Mord zu grübeln, der noch immer nicht aufgeklärt war. Wenn der Durchbruch noch lange auf sich warten ließ, bekamen sie zwangsläufig Unterstützung von außerhalb, und das wollte niemand, auch wenn Hilfe eigentlich eine gute Sache war. Nur drei Tage blieben noch, dann wären dreißig Tage seit dem Mord vergangen.

Sie lenkte ihre Gedanken zu der norrländischen Fleischsuppe, die zu Hause auf dem Herd köchelte. Das Rentierfleisch musste so lange gegart werden, bis es förmlich vom Knochen fiel. Wenn sie zurück war, würde sie Kartoffeln und

Möhren hinzugeben. Ihr lief schon jetzt das Wasser im Mund zusammen. Wenn alles fertig war, schmeckte es am besten, wenn man die Kartoffeln und Möhren in der Suppe quetschte und alles mit nichts als Salz abschmeckte.

Eigentlich wollte sie Samuel zum Essen einladen, aber der musste Emanuel in Mora abholen. Die nächste Papawoche brach an.

Als Maja-Sofia gerade zurückgekehrt war, in dem kleinen Flur stand und schon alles nach der guten Fleischsuppe roch, vibrierte ihr Handy. Eine unbekannte Nummer erschien auf dem Display. Maja-Sofia zögerte, nahm das Gespräch aber an.

»Hallo, hier ist Marit Kyrklund«, meldete sich eine Stimme vorsichtig.

Marit, Samuels ehemalige Verlobte, hatte Maja-Sofia noch nie angerufen. Sie hatten sich ein paar Mal gesehen, aber eigentlich nur gegrüßt. War etwas passiert? Obwohl sie von ihrem Job einiges gewöhnt war, schlug ihr das Herz bis zum Hals.

»Marit?«, sagte sie. »Ist was passiert?«

»Ich weiß es nicht«, sagte sie leise. »Entschuldigen Sie die Störung, aber haben Sie eine Ahnung, wo Samuel ist?«

Das war komisch. Maja-Sofia bekam einen ganz trockenen Mund.

»Nein, ich habe ihn seit gestern nicht gesehen, aber ich weiß, dass er heute den Gottesdienst geleitet hat, vielleicht stand sogar eine Taufe an, da bin ich nicht ganz sicher. Aber danach wollte er auf jeden Fall zu Ihnen, um Emanuel abzuholen. So war es doch gedacht?«

»Ja, genau, das war der Plan. Er hätte vor zwei Stunden hier sein sollen, ist aber bisher nicht aufgekreuzt«, sagte Marit, die ziemlich aufgewühlt klang. »Und ans Telefon geht er auch nicht.«

Maja-Sofia huschte in die Küche und hob den Deckel an, während sie telefonierte. Es roch ganz hervorragend, und jetzt war genau der richtige Zeitpunkt, Kartoffeln und Möhren in den Topf zu werfen. In einer Viertelstunde würde alles fertig sein.

»Okay«, sagte Maja-Sofia, salzte die Suppe und probierte. »Ich mache mich gleich auf den Weg ins Pfarrhaus und schaue nach, ob er einfach nur schläft oder liest und Emanuel vergessen hat.«

Das sagte sie eigentlich nur, damit Marit sich keine Sorgen machte. In ihr überschlugen sich die Gedanken. Samuel hatte noch kein einziges Mal vergessen, Emanuel abzuholen.

»Ich wäre sehr dankbar«, sagte Marit. »Ich muss zu einer Abendmesse in Sollerön und hatte nicht geplant, Emanuel mitzunehmen, aber das werde ich natürlich, wenn es nicht anders geht.«

»Ich fahre sofort los«, sagte Maja-Sofia und schaltete den Herd ab. Die Kartoffeln würden hoffentlich auch so ein wenig garen.

Im Flur nahm sie den Schlüssel zum Pfarrhaus vom Haken und zog Schuhe und Jacke wieder an.

Die Fahrt zum Pfarrhaus dauerte knapp sieben Minuten. In dieser Zeit dachte Maja-Sofia darüber nach, wo sie Samuel suchen würde, wenn er nicht zu Hause war. Vielleicht war er im Gemeindehaus aufgehalten worden oder lief eine Runde. Bei Tyra Lundin konnte er auch sein, und selbst wenn nicht, würde sie dort nachhören können, ob sie eine Idee hatte. Aber das würde schon nicht nötig sein. Sicher hatte er sich einfach in einem guten Buch festgelesen und die Zeit vergessen. Vielleicht war er sogar eingeschlafen.

Sie fuhr zügig bis vor die Haustür und legte eine Vollbremsung hin.

»Hallo!«, rief sie schon im Flur. »Jemand zu Hause?«

Kein Ton. Keine Schritte, die sich näherten, keine offenen Arme, die sie willkommen hießen, kein aus dem Schlaf hochgeschreckter Samuel. Sie lief alle Zimmer im Erdgeschoss ab, warf sogar einen Blick in die Vorratskammer in der Küche. Die Treppe ins Obergeschoss knarzte. Das Bett war nicht gemacht, offenbar hatte er es am Morgen eilig gehabt. Emanuels Zimmer war unberührt, ganz wie die beiden Gästezimmer. Es gab so verdammt viele Zimmer in diesem riesigen Haus! Der Hintergedanke war sicher gewesen, dass man sie mit Kindern füllte, die alle als Zeichen von Gottes Großzügigkeit gegenüber der Pfarrersfamilie zu verstehen waren.

Sicherheitshalber sah sie noch auf dem Dachboden nach, aber ohne Ergebnis. Blieb nur der Keller, und so kehrte Maja-Sofia ins Erdgeschoss zurück, von wo eine Treppe ins Untergeschoss führte. Dort lagen eine Waschküche, Heizungs- und Vorratskeller und weitere Kellerräume. Auch hier keine Spur von Samuel. Es war richtig unheimlich, in seinem Haus nach ihm zu suchen und zu rufen, ohne eine Antwort zu bekommen.

Auf dem Weg zurück ins Erdgeschoss schlug Maja-Sofia sich gegen die Stirn.

»Wie blöd bin ich denn?«, fluchte sie. »Das Auto! Ich hätte erst mal schauen sollen, ob das Auto hier steht!«

Sie nahm die letzten Stufen mit großen Schritten und rannte hinaus auf den Hof. Die Garage stand horizontal zum Haus, und die Türen waren natürlich zu, aber Maja-Sofia wusste, dass Samuel nie abschloss. Sie riss einen Türflügel auf. Der Wagen stand drin.

Samuel musste ohne Auto unterwegs sein. Sie wählte Marits Nummer und gab durch, dass Samuel nicht zu Hause war, sie aber weitersuchen würde.

»Wenn Ihnen noch wer einfällt, den ich anrufen könnte, sagen Sie gern Bescheid«, bat sie.

Marit fiel auf die Schnelle niemand ein, sie war gestresst, weil sie nach Sollerön aufbrechen und spontan ihren Sohn mitnehmen musste. Im Hintergrund war der quengelige Emanuel zu hören.

Maja-Sofia rief in schneller Abfolge bei Samuels Chefin Ellinor, bei Halbton Halvarsson und der Diakonin Cillan an. Niemand von ihnen hatte Samuel nach der Messe gesehen. Sie unternahm einen letzten Versuch bei Tyra Lundin.

»Keine Ahnung, wo der sein könnte«, sagte Tyra. »Samuel war nicht beim Kirchenkaffee. Er saß nach dem Gottesdienst noch mit Tindra und ihrem Mitschüler in der Kirche, ein lieber Junge. Ich hatte den Eindruck, dass das ein ganz schön ernstes Gespräch war. Samuel kam danach nicht mehr ins Gemeindehaus.«

Wenn Samuel ein ernstes Gespräch mit Tindra geführt

hatte, würde er ihr keine Auskunft darüber geben, aber vielleicht wusste Tindra ja, wo er war, also beendete Maja-Sofia schnell das Gespräch mit Tyra.

Sie fand Tindras Nummer im Internet und rief sie an. Nach gut acht Freitönen, als Maja-Sofia schon aufgeben wollte, meldete sich eine schläfrige Stimme.

»Hallo?«

»Tindra, hallo! Maja-Sofia hier. Weißt du, wo Samuel ist?«

»Vielleicht«, sagte Tindra, »aber Sam will vermutlich nicht, dass ich das verrate.«

»Lass mich raten: Er ist auf Mörderjagd«, seufzte Maja-Sofia. »Ja oder nein?«

»Das kann ich nicht direkt abstreiten«, sagte Tindra.

Maja-Sofia hatte gerade aufgelegt, da kam eine SMS. Es war tatsächlich ein Lebenszeichen von Samuel.

»Endlich!«, stieß sie hervor. »Was hat sich der Pfaffe jetzt geleistet?«

Schnell las sie, was er geschrieben hatte. Es war nur ein einziges Wort. Sie zögerte nur kurz, dann rief sie Verstärkung.

DREIUNDFÜNFZIG

Samuel stand vor dem Bootshaus und musterte die Frau, die herausgekommen war.

»Du warst es nicht, oder Signe?«

»Nein!«, flüsterte sie. »Ich war es nicht, daraus wurde nichts, aber er hat versucht, mich zu erpressen.«

»Daraus wurde nichts? Was sollte denn werden? Und wer hat versucht, dich zu erpressen? Ich wüsste gern die Wahrheit«, sagte Samuel. »Wenn du mir alles erzählst, kann ich dir sicher helfen.«

Sie gingen zusammen ins Bootshaus und setzten sich in eins der Kirchboote. Samuel war wild entschlossen, Signe nicht aus den Augen zu lassen, ehe er alles aus ihrer Sicht gehört hatte. Er wollte wissen, ob es mit dem übereinstimmte, was Mattias geschrieben hatte.

Signe war sichtlich aufgeregt, atmete schnell und ließ sich etwas Zeit mit ihrer Antwort. Samuel nutzte die Gelegenheit und schickte eine SMS an Maja-Sofia. Er schrieb ein Wort: *Kirchboote*. Nichts weiter. Er konnte nur hoffen, dass sie verstand, was er meinte.

»Gideon wollte mich dazu zwingen«, setzte sie vorsichtig an, »aber ich habe mich geweigert. Sie haben mich zu so vielem gezwungen, bis ich mich endlich gewehrt habe. Ich bestimme jetzt selbst, die werden nie wieder Macht über mich haben.«

»Was genau ist denn passiert?«

»Am Abend vor dem Brand kam er ins Café. Er war so nett und interessiert und wollte alles sehen, auch die Brauerei. Ich habe ihn herumgeführt, obwohl Daniel nicht da war. Besonders die Lagertanks hatten es ihm angetan. Jetzt weiß ich auch, warum.«

»Er hat geschaut, bei welchen sich die Ventile öffnen ließen«, sagte Samuel. »Aber woher wusste er, in welchem Behälter Kohlendioxid und in welchem Bier war?«

Signe seufzte schwer.

»Weil ich es ihm gesagt habe«, flüsterte sie. »Wie konnte ich nur?«

»Du hattest Angst«, sagte Samuel, »du wusstest, was er von dir verlangen würde.«

Sie nickte.

»Daniel hatte mir gerade erst erzählt, dass aktuell nur die beiden vordersten Tanks mit Bier gefüllt waren, in allen anderen war Kohlendioxid.«

Samuel hörte, wie schwer es ihr fiel, das auszusprechen.

»Und dann hat Gideon dich bedroht?«

Signe antwortete nicht, aber das war auch nicht nötig, Samuel verstand auch so. Er wurde richtig wütend. Dass es so bösartige Menschen auf der Erde gab!

»Ich vermute, ich liege richtig, wenn ich davon ausgehe, dass die Stiftung *Was er auch gibt, was er auch nimmt* dahintersteckt?«

Sie nickte schweigend.

»Aber wieso hast du mich angelogen? Wieso hast du nicht gleich erzählt, was du wusstest? Ich hätte es doch nicht weitererzählt, ich habe doch Schweigepflicht.«

Ein Lächeln flackerte auf ihren Lippen auf, aber es erlosch schnell wieder.

»Ich habe mich trotzdem nicht getraut«, sagte sie. »Du ahnst nicht, wie die sind. Ich hätte auch dich in Gefahr gebracht.«

»Eine Ahnung hab ich schon«, sagte Samuel. »Ich war dort. Ich kann es mir wohl einigermaßen vorstellen.«

Sie hob die Brauen.

»Du warst dort? Wirklich?«

»Ja, weil du nicht mit der Sprache rausgerückt bist, musste ich selbst Nachforschungen anstellen«, sagte Samuel. »Das Treffen mit der Vorsteherin, oder wie man die Pingstlilja nennen will, gehörte nicht gerade zu meinen liebsten zwischenmenschlichen Interaktionen. Dass du geflohen bist, habe ich von einer jüngeren Frau dort erfahren. Für Juliana scheinst du gestorben zu sein.«

Signe schwieg.

»Die Chance hat sich mir geboten, als wir in Falköping einkaufen waren, und ich habe sie beim Schopf gepackt«, sagte sie. »Ich war für das Geld verantwortlich, und das habe ich einfach für ein Ticket für den nächstbesten Zug ausgegeben. Der fuhr genau in dem Moment ab, als Gideon und Juliana aufs Gleis gerannt kamen.«

»Und in dem Zug hast du Daniel kennengelernt?«

»Ja, Daniel saß mir gegenüber, und er war so nett«, sagte

sie. »Wir kamen sofort ins Gespräch, und wir haben nicht aufgehört zu reden, bis …«

Mehr bekam sie nicht heraus, weil sie weinen musste. Samuel hatte leider kein Taschentuch dabei, das er ihr anbieten konnte.

Als Signe sich langsam beruhigte, rasselte plötzlich das Vorhängeschloss.

»Werden wir gerade eingeschlossen?«, fragte Samuel. Angst packte ihn. »Oder war das der Wind?«

Signe schüttelte den Kopf.

»Es geht kein Wind«, sagte sie. »Oh, Gott, das wird er sein!«

Sie schlug sich die Hand vor den Mund, Panik schimmerte in ihren Augen. Draußen war triumphierendes Gelächter zu hören.

»Gideon Emanuelsson«, flüsterte sie und keuchte.

»Und noch jemand«, flüsterte Samuel. »Hör doch! Auf der anderen Seite sind auch Schritte.«

In dem spärlichen Licht, das durch die Bretterwände hereinfiel, sah er Signes verwirrten Gesichtsausdruck. Gleichzeitig drang ein stechender Geruch in seine Nase.

»Benzin!«, sagte Samuel. »Die wollen das Bootshaus abfackeln!«

Sein Handy klingelte, und auf dem Display erschien Gabriels Foto. Er drückte auf die Kurzantwort *Ich kann gerade nicht sprechen* und hoffte inständig, dass er noch die Gelegenheit bekäme, seinen Sohn zurückzurufen. Gerade sah es nicht danach aus.

Signe presste sich dicht an ihn, ihr schmaler Körper zitterte. Er konnte nichts weiter tun, um sie zu trösten, als sie fest in die Arme zu schließen. In wenigen Augenblicken würde das Bootshaus in Flammen stehen, sodass man das Feuer über den ganzen See bis nach Våmhus lodern sehen konnte. Vielleicht hatten sie Glück, der Bierbrauer bekam es mit und wählte den Notruf. Denn in der Nähe des Bootshauses gab es niemanden, der helfen konnte. Von Signe, ihm selbst und den Booten würden bald nur noch Erinnerungen übrig sein.

»Boss«, sagte er und nahm Signes zitternde, eiskalte Hand, »lieber, guter Boss, hilf uns aus dieser misslichen Lage.«

Signe sackte in Samuels Armen zusammen, woraufhin er sie nur noch enger umschloss. Doch viel Sicherheit konnte er ihr auch nicht vermitteln, er hatte genauso große Angst wie sie.

Der Boss war bei ihnen, und seine Antwort ließ nicht lang auf sich warten: *Euer Herz erschrecke nicht und fürchte sich nicht.*

»Johannes 14,27«, flüsterte er in ihr Haar. »Meine Lieblingsstelle.«

Signe schaute zu ihm auf.

»Was hast du gesagt?«

Samuel tätschelte ihr liebevoll den Rücken.

»Hab keine Angst«, sagte er, »alles wird gut.«

Auf einmal waren Sirenen von Einsatzfahrzeugen zu hören, Autos bremsten geräuschvoll, Türen wurden aufgerissen, und dann hörte Samuel die Stimme seiner geliebten Maja-Sofia.

»Polizei! Lassen Sie sofort den Kanister fallen!«

Sie hatte seine SMS verstanden, Gott sei Dank.

Von dem Bootshaus waren leise Stimmen zu hören, die von Maja-Sofia und eine Männerstimme. Aber hinter dem Bootshaus war ja noch eine weitere Person. Wussten sie nicht, dass sie es mit zwei Tätern zu tun hatten?

Vorn waren weitere Schritte zu hören.

»Polizei! Stehen bleiben!«

Das war Martina Jarning. Erleichtert strich er Signe übers Haar.

»Was wollt ihr hier?«, brüllte eine empörte Frauenstimme.

»Die Frage sollten wir Ihnen stellen«, antwortete Jarning, gelassen wie eh und je.

Jetzt konnte er richtig aufatmen. Martina hatte alles unter Kontrolle. Falls sie je gestresst war, ließ sie es sich nicht anmerken.

»Dorotea Svensson, Sie sind vorläufig festgenommen. Folgen Sie uns bitte aufs Revier.«

»Lassen Sie mich los!«, protestierte die Frau, was ihr natürlich nicht half. »Sie irren sich!«

»Dorotea?«, flüsterte Signe. »Wieso nennen sie sie Dorotea? Das klang nach Julianas Stimme.«

»Das ist ein und dieselbe Person«, erklärte Samuel. »Das erkläre ich dir später.«

Der Frau musste es gelungen sein, ein Streichholz zu entzünden, oder aber sie hatte ein Feuerzeug dabeigehabt, jedenfalls war plötzlich das Knistern von Flammen zu hören. Sie konnten sie durch die Ritzen der trockenen Bretterwände sehen, in die sie sich zu fressen drohten.

»Weg vom Bootshaus!«, schrie Knis Petter Larsson. »Es brennt!«

Im nächsten Moment wurde die Tür eingetreten, und Larsson erschien. Samuel nahm Signes Hand, sie sprangen zusammen aus dem Boot und eilten ins Freie. Etwas abseits setzten sie sich ans Ufer. Samuel atmete ein paar Mal durch, damit die frische Luft tief in seine Lunge dringen konnte, dann forderte er Signe auf, das Gleiche zu tun.

Maja-Sofia hatte inzwischen Gideon Emanuelsson übermannt und ihm Handfesseln angelegt, Jarning hatte Dorotea Svensson übernommen. Larsson kam zu Signe und Samuel ans Ufer und brachte sie noch ein Stück weiter weg, das Feuer wütete schließlich noch immer.

»Gute Arbeit!«, sagte er zu Samuel und nickte ihm zu, bevor er sich mit Signe entfernte.

Samuel schaute auf und entdeckte Sigvard und Klops bei einem der Streifenwagen.

Ihre Blicke trafen sich, sein älterer Kollege schien sehr aufgeregt.

»Die Boote!«, schrie Sigvard. »Wir müssen die Boote in Sicherheit bringen!«

Er ließ Klops' Leine los, kam entschlossenen Schrittes auf Samuel zu und knuffte ihn in die Seite.

»Los, Bruder!«, rief er. »Wir dürfen die Kirchboote unter keinen Umständen verbrennen lassen.«

Mit vereinten Kräften gelang es ihnen, die Boote auf die Schräge und von dort ins Wasser zu schieben. Kurz darauf krachte das brennende Bootshaus in sich zusammen und die Flammen schlugen noch weiter aus. Aber die Feuerwehrsirenen näherten sich bereits.

Samuel faltete die Hände.

»Danke, Boss«, sagte er. »Danke für Johannes 14,27.«

Sigvard zeigte zu den Streifenwagen, in die Gideon und Dorotea gesetzt worden waren, um sie auf die Wache nach Mora zu bringen.

»Ach, die war das!«, sagte er. »Jetzt fällt es mir wieder ein! Juliana von der Stiftung in Vilseklev war an dem Tag des Feuers auch im Café! Ich wusste doch, dass ich noch drauf kommen würde. So grüne Nägel sieht man wahrlich nicht oft.«

VIERUNDFÜNFZIG

»Mattias' Aufsatz war der entscheidende Hinweis«, sagte Samuel, als sie am Abend alle um den Tisch in der Pfarrhausküche saßen. »Nach dem Lesen habe ich verstanden, wie alles zusammenhängt.«

»Welcher Aufsatz?«, fragte Knis Petter Larsson.

»Das war eine Schreibaufgabe für den Kurs am *Stiftsgården*«, erklärte Samuel.

Am Nachmittag hatte Knis Petter mit Signe und Samuel gesprochen, während Maja-Sofia und Martina Jarning die beiden Verdächtigen Gideon Emanuelsson und Dorotea Svensson nach Mora gebracht hatten. Jetzt hatten sich alle außer Maja-Sofia und Jarning hier eingefunden, selbst Sigvard, auf dessen Schoß Klops schlief.

»Ich finde«, sagte Samuel, »dass Tindra und Mattias auch dabei sein sollten. Ich klingle gerade mal durch und frage, ob sie noch in Klockarvik sind. Es ist ja möglich, dass sie noch nicht wieder zum *Stiftsgården* aufgebrochen sind.«

»Das sind sie nicht«, sagte Sigvard. »Das Mädel nimmt bestimmt den Bus montags um zehn.«

»Woher weißt du das?«, fragte Samuel überrascht.

»Das hat sie doch an dem Montag gemacht, als dieses

ganze Elend losging. Und ich gehe davon aus, dass Tindra nach einem freien Wochenende so lange wie möglich zu Hause bleibt.«

Samuel lächelte und nickte seinem Freund zu.

»Es ist eine sehr gute Idee, die beiden Jugendlichen auch herzubitten«, sagte Larsson.

Samuel hatte Glück, er erreichte Tindra sofort, und keine zehn Minuten später saßen auch sie und Mattias am Tisch.

In der Zwischenzeit hatte Samuel für alle Kaffee gekocht, und Larsson hatte ihm geholfen, Brot, Butter und Käse bereitzustellen, sodass sich alle bedienen konnten.

»Nach aufreibenden Erlebnissen fühlt man sich meist besser, wenn man was im Magen hat«, erklärte der erfahrene Polizist.

Samuel holte seinen Computer und stellte ihn ebenfalls auf den Tisch.

»Hier ist die gesamte Erklärung«, sagte er. »Mattias wusste Bescheid, weil die Cousine seiner Mutter ein ähnliches Schicksal ereilt hat wie Signe.«

»Die Cousine deiner Mutter?«, fragte Signe, die bisher geschwiegen hatte. »Noomi?«

»Ja, genau«, sagte Mattias. »Auch sie ist weggelaufen und nie zurückgekommen, genau wie Signe. Etwa ein halbes Jahr später fand man ihre sterblichen Überreste im abgebrannten Bootshaus eines verlassenen Fischerdorfs in der Nähe von Luleå. Im Kollektiv wurde erst ziemlich viel getuschelt, aber das wurde natürlich unterbunden.«

»Und da kommt Dorotea Svensson alias Juliana Pingstlilja ins Spiel«, sagte Samuel. »Nicht wahr, Mattias?«

»Genau. Meine Eltern haben mehrfach erwähnt, dass sie zu dieser Zeit ganz oben im Norden unterwegs gewesen ist. Sie glaubten wohl, dass ich davon nicht viel mitbekomme, aber ich fand's natürlich spannend, deshalb kann ich mich so gut an alles erinnern. Na ja, und dann habe ich von dem Mord in Klockarvik gelesen, außerdem haben Tindra und ich uns auch darüber unterhalten, deshalb ist mir das mit Noomi wieder eingefallen. Da habe ich verstanden, dass die fremde Frau aus dem Café, über die in der Zeitung berichtet wurde, gar nicht so fremd war. Als ich Signe in der Kirche erkannt habe, wurde mir alles noch klarer, weshalb ich anfing, darüber zu schreiben. Das war meine Art, mich der Wahrheit anzunähern.«

»Was Mattias da erzählt, stimmt«, sagte Signe. »Die arme Noomi.«

»Wieso hast du denn Mattias in der Kirche nicht einfach gegrüßt?«, fragte Tindra.

»Ich habe mich nicht getraut«, sagte Signe. »Ich habe natürlich sofort die schwarzen Hosenträger erkannt, die in der Stiftung alle tragen, und hatte Angst, dass er geschickt wurde, um mich zu suchen.«

»Dann erzählen Sie doch mal, Signe, was an dem Tag wirklich im Brauereicafé passiert ist«, bat Knis Petter Larsson.

Sigvard räusperte sich, wodurch Klops aufwachte und sein Herrchen erwartungsvoll ansah.

»Vielleicht könnte ich auch anfangen, und Signe übernimmt?«, schlug er vor. »Ich saß mit Gideon im Café, wir haben zusammen gefrühstückt und uns unterhalten. Als wir aufbrechen wollten, sagte er, er würde noch einen Abstecher zur Toilette machen. Weil Klops ja draußen war und langsam zappelig wurde, sagte ich, ich würde schon mal vorgehen. Klops und ich machten uns also langsam auf den Weg in Richtung Bushaltestelle.«

»Was wollten Sie an der Bushaltestelle?«, fragte Larsson.

»Gideon wollte noch zum Supermarkt, um seine Vorräte aufzustocken, und ich war unterwegs zum Arzt, die Bushaltestelle lag für uns beide auf dem Weg. Er hat mich schnell eingeholt trotz seines Gepäcks.«

»Aber davor«, meldete sich nun Signe zu Wort, »war Juliana oder Dorotea, wie Sie sie nennen, ebenfalls schon zur Toilette gegangen. Gideon folgte ihr. Daniel war in der Brauerei und ich allein im Café. Die Amerikaner waren auch schon aufgebrochen, weil sie eine Runde mit Rick drehen wollten. Ich weiß noch, dass Juliana eine Tasche dabeihatte, eine selbst genähte Stofftasche, die sie fest an sich gedrückt hielt.«

»Darin befanden sich Leinöl und Terpentin. Außerdem eine Schachtel mit ausreichend Sägespänen und Zunder. Das alles sollte sich entzünden und, nah genug an der Gasflasche deponiert, eine Explosion provozieren. Und die Größe des Feuers reichte aus, kein Wunder mit all den Kartons und Holzpaletten in der Nähe.«

»Das hatte Gideon alles dabei?«, fragte Sigvard. »Ich habe gar nichts mitbekommen.«

»Nein, das hatte Dorotea dabei«, sagte Samuel. »Dein neuer Freund Gideon machte sich an den Lagertanks zu schaffen, drehte die Ventile auf und schloss Daniel ein. Das muss sehr schnell gegangen sein, und Daniel hatte nicht die geringste Chance, zu entkommen, als das Kohlendioxid erst einmal ausgetreten war.«

»Und dann ist Gideon mir gleich nachgelaufen?«, fragte Sigvard. »Wie schrecklich. Wenn ich das gewusst hätte!«

Der alte Pfarrer schüttelte betrübt den Kopf.

»Dorotea Svensson«, sagte Samuel, »war sehr gut vorbereitet, sie hatte alles, was sie brauchte, in dem Stoffbeutel. Alles lief nach Plan, und dann schloss sie die Tür zum Übergang zwischen Café und Brauerei ab.«

»Als alles erledigt war, holte sie ihren Rollkoffer und verschwand durchs Café Richtung Bahnhof«, sagte Sigvard. »Das müssen sie wirklich gut vorbereitet und einen genauen zeitlichen Ablauf festgelegt haben. Ich habe nicht mal mitbekommen, dass sie gegangen ist, irgendwann war sie einfach weg. Das war, noch bevor ich überhaupt das Café verlassen hatte.«

Samuel schenkte allen Kaffee nach und forderte sie auf, sich doch noch ein Brot zu schmieren. Er fand es unendlich schade, dass Maja-Sofia nicht dabei sein konnte, aber sie und ihre Kollegin wurden auf der Wache gebraucht. Hoffentlich konnte sie wenigstens später noch vorbeikommen.

»Am Vorabend hatte Gideon mir gedroht. Er sagte, ich würde bestraft und dann wieder mitgenommen werden. Dann wollten sie mich innerhalb der Stiftung verheiraten«, sagte Signe. »Aber vorher müssten wir noch den sündigen Betrieb zerstören, den Daniel und ich aufgebaut hatten. Er wollte mich zwingen, das selbst zu tun, auch Daniel zu töten. Mir war klar, dass ich Daniel warnen musste, aber ich wusste nicht wie, und dann kam ich nicht mehr dazu. Ich dachte, ich hätte noch etwas mehr Zeit.«

Sie zog ein Taschentuch hervor und schnäuzte sich.

»Dann haben Sie Dorotea Svensson gar nicht erkannt, als sie an dem Morgen zum Frühstück erschien?«, fragte Knis Petter Larsson.

»Nein, habe ich nicht«, sagte sie und biss sich auf die Lippe. »Nicht in der Aufmachung. Ich kannte sie nur in ihrer Arbeitshose mit den schwarzen Hosenträgern, die sie in Vilseklev trägt. Wenn mir bewusst gewesen wäre, um wen es sich handelt, hätte ich vielleicht was verhindern können.«

»Und der Braumeister aus Våmhus«, sagte Samuel, »nahm den dritten Ausgang, ganz wie Tysk erzählt hat. Der befindet sich auf der Rückseite des Gebäudes und geht vom Büro ab.«

»Und von dort hat Rantatalo ihn dann mit dem Firmenwagen wegfahren sehen«, sagte Petter. »Der stand da direkt vor der Tür.«

»Ich stand beim Nebengebäude und habe geraucht«, sagte Signe. »Von dort habe ich gesehen, wie Gideon aus dem Nebenausgang kam. Als ich ihn gehen sah, dachte ich, es ist alles in Ordnung. Ich wollte nur noch zu Ende rauchen und dann Daniel und dem Braumeister aus Våmhus einen Kaffee bringen. Doch dann knallte es schon.«

Sie vergrub das Gesicht in den Händen und brach in Tränen aus. Tränen der Erlösung, dachte Samuel und klopfte ihr auf die Schulter.

»Da hatten Gideon und ich schon die Bushaltestelle erreicht. Dort sprachen wir noch, als es plötzlich krachte«, sagte Sigvard. »Gideon verzog nicht mal eine Miene.«

»Gideon hat in meiner Gegenwart von ›Gehorsam bis in den Tod‹ gesprochen«, sagte Samuel. »So sieht man das offenbar in dieser schrecklichen Stiftung, wobei man ja eher von einer Sekte sprechen muss.«

Ein Telefonklingeln unterbrach ihn. Marits Nummer. Da erst fiel ihm die lange Liste verpasster Anrufe auf.

»Oh, lieber Gott!«, entfuhr es ihm. »Das ist Marit. Ich habe völlig vergessen, Emanuel abzuholen!«

FÜNFUNDFÜNZIG

Montag, 30. Oktober

Obwohl Samuel in der ganzen Aufregung vergessen hatte, seinen Sohn abzuholen, war Marit nicht sauer gewesen. Der Junge war bereits eingeschlafen, als Marit Samuel endlich erreicht hatte, und so einigten sie sich darauf, dass er den Kleinen tags darauf direkt aus der Kita holen würde.

Am Sonntag war es spät geworden, Maja-Sofia war erst gegen Mitternacht nach Hause gekommen. Er hatte sie mit einem Snack und einer Tasse Tee erwartet und sie überredet, am nächsten Morgen gemeinsam auszuschlafen. Er hatte diesen Montag frei, und Maja-Sofia hatte ihm versprochen, auch zu Hause zu bleiben. Martina Jarning und Knis Petter Larsson würden allein in Mora die Stellung halten müssen.

Samuel ging hinunter in den Keller, um sein Werk zu begutachten: den Tretschlitten samt Kindersitz, den Tyra Lundin ihm vermacht und den er in seiner Freizeit neu lackiert hatte. Beides war noch eins a in Schuss. Josef Emanuel würde heute hochoffiziell damit in Empfang genommen werden, später dann Alva und Gabriel, die abends aus Stockholm ankommen würden. Weil das Haus bald voll sein würde, sollten er und Maja-Sofia den halben Tag Zweisamkeit umso mehr genießen, zumal dieser Fall endlich aufgeklärt war. Samuel war ein bisschen stolz, dass er auch dieses Mal dazu beigetragen hatte, aber das würde er Maja-Sofia gegenüber niemals äußern.

»Samuel!«, rief Maja-Sofia die Kellertreppe hinunter. »Frühstück ist fertig. Kommst du hoch?«

»Ja, gleich!«, rief er zurück.

Er nahm den Tretschlitten und brachte ihn mit nach oben in den Flur.

»Schick, oder?«, sagte er.

»Superschick!«, stimmte Maja-Sofia zu. »Auf so einem hab ich als kleines Kind auch gesessen. So wie alle Kinder in Kuivalihavaara. Das war richtig gemütlich.«

Die Erinnerung ließ sie breit lächeln, so breit, dass ihre Augen ganz schmal wurden, man konnte sie kaum noch sehen. Samuel liebte dieses Lächeln.

»Daran kannst du dich noch erinnern?«, fragte Samuel.

»Na ja, nicht an die Zeit als Baby, aber wie es so mit drei oder vier war, weiß ich noch. Und dann durfte ich irgendwann selbst treten. Emanuel wird einen Mordsspaß an dem Schlitten haben, das kannst du mir glauben. Aber jetzt komm, der Kaffee wartet.«

Samuel schloss sie noch einmal fest in die Arme. Sobald die Kinder da waren, würde sie sich ins Missionshaus zurückziehen. Sie hatte ihm versichert, dass sie genau das wollte. Einfach ein paar Tage für sich nach dem ganzen Trubel.

Sie hatten sich gerade an den Küchentisch gesetzt, da kam ein Auto die Allee entlanggefahren und hielt auf dem Hof. Die Fahrertür öffnete sich, und eine junge Frau stieg aus.

Sie öffnete die Tür zur Rückbank und holte einen enormen Blumenstrauß heraus.

»Frühaufsteher«, sagte Maja-Sofia mit einem Blick durchs Fenster.

»Signe«, stellte Samuel fest. »Wie schön, dass sie wieder auf den Beinen ist, sie sieht so ausgeruht aus. Aber ich hatte mich auch darauf gefreut, mit dir allein zu frühstücken«, sagte er und strich ihr sanft über die Wange.

Es klingelte, und Samuel ging zur Tür, während Maja-Sofia weiter ihren Joghurt aß.

»Willkommen, Signe!«, begrüßte er den frühen Gast.

»Entschuldige, dass ich so früh vorbeikomme«, sagte sie, »ich werde auch nicht lange stören. Ich wollte nur diese Blumen vorbeibringen und meinen herzlichen Dank aussprechen. Ihr beide habt so viel für mich getan.«

Samuel führte sie in die Küche.

»Wir sind noch beim Frühstück«, sagte er. »Hast du Zeit für eine Tasse Kaffee? Setz dich zu uns.«

Maja-Sofia wickelte den Blumenstrauß aus, während Samuel eine Tasse für Signe holte.

»Oh«, sagte Maja-Sofia, »was für schöne Blumen. Ein richtiger Herbststrauß. Das wäre wirklich nicht nötig gewesen, wir haben doch nur unseren Job gemacht. Also ich zumindest. Samuel hat mal wieder Privatdetektiv gespielt.«

Samuel knuffte ihr gegen den Arm und lachte.

»Aber ich habe euch geholfen, den Mord aufzuklären«, sagte er. »Oder etwa nicht?«

»Okay, okay«, beschwichtigte sie. »Das war ein guter Einsatz von dir.«

Statt sich weiter gegenseitig aufzuziehen, widmeten sie sich ihrem Gast.

»Schön, dich zu sehen, Signe«, sagte Samuel und schenkte ihr Kaffee ein. »Du siehst sehr viel besser aus als bei unserem letzten Treffen.«

Signe lächelte ihn an.

»Ja, weil ich mich endlich entspannen kann, seit ich weiß, dass die beiden hinter Schloss und Riegel sind. Ich habe ein bisschen gegoogelt. Gideon und Juliana gelten wohl als ›Mörder mit missionarischem Auftrag‹. Das sind Leute, die felsenfest davon überzeugt sind, dass sie etwas Gutes tun, wenn sie gewisse Personen ausschalten, in ihrem Fall Mitglieder, die der Sekte untreu geworden sind.«

Sie sah zu Maja-Sofia, die den Kopf schüttelte.

»Ich kann mich leider nicht zu dem Fall äußern«, sagte sie, »weder Gideon noch Dorotea wurden bisher verurteilt. Aber ich bin sehr froh, dass Sie alles unbeschadet überstanden haben und sogar recht glücklich aussehen – trotz allem. Greifen Sie doch zu, die Käsebrote reichen für uns alle.«

Signe kam der Aufforderung dankbar nach.

»Ich werde nachts wach«, sagte sie, »und habe den Geruch von Benzin in der Nase, obwohl es nur die Erinnerung ist.«

»Aber die Erinnerung hat ihren Ursprung in der Wirklichkeit«, sagte Samuel. »Es wird sicher noch eine Weile dauern, bis du das verarbeitet hast und wieder Ruhe einkehrt.«

»Seit meiner Flucht hatte ich permanent Angst«, sagte sie. »Ich wusste ja, dass man nicht ungestraft davonkommt. Niemals. Sie haben gehört, wie es für Noomi ausging. Und als

Gideon plötzlich vor mir stand, wusste ich, dass mich das Schicksal eingeholt hat. Die Explosion war meine Strafe.«

Auch über diese schweren Dinge konnte sie mit Beherrschung sprechen.

»Wusste Daniel von alldem?«, fragte Maja-Sofia.

Signe schüttelte den Kopf.

»Nein, ich habe kein Wort darüber verloren. Um meine Vergangenheit ging es in unseren Gesprächen nie. Aber leider fiel er ihr trotzdem zum Opfer. So bestrafen sie, sie nehmen dir das Liebste, was du hast, und überzeugen dich dann, dass das einzig Richtige ist, wieder mit ihnen zurückzukehren. Und dann geht man mit, wenn auch nur aus Angst vor weiteren Strafen.«

Samuel stand auf und schenkte allen Kaffee nach.

»Was hast du jetzt vor?«, fragte er.

»Die Polizei hat gesagt, ich kann endlich Daniels Beerdigung planen, und das ist auch einer der Gründe, weshalb ich gekommen bin. Ich wollte dich fragen, ob du das übernehmen würdest?«

»Aber selbstverständlich«, sagte er. »Wir werden Daniel einen schönen und gebührenden Abschied bereiten, das verspreche ich.«

Signe strahlte.

»Und dann kann ich noch was Erfreuliches berichten«, sagte sie. »Ich werde die Brauerei wieder herrichten.«

»Das sind ja tolle Neuigkeiten!«, sagte Samuel.

»Wie genau wollen Sie das anstellen?«, fragte Maja-Sofia.

»Mit Unterstützung natürlich«, sagte Signe. »Das Gebäude war ja versichert, das ist erst mal kein Problem. Die Grundmauern stehen noch, aber die Einrichtung muss erneuert werden. Der Großteil des Cafés ist glücklicherweise noch intakt.«

»Und das Brauhandwerk?«, fragte Maja-Sofia weiter. »Damit kennen Sie sich gut genug aus?«

»Ich habe Daniel viel über die Schulter geschaut. Alles kann ich natürlich noch nicht, aber ich bekomme Hilfe.«

»Hilfe?«, fragte Samuel. »Doch wohl nicht von Peg und Bill?«

»Nein, nein«, sagte sie. »Die möchte ich nie wiedersehen. Aber Sie kennen doch sicher den Braumeister aus Våmhus?«

Samuel und Maja-Sofia wechselten einen Blick und mussten lachen.

»Frälsis-IPA«, sagten sie wie aus einem Mund. »Dann wird Leo Norz Ihnen helfen? Wie schön! Dann bleibt uns nur eins: Ihnen zu gratulieren, es scheint sich ja alles zu fügen. Offenbar auch für Leo Norz.«

Sie nickte, stand auf und griff nach ihrem Mantel, der von der Lehne gerutscht war.

»Jetzt muss ich los«, sagte sie. »Die Arbeit wartet. Ich muss erst mal in der Bäckerei aufräumen. Außerdem sind meine Eltern hierhin unterwegs, wir haben uns vor vielen Jahren das letzte Mal gesehen.«

Wie schön, dass Signe so guter Dinge war. Samuel begleitete sie noch bis zur Tür.

»Nein, was für ein toller Tretschlitten!«, sagte sie, als sie das gute Stück im Flur entdeckte. »So einen hatte ich auch, als ich klein war.«

Samuel bedankte sich noch einmal für ihren Besuch, verabschiedete sich, schloss die Tür hinter ihr und kehrte in die Küche zurück.

»Offenbar hatten als Kinder alle so einen Tretschlitten, außer mir«, sagte er zu Maja-Sofia.

»Ein absolutes Versäumnis deiner Eltern«, sagte sie und lächelte. »Jetzt ist es leider zu spät.«

Sie frühstückten zu Ende und räumten dann das Geschirr weg. Samuel schaute auf die Uhr.

»In fünf Stunden kommen die Großen«, sagte er. »Es war wirklich höchste Eisenbahn, den Mord aufzuklären. Mit den Kindern hier hätte ich mich gar nicht so darauf konzentrieren können.«

»Na, was ein Glück, Pfarrer Samuel«, sagte sie.

Er schloss sie in eine lange Umarmung.

»Und vergiss bitte nicht, dass du versprochen hast, an Allerheiligen zum Truthahnessen zu kommen«, flüsterte er in ihr schwarzes Haar.

»Ist gebongt«, sagte sie und gab ihm einen Kuss aufs Kinn. »Wenn die Umstände es zulassen.«

Maja-Sofia strich mit dem Finger über die Haare oberhalb seines linken Ohrs.

»Hör mal, Pfarrerchen«, sagte sie, »ich glaube, es wird Zeit, dass du Malin und der *Frisörvillan* mal wieder einen Besuch abstattest.«

SECHSUNDFÜNFZIG

»Mörder mit missionarischem Auftrag«, sagte Martina Jarning und trank einen Schluck Bier. »Da fragt man sich doch wirklich, was passieren muss, damit Menschen so werden.«

Maja-Sofia war stolz auf Ovansiljans bestes Ermittlerteam, das sich wie immer im *The Worried Wolf* eingefunden hatte, um darauf anzustoßen, dass wieder ein Mord aufgeklärt war. Diesmal ging die Aufklärung nicht vollständig auf ihr Konto. Samuel, Mattias und auch Tindra waren eine große Hilfe gewesen, das musste sie zugeben.

Sie waren nicht allein im Pub. An einem benachbarten Tisch saßen die Cousins Tysk und Brysk und sprachen mit dem Supermarktchef Benny. In der Ecke unterhielten sich ein paar Frauen, die sie ebenfalls kannte. Es waren die Frisörinnen der *Frisörvillan*, wo Samuel sich die Haare schneiden ließ.

Knis Petter Larsson trank einen großen Schluck IPA und wischte sich den Schaum von der Oberlippe.

»Irgendwas ist bei denen gehörig schiefgelaufen. Und das Schlimmste ist, dass sie ernsthaft glauben, die Welt zu verbessern, wenn sie Menschenleben auslöschen, die ihnen nicht passen. Nicht in ihr Konzept passen. Ich erinnere nur an den Typen, der vor ein paar Jahren in Stockholm aus dem Nichts und völlig wahllos Immigranten erschossen hat, die in unterschiedlichen Läden hinter der Theke standen.«

»Stimmt«, pflichtete Maja-Sofia ihm bei. »Der Wahnsinnige war überzeugt, dass die Welt ohne Immigranten ein besserer Ort wäre. Genauso waren Dorotea Svensson und Gideon Emanuelsson davon überzeugt, dass die ›Abtrünnigen‹ es nicht verdient hatten, weiter am irdischen Leben teilzunehmen.«

Sie verfielen in Schweigen und sinnierten über all das Schlechte in der Welt, das es doch immer wieder in ihre verhältnismäßig ruhigen Gefilde schaffte.

»So«, verkündete Petter, »jetzt stoßen wir an. Wir haben einen harten Fall erfolgreich zu Ende gebracht, und jetzt folgt hoffentlich ein bisschen Ruhe und Frieden. Ich fände es schön, wenn ich endlich wieder mehr Zeit für die Familie hätte. Prost!«

»Das ist ganz meine Meinung«, sagte Martina. »Mein neuer Freund hat sicher bald genug, wenn wir nicht endlich mal wieder ein Wochenende gemeinsam verbringen können. Prost!«

»Und ich möchte gern mal wieder einen Abstecher nach Kuivalihavaara machen«, gestand Maja-Sofia. »Aber wer weiß, ob ich dafür je lange genug frei bekomme. Prost!«

Sie ließen die Gläser klirren, tranken einen großen Schluck und stellten sie wieder ab, als das Türglöckchen erklang.

»Sigvard!«, sagte Maja-Sofia zu den anderen. »Wann war der wohl zuletzt in einem Pub? Und seinen Sohn hat er auch dabei, wie schön!«

Sie stand auf, um sie zu begrüßen. Sigvard blieb an der Garderobe stehen, um seinen Wintermantel mitsamt Mütze aufzuhängen. Kluge Wahl, denn allmählich wurden die Nächte bitterkalt. Sein Sohn, ebenfalls in Rente, trug wie immer seine blaue Zipfelmütze auf dem Kopf und den Geigenkasten auf dem Rücken. Das Instrument hatte Markus stets bei sich, wenn er im Dorf unterwegs war, es schien zu ihm zu gehören wie ein Körperteil.

»Mensch, wie schön, dich zu sehen, Maja-Sofia«, sagte Sigvard und nahm ihre Hand in seine.

»Finde ich ganz genauso«, sagte sie, »passiert ja nicht alle Tage, dass Sigvard ein Pub betritt, oder irre ich mich?«

»Nein, aber Markus hat heute Geburtstag, da hielt ich das für angebracht.«

»Sechsundsechzig«, sagte Markus und strahlte. »Viele Jahre.«

Maja-Sofia legte ihm leicht die Hand auf den Arm, weil sie sich nicht traute, ihn zu umarmen. Sie konnte nicht einschätzen, wie er auf so viel Nähe reagieren würde.

»Herzlichen Glückwunsch, Markus«, sagte sie.

Petter war aufgestanden und machte eine einladende Geste. Markus winkte fröhlich.

»Kommt und setzt euch zu uns, wenn ihr wollt«, sagte Petter. »Bei uns ist noch Platz.«

Sigvard schaute seinen Sohn fragend an.

»Was meinst du, Markus? Möchtest du bei unseren freundlichen Polizisten sitzen?«

Markus blieb kurz still, schaute sie alle nacheinander an und nickte dann.

»Markus möchte gern neben Polizistin Martina sitzen«, sagte er. »Das wäre schön.«

Kurz darauf kam ihre Bestellung an, und das Gespräch floss nur so dahin. Wie stolz Sigvard darauf war, mit seinem Sohn in der Öffentlichkeit unterwegs zu sein, war kaum zu übersehen. Die beiden hatten mittlerweile ein sehr gutes Verhältnis und konnten über fast alles sprechen. Sigvard auf seine belesene und leicht hochgestochene Art, Markus mit kurzen, einfachen Sätzen, aber das machte nichts. Als sie aufgegessen hatten, holte Markus Geige und Bogen aus dem Koffer.

»Markus spielt etwas«, sagte er.

Sigvard klopfte seinem Sohn auf die Schulter.

»Das ist eine sehr gute Idee«, sagte er.

Maja-Sofia schaute zu Tim Clarke, dem Engländer, der Klockarvik mit seinem Pub bereichert hatte. Er nickte und klatschte in die Hände. Also stand Markus auf und klemmte sich die Geige unters Kinn.

»Heute spiele ich den *Walzer für Mona*«, sagte er.

Markus zog den Bogen über die Saiten, und Benny Anderssons wunderschöne Melodie erklang. Markus' Finger bewegten sich schnell und mit Leichtigkeit, sie tanzten auf den Saiten. Er wiegte sich vor und zurück und klopfte mit dem Fuß den Takt. Die Geige schien Markus in einen selbstsicheren Menschen zu verwandeln. Die Musik steckte an, und alle stimmten ein, selbst Tysk und Brysk trällerten mit. Auch Benny, der Supermarktchef, hielt sich mit seiner schönen Stimme nicht zurück, er hatte Erfahrung durch den Kirchenchor. Als Markus fertig gespielt hatte, wollte der Beifall gar nicht aufhören. Tim Clarke kam, eine Mandoline in den Händen, hinterm Tresen hervor und fragte, ob er mitspielen könne. Markus nickte, Sigvard zauberte ein paar selbst geschnitzte Klanghölzer aus der Tasche, und die drei bildeten ein spontanes Trio. Tysk, Brysk und Benny hielt es nicht auf ihren Plätzen. Schon bald sangen alle mit, auch die Frisörinnen.

Maja-Sofia betrachtete ihre Leute. Die besten Kollegen in ganz Ovansiljan. Sie dachte an ihren großartigen Samuel. Und an die Menschen im Ort. Sie mochte sie alle so sehr. Trotzdem war sie unsicher. Konnte ein Leben mit Samuel auf Dauer wirklich funktionieren?

Martina stieß sie in die Seite.

»Jetzt sing schon mit! Los! Wie oft kriegen wir die Chance, wirklich Spaß zu haben?«, brüllte sie ihr ins Ohr.

Sie hatte ja recht. Maja-Sofia stimmte mit ein. Ihre Gedanken konnten auch noch bis morgen warten.

SIEBENUNDFÜNFZIG

Samstag, 4. November
Allerheiligen

Samuel stand mit seiner Familie bei der Kirche und ließ den Blick über den Friedhof wandern. Auf fast allen Gräbern flackerten Kerzen, und dazwischen bewegten sich still und andächtig die Besucher. Allerheiligen war in Schweden mittlerweile für alle ein ebenso wichtiger Feiertag, wie er es in Samuels Familie schon immer gewesen war. Seine Eltern hatten immer den Gottesdienst gehalten, und die Lieder, die gesungen wurden, waren immer ein bisschen getragener gewesen als sonst. Als seine Oma noch lebte, hatte sie an diesem Tag schwarz getragen, genau wie an Karfreitag.

Heute war man nicht mehr ganz so streng, aber dass es vielen dennoch wichtig war, die Ahnen zu ehren, war nicht zu unterschätzen. Samuel und seine Lieben hatten keine Ahnen auf dem Friedhof in Klockarvik, aber Alva hatte eine schöne Lösung gefunden.

»Papa, wir könnten Kerzen mitbringen und sie auf die Gräber stellen, auf denen noch keine sind«, hatte sie vorgeschlagen.

»Super Idee«, sagte Samuel. »Dann kann jeder von uns

ein Licht auf ein dunkles Grab stellen und dabei an unsere Vorfahren denken.«

Nicht nur der Friedhof war gut besucht, auch der Gottesdienst hatte viele Gäste angelockt. Man wollte die Namen derer hören, die im letzten Jahr verstorben waren, und dabei sein, wenn für sie eine Kerze am Altar entzündet wurde. Kråk Daniel Eriksson war einer von ihnen. Wie Samuel gesehen hatte, war Signe mit ihren Eltern zur Kirche gekommen. Daniels Verlust wog noch immer schwer, aber immerhin waren die, die für seinen Tod verantwortlich waren, zur Rechenschaft gezogen worden. Jetzt konnte Signe ihn endlich beerdigen lassen, kommendes Wochenende war der Termin. Außerdem hatte sie den Kontakt zu ihren Eltern wieder aufgenommen, die sich nie damit hatten abfinden können, dass ihre Tochter in einer Sekte gelandet war. Signe selbst hatte ihre Eltern lange Zeit für tot erklärt, doch jetzt hatte sie sich bei ihnen gemeldet und alles erklärt, woraufhin sie umgehend nach Klockarvik gereist waren.

»Guck! Kerze!«, sagte Emanuel und zeigte mit dem Finger auf seine Umgebung. Er saß ganz stolz auf dem Tretschlitten. »Kerze! Kerze!«

»Ja, genau. Überall Kerzen!«, sagte seine große Schwester und lachte.

Emanuel liebte es, wenn seine Schwester mit ihm mit dem Schlitten durch den Schnee sauste. Samuel war so glücklich, sie alle bei sich zu haben. Jetzt würden sie bald nach Hause zum Pfarrhaus gehen und den Truthahn essen, den er vor Stunden in den Ofen geschoben hatte. Tyra und Sven-Erik Lundin waren ebenso geladen wie Sigvard und sein Sohn Markus. Es würde ein herrliches Beisammensein mit Familie und guten Freunden werden. Schöner konnte er sich seinen fünfundvierzigsten Geburtstag gar nicht vorstellen.

Maja-Sofia hatte ebenfalls versprochen zu kommen, aber in der Kirche hatte Samuel sie nicht gesehen. Was hatte sie noch gesagt, als sie übers Wochenende gesprochen hatten? Sie würde kommen, »wenn die Umstände es zulassen«. Er hoffte, dass sie es würden.

Als sie zurück waren, füllte sich das Pfarrhaus allmählich, Gelächter und angeregte Gespräche drangen aus allen Zimmern. Emanuel rannte unermüdlich durchs Haus. Er hatte entdeckt, dass er durch die Durchgangszimmer laufen und nach einer Runde wieder beim ersten ankommen konnte.

»Genau so sollte es in einem Pfarrhaus zugehen«, sagte Tyra Lundin. »Bis unters Dach voll mit Kindern.«

»In dem Punkt habe ich dann wohl alles richtig gemacht«, lachte Samuel und zog sich die Schürze über den Kopf.

»Nicht, dass es mich was angeht«, sagte Tyra, »aber vielleicht solltest du es bei deiner kleinen Schar belassen. Es ist bestimmt so schon schwierig genug, alles und alle unter einen Hut zu bekommen. Ich hoffe, es ärgert dich nicht, dass ich das so sage.«

Samuel schloss Tyra in die Arme.

»Wer könnte sich über dich ärgern?«, lachte er. »Und du hast wie immer recht. Aber jetzt muss ich mich um den Truthahn kümmern. Wenn du helfen willst, könntest du schon mal Sekt für alle einschenken. Wobei die Kids vermutlich lieber Cola trinken.«

Tyra Lundin holte passende Gläser aus dem Schrank. Samuel half ihr und entkorkte vorsichtig die Flasche, bevor er sich um die Soße für den Truthahn kümmerte. Die Ofenkartoffeln waren schon fast fertig, und der Truthahn musste nur noch tranchiert werden, wobei »nur noch« in diesem Zusammenhang ein wenig untertrieben war, aber Samuel hoffte, dass auch in diesem Jahr alles gut ging. Samuel schaute auf die Uhr. Wo steckte denn Maja-Sofia? Während er die Soße quirlte, wählte er ihre Nummer. Es tutete mehrfach, aber niemand hob ab.

Alva und Gabriel hatten ihm schon morgens nach dem Frühstück geholfen, den Esstisch auszuziehen und zu decken. Mitten darauf stand nun der tranchierte Truthahn, umgeben von kleineren Schüsseln mit Soße und Kartoffeln und Rosenkohl. Wein und weitere Getränke warteten auf einem Beistelltisch. Samuel schob Emanuels Kinderstuhl neben seinen, dann ging er zu den anderen.

»So, meine Lieben«, sagte er und klatschte in die Hände. »Es ist angerichtet. Wie sehr ich mich freue, diese Mahlzeit mit euch allen zu teilen.«

»Aber erst«, sagte Sven-Erik, »singen wir noch für das Geburtstagskind, oder?««

Alva und Gabriel stimmten ihr gewohntes Geburtstagslied an, und die anderen sangen, so gut es ging, mit. Dass Markus sie auf der Geige begleitete, war eine große Hilfe.

Wir wünschen dir von Herzensgrund, bleib immer fröhlich und gesund.

Danach setzten sie sich alle an den Tisch, es war eng und wunderbar. Nur ein Platz blieb leer.

»Wo ist denn Maja-Sofia?«, fragte Tyra und deutete auf den leeren Stuhl.

»Genau, wo ist die Kommissarin?«, fragte Sigvard. »Sie wollte doch kommen, oder nicht?«

Samuel nahm die Schürze ab und hob seinen kleinsten Sohn in den Kinderstuhl.

»Wir fangen schon mal ohne sie an«, sagte er. »Sie hat versprochen, dass sie kommt, wenn die Umstände es zulassen, aber das tun sie offenbar nicht, sonst wäre sie sicher hier. Und jetzt haut rein!«

Samuel setzte sich und half Emanuel dabei, Kartoffeln und Truthahn zu zerkleinern. Da vibrierte sein Handy in der Hosentasche. Er konnte nicht anders, musste es herausholen und nachsehen. Schnell las er die Nachricht, runzelte die Stirn und las sie gleich noch einmal. Dann lächelte er und steckte das Handy wieder in die Tasche.

Maja-Sofia parkte vor dem Friedhof in Kuivalihavaara. Sie nahm die Urne aus dem Karton, der neben ihr auf dem Beifahrersitz stand, und hielt sie im Arm, während sie den Ort suchte, den der Pfarrer ihr beschrieben hatte. Schon beim Passieren des Tors hatte sie plötzlich die Melodie des Liedes im Ohr, das Danne Ylitalo gesungen hatte, bevor er vor ihren Augen im *Kurbitsgården* starb. Sie fing an, sie zu summen, und kurz darauf fiel ihr auch der Text wieder ein, Satz für Satz. Pfarrer und Friedhofswart erwarteten sie schon, und als sie bei ihnen eintraf, war sie gerade beim Refrain angelangt.

Hier weiß man, wohin die Wege gehen, wer mit wem ver-

bunden ist, hier weiß man, wo die Hechte stehen, hier weiß man, wo zu Hause ist.

Eines Tages würde auch sie an diesen Ort zurückkehren, aber erst wenn sie ins Reich der Toten übergetreten war. Sie sah sich um, und es fühlte sich richtig an. Hierhin kam man, um endgültig nach Hause zurückzukehren.

»Sie singen sehr schön«, sagte der Pfarrer. »Und ein angemesseneres Lied könnte es für den Toten kaum geben.«

Maja-Sofia nickte.

»Viel mehr braucht es auch nicht«, sagte sie. »Sprechen Sie gern noch das ein oder andere Wort, dann singen wir das Lied noch einmal. Es war das Letzte, was Danne gesungen hat, bevor er seinen letzten Atemzug tat. Sie kennen es doch sicher auch?«, Maja-Sofia wandte sich an den Friedhofswart.

Der Mann, der das Loch gegraben hatte, in dem die Urne versenkt werden würde, nickte.

»Klar kenn ich das«, sagte er. »Aber nur auf Meänkieli. Wenn man es in seiner eigenen Sprache singt, bekommt es noch mehr Tiefe, finde ich.«

»Umso besser«, sagte Maja-Sofia.

Sie betrachtete den Grabstein bei dem Danne Ylitalos Asche zur letzten Ruhe gebettet werden sollte. Die Namen seiner Mutter und seines Vaters standen dort, die beide vor so vielen Jahren auf tragische Weise ihr Leben verloren hatten. Danne hatte sie an Weihnachten kaltblütig erschossen, und Maja-Sofia und ihr Vater hatten versucht, das Chaos unter Kontrolle zu bringen, bis die diensthabenden Polizisten und der Rettungswagen eintrafen. Dannes kleine Geschwister hatten alles mitbekommen. Jetzt würde der verrückte

Mörder in derselben Erde wie seine Eltern ruhen, die er ermordet hatte, direkt neben ihnen. War das richtig so? Und war es richtig gewesen, dafür zu sorgen, dass Danne nach Hause kam? Ein Wort hatte Samuel Mal um Mal in diesem Zusammenhang gesagt. Es war ein Wort, das seiner Meinung nach dafür sorgen würde, dass sie endlich in die Zukunft blicken konnte, ohne ständig das Gefühl zu haben, dass Danne hinter ihr her war, um sich fürchterlich an ihr zu rächen. In diesem Augenblick auf dem Friedhof dachte sie an dieses Wort.

Vier Menschen näherten sich. Äiti und Isä – Mutter und Vater –, auf die sie immer zählen konnte, in guten wie in schlechten Zeiten. Begleitet wurden sie von einem jungen Mann und einer jungen Frau. Langsam traten sie an das Grab.

»Hier ruhen Mama und Papa«, sagte die junge Frau, nachdem sie sich begrüßt hatten.

»Und jetzt auch unser Bruder«, sagte der junge Mann. »Er hatte es nicht leicht.«

Ihre Gesichter kamen Maja-Sofia vage bekannt vor.

»Dann seid ihr …«, sagte sie.

»Sind wir«, sagten sie gleichzeitig, bevor Maja-Sofia den Satz beenden konnte.

»Du und deine Familie, ihr wart sehr lieb zu uns, als das alles passiert ist. Daran erinnern wir uns noch«, sagte die Frau.

Der Friedhofswart ließ die Urne in die Erde, und der Pfarrer las ein paar passende Worte aus der Bibel. Maja-Sofias Vater, der Polizist im Ruhestand, legte seiner Tochter eine

Hand auf die Schulter und tätschelte sie. Und dann sangen sie alle das Lied, das ihr beim Betreten des Friedhofs in den Kopf gekommen war. Maja-Sofia machte ein Foto von dem Grab und verschickte es einer Nachricht mit dem Wort, das Samuel ihr nahegelegt hatte. *Versöhnung*. So war es, so fühlte es sich an, und er würde es verstehen und sich vielleicht sogar freuen.

~ NACHWORT DER AUTORIN ~

Vier Jahrzehnte lang war ich Gymnasiallehrerin in einem Landkreis, in dem ein brutaler Mord geschehen war, der nie aufgeklärt wurde. Einmal stellte ich eine Schreibaufgabe, und einer meiner Schüler verfasste eine sehr kreative und glaubwürdige Erklärung für den Mord. Ich war schwer beeindruckt, gab ihm eine gute Note und legte die Sache zu den Akten. Als ich dieses Buch über Samuel schreiben wollte, kam mir der alte Aufsatz wieder ins Gedächtnis. Ich erinnere mich leider nicht mehr an den Namen des Schülers, aber er inspirierte mich zu diesem Aspekt der Geschichte. Deshalb bekam Mattias die wichtige Rolle, Samuel durch ein Schreibprojekt auf die richtige Fährte zu bringen.

Diesmal fühlte es sich auch wichtig an, sich Maja-Sofias Stalker zu entledigen, und ich bin sehr dankbar für die blutrünstigen Tipps, die ich von Karin Evertsdotter und Fredrik Nilsson bekam. Ganz so blutig, wie wir uns den Einsatz des Häckslers vorgestellt hatten, wurde es dann doch nicht, aber beinahe.

Kajsa-Lotta Smedsén, Einsatzleiterin beim Rettungsdienst in Kiruna, war mir eine unschätzbare Hilfe, was die Themen der Rauchentwicklung und Flammenbildung betrifft, außerdem erklärte sie mir, was brennt und was nicht. Lisa Liljeberg ist eine richtig taffe Eisbaderin und hat mir mehrfach geschildert, wie es sich anfühlt, langsam in eiskaltes Wasser zu tauchen. Elisabeth Sigurdson, du begleitest mich immer treu Zeile für Zeile bei meinen Büchern und diesmal sogar zu diversen Brauereibesuchen. Was ein Spaß! Herzlichen Dank an die Handwerksbrauerei in Västerås und Omnipollos in Sundyberg. Von einer Brauerei, die ich in Budapest besuchte, habe ich mich ebenfalls inspirieren lassen: Csíkisör Craft Brewery and Restaurant.

An die großartige *Frisörvillan* in Orsa und besonders Malin Klar: Danke, dass ich euren gemütlichen Salon borgen durfte, und danke, Malin, dass du mich so gut mit Samuels neuer Frisur beraten hast. Wie mutig von euch, dass ihr euch mit Klarnamen im Buch wiederfinden wolltet. Danke dafür. Und wo ich schon bei Orsa bin (das als Vorbild für Klockarvik dient), muss ich auch noch den schönen Spaziergang erwähnen, den Ann-Kristin Hahne und ich an einem nebligen Tag Anfang Dezember unternahmen. Du findest die besten Orte, Anki! Und was das Gebäude der Heilsarmee in Våmhus betrifft: Das gibt es nicht, es ist voll und ganz meiner Fantasie entsprungen.

Die Heby-Brauerei, in der mein Großvater arbeitete, diente als Vorbild für die Brauerei in diesem Buch. Eine Gruppe fröhlicher Damen aus Orsa hat mir außerdem berichtet, dass es in Orsa wirklich mal eine Brauerei gab, und zwar gar nicht unweit der Stelle, an der ich die Brauerei in Klockarvik angesiedelt habe.

Zum schwedischen Buchtitel hat Christian Thorborg mich

inspiriert, und er passt sehr gut, finde ich. Viele können das Lied von Lewi Pethrus sicher sofort mitsummen.

Nicht zuletzt gilt mein Dank auch den versierten Profis, die an der Entstehung dieses Buchs beteiligt waren: alle bei Lind & Co, allen voran Maria Neij und Kristoffer Lind, alle bei der Grand Agency, vor allem Umberto Ghidoni und Lena Stjernström. Das wunderschöne schwedische Cover stammt von Anna Hewitt.

Verbindlichsten Dank an alle!

Västerås, im Juni 2023
Marianne Cedervall